锦囊妙计

新华出版社

图书在版编目（CIP）数据

锦囊妙计/傅道亮著
北京：新华出版社，2017.1
ISBN 978－7－5166－3065－5
Ⅰ.①锦… Ⅱ.①傅… Ⅲ.①长篇小说—中国—当代 Ⅳ.①I247.5
中国版本图书馆CIP数据核字（2017）第000203号

锦囊妙计

作　　者：傅道亮

责任编辑：贾允河　张东祥　　　责任校对：张东祥
封面设计：李尘工作室　　　　　责任印制：廖成华

出版发行：新华出版社
地　　址：北京石景山区京原路8号　邮　　编：100040
网　　址：http://www.xinhuapub.com
经　　销：新华书店　新华出版社天猫、京东旗舰店及各大网店
购书热线：010－63077122　　　中国新闻书店购书热线：010－63072012

印　　刷：河北鑫宏源印刷包装有限责任公司
成品尺寸：170mm×240mm
印　　张：21.5　　　　　　　　字　　数：352千字
版　　次：2017年2月第一版　　印　　次：2017年2月第一次印刷

书　　号：ISBN 978-7-5166-3065-5
定　　价：49.00元

目　录

楔子……………………………………………………………（1）

第一章　特殊使命……………………………………………（6）

第二章　初到芸川……………………………………………（12）

第三章　依计而行……………………………………………（33）

第四章　渐行深入……………………………………………（47）

第五章　冬令啤酒……………………………………………（65）

第六章　运筹市场……………………………………………（86）

第七章　回家看看……………………………………………（98）

第八章　一炮打响……………………………………………（117）

第九章　趁热打铁……………………………………………（133）

第十章　新春快乐……………………………………………（154）

第十一章　淡季不淡…………………………………………（170）

第十二章　奋战春节…………………………………………（189）

第十三章　过个好年…………………………………………（206）

第十四章　新的开端…………………………………………（221）

第十五章　明争暗斗…………………………………………（240）

第十六章　春暖花开…………………………………………（262）

第十七章　情感迷局…………………………………………（274）

第十八章　进入旺季…………………………………………（294）

第十九章　福兮祸兮…………………………………………（303）

第二十章　何去何从…………………………………………（318）

尾声……………………………………………………………（338）

楔　子

1

印尼，雅加达，海啸过后。

夕阳的余辉透过宽大的落地窗，洒在做工细腻的土耳其地毯上。地毯上摆放着一张古色古香的紫檀茶几，亿万富豪张重年正在聚精会神地摆着八卦。

坐在对面的三公子张洪生捧着一本书读着，声音不紧不慢，像是生怕打扰了父亲。

洪生读了一段，把手中的书放下，望着父亲。

大概也就是这三四年的时光，父亲的头发几乎全白了。洪生心道：我的时代也就要来临了吗？父亲今年已 70 岁了，他把权杖交给谁已越来越迫在眉睫了。

张氏的资产近百亿，由张重年几经沉浮打拼而来，靠得是他非凡的魄力与智慧。可以说张重年是一个传奇。几十年来，他用钢铁般的意志和超人的智慧，过关斩将，开疆拓土，铸就了一个让全世界华人都为之骄傲、为之惊叹的商业帝国。

可现在，要将这个传奇续写下去，谈何容易！

张重年这几年是越发沉迷于八卦和周易了。乾、坤、震、巽、坎、离、艮、兑，变化无穷，这门古老的东方哲学，博大精深，仿佛整个宇宙的运行奥妙都蕴涵在里面。

张重年沉浸于东方的古老典籍已有近十年了。东方有一种境界，叫开天目，洪生不知父亲到没到那个境界，可近年来他的决策和判断越来越近乎神机妙算了。也正因如此，张氏在受到东南亚金融危机重创以后，迅速得以恢复元气，重新成为东南亚的华人领袖。

洪生觉得，他有责任也有能力将这个神话续写下去。

2

张重年摆完一阵，扬起长眉看了一下正襟危坐的小儿子，问："你刚才读的这本书叫什么名字？"

"货币战争。"洪生把书递给父亲看。

"谈谈你的看法。"

洪生从紫檀木的古式雕花座椅上站起来，给父亲倒上一小杯刚泡好的凤凰单丛。他知道，父亲思考重大问题的时候，必须有这个家乡的功夫茶。

洪生清了清嗓子，说："这本书点破了国外资本早已虎视中国但都心照不宣的这层窗户纸，这已引起了中国大陆官方的高度重视。"

张重年抿了一口茶水，说："格林斯潘这只老狐狸，胃口大得很，二十年前我们交过手。依我的判断，他赢不了这场战争。当前的中国大陆完全不是当年的日本、泰国之类所能同日而语。1990年在日本，1995年在墨西哥，1997年在泰国，他们都得手了，旗开得胜。你知道他们取胜的关键是什么？"

"不知道。"洪生迫不急待地等着父亲的解释。

"日本之类这些高举民主旗帜的国家，其实，在外来的打击面前是没有抵抗能力的，尤其是在货币面前，操控政治的资本家们各打自家的算盘，生怕自己受到损失，所以实际是散沙一盘，敌人最容易得手。而在中国大陆，一党执政，这是他抵御货币进攻的最大优势。格林斯潘们想以对付日本、泰国的方法来对付中国，是战略上的失误。"

"可现在，人民币对美元已大幅升值，国际热钱大批进入，股市和房地产的泡沫泛高，更甚一步是外资的银行业已渗入中国的金融网络，这不正是按美国佬设下的局发展吗？"洪生说。

"美国是已将战幕拉开，可战争的局势他却是难以掌控了。"张重年看见小儿子正凝神等着下文，就继续说道，"战局的发展是将中国的经济泡沫推到顶点，那时格林斯潘们将手中的人民币全部兑换成美元，从中赚取巨额差价，外资和中国国内的资金四散奔逃而被重创。而现在美国自身的次贷危机已初见端倪，对后面的战役已心有余而力不足。而北京已竭力与日本、韩国、印度达成经济同盟，将金融风险分流，所以美国打不赢这场战争。"

"那么，中国的将来会如何呢？"洪生问。

3

夕阳的余辉又拉长了一段距离。张重年没有回答儿子的问题，站起身，活动了活动腰身，说："到我游泳的时间了。"说完就向外走去。

洪生依旧静静地坐在那里，眉头紧锁，仿佛根本没有觉察到父亲的离去。

张重年喜欢小儿子，就是看重他的勤于思考。自己也是很长时间没有这种畅谈的兴致了，这次倒是个例外。看来，小儿子已把下一步的棋子投向了中国大陆。

中国大陆是自己的根，只有张重年这种久居海外的人，才能真正体会出"根"的含义。早在1997年，张氏就在大陆合资建立了六家啤酒厂。虽然这项投资并没有拿回一分钱的回报，甚至差点连本钱也赔在里面，这是他这么多年来驰骋商海很少见的。但是，张重年却一点也不后悔，而是尤为看重和关注。他明白，这就是他对"根"的那份牵挂，那份情意，那份拳拳之心。

现在自己的儿子要将发展的目标锁定在中国大陆，张重年很欣慰。现在，东南亚经济正步入可怕的衰退与萧条期，非洲及西亚战乱四起，而中国大陆、印度、俄罗斯都已步入了飞速发展的轨道。而与傲慢自大的俄国大鼻子和反复无常的印度黑鬼比起来，中国人的中庸与敦厚，无疑更具吸引力。

更重要的是，这也将替自己了却多年来的夙愿。

但是，想作这种放眼全球的大文章，没有非凡的胆识和深邃敏锐的洞察力，是很难下笔的。

张重年8岁的时候，家乡连年遭受灾害，为了谋生他便跟着父亲飘落到了南洋，从一家烟厂的杂工干起，靠着超人的胆识与坚忍不拔的毅力，像滚雪球一样一步一步将资本做大，一手缔造了今天的商业帝国。

世人都说张重年是红顶商人，是从印尼独立战争中卖军火和药品起家的，他与印尼的前总统有着千丝万缕的关系。张重年知道，这就是张氏的资本，这就是张氏的天时、地利与人和。

可现在呢？随着政坛的更迭，随着自己的老迈，这些资本将随之而去，张氏将来何去何从，大任就落在了三个儿子身上。

长子张洪波打小聪慧过人，最是可造之材。可惜他胸无大志，整天沉迷于艺术与女人，令人失望至极。

次子洪涛顽劣无常，倒是对张氏的产业有着极大的兴趣，早就急于从父亲手中接过权杖，况且还生出了不少不择手段的阴谋诡计，这成了自己的一块心病。

三儿子洪生不言不语，自小木纳。可随着年龄的增长，逐渐显露出了非凡的胆识与气魄，这让他看到了希望。

洪生是二夫人所生，与上面的两个哥哥隔阂很深，大学一毕业就主动请缨去了非洲。张重年对非洲的几项投资本来不抱什么过大的奢望，只是想让他去历炼一下。可没成想，三年下来，却创下了上亿的利润，他这才对这个不言不语的小儿子刮目相看。

4

吃罢晚餐，张重年来到书房。他知道，不一会儿，洪生就会来。

果不其然，很快就传来了敲门声。

洪生穿一身便装，手中拿着一个纸卷来到书桌对面的木椅上坐下，说："您在等我？"

张重年微笑着点点头。下午的时候都是自己在发表看法，看来这小子该亮出自己的底牌了。

洪生站起身，把手中的纸卷放在桌上摊开，是一幅小型张的精美的中国地图。地图上已用红笔圈出了六个点，在上面像朵朵梅花绽放，十分鲜艳。

张重年拿起放大镜，起了身去仔细地查看：北京、上海、广州、杭州……

洪生说："中国大陆将是本世纪最具成长潜力的地区。以现在发展速度看，在2030年中国不仅会超过美国，而且生产总值将比美国高出两倍。"

见父亲仍在聚精会神地看地图，洪生继续说："正如您所说，世界金融寡头们掀起的金融侵略之战只会在东方折戟沉沙。可为什么要明目张胆大张旗鼓地实行掠夺与侵略呢？这就是西方人的自大与贪婪在作祟。为什么不能暗渡陈仓缓而图之呢？现在的张氏，在东南亚及非洲的产业已没有多少前途，我们下一步的战略中心将在中国。如果能在这个古老而强大的国家，打造出一个崭新的商业帝国，那么本世纪的张氏仍旧是叱咤风云！"

张重年猛地抬起头，用欣赏，不，是用热切的目光盯着洪生。叱咤风云！是啊，上个世纪，是他张重年的时代，什么李嘉诚、王永庆、霍英东之流，他都没放在眼里。可自从东南亚金融危机以来，尤其是自己的商业帝国被重创以后，这份雄心已不再有了，只剩下了"廉颇老矣"的无奈与慨叹。

看来自己的眼光没有错，小儿子洪生已羽翼丰满，张氏将成为他的时代。他若真能如其所言，重新打造一个商业帝国，而且是在中国，那么自己真是死而无憾了。

张重年拉着儿子的手，急步走出书房，穿过客厅，来到后花园的停机坪上。

一架小型的三人座的直升机停在那儿，这是张重年的交通工具，可能全世界也只有他一人能以飞机代步。

洪生没喊驾驶员老陈，自己坐到驾驶位上。直升机飞上了夜空，俯瞰下面，一片灯火辉煌。这就是张氏。张重年只要不外出，每天都要在空中巡视一遍自己的帝国。就在这一刻，张重年做出了他几年来一直犹豫未决的决定——把张氏交给小儿子洪生。

飞机在雅加达的上空盘旋。张重年问洪生："进入中国，第一步打算怎么走？"

"进军房地产。当前在中国紧控地产资源的大环境下，在未来十年乃至几十年里，房地产无疑将是最具回报价值的产业。"

"从哪儿入手呢？"

"您不是早已在中国播下了六颗火种嘛，这次我要将它变成燎原大火。"

张重年信任地点着头，他对这个答案颇为满意。

"我的第一把尖刀已经上路了。"洪生目光炯炯地说。

第一章　特殊使命

1

初冬。小雪的节气刚过，雪花没有如期而至，天上却飘起了雨丝，越下越大，给整个大地罩上了一层灰蒙蒙的若即若离的面纱，让人的心情越发患得患失地缥缈起来……

雨中水亮亮的高速公路上，一辆黑色的奔驰车正在由南向北疾驶，车轮溅起一层薄薄的水雾。

坐在车上的战一杰正默默地注视着车窗外的景色，高速路两边的绿化带，全是挺拔的速生杨，枯黄的树叶还没有完全落尽，仿佛是跳动的音符，迎着风冒着雨在枝头上摇曳、舞动，仿佛在倾诉着留恋与悲怆。

远远的雨雾中的山峦时隐时现，战一杰已能确切感受到了那起起伏伏的浑厚与雄壮。这就是我的故土，战一杰的心底油然升起一股久违的温情，多多少少驱散了笼罩在心头的惆怅。

穿过了一个长长的邃道，车速慢了下来，杨小建没有回头，从中间的后视镜上找到战一杰的脸，问："老大，这次来芸川的任务是什么？"

战一杰说："不知道。"

战一杰在一周前接到了小老板洪生的命令，安排好巴基斯坦的冰醋酸项目回到了集团的大本营——印度尼西亚的首都雅加达。

战一杰所在的集团是个跨国集团。大老板张重年是印尼的巨富，著名的华人侨领，麾下的实业涉及到航空、房地产、烟草、医药、酿酒等，而且遍布世界各地。能在这种世界级的财团中干到今天这个位置，战一杰可以说原来想都不敢想。

大老板张重年是一个瘦老头，精神矍铄，眉毛很长，有点像骑牛的老子，战一杰只见过一次。那是六年前战一杰刚从中国啤酒分部调到总部时，在香港一个房地产项目的奠基庆典上。大老板向大家敬酒，还跟战一杰碰了一下杯。战一杰觉出他碰得很轻，却力道很足，像是太极推手一般，早已生在心中的敬畏，不由又增添了几分。

到后来，他跟着大老板的三公子洪生在非洲创业时，他才真正领略了张氏家族超常的胆略与气魄，同时也见识了他们的无情辣手与凶狠狡猾，心头一直笼罩着一层寒意。

小老板张洪生对战一杰有知遇之恩。

2

六年前，那时战一杰还是印尼张氏中国啤酒分部芸川公司的副总经理，因为业绩突出，便同其他五个兄弟公司的骨干一起被推荐到雅加达的总部参观学习。

从中国大陆一个还不算发达的小城，一下跨入到了世界级财团的心脏，那种激动与亢奋自是不言而喻，一行来的其他几个人也是同样的心情。

来到雅加达的头几天，除了两个菲律宾女佣招呼他们六个人的饮食起居，也没什么动静。什么参观学习，好像把他们扔到这儿后就给忘了，把他们带到这里来的那个中国分部的副总裁于佑南也消失得无影无踪。他们几个人因为语言不通，也不敢出去乱走，只能猫在酒店里等候命令。

到了第五天，酒店门前来了一辆中型客车，说要拉他们出去旅游。

闷了这几天，几个人的心里早有些长毛了，初来乍到时的兴奋，早已化作了迷惑与担忧，不知这次学习与考察到底是吉是凶？

印尼发生过虐杀华人的事件，他们来之前就在心里掂量了多少遍，虽说这几年已经平息了，他们又是印尼首屈一指的巨富张重年的员工，可他们这些人在这个大资本家眼里能值几两几钱，那可很难说。上车的时候，战一杰看见，上海公司来的肖春梅腿已经软得差点就上不了车了。

千岛之国的异域风情确实别有韵味，可此刻他们都少有闲情来欣赏这些。他们由着司机拉他们走了几个景点，草草游览了一圈，就齐声要求司机打道回府。相比之下，他们觉得还是酒店最安全。

世上的事说来也怪，你怕什么，什么就来。正午时分，他们的车行驶在车辆稀少的马路上。印尼的人口之多居世界第四，非常稠密。正午的大道竟这么清静，他们觉得蹊跷，继而就是害怕。

路两边是茂盛的热带植物，在风中发出"哗哗"的声响。在一个路口的转弯处，突然出现了两个人，向司机使劲地挥着手臂。司机一个急刹车，伸出头去用印尼语骂了句什么。可他话音还没落，只见其中一个人"嗖"得一下从腰间掏出了一把匕首，一下就压在了司机的脖子上。

另一个人上了车，咋呼了几句，就去翻他们手中的包。

车上的六个人谁也没动，由着那个印尼土匪抢走了所有值钱的东西。战一杰心里像堵了一团烂棉花。"窝囊"，心里骂着。

那小子看他们几个没有一点反抗的意思，就狞笑着走向了肖春梅。

一只罪恶的手已伸到了肖春梅的裙子下面。这时，坐在后排的战一杰已忍无可忍。他弹起身，一个箭步蹿了过去，以迅雷不及掩耳之势，一伸手钳住了那个歹徒拿着匕首的右手，狠劲往外一拧，"铛锒"一声匕首落地。旋即战一杰飞起一脚，正踹在那小子的大胯上，一下把他踹飞到车前面的发动机盖上。

战一杰上大学时在校武术队练过散打，毕业后还去芸川新开的一家跆拳道馆学过一阵子跆拳道，算是有些功夫，关键时候还真派上了用场。

那个歹徒从发动机盖上爬起来，一溜烟钻进路边的丛林里。另一个歹徒早已扭头跑掉。一场风波过去了，肖春梅"哇"的一声大哭了起来。

回到酒店，他们六个人谁也没吱声，满心恨透了那个他们一直景仰的老板张重年。

3

1997 年，张氏在中国大陆合资了六家啤酒厂。这六个厂都是濒临倒闭的国营厂，正好当时引进外资的风头正健，当地政府一是急于甩包袱，二是因为引进外资在政绩里面占了相当大的比重，所以张氏便统统以 60％的控股合资的方式，闪电般注入资金，一气拿下了北京、上海、杭州、沈阳、南京、芸川六家啤酒厂。战一杰就一下由国营厂的职工成为了合资企业的员工。

大量资金的注入，外国先进管理模式的引入，使企业插上了腾飞的翅膀。芸川啤酒厂在六家厂里，不算最大也不算最小，但市场环境最好，两年的时间销量实现了翻番。战一杰作为分管市场销售的副总经理功不可没，便荣幸地被选入了到印尼总部参观学习的行列。

现在看来，荣幸成了不幸。六个中国啤酒界的精英，中午被歹徒袭击的惊惶还未散去，晚上便齐聚在战一杰的房间里商讨对策。

上海的肖春梅一直在那儿抹眼泪，其他几个只是在不住地摇头叹气。战一杰蹙着眉头说："这几天的事，我觉得有些蹊跷。"正说着，突然传来敲门声。

屋里一下静了下来，人们都紧张地望着战一杰。战一杰虽然年龄最小，可中午在车上沉着、勇敢的表现，已无形中成了他们的主心骨。

战一杰站在门口，用手攥住里面的门把手，沉声问道："谁？"

外面传来一个柔弱的女子的声音："我是这里的服务员，大陆来的。"

听见有人说汉语，屋里的人都齐刷刷站起来。战一杰把门打开一条缝，只见一个面容憔悴的女孩儿慌慌张张地站在门前，颤声说："能进去吗？"

战一杰把门打开。那女孩子一侧身钻进了屋里，"扑通"一声就给屋里的人跪下了，声泪俱下地说："求求你们救救我吧。"

肖春梅上去把女孩子扶了起来，让她在床沿上坐下，又起身给她倒了杯水。等她情绪稳定了，肖春梅才问她到底是怎么回事。

女孩子低着头，讲她是三年前跟随父亲来印尼做陶瓷生意的。前两年赚了钱，在这里买下了几百平米的店面，可没成想，去年闹暴乱，她父母都被暴徒惨无人道地杀害了，她因为在外地进货才免遭劫难。这一年多她无依无靠，只好在旅馆和饭店打工维持生计，总盼着有一天能回到祖国。这次老天有眼，让她碰上了祖国的亲人，求他们把她带回国。

女孩子一把鼻涕一把眼泪地哭诉，战一杰一直在旁边观察着。女孩子的头一直低着，头发披散下来，露出白白的脖颈。从她脖子和衣领一伸一缩的隐约处，战一杰看见一条金闪闪的项链。

对于印尼的暴乱事件，国内报道并不多，他们几个也就是要来印尼，才大概打听了打听，算是有所耳闻，可没想到竟会这么残酷。大家对这个飘落异乡的同胞动了恻隐之心，肖春梅搂住女孩子的肩膀，像姐妹一样安慰起来。

战一杰走上去，把肖春梅搂在女孩子身上的手拉开，正色对那女孩子说："我们是来这里参观学习的，帮不上你的忙，你还是想别的办法吧。"

女孩惊惶地抬起头，环视了一下屋里的人，说："别的办法？我一个弱女子能想出什么办法，难道你们对自己的同胞也见死不救吗？"

屋里的人都吃惊地看着战一杰，他们没想到战一杰会说出这样不近人情的话。战一杰依旧面无表情地说："我们确实没办法。你请回吧，我们要休息了。"

女孩抹了把眼泪，没说话，低着头出去了，留给大家的是一个悲伤的背影。

屋里的人们都不吭声。从大家的眼神里，战一杰看到了愤怒与失望，尤其是肖春梅，二话不说，一摔门就回自己房间去了，其他人也都默默无言地散了。

4

第二天，天阴沉沉的，闷热得像蒸笼。一大早，把他们送到这里来的中国分部的副总裁于佑南来了。跟在他后面的是一个瘦高个的中年人，黑黑的脸膛，又浓又重的眉毛下面，一双锐利的眼睛刺得人心寒。这就是他们的小老板张洪生。

小老板说这次考察就是度假，可以尽情地玩。

他们面面相觑，这环境这心情，谁还有心思玩？张洪生"哈哈"一笑，一拍手，从他身后闪出了三个人。前面是那个求救的女孩子，后面两个竟是车上抢劫的暴徒。在场的人都大吃一惊。

于佑南揭开了谜底。这次组织中国大陆的优秀管理人才来到总部雅加达，一是表彰他们的突出贡献，让他们放松一下，度假、游玩；二是小老板张洪生要从他们中间选拔一位特别助理。前几天的事是给他们出的考题。当然，张洪生得到了满意的答案，选中了战一杰。

一切烟消云散，除了战一杰，其他五个人都放开心可劲玩了个够。巴厘岛、婆罗浮屠、万隆会议旧址，他们把这个千岛之国尽览无余之后，都心满意足地回国去了。战一杰则留了下来。

六年过去了。这六年来战一杰跟着张洪生转战南北，南非、印度、巴基斯坦、俄罗斯……他们拿下的项目一个比一个大，一个比一个凶险。可张洪生凭借他非凡的才智与胆略，打通了一道道关卡，为张氏在世界各地丰满起了自己的羽翼。

战一杰已不是六年前的毛头小伙子了，成为了一个久经沙场的老手。这次洪生把他从巴基斯坦调回雅加达，交给他一项特殊使命，任命他为中国分部芸川啤酒公司的总经理。临行前，洪生交给他三个锦囊，让他到了芸川再依次打开。

现代社会通讯、互联网设施这么发达，洪生完全可以随时掌握和指挥战一杰的行动。可洪生不，这就是他的与众不同，这也让战一杰对这次受命充满了神秘的诱惑。

现在坐在车里的战一杰，手里正在掂量着这三个精巧别致的锦囊。当年赵云护送刘备到东吴与孙尚香结亲时，诸葛亮给过赵云三个锦囊。洪生是个三国迷，不敢说能把整部三国倒背如流吧，反正三国的计谋他是烂熟于胸，而且绝不是纸上谈兵的那种，这也许是这些年他纵横亚、非，无往而不利的重要原因之一吧。

这三个锦囊自是学了神机妙算的诸葛亮，可这里面到底是什么呢？

车仍在高速路上飞驰。芸川是战一杰的家，六年前他一去不复返，尽管每年过年过节他都打电话，并且汇一大笔钱给在家的父母，可毕竟是六年没回家了。天下的父母都是报喜不报忧，乡下父母的真实情况，他一直在心里担忧着。

一直在商海沉浮搏杀，神经紧绷也不怎么想家，可自打接到要回芸川的命令，却就一天也等不下去了，归心似箭。

"什么时候能到芸川？"战一杰问杨小建。

"这已是川南省的地界了，估计再过一个小时就能到芸川出口。"杨小建说。杨小建在巴基斯坦这两年，一直跟着战一杰，平时都以兄弟相称。这一次战一杰回家，把他也带了回来。一是他有一身功夫，二是他有自己对洪生一样的忠心。

芸川终于到了。战一杰吸了一口气，抓起第一个锦囊，轻轻地打开……

第二章　初到芸川

1

奔驰车驶入芸川市区的时候，已是下午四点多钟。稀稀沥沥的雨已经住了，整个芸川在第一场冬雨的洗礼下，一片清新。

芸川是川南省源山市下辖的一个县级市，地处川南省中部，属平原地带，约70万人口，经济实力在整个川南省名列前茅。

芸川在30年前也就只能算是一个比较大的城镇。战一杰记得小时候从他们龙泉公社到芸川城里，步行要走两个多小时。进了城，一不留神就从城这头走到了城那头，还没觉着进城却早已出城了。

那时的芸川城，有一句顺口溜："一条马路一座楼，一个公园一个猴，一个警察看两头。"芸川真正的飞速发展是在上世纪80年代末90年代初。那时因东海油田发现有大量的石油储备，要在附近筹建石化公司，选址就选在了芸川。

30万吨川南石化公司的成立，带动了整个源山市的经济发展，当然受益最大的还是芸川。到了90年代中期，芸川县升格成了县级市。那时候，战一杰刚刚从川南大学生物系微生物专业毕业，分配到芸川啤酒厂，一下就投入到了轰轰烈烈的工业大发展的洪流之中。

如今的芸川比六年前已是大变了模样。一排排林立的高楼掩映之下，笔直宽阔的马路纵横交错，街头巷尾人来车往，好不热闹。现在正是下班的时间，车流拥挤，人声嘈杂，这让战一杰盘桓在心头的温情里，陡然又升出了一种莫名的烦躁。这已不是自己朝思暮想的那个小城了，几年的时间，她已经由一个含羞的姑娘，变成了一个浓妆艳抹的少妇了。

路上车堵得厉害，杨小建顺着战一杰指引的方向，费了好大劲才找着芸川啤酒公司的大门。

芸川啤酒厂的大门还是原来老国营企业千篇一律的旧模样，门前那十几米高的塑钢大啤酒瓶依然破破旧旧地矗立在那里，彰显着这个企业曾经的辉煌。

大门前黑压压围满了人，车子被堵在了外面。杨小建使劲地摁喇叭，可根本没人听，更没人让路。

杨小建落下车窗玻璃，把头伸出来问正在一旁跷着脚向里看的一个小伙子："前面是怎么回事？"

小伙子看了看杨小建，又扫视了一下车子，说："奔驰呀，怎么，去厂里谈业务？"

杨小建点了点头。

小伙子靠上来，满脸幸灾乐祸的神情说："闹了有一阵子了，说是啤酒厂的啤酒爆炸，把人家脚筋给炸断了，本来赔一万块钱算是了事，可不知怎么，说是让一帮黑社会给搅进去了，非要厂里再掏十万，不然就天天堵厂门。"

"怎么，这里还有黑社会？"杨小建笑道。

"有。个个都带着家伙，在芸川没人敢管。"

"公安局也不管？"战一杰问。

"派出所早来多少次了，他们一来，人家就撤了，可派出所一走，人家又来了。再说现在这世道，公安和那些光头都穿一条裤子，谁还真想管。"

"这不明摆着跟厂里过不去嘛。"

"谁说不是呢。保不准这是竞争对手下的狠招，我看厂里的领导也没啥辙了，这十万块钱是非掏不可喽。"

杨小建扭头问后面的战一杰："怎么办？"

"看看再说。"战一杰道。

2

杨小建把车熄了火。他二人从车上下来，慢慢挤进了人群。

只见厂子的电动伸缩门关着，里面有男有女，大约十来个人站在那里。伸缩门外面，人群中间空出一个场子，场子里有五六个顶着光头的彪形大汉，抱着膀子叉着腰，正在冲着伸缩门里面的人指指点点，像是叫号或是叫骂。

这几个大汉推着一辆轮椅，上面座着一个精瘦精瘦的男子，左腿的裤管挽得老高，露出缠满了绷带的小腿。看来这就是那个受伤的当事人。

战一杰远远望了望伸缩门里面的人，他们正围成一圈，应该是在商量对策。天有些灰暗，人的面目都看不太清楚。凭感觉战一杰知道，赵志国肯定在里面。

战一杰受命动身之前，洪生把芸川公司的情况向他作了大致的介绍。

战一杰调走后的第二年，芸川啤酒公司的合资双方就闹起了纠纷，随着矛盾与纠纷的不断升级，再加上啤酒厂原厂长马中一明里暗里的煽风点火，事态就发展到了水火不相容的地步。

马中一见时机成熟，就发动全厂的员工把外方的人员统统赶了出去，中方马中一又重新接管了啤酒厂。

外方占60％的股份，就这样被强行驱逐，自然一纸诉状就把合资中方和马中一告到了国际仲裁委员会。

官司一打就是两年，结果根本就没有悬念，外方胜诉，中方承担全部责任，包赔非法擅自经营期间外方的所有损失。

宣判结果一出，马中一随即便人间蒸发，不知所踪。外方找到芸川市政府，政府不是推就是拖，把责任全部推到了马中一身上。找不到当事人马中一，裁定书的一切都无法执行，外方连一个螺丝都甭想拿走。

面对如此困局，在董事会上还是洪生力排众议，提出了方案：搁置一切矛盾与争议，由外方接手把企业正常运转起来，在发展中解决问题。对于芸川的事，董事们确实也没有多大的兴趣，既然洪生这么说了，再说别人也没有切实可行的好办法，也就一致通过了这个方案。

芸川市政府对这个决定举双手赞成，马中一也结束了失踪生涯，乖乖回来办好了交接。外方派来负责接手的就是赵志国。

赵志国是洪生用高薪从华润啤酒集团挖过来的，他原来在华润总部负责人力资源与法务部门的工作，是个人才。这是洪生对他的评价。

赵志国是今年年初到的芸川，据洪生介绍，不到一年的时间，赵志国就把这个烂得掉了底的企业，带上了良性的发展轨道，确实不易。

企业步入了正轨，赵志国信心满满的以为，洪生会任命他为总经理。可这个时候，却派来了战一杰。

战一杰明白，此次回到芸川，首先要过的，就是赵志国这一关。

眼前在厂门口发生的事，赵志国会怎么来处理呢？站在人群中的战一杰，心头竟无缘由地掠过了一丝的兴奋与窃喜。

战一杰心里明白，芸川啤酒厂是个老厂，上上下下有一千五百多名员工，里面盘根错节的关系多着呢。当年战一杰就知道车间里有不少人是在社会上混过的，好像还有几个是小头头。现在黑社会明目张胆来闹事，就是欺负赵志国他们一班人是外地人，厂里的员工也在拭目以待，看看赵志国到底有几斤几两。

雨后的北风凉飕飕的，吹得人们直缩脖子。战一杰扫视了一圈围观的人们，个个都精神头十足的样子，别看天快黑了，却都没有要走的意思。这样的场景，让刚从国外归来的战一杰，觉得既熟悉又好笑。

寒风中，轮椅上的那个伤了腿的瘦子好像有点撑不住了，扭头向旁边的一个光头说了句什么。没成想那光头二话没说，当头就是一个耳光，打得他一下就又蜷缩回了轮椅里。

正在这时，只见电动伸缩门开了，从里面一前一后走出来两个人。前面是一个三十五六岁左右的中年人，大高个，穿一身笔挺的西装，生得白白净净，稍微有点秃顶，目光锐利，最明显的特征是有一个大大的鹰钩鼻子。战一杰心道：这应该就是赵志国。

后面出来的，是一个中等身材的瘦老头，这个人战一杰认识，是原来酿造车间的书记，叫胡玉庆。战一杰想，看来老胡现在应该是公司的领导层了，不然他不会出来。

赵志国出来没有搭理那些虎视眈眈的光头们，径自朝轮椅上的人走过去，走到跟前就伸出手去与当事人握手。

轮椅上的小瘦子一下子有点不知所措，接着又有点受宠若惊，竟然"忽"地一下从轮椅上站了起来！

他这一站简直就是石破天惊，令在场所有的人都不由一阵惊呼，接着人群里就传出了笑声。

这简直就是一个滑天下之大稽的笑话。这个受伤的当事人，本来腿上的脚筋让啤酒瓶子炸断了，就算是做了手术好得再快，也不可能一下子站起来！况且他早与厂里谈好了，要赔一万块钱的，那前面是怎么谈的呢？

等这个不该站起来的人反应过来，"扑通"一声又坐了回去。

显然赵志国也被眼前发生的事情惊呆了。这件事情他前思后想，做了多手准备，本来他这次的底线是五万块钱，可没成想事态的发展竟是这么出乎意料，令他哭笑不得，猝不及防。

脸色大变的赵志国没有过多地停留，扭身就往回走。这时，在外面围观的人群已炸开了锅，有起哄大叫的，有打口哨的，原来剑拔弩张的紧张局面竟一下子欢快了起来。

那五六个光头实在挂不住了，就恼羞成怒，挡住了赵志国的去路。

赵志国用锐利的眼光扫视了他们一下，不怒自威地吼道："让开。"

光头们你看看我，我看看你，进也不是，退也不是，像被赵志国的叫喝声定在了那里一样。站在远处的战一杰不由暗暗挑起了大拇指，心中暗道：这个赵志国果然不一般。

突然，人群里传出一声："打。"这声音不高，穿透性却挺强。战一杰听得出，这是命令！战一杰心道：是该出手的时候了。

战一杰朝旁边早已跃跃欲试的杨小建点了一下头，便循声向发出命令的那个人走去。

4

光头们听到一声令下，便不再犹豫，互相一碰眼光，就呈围拢之势，一步一步向赵志国逼去。

现场的气氛陡然一下又紧张起来。赵志国即便有所防备，却也无路可退。他瞅见后面的老胡正要不顾一切地冲过来，就大声说道："胡主席，别过来！"

这一声"胡主席"，把光头们喊得一个愣怔，扭头一看，才明白赵志国是冲后面这个老头喊的，差点把鼻子给气歪了，转身就朝着赵志国扑了过去。可就在他们扭头去看老胡的一瞬间，杨小建已挡在赵志国前面。

光头们只觉眼前一花，却见场中多了一个人。定睛一看，是一个结结实实、浓眉大眼的年轻人。一个脸上有块刀疤的大汉说："小子，从哪儿冒出来的，想趟浑水？"

杨小建一笑，也不答话，只是使劲握了一下愣在一旁的赵志国的手，示意他赶紧躲开。

那大汉见杨小建比他矮着半个头，竟敢这么不把他们放在眼里，火直往上撞，伸手就来揪他的衣领。

杨小建早有防备。他伸出右手，一下叼住大汉的手腕，住怀里一带，脚下一个绊子，"扑通"一声就将大汉放倒在了地上。

这几下招式简单，却出手如电，一看就是个久经沙场的练家子。

这下后面的几个光头就不干了。靠前面的两个从怀里拽出一根尺把长的铁条来，一左一右，呈犄角之式扑了上来。

杨小建并不慌张，脚步轻挪，一个鹞子翻身闪到了一边，还没等这两个光头反应过来，他一个扁踹连着一个旋风腿，已把二人踢倒在地上。围观的人群里轰然叫出了几声"好"来。

这时，人群中的战一杰已找到了那个下命令的人。这是一个精壮的中年人，大约三十五六岁的年纪，寸头，黑脸膛，眼不大却炯炯放光。战一杰用眼睛一扫周围，这个人的后面和左右，肯定有不下十来个人是他一伙的。

战一杰走上去，冲他伸出手，说道："你好！"

那个汉子也伸出手，回道："你好！"两只大手握在了一起。

两人同时感受到了对方的力度，不由都在心中赞了一声。突然，那人手上加力，想必是要试一试战一杰的深浅。

战一杰心中暗笑，手上却陡然卸力，整个手掌就突然软了下来，像团棉花。这是战一杰在印度时跟一个瑜伽高僧学的气功。

那人这一惊却非同小可。难道世上真有这种功夫，这应该是在武侠小说里才能发生的事，今天竟匪夷所思的发生在了自己的眼前，不由心中大骇。握着战一杰的手就像抓上了烙铁一样，忙不迭地甩开，口中却强作镇定地问："朋友，哪条道上的？"

战一杰道："不是道上的，是这个厂的员工。"

"员工？"

"是的，是员工。"战一杰故意大声重复了一遍。

杨小建那边，五个光头已趴下了仨，另外两个看大势不好，扭头就想跑。杨小建踮步拧腰，纵起身就要去追。

战一杰喊了一声："小建。"

杨小建停在了那里。这时整个厂大门口的目光都集中到了战一杰和杨小建的身上。人群里传出七嘴八舌的议论，这两个人是谁？怎么这么厉害？有人指了指停在路边的奔驰车说，就是从这车上下来的。

与战一杰握手的那名中年汉子明白，今天真是碰到硬茬了，便向前方的几个光头挥了挥手。那几个败下阵来的光头再也没了刚才的威风，一个个就如斗败的公鸡一般，带着满身的泥水分开人群，一溜烟跑了。

中年汉子走上前去，两手推起轮椅，推着那个早已吓瘫的当事人来到战一杰面前，说："这事该怎么处理？"

战一杰眉毛一扬道："你说怎么处理？"

"今天这事就算了，大家互相给个面子，交个朋友。"那汉子说着，从兜里掏出一张薄薄的名片，递给战一杰。

战一杰双手接过名片，笑道："那就多谢了，我叫战一杰，是这个公司的总经理。"

汉子没再多说，推起轮椅就走。跟在他身边的十几个人连忙拨开人群，前呼后拥地走了。

5

等厂门口的人群散尽，天已黑到了底。

赵志国、胡玉庆与战一杰、杨小建相互见了面，没有过多的寒暄。杨小建去开车，战一杰跟他们进了厂。

赵志国一见战一杰，心中是五味杂陈，说不出是个啥滋味。从今天的情形来看，这个战一杰绝不是池中之物。人家这第一个亮相，绝对是个满堂彩。

赵志国来到芸川已有大半年的时间。这半年来，赵志国可以说是殚精竭虑，呕心沥血，与政府斗，与马中一斗，斗得浑天黑地，最终理顺了外方与中方纠缠不清的关系，算是首下一城。接下来就是建章立制。马中一强行接管这几年，凭良心讲，管理是有的，要不然这个企业早完了，只是过于粗放。现在做企业，做得就是精，就是细，要精耕细作。

赵志国从不准随地大小便开始抓起，杀一儆百的手段用过，马踏青苗割发代首的计策用过，周瑜打黄盖的苦肉计也用过。总之，阴谋也好，阳谋也罢，赵志国总算把这个企业的管理带入了正轨。下一步要对市场进行划片承包，对干部实行竞争上岗，对员工重新定岗、定编、定薪酬……

可就在这时，战一杰来了，赵志国真是不甘心。原来他是代总经理，本指望这次把这个"代"字给去了，这可倒好，"代"字没去成，倒成了个"常务副"。

赵志国之所以能从华润集团这种红色央企跳槽到张氏，年薪20万是个原因，但绝不是主要原因。当时洪生通过关系找到他的时候，他对张氏作了全面的了解与评估，张重年时代的辉煌不是他看重的，他看重的是即将到来的洪生时代。

按理说以赵志国三十四五岁的年纪，能在华润这种央企做个主管，算是相当不错了。可赵志国心里明白，这绝不是自己想要的。整天茶水不离口，报纸不离手，让他既累又不甘心，国有企业的一切就像一根根藤条，束缚住了他的手脚。

另一个更重要的原因，是他的老婆。

赵志国的老婆叫东方凌云，他俩是河海大学的同学。东方长得不算漂亮，但家世显赫；父亲是发改委的副部级领导，所以她的追求者是前仆后继。赵志国是费了九牛二虎之力才一举夺魁。

费力也罢，受委屈也罢，可赵志国明白，只要能把副部级领导的女儿娶进家门，那他家的祖坟上就冒了八辈子的青烟了。

毕业的时候，别人都忙得鸡飞狗跳。赵志国却是稳坐钓鱼台，笑看云卷云舒。走出校门，东方凌云去了中组部的企业干部局，赵志国去了央企华润雪花啤酒的北京总部。

赵志国的父母原来是北京五星啤酒厂的职工，他自小就在啤酒厂长大，也算对啤酒不外行，所以对工作倒是得心应手。在工作上，赵志国是信心满满。那时候，华润雪花啤酒集团刚刚成立不久，正处于快速成长阶段。雪花啤酒以东北的沈阳为基地，以超强的资本为利器，一路南下，展开了大规模的兼并与收购，所到之处一路奏凯。赵志国负责收购与兼并的考察、调研、评估，天天有忙不完的工作。就在那个时候，赵志国也迅速地成长与成熟起来。

两年后，赵志国与东方凌云结了婚。那时，东方已是中组部五局的科级干部，是央企的直接领导。直到结了婚，赵志国才真正看清了东方凌云。这是一个欲望极强的女人，权力欲、占有欲、表现欲，甚至性欲。因为性格、家庭，甚至工作的关系，东方凌云在赵志国和他的家人面前总是高高在上。

东方不让赵志国抽烟，赵志国就戒了烟；东方不让赵志国喝酒，应酬的时候，赵志国就推说自己对酒精过敏；东方不会做饭洗衣，赵志国就全包了下来；甚至两人做爱的时候，东方喜欢赵志国用嘴吸用舌头舔，赵志国就得趴到她那黑森林上去吸去舔。有时两个已做了好几次，可东方还要，逼得赵志国满世上去买伟哥。东方对自己无论怎么样，赵志国都忍了，谁让自己当初攀了高枝，娶了个公主呢！嗨，这哪是什么公主呀，简直就是个主公！可对赵志国的父母，东方是横挑鼻子竖挑眼，这让他忍无可忍。

女儿出生以后，东方不让自己的母亲来伺候月子，非让婆婆来。其实赵志国的母亲不是不想来，是她知道这千金小姐不好伺候。可人家点了将，不去也得去。两个月下来，赵志国的母亲不知偷偷抹了多少眼泪，一到满俩月的头上，母亲说死也要走。临走时拉着赵志国的手说："儿子，你这辈子可有罪受了。"

母亲一走，赵志国就跟东方开了火。可开火又能怎样？最后还是赵志国服了软，写了保证书收场。日子就这样一天天过去，赵志国忙于带孩子干家务，工作上自是没有起色。可上面有老婆罩着，也没人敢把他怎么样，就给他调了个闲差，让他专心照顾家。几年下来，赵志国觉得自己已经废了，可总是心有不甘。

东方凌云这几年却如日中天，很快成了正处级，据说正在往副厅级迈进。这是个热衷于仕途的女人。为了前途，她什么都舍得。没有舍哪有得？尤其是女人进了仕途，只要什么都敢舍，肯定是大有所得的。

女儿大了，送到了全封闭的贵族学校。赵志国想，难道自己这辈子真的就这样了？这时，洪生找到了他。

6

赵志国来到芸川，就像出了笼的老虎一样，是卯足了劲想轰轰烈烈大干一番。正当他开始大展宏图的时候，洪生却派来了个战一杰。他对洪生的智慧与能力深信不疑，洪生在电话里跟他交代的时候，对他的能力和成绩也十分肯定。可他隐隐能听得出，这个战一杰来芸川不单单是任总经理这么简单，像是还有什么特殊的使命。对于战一杰，赵志国暗地里作了调查。

战一杰是芸川本地人，1996 年从川南大学微生物专业毕业，分配到了当时的芸川啤酒厂，干了一年的质检和生产，第二年就自告奋勇去干了销售。从销售员做起，业绩呈直线上升，显示出了惊人的市场销售能力。中外合资以后，被破格提拔为销售副总。两年后，战一杰去了雅加达的集团总部，任三公子洪生的特别助理。据说，洪生对他特别器重。

今天与战一杰一见面，赵志国就明白了洪生为什么对他特别器重。但是，赵志国心中更多的还是不服气。

进了厂大门，赵志国指着战一杰给大家介绍："这是我们公司新来的总经理，战一杰。"

按照常理，下面应该还有一句"大家欢迎"。可这句话赵志国故意没说，场面就有点耐人寻味了。有的想鼓掌，有的不想鼓掌。想鼓的刚伸出手，见别人没反应，就又缩了回去。

战一杰看得出，这些人都是公司的中层干部。赵志国的威信已经完全树立了起来，而且赵志国对自己不怎么欢迎。

这时，杨小建已经把车开进了公司大门，停好车后，就走了过来。战一杰打破了尴尬，给大家介绍道："这是新来的司库，杨小建。"

司库的职务是战一杰在路上想好的。在国外，基本每个实业型公司都有司库，一般都是领导班子的成员，分管出纳部和现金流。可在国内基本都不设这个职位。

杨小建是东北人，干过特种兵，退役后在哈尔滨的一家银行干安保工作。他女朋友是一家建筑公司的工程设计师，公司在巴基斯坦包了工程，他便随队来到了巴基斯坦。那时洪生和战一杰正在巴基斯坦搞冰醋酸项目，一个偶然的机会他们碰到了一起。当时洪生和战一杰在路上遇到了恐怖分子的袭击，两个人被三个匪徒用枪指着堵在了车里。其实来巴基斯坦投资以前，这里就发生过匪徒袭击华人的事件。可洪生不在乎，说不入虎穴焉得虎子，一个项目的利润一年能拿下几千万，这个风险值得一冒。可没成想还真让他们碰上了。

以他俩的实力收拾了这三个人是不在话下，可让人家用枪逼在了车里，浑身的本事无法施展，在这前不着村后不着店的野外，他们就只有等死的份了。就在这千钧一发之计，一辆摩托车飞驰而来，三个匪徒还没反应过来，三声枪响过后就都一命归西了。

骑摩托车的人就是杨小建。前几天他们公司的几个同事，包括他的女朋友在内，在毫无准备的情况下，在工棚里被几个匪徒枪杀了。这几天他一直提着枪红着眼在这一带打转，誓要为死难的亲人报仇。这次仇报了，还救了洪生和战一杰。

洪生收下了杨小建，让他辅助战一杰负责巴基斯坦的项目。

前几天战一杰接到洪生的命令，被派往中国，战一杰要求将杨小建带上，洪生答应了。一是巴基斯坦的项目已步入正轨，二是洪生知道他们两人的感情。洪生没有给杨小建安排具体的职位。杨小建这人胸无城府，老板没安排他也不问，反正跟着战一杰没亏吃。

战一杰想了，小建这人除了能打没什么特长，脑子也不够用，当个副总什么的，肯定是画虎不成反类犬。可要是进不了公司的领导层，收入和待遇肯定跟不上，自己也就少了条臂膀。所以，杨小建进领导班子，这是必须的。

司库这个职位不需要多少管理才能和经验，只要坚持原则就能基本胜任。战一杰相信，这一点杨小建没问题。而且，此次来芸川，自己是总经理，带个司库来，是顺理成章的事。所以，他就是要在真正的领导班子还没有成形之前，把杨小建任命为司库。

7

杨小建是个自来熟，跑上前来跟人们一一握手，并没有觉察出战一杰和赵志国的不和谐。

中层们刚才都见识过杨小建的身手，就跟见了李小龙一样，佩服自是不必说。司库这个职位，可能有人知道，也有人不知道，但都使劲握着手说："杨司库好！"杨小建没想到，一进厂门他就成了司库，这个职位倒是有点超乎他的期望，他以为战一杰是拉他来做保镖的。

赵志国一愣，心道：老板没说要派一个司库来，怎么一下又冒出了个司库。可又一想，战一杰是总经理，他要这个李小龙一样的人物做司库，自己是一点办法也没有，大可不必在这件事上纠缠。

说话间天已黑透了，华灯初上，天上又飘起了微雨。

胡玉庆走到赵志国跟前，低声问道："下面怎么安排？"

赵志国说："让大家都回家吃饭吧，今天是闹腾了一天了。下通知明天早晨八点在二楼会议室开中层以上干部会议。"说完，他俯在老胡耳边说了几句，让老胡去安排，他便陪着战一杰和杨小建往厂里走去。

一边走战一杰一边问:"胡主席今年有五十吧?"赵志国说:"整五十。"接着又补充道:"老胡还兼着办公室主任。"

显然,赵志国知道战一杰问话的意思。当前,不论是中外合资企业,还是外方独资企业,工会主席是个十分敏感的角色,若不是老胡兼着办公室主任,断不会这样。

来到办公楼跟前,战一杰驻了足。抬头望着依然如故的办公楼,首先漫上心头的是温情,继而是怅然。

这是一座古香古色坐北朝南的三层砖结构小楼,主要特点就是"圆"。顶是圆的,门的上楣是半圆形的,窗子整个是圆形的,所以这座楼就叫圆楼,是上世纪 50 年代酒厂的职工出义务工修建而成,一度曾是这个小城标志性的建筑。当年那句顺口溜:"一条马路一座楼,一个公园一个猴,一个警察看两头"中的一座楼,就是这座圆楼,它铭记着这个厂曾经的辉煌。

芸川啤酒厂是个老厂,前身叫芸川酒厂,占地五百多亩,坐落在芸川市区的中心地段。芸川酒厂始建于 1945 年,是由一家手工酿酒作坊演变而来。早在 1969 年,芸川酒厂生产的玉泉陈酿,就以窖香浓郁、入口绵甜、回味悠长的特点,在全国第二届白酒品评会上大出风头,位次仅列于八大名酒之后,引起过中央领导的重视,还专门送了一批酒进北京。据说周恩来总理还亲口尝过,评价说口感不次于国酒茅台,这成了整个川南省的骄傲。由此芸川酒厂的规模,在历届领导手里,一次又一次地扩大,到 1976 年已成为芸川县最大的企业。

更值得酒厂人骄傲的是,三年自然灾害期间,芸川遭受了严重的饥饿灾害,酒厂仓库存下的那几百吨地瓜干,救了全县人的命。那时,酒厂门前天天排满了拿着蓝子领救济粮的人们,排的队伍一直绕着厂子转了一圈。

"文化大革命"期间,酒厂同样跑在了时代的前列,文攻武卫样样领先。酒厂的厂长爬上了芸川县革委会主任的位置,竟把这座圆楼当成了县革委会的办公地点,直到"四人帮"倒台撤了革委会的建制,才恢复了原样……

赵志国见战一杰神情肃穆,就驻足等他。这时楼道和二楼的灯亮了起来,战一杰这才收回思绪,同赵志国并肩进了楼。

赵志国的办公室在二楼的最东头,里面的陈设简洁而明快,最显眼的是,进门迎面的墙上,挂着一幅老板张重年与现任国家领导人握手的巨幅照片,凸显出了企业的气势与规模。

办公室的里面还有一个套间，门关着，不知是休息室还是小会议室。

赵志国招呼战一杰在沙发上坐下，说："战总来之前也不提前打个招呼，我们好作准备。"

"准备什么。我就是从这儿出去的，这是回家哪。"战一杰笑道。

"战总这是衣锦还乡。对了，你的办公室在西头，要不要先看一下，时间太仓促，也不知收拾得合不合你的意。"

"不用了，我对办公室不讲究。"

"别人可以不讲究，你是总经理，是这个公司的门面，马虎不得。"

两人正说着，一个穿工作服的高个女工就敲门进来，要给他们冲茶水。赵志国说："不用了，我们马上要出去吃饭。"

正好老胡走了进来，冲赵志国点点头："酒店和招待所都安排好了，杨司库已把行李放到了房间。"

赵志国说："今晚给战总接风，刚才人太多，我没讲，私下又让胡主席单独下了通知，主要是销售、生产几个大部门的经理。"

"车在楼下等着呢，我们走吧！"老胡说。

8

来到楼下，杨小建和几个人站在灯影里，老胡摆手让他们上了一辆全顺面包，自己和两位老总上了一辆黑色的奥迪。看着忙活了一天才坐到副驾驶位上的老胡，战一杰心想：上了年纪，再去干这些迎来送往伺候人的差事，可是有点过意不去。在战一杰的印象里，芸川啤酒厂的职工，尤其是老职工们，都是非常骄傲的，这种骄傲是骨子里的，是来自于企业当年的辉煌，是当了多少年工人老大哥的骄傲，是堂堂国营企业主人翁的骄傲。本来这种骄傲早就应该在 20 世纪 90 年代被无情的市场经济给击碎了，可在这个畸形发展的企业里却顽强地保存着。

战一杰看见刚才上全顺的几个人中，有一个女的眼熟得很，天太黑又离得远，看不太清，一时也没想起在哪儿见过。战一杰想，自己一去六年，也不知厂里原来的同事还有多少，一来二去，时光流转，自己的位置、身份都截然不同了，倒有一种物是人非的感觉。

接风的酒店叫梦泉大酒店。在战一杰的记忆里，这里当年是邮局，是一排平房带院，可现在已是一片灯火辉煌了。

在芸川，叫"梦泉"的特别多。芸川啤酒厂在 80 年代初才开始生产的啤酒，就叫梦泉啤酒。还有梦泉瓜子、梦泉暖气片等等。这些，都缘于一个美丽的传说。

在芸川的东边有座山叫玉泉山，相传兵圣孙武曾经在玉泉山上修习武艺，钻研兵法，但始终不得其法，苦闷异常。有一天，孙武做了一个梦，梦见一位老神仙把孙武领到玉泉山下，用手指着一片开满鲜花绿草肥美的地方，说："这下面有一眼泉，你喝了泉水就能心灵开窍，顿悟得道。"说完，老神仙就飘然而去。

孙武从梦中醒来，就循着梦里的记忆，果然找到了玉泉山下那个有泉水的地方。孙武喝了这里的泉水，脑子里立刻灵光闪现，所有的难题都迎刃而解。索性他就住在了这眼泉水边，潜心著书，完成了举世闻名的《孙子兵法》。这眼神奇的泉，因为是孙武梦中所发现，就取名"梦泉"。后来，梦泉的水越来越大，形成了玉泉山一大水系，成了整个源山市的水源地。

走进酒店，进了一个宽敞的大房间，里面布置得有些朦胧，确实有点梦的味道。赵志国张罗着让战一杰和杨小建坐在了主宾和副主宾的位置，指着后面跟进来的一个女的说："肖总，我做主陪，你来副陪。"

一叫肖总，战一杰这才注意到后来跟进来的那个女的。这是一个典型的南方美女，齐耳的短发，五官精致，身材小巧玲珑，皮肤白得直晃人眼。

"肖春梅！"战一杰脱口叫出了她的名字。

肖春梅笑盈盈地迎上来，伸出手来和战一杰紧紧握在了一起，说："战总，我还以为你不认识我了呢？现在我是这里分管销售的副总。"

"哪里，哪里！一别六年，仿佛就在昨天呀，忘了谁也忘不了你这大美女。"战一杰笑道。

赵志国笑着说："原来你们早就认识呀。看来这是第二次握手，战总，这第二次握手可是缘分哪，等会可得多表示两杯。"

"两杯可不行，得六杯，是不是，战总？"肖春梅说。

战一杰笑道："我酒量可不行，甭说六杯，两杯就醉了。"

众人随声笑着分宾主落座。赵志国又指着下面落座的几个——给战一杰介绍。跟老胡挨着的是个高大结实的中年人，战一杰记得他，当年是酿造车间的主任，叫徐国强，外号徐大马棒，是个务实敦厚的人，现在是生产设备部的经理。老徐站起身，分别冲战一杰和杨小建点点头。

挨着老徐的是一个黑脸汉子，战一杰更是认得，当时是销售部省外片的主任，叫马汉臣。此人心计很深，极为难缠，是个软硬不吃的主，据说是马中一的一个本家亲戚。战一杰当销售副总的时候，他就是不服管，还总是出难题，但他的销售业绩非常突出，所以谁也拿他没办法。他现在是销售部的经理。马汉臣冲战一杰点了点头。

挨着肖春梅的是个胖乎乎的年轻人，喜眉笑眼的，带着一幅金丝边眼镜。他叫叶子龙，是市场部的经理。叶经理连忙起身，转到战一杰和杨小建身边，热情地和他们握手，说："我是刚从青啤过来的，还请战总和杨司库多多关照。"

9

赵志国吩咐服务员上菜，又扭头问战一杰："咱喝什么酒？"

战一杰说："来点白酒吧，喝点白酒暖暖身子。"

赵志国一拍桌子说："好，上茅台。"

杨小建在一旁开了口："茅台太贵了，来瓶便宜的就行，北京二锅头吧。"

"那哪行，节约也不在这两瓶酒上。你们二位不远千里来到芸川，接风洗尘就喝最好的。"赵志国说道。

"敢情是花老板的钱，大方得很呀。"杨小建的语气有点不阴不阳。

话一出，气氛一下就僵在了那里。赵志国变了脸，道："杨司库这司库还没上任，就管得这么紧哪。怎么，您的意思是，这钱让我自己掏？"还没等杨小建开口，战一杰马上把话接了过去，说："杨司库这是开玩笑呢。喝什么都一样，要不咱先要一瓶茅台，剩下的喝咱自己生产的啤酒，我可是有五六年没喝过咱自己的啤酒了。"众人都随声说好，气氛总算缓和了下来。

战一杰知道赵志国的底细，此人的能力与心计绝不是小建能比的，真要是一个照面就闹僵了，以后的工作会不好开展。再说，杨小建的这个司库，现在还名不正言不顺。

赵志国的脸色马上就变了过来，笑呵呵地要过服务员刚启开的酒瓶，给杨小建满上一杯，说："你们在国外喝不着这国酒，早抢下杯吧。"

杨小建用手叩着桌面表示感谢，口中说道："抢不抢的吧，俺这点鸟量，早喝醉了早钻桌子底。"

赵志国碰上这号人，也是没法计较。下午见识过他的功夫，真吃不准，这个杨司库是深藏不露大智若愚呢，还是真的愚？

等服务员把酒都满上，菜也上来了。赵志国举起杯来说："今天就按咱芸川当地的规矩进行，主陪带三个，副陪带三个，喝个六六大顺以后，三陪四陪再带。我带第一个。欢迎战总荣归故里，还有杨司库的大驾光临，我们芸川啤酒公司是如虎添翼，大有可为啊！"说罢一仰脖，一杯酒一饮而尽。

众人也都举杯干了。

接着就是第二杯。赵志国说："这第二杯，感谢我们老板对芸川公司投入了这么大的人力、财力、物力，是芸川公司全体员工的荣幸，也是整个芸川的荣幸。"说着第二杯又见了底。

这酒杯虽然不大，可少说也得有一两，这菜还没吃一口就灌下去二两多53度的茅台，战一杰倒是没事，可杨小建的脸已红到了脖子根。战一杰知道小建的酒量，连忙说："赵总，这样喝可受不了，太急，咱还是慢慢来。"

赵志国笑道："好好好，慢点就慢点，吃菜吃菜。"

战一杰扫视了一下在座的其他人，都面不改色。只是肖春梅有点皱眉头，却也丝毫没有退却的意思。

菜是地道的芸川口味，上菜也是典型的芸川风俗。先是四个干果，再是四个点心、四个鲜果、四个拼盘。战一杰知道，后面肯定是四个热菜、四个大件。一看这阵势，战一杰真有点迫不急待了。他夹了一筷子干炸肉，又尝了一口酥锅。菜确实地道，仿佛一下子又回到了小时候过年的时节，心头自是有一股热浪在翻腾。

这时，赵志国举起第三杯。还没等他开口，杨小建先说："我不行了，喝不下去了。"

赵志国说："这第三杯主要是感谢杨司库下午的大显神威，要不可真不知要怎么收场。这杯酒，你杨司库非喝不可，黑社会你都打趴下了，还惧这杯酒？"

杨小建涨红着脸，给赵志国这几句话抬得高高的，只好干了。三杯还没带完，一瓶酒就没了，赵志国喊再拿两瓶。这时，杨小建已晕头转向找不着北了，再也没工夫计较酒的事了。

战一杰心里明白，赵志国这是因为今天下午的事，觉得有点丢份儿，想在酒桌上跟自己叫叫号，找找面子，更是在试自己的分量。战一杰不动声色，也想就此试试赵志国的酒量。战一杰对自己的酒量心中有数。

去年跟洪生去俄罗斯谈项目，对方是一个两米多高的俄罗斯人，酒桌上非要跟战一杰比比酒量。他俩一共喝了四瓶老俄得克，喝得俄罗斯人下楼时滚下了楼梯；战一杰当时没丢份，可回来后烧得胃出血，住了半个月的医院才算恢复过来。之后战一杰一般不喝酒。可这次是回到芸川的第一场战役，面对的又是赵志国这样非同一般的对手，自己也只好再拼一次。

10

芸川的酒风比较厚道，这一点战一杰十分清楚，所以并不担心。

这喝酒的风俗，一个地方一个讲法，一个地方一个样。战一杰这些年走南闯北，对酒桌上的见识多了去了。有的地方兴敬酒，有的地方兴端酒，还有的地方兴派酒，不是敬的、端的、派的人多喝，就是被敬、被端、被派的人多喝，都不怎么公平。芸川这一带喝酒兴带，就是有人带头，大家一起喝，带的人喝个什么样，大家都得喝个什么样，谁也甭想草鸡，一般能坚持到最后的不多，所以像杨小建这样的，带不上几轮，就会被早早间苗。

主陪带完了，轮到副陪肖春梅带了。肖春梅端着酒杯站起身，说道："我也带三杯。这第一杯是信心酒。这次总公司把战总派到芸川，是个英明的决策。战总是营销高手，肯定能带领我们把芸川的市场销售工作搞上去。销售是龙头，龙头起来了，整个公司也就起来了。所以，从现在起，我们的信心更足了。"说罢，一仰脖先把酒干了。

在战一杰的印象里，当年肖春梅是干财务的，是一个柔柔弱弱的小女子。没想到，六年以后，她竟干起了销售，并且早已来到了芸川，俨然成了一个干脆利落的职场精英。刚才她的一番话既不失场面，又把自己的重要性摆了出来，确实不一般。

大家吃了几口菜，肖春梅又端起酒杯来说："这第二杯酒，是决心酒。我代表芸川公司的销售团队，当然也包括在座的马经理和叶经理，向各位表个态。我们一定尽心竭力把工作做好，有一分光就发一分热，努力做到上不辜负老板，下不辜负员工，请在座的各位监督。"

这时，马汉臣和叶子龙也站了起来，和肖春梅一起干了杯中的酒。

"好！"坐在那里早已红头涨脸的杨小建，竟鼓掌叫起了好。

这时，席上已开始上大件，都是一个个大瓷盘。赵志国用公用筷子给战一杰和杨小建一人夹了一个豆腐箱，说："趁热，尝一尝。"

杨小建左右端详着眼前小盘里的菜，问："这是什么'香'？"

战一杰道："这是豆腐箱。把豆腐切成箱子一样的小块炸了，再把里面的豆腐给抠出来，填上馅儿再上锅蒸，蒸好了再装盘用汤汁勾芡。是典型的芸川菜，做起来很费工夫。"

杨小建大口尝了，摇头晃脑地说："是好吃。"说着又去夹了一个。

吃了豆腐箱，肖春梅带第三杯酒。她带的第三杯酒是祝愿酒，祝芸川公司早日腾飞，祝大家身体健康。大家齐声说"好"，就又干了。

主陪、副陪都带完了，老胡就说："那我来三陪吧。"大家都笑了。老胡端起酒杯，郑重其事地说："我带两杯酒，表达两层意思。一是祝贺我们芸川啤酒公司从合资纠纷的泥潭中拔出腿来，从 1997 年合资，到后来的中方夺权驱逐外方，再到后来外方打赢官司重新接管，一直是风雨飘摇，最终受苦的还是咱们的一千五百多名员工。今年以来，总算在赵总的带领下，走出了低谷，步入了正轨。现在，总部又派来了战总和杨司库，那真是可喜可贺。第二层意思，是敬几位在座的领导，愿几位领导一定同心协力，为企业着想，心往一处想，劲往一处使，重振咱芸川啤酒公司的雄风。"

老胡是工会主席，干过车间书记，又从事过长时间的政工工作，年轻时就是省一级劳模，所以讲起话来很有一套，像个政府领导。但刚才这些话，从他嘴里讲出来，不卑不亢，又满含了真诚，所以这两杯酒大家喝得都挺痛快。痛快是痛快了，此时的杨小建，已趴在了桌子上，怎么喊也喊不起来。赵志国真没想到杨小建真的不能喝，就用眼光去问战一杰。

战一杰说："不用管他，我们继续。但这酒不能再这么喝了，再这么下去，我也得趴下了。"

赵志国颇为为难的样子，说："人家几个经理还没带酒呢，你这新来的老总，不让大家表示一下心情怎么行？"

这时，生产设备部的经理老徐站起来，说："这样吧，我就带一杯，欢迎战总。"说着，把酒干了。战一杰知道，老徐原来就没什么话，现在还是老样子，赵志国肯定希望他多带几杯，可他却不看赵志国的眼色行事。果然，赵志国把酒干了以后就说："徐经理，一杯酒就把意思表示完了？"

老徐说："表示完了。"

11

还有马汉臣和叶子龙两个人没有带酒，但他两人看上去确实是喝不动了，再说刚才肖春梅带酒的时候也把他们捎带上了，所以他们就低下头不吱声。

赵志国终于忍不住了，说："叶经理，你怎么样？"

"我实在是喝不下了。"叶子龙说。

赵志国说："酒品看人品，这酒喝不下，我看你以后工作怎么干？"

叶子龙没有办法，只好硬着头皮带了一杯。可酒刚喝下去，实在忍不住了，一扭头，"哇"地一声全吐了出来。

马汉臣连忙招呼服务员来打扫，等打扫干净，他就扶着叶子龙出去了。

这一闹，酒是没法带了。战一杰注意到肖春梅出去了一趟，回来的时候，眼圈红红的，应该是去卫生间吐了。战一杰就说："我看今天就到这儿，今后我们就是一家人了，机会多的是。"

赵志国说："这样吧，酒是不带了，咱们单独表示。"按理说，每个人都带了酒，心情也就表示得差不多了，一般就不再单独表示了，除非有比较特殊的意思。赵志国刚说完，肖春梅就站了起来，说："战总，我单独敬你一个，表示感谢，意思你明白。"说完就先干了。

肖春梅这话确实只有他两人心里明白，可别人听起来就有点暧昧了。赵志国笑道："原来你们早有一腿呀，那看来我是没戏了。"

肖春梅瞥了他一眼说道："没有一腿你也没戏。"说着，摸起酒瓶先给战一杰满上，自己也满上，说："咱好事成双。"就又干了。

老胡安排服务员上主食，一人一碗清汤面条。赵志国说："你们不喝酒的可以先吃，我得再和战总单独表示一下。"

其他人一听，立马唏哩呼噜吃开了面条，都找个因由退了出去，房间里只剩下赵志国、战一杰、肖春梅，还有一直趴在桌子上的杨小建。

战一杰明白赵志国的意思，见他这八九两的茅台下肚仍面不改色，确实是有点酒量，就端起杯说："赵总，我敬你一杯。"

赵志国说："哪里！战总，你是老总，应该是我先敬你。"

战一杰站起身，伸手把赵志国的酒杯端起来，说："赵总，你太客气了，你是老兄，应该是小弟敬你。"

赵志国也站起身，伸手端起战一杰的杯，说："好，就冲老弟你这句话，咱得干一大杯。"说着就冲外面喊："服务员，拿俩大杯来。"

三两三的大杯拿上来，两个人倒满，一碰杯就都一饮而尽。

这一大杯下去，战一杰看出赵志国是管事了。这时，肖春梅也端了个大杯站起来，有点嚷着鼻子说道："来，我也敬二位领导一大杯。"

这可把战一杰吓了一跳，心道：俺这姐姐这是不要命了。连忙起身去夺肖春梅的杯子。赵志国一把拽住战一杰，说："你干什么？人家肖总敬的酒，咱可不能不喝。"这一耽搁，肖春梅一口就把一大杯酒给干了。战一杰也只好陪着赵志国又干了。

这第二大杯下去，赵志国明显不行了。战一杰说："我看今天就到这儿吧，以后有机会咱弟兄俩再喝。"

赵志国借坡下驴，舌头打着卷说："好吧，今天咱就到这儿了，你们赶了一天的路也累了，早些回去休息吧。老弟，你真是好酒量，哥哥服了。"说着一挥手就把桌上的茶杯碰倒了，撒了一身水。看来酒劲泛上来了。

战一杰一看肖春梅也趴在桌子上不动了，就连忙去外面招呼人。

12

老胡早已安排司机把其他人送走了。他让司机小耿去伺候早已晃来晃去的赵志国，他自己去扶趴在桌上的杨小建。小建没等老胡扶就爬了起来，说："我不要紧了，走吧。"一旁的战一杰心道：这小子也学会动脑子了，自己还多担了一份心。

对面的肖春梅站也站不起来了，战一杰赶紧去扶她。

这时，赵志国在大厅里大声喊："服务员，服务员，买单。"

战一杰心中暗笑，这酒就是好东西，赵志国这一喝多，倒和老胡抢开了工作，彻底没了一直端着的老总架子。

老胡走上去扶住赵志国说："账我已经结了。"

他们几个搀扶着出了酒店。老胡把赵志国安排上小耿的车先走了，又和他们一起上了全顺车，吩咐王师傅回厂里的招待所。

招待所就在办公楼的后面，是一座带院的三层楼。赵志国、战一杰和杨小建都住一楼，肖春梅住在二楼，三楼是餐厅。

战一杰把肖春梅扶下车，她已醉得站都站不住了。见老胡张罗着在安排杨小建和赵志国，他就背起肖春梅上了二楼，好歹从她包里找着了钥匙，打开门进了房间，把软成一滩泥的肖春梅放在床上。肖春梅刚躺下，"呼"得一下就吐了，吐得她自己脖子和胸前都是。

战一杰本想出去看看有没有女服务员，可又一想，一是天晚了，二是肖春梅又是个副总，这幅狼狈相要是让员工看见，还不成了笑谈。他把门关上，把肖春梅扶起来给她脱衣服。

肖春梅已人事不省，嘴里只是不住地"哼哼"。上衣脱下来后，看她粉红的乳罩也湿了，战一杰索性又把乳罩给她解了下来。

肖春梅已经30岁了，身材保持得挺好，一对乳房仍然坚挺，一对紫红色的小乳头镶嵌在上面，越发显得娇艳欲滴。肖春梅的皮肤很好，白里透着红润，虽然有些松弛，但这都掩盖不了上海女子特有的水嫩软香，更有一番成熟的风韵。

战一杰忍不住伸手去摸那对饱满的乳房，他的手在两座山峰上游移了几个来回，刚想用嘴去吸吮一下那两颗紫葡萄，却见那对乳头早已鲜亮地挺了出来。

战一杰瞅了瞅肖春梅的脸，她仍然闭着眼在那里"哼哼"，像是对这一切浑然不觉。战一杰干脆把肖春梅的腰托起来，解开腰带，连裤子带裤头都给她脱了下来，整个玲珑白嫩的肖春梅，就一览无余地呈现在他面前。

再看肖春梅，虽然眼没睁开，但喘息声明显变粗了，胸脯有了起伏，嘴里也不再"哼哼"。战一杰笑了笑，到洗手间拧开水龙头，捧起两捧凉水冲了冲发烫的脸颊，又找了块毛巾用热水洗了洗，就托在手里走出来。只见床上的肖春梅两腮一片酡红，一丝不挂的胴体似一匹白缎子一样格外刺眼。

战一杰走上去，用热毛巾在肖春梅脸上、脖子上、乳房上轻柔地擦了擦，顺便看了看那片郁郁葱葱掩盖下的湿地，早有水流出，湿了一大片，也就没再碰她，拽过被子给她盖好，把脱下的衣服放到洗手间的面盆里，放水泡上，然后把门给她带好，这才下楼回了自己的房间。

第三章　依计而行

1

第二天，中层会召开以前，战一杰与赵志国先碰了一下头。在战一杰的办公室里，赵志国把笔记本往茶几上一放，问："这办公室你还满意吧？"

这间办公室要比赵志国的办公室大出了一倍，沙发和桌椅都非常高档，还摆了几棵高大的花木，既上档次又有气势。

战一杰说："赵总真是费心了。"说着，招呼赵志国在沙发上坐下，又道："会前咱俩先沟通一下。这次我回到芸川是有点突然，说实话我自己也没想到。但老板肯定自有老板的道理和想法，这点希望你能理解，我想最主要的还是咱们两个能统一认识。"

与赵志国的正式谈话，战一杰曾作了多种设想，但想来想去，还是开诚布公的好。

洪生所赠的三个锦囊战一杰已打开第一个，内容并没有多少悬念，更没有多少神秘，主要是要他从抓市场销售入手，锐意创新，迅速把企业做大做强，同时缓解并做好与当地政府及政府官员之间的关系，为下一步工作打好基础。至于下一步的工作是什么，肯定在下一个锦囊里。老实说，战一杰对下一个锦囊很好奇，但他还没有愚蠢到偷偷打开的地步。

对于战一杰的开门见山，赵志国倒是没有什么反应，正色说道："战总请放心，我一切行动听指挥。你是总经理，有什么工作安排就是。"

"现在公司大概是什么状况？"

赵志国说："内部管理方面，劳动关系已基本理顺，按照《劳动法》公司都与员工重新签订了正式的劳动合同；管理制度方面已经比较完善，各项管理规定、岗位职责、指标考核等基本健全。这个公司是老国营转过来的，原来的管理底子很好，只是这几年乱了，没人去执行，没人去检查，经过这将近一年的扭转，基本算是步入了正轨。

现在公司设有九个部门，销售部、生产部、市场部、仓储部、财务部、采购部、人力资源部、质量技术部和办公室，部门经理都是原来的，为了保持稳定一直未动。

外部环境方面，与政府及政府的各个部门都还处于解冻期。原来马中一驱逐外方，并不单纯是他的个人行为，没有政府的支持，他有几个胆子敢这么干？而现在呢，官司打到了国际仲裁委。你外方不是赢了吗，那你就把企业做起来，人家政府部门是敬而远之，这个破冰之旅很艰难。"

战一杰又问："现在最突出的问题有哪些？"

"最迫切的就是资金问题。我们啤酒行业在北方，季节性非常强。今年我们在五至十月份的旺季没卖多少酒，账上没钱，现在已全面进入淡季，最愁的就是这几个月员工的工资怎么发。"赵志国说道。

正说着，有人敲门，战一杰喊了声："请进。"

老胡开了门，站在门口说："开会的人都到齐了。"

战一杰看了一下手表，还差五分钟才到八点，心道：看来在管理上，赵志国抓得还真是不错。

二人起身来到会议室，椭圆形会议桌两旁已坐满了人，里面椭圆形的围堵头上空着三个位子。战一杰在中间，赵志国和胡玉庆分别在两旁坐好。

赵志国冲着会场扫了一眼，语气沉稳地说道："大家都到齐了，咱们开会。下面先请胡主席读一下总部的任命书。"

胡玉庆从记录本里抽出一份从总部传真过来的任命书，念道："经集团董事会研究决定：任命战一杰为芸川啤酒公司总经理。任命赵志国为芸川啤酒公司常务副总经理……"

老胡念完后，带头鼓掌。等掌声停歇，赵志国道："下面请我们的战总经理讲话。"

赵志国讲完，下面传来了几声噼哩叭啦的掌声。鼓掌的人见大家没鼓，连忙尴尬地停了下来。

战一杰笑了笑，说道："掌就不用鼓了，我看基本都是老面孔，对我也不陌生，但毕竟六七年过去了，下面请大家挨个自我介绍一下，咱们也好相互熟悉熟悉。"

2

在座人员的自我介绍都很简单，基本都说了说姓名、年龄和所任职的部门。战一杰心里明白，这些在企业干惯了的人，一般都不怎么善于交际应酬，也没有过多的言谈，这是常年面对生产线工作养成的职业性格。

在座的人战一杰早已见过了大半，销售、市场、生产、办公室的部门经理，昨天晚上在一起吃饭，他心中已基本有数。仓储部的经理叫曹坤，是个瘦弱的小老头，两鬓已经斑白，只是两眼很是精亮，透出了精明强干。对曹坤，战一杰原来没什么印象。

财务部的经理是女性，叫晏春，很年轻，高个子，细腰身，带着眼镜，一看就知道是个科班出身。晏春在自我介绍的时候，赵志国低声对战一杰说："晏春是注册会计师，是今年才聘来的，业务很棒。"

采购部的经理叫许茂，是个精干的中年人，原来在车间干过统计员。战一杰依稀还有些记忆，对他的印象还不错。

人力资源部的经理叫钱冬青，年龄不是很大，却有点秃顶。此人战一杰算是比较熟悉的。他原来是厂里的生产副厂长，也算是学啤酒专业出身，可他说话办事总是喜欢别出心裁，叫人捉摸不透，也很难沟通。合资以后他副厂长不干了，换了好几个部门，现在成了人力资源部的经理。

质量技术部的经理叫胡小英，三年前从川南大学微生物系毕业后进的公司，是个漂亮得让人有点惊艳的女孩子。

大家自我介绍完毕，战一杰道："今天是我到芸川公司的第一次会议，因为公司的具体情况我还不是很熟悉，就先谈两个方面的问题。"

大家一听，连忙打开了记录本。

战一杰说道："我要谈的第一点，是公司当前面对的形势。我本人就是从这个厂子出去的，对厂里的过去很熟悉。芸川啤酒厂有过辉煌，但过去的辉煌不代表现在，更不代表将来。自从进入 20 世纪 90 年代以来，准确地说，应该是国家从计划经济转型到市场经济以来，我们芸川啤酒公司就开始落伍，开始落后于时代了。别的企业都在搞转型搞改制，我们没有搞。我们搞了合资，而这个合资，却没有使企业在体制和管理上发生本质的转变。别的企业都在优化结构、减员增效的时候，我们却在轰轰烈烈闹纠纷，打国际官司。现在官司打完了，凭良心说，作为张氏集团算是仁至义尽，不计前嫌地又把企业接过来,要把企业做下去,还要做大做强。我觉得,我们芸川啤酒公司的一千五百名员工是应该感恩的!"

战一杰的声音越来越高,现场气氛格外凝重。

战一杰接着说道:"张氏是把企业接过来了,可老板明确指示,不会再给芸川投一分钱。我们该怎么办?"

现场一片鸦雀无声,静得连掉根针的声音都能听得见。

战一杰缓了缓口气说道:"我要谈的第二点,就是下一步我们该怎么办,我们该如何自救的问题。会前我跟赵志国常务副总作了简单的沟通,现在我们面临的形势非常严峻,我们的账上没多少钱,而啤酒的淡季已经到来,那么就意味着,在将来四至六个月的时间里,我们只会有很少的啤酒销量,甚至没有销量。没有了销量,就没有收入。没有了收入,公司怎么运行?员工的保险怎么交?员工的工资怎么发?明年的生产怎么启动?这就是今天我给大家安排的第一项工作。大家想一想,我们该怎么办?我要求大家每个人,站在自己的角度上来考虑这个问题,要敢想敢说,不要怕说错。"

战一杰扭头问一旁的胡玉庆:"我们是不是有例会制度?"

老胡说:"每周一早上八点开中层干部会。"

"那好。我给大家一周的时间,下周一的中层例会上,大家每个人都得发言。当然,这期间谁要是有什么好的想法,可以随时找我沟通。"

3

开完会,赵志国没有回自己的办公室,而是来到战一杰的办公室。

一进门,赵志国就问:"战总,你这次来老板没说资金的事情?"

战一杰招呼赵志国坐下,说:"老板说了,一分钱也不往芸川投了。"

赵志国有点不大相信,说道:"我来的时候,总部是批了二百万带过来的。"言外之意,你战一杰来当总经理,总得带点钱过来。

战一杰笑道:"那是你赵总面子大。"

"我不是跟你开玩笑。像我们公司这种情况,想翻身,不是一朝一夕之功。前期若没有投入,甭说发展,就连生存都很难。再者,像啤酒这种快速消费品,实属微利产品,市场竞争异常激烈,在这种市场环境下,要想一下子把企业做大做强,谈何容易。"赵志国顿了顿,又道:"今天你在会上宣布让大家来想办法,集思广益,这我不反对,可你千万别指望他们能给你想出什么锦囊妙计来。"

"赵总，你是太小看我们的干部和员工了。有句话'办法总比困难多'。我相信，只要我们全公司上下团结一心，心往一处想，劲往一处使，没有过不去的火焰山。"战一杰说。

赵志国见战一杰胸有成竹的样子，也就不好再说什么。

这时，传来了敲门声，战一杰还没开口说请进，杨小建已自己推开门走了进来。他一看赵志国也在，就开口问道："刚才开会怎么没通知我？"

"你司库的任命还没下来，所以就没通知你。"战一杰说。

"没下来不要紧，我先熟悉熟悉工作也行，总得安排个办公室吧。"

战一杰笑道："办公室会有的，一切都会有的。你先回避一下，我还跟赵总有事要商量。"杨小建边往外走边说："那我到办公室找老胡聊聊。"

杨小建出了门，战一杰起身去找杯子，要给赵志国倒水。赵志国笑道："你先别找了，你这是头一天上班，杯子、茶叶还没来得及给你准备好，一会办公室会来人安排。要不先到我那边去，你这边他们也好来收拾。"战一杰就跟着来到赵志国的办公室。

赵志国泡好茶水，一人倒上一杯。战一杰饮了几口，放下茶杯说道："现在公司的领导班子是什么情况？"

"现在领导班子就三个人，我、肖春梅，还有胡玉庆。肖春梅是从上海公司调过来的，跟我一块进的芸川，她分管市场和销售。胡玉庆管办公室，其余的都是我在管。现在你来了，你看怎么定？"赵志国说。

"我的意思是，你们三个当然不用动。你和肖总都是总部任命的，胡玉庆的工会主席是选出来的，分工也比较合理。那么，再加我和杨小建，我们五个人就可以了。"

赵志国没吱声。战一杰知道，赵志国对杨小建进领导班子肯定不那么痛快，但碍于他是总经理，又不好当面反对。

战一杰又道："关于分工呢，你看这样好不好。肖春梅和胡玉庆分管的工作不变，杨小建是司库，分管财务，其他的还是由你来管。我呢，抓全面，侧重于销售和对外协调这方面。"

战一杰的意见完全出乎赵志国的意料。他没想到战一杰会给他这么大的权重，就说："一切按战总说的办，我没意见。"

战一杰站起身说："那好，你就给这几位下通知，下午一上班，我们班子成员开个会。"

4

战一杰回到办公室，见一个穿工作服的女工正在弯腰收拾一盆绿萝。见战一杰回来了，她就连忙直起身道："战总，您好。我是办公室的小王，以后您的办公室就由我负责收拾。"

战一杰打量了一下这名女工，应该是昨天晚上碰过面，但因为天黑，所以也没太看清。她三十上下的年纪，身材很是挺拔，胸和臀都很突出；面色有些苍白，没有化妆，零星的有少许雀斑，给人一种朴素的美感。

战一杰问："你是这个厂的老员工？"

"是。"小王说。

战一杰转到办公桌后坐下来，一边打开电脑，一边问："你是老员工，我怎么好像不认识你。"

小王笑道："我原来在动力车间干操作工。您是大领导，怎么会认识我们。"说着，就拿起抹布准备出去。

"你先等一会，我打份文件你捎着。"

"那好，我再把沙发和这些花再擦一遍。"

战一杰打了一份关于任命杨小建为芸川啤酒公司司库的报告，递给小王道："你交给胡主席，让他传真给总部，批回来了，马上告诉我。"

小王出去后，战一杰点上一支烟，整理了一下自己的思绪。

从这一天多的情况来看，公司的内部管理方面，赵志国是下了一定的功夫，也大有成效。但赵志国肯定还有很多深层次的情况没有谈，或者说他不愿去触及；再就是市场开拓和产品销售方面，赵志国不是很精通，把握得不好，导致芸川公司总得靠总部输血来维持生存。这也许是为什么派他来芸川任总经理的主要原因。

从总体上看，老板洪生对芸川公司的状况是了如指掌，对公司存在的症结比赵志国甚至任何人都看得清楚，他的第一个锦囊，就是解开这些症结所在的妙计。

对洪生的运筹帷幄，对洪生的手段和能力，在这些年跟随他南征北战的商场博杀中，战一杰是深信不疑的。那么，现在第一个锦囊已经打开，自己就只有义无反顾地依计而行。

抽完了一根烟，老胡敲门进来，说杨小建的任命批回来了。战一杰道："那好，你去给他安排安排办公室，下午我们按时开会。"

5

下午开班子会之前，本来赵志国还有几个事要与战一杰说，可他捉摸来捉摸去，还是算了。

战一杰才回到芸川这一天多的时间，赵志国已经看出这个人的能力。自己来芸川有自己的原因，也有自己的想法。这个公司不是没希望，而是大有希望，但得慢慢来，做企业可不能一口吃个大胖子。他已做好了三年，乃至五年的规划。这个企业，前三年，或者说是前两年，张氏不作投入，想一下子起死回生，神仙也办不来。

但战一杰一来，好像比神仙还神仙，看今天开会这势头，不要总部一分钱就能把企业做起来，可能吗？

巧妇难为无米之炊。赵志国刚来的时候，什么办法没想过？第一个办法是贷款，可真一运作，哪个银行也不敢贷给他。他费了九牛二虎之力才弄明白是怎么回事。

原来的厂长马中一是从下面一个乡镇书记调任芸川啤酒厂干厂长的。啤酒厂是副县级单位，马中一算是提了半级，听说他已是下一届芸川县副县长的人选，啤酒厂只是他的一块跳板，只是在这儿镀镀金过渡一下。

马中一上任，第一把火就是集中力量抓扩建。芸川啤酒厂有五百亩地，原来大批的白酒厂房早已废弃不用，具备扩大产能的条件。

马中一上蹿下跳，开始活动着贷款，用啤酒厂的资产作抵押，从建设银行贷下了六千万，不到两年的时间，十万吨的啤酒扩建工程拔地而起。产能是起来了，可销售和市场并没有扩大多少，而这时国家紧缩银根的压力空前加大。就啤酒厂而言，不要说还贷，就连利息也还不起了。马中一把芸川啤酒厂带进了山穷水尽的绝境。马中一的政治前途也算泡了汤，本来想借啤酒厂这块跳板弹上去，可没成想跳板一下折了，那份狼狈是可想而知。

仕途上没有盼头，马中一就开始想别的出路。正好他一个在北京的战友来源山旅游，说起一个印尼的合资项目。马中一就像抓住了救命稻草一样粘上了这个战友。

功夫不负有心人。马中一揣上二百万三次进北京打通了各方关系，终于在 1997 年的春节来临之前，把印尼巨富张重年请到了芸川。

张重年在芸川只是简单走了一趟，就痛痛快快把合资协议签了下来。外方投资 2600 万美元，占 60％的股份，中方资产折合 1700 万美元，占 40％的股份。芸川啤酒厂摇身一变成了中外合资企业——芸川啤酒有限公司。

芸川啤酒有限公司成立以后，马中一成了第一任总经理。2600 万美元的现汇注入，使马中一成了源山市的风云人物，啤酒厂也由此又财大气粗起来。

可没成想，好景不长，不到三年的时间，合资双方闹起了矛盾，而且矛盾迅速升级，直至恶化、破裂。病根儿就出在当年马中一那个六千万的贷款上。当初合资的时候，马中一乃至市里，都刻意隐瞒了这件事。这件事的实质就是一女嫁二夫，马中一拿着已抵押给建行的这个空壳又与人家张氏搞了合资，骗了人家这 2600 万美元。这件事能瞒一时，但瞒不了一世。外方知道了事实真相以后，恼羞成怒，下令马上停产，准备撤资。

马中一顾不了许多，就撕破了脸皮，强行将外方人员驱逐了出去。

这就是中外双方纠纷的真相。

啤酒厂的资产弄得是乱七八糟，哪个银行敢贷款给你？

赵志国还想过集资的方案，可这个方案还没正式公布，下面就乱纷纷地闹了起来。工人们都骂，公司这几年一直半死不活，连糊口都难，还要集什么资？有人叫嚣着要罢工，还要到政府去上访。

赵志国一看，还是稳定压倒一切，所以集资这事也就不了了之。

本来，今年进入淡季，赵志国计划给总部打一个请求拨款的报告，总部要是不批，他准备直接去面见洪生。要钱是一方面，也正好把自己下一步市场承包、干部竞争上岗、员工重新定岗、定编、定薪酬的计划，以及三年乃到五年的长远规划，一并向洪生汇报。

没成想半路杀出个程咬金，洪生把战一杰派了来。洪生在给他打电话的时候，没有过多的解释，只说他的薪酬不变，要好好配合战一杰的工作。

赵志国以为，战一杰来芸川，肯定会带来大笔的资金，可洪生没给他一分钱，不知这葫芦里卖的什么药，难道这个战一杰真有什么锦囊妙计？

6

下午的班子会在会议室按时召开。战一杰见大家都比较严肃，就笑道：

"昨天晚上的酒喝得怎样？"

赵志国道："战总好酒量，可杨司库不实在。"

"我就一点点鸟量，怎么实在？要实在了还不让你们灌死。"杨小建说。

肖春梅没吱声，脸一红低下了头，不敢触碰战一杰的目光。她上午开中层干部会的时候，就没怎么发言，看来确实是醉得不轻。

胡玉庆也没吱声。一是他年龄大，不习惯和这些年轻人说笑，二是班子里其他四人都是空降兵，只有他自己是本乡本土的土八路，无论观点还是立场，总是存在一定的差别。这一点，老胡自己很清楚，所以，总是有意无意地和他们保持着距离。

战一杰道："那好，咱就开会。会前我与赵总进行了沟通，公司的领导班子就咱们在座的五人，分工如下：肖总分管市场和销售，杨司库分管财务，胡主席分管办公室，其余的由赵总分管，我抓全面，主要精力放在销售和政府协调上。下面各自汇报一下工作情况。"说完，战一杰打开了笔记本。

第一个发言的是赵志国，他又把中层会前所说的情况，简单陈述了一遍，没再作过多的说明。

与会的人都觉得赵志国汇报的有点敷衍，或者说有点消极，甚至抵触。作为抓了一年全面工作的代总经理，他做了大量的工作，这是有目共睹的，也是大家所认可的。可关于生产、仓储、采购等方面的工作他是只字未提，应该是由代总经理变为常务副总经理的弯一时还没转过来，或者说，他是在故意表明一种态度。

战一杰只是低头认真做着记录，连头都没抬。肖春梅等了一会，见赵志国汇报完了，就说："那我汇报一下市场和销售工作。第一点，我先说一下市场环境：当今的啤酒市场竞争已趋于白热化。纵观全国，青啤、华润雪花、燕京三大巨头靠大品牌的超强实力，垄断了全国70％以上的市场，上演着一场啤酒界的三国演义。青岛啤酒自2000年金志国上任以后，改章易帜，把做大做强的目标修改为做强做大，以更加稳健、更加迅猛的势头，牢牢占据了中国啤酒界'带头大哥'的位置，中高档以青岛啤酒为主推，辅以崂山、山水、汉斯三个中低档子品牌，一路是攻无不克战无不胜。现在我们源山啤酒市场份额最大的就是崂山啤酒，这是我们面对的第一个劲敌。

第二个对手是华润雪花。华润集团依靠雄厚的经济实力，以强强联手的方式，同样在几年内完成了原始积累与扩张，去年用"雪花"统一了旗下所有的子品牌，销量连年翻番，势头直逼青啤。现在源山的雪花啤酒是仅次于崂山的第二品牌。

再往下就是燕京。燕京啤酒以北京市场为根据地，迅速向全国辐射，打出捍卫民族企业的口号，销量飞涨，在源山他是老三。下面再是金星、黄河，最后才是我们的青鸟和琴岛啤酒。现在源山啤酒市场的现状就是，源山人不喝自己的啤酒。

第二点，我说一下我们自己：我们芸川啤酒厂是1976年开始生产啤酒，80年代初，芸川啤酒厂生产的梦泉啤酒，因地方文化特色浓郁，在源山地区家喻户晓，是响当当的第一品牌。进入了90年代，市场经济的大潮一浪高过一浪，这时马中一上任。不温不火的梦泉啤酒根本不符合他的胃口，他推出了新一款的青鸟啤酒，看看市场反应不错，又一鼓作气推出琴岛啤酒。当时青岛啤酒的世界品牌影响力非常大，可产量却很小，而且大部分都用于出口，内地的人根本喝不到青岛啤酒。所以芸川啤酒厂推出的这两款新品，在青岛啤酒盛名的带动下，也算是红火。可几年下来，这东施效颦的举措，马上被优胜劣汰的市场大潮所甄别，所淘汰，现在我们的两款产品确确实实已沦为当前市场上最低档的产品。"

7

谁也没想到肖春梅今天会讲这么多，刚才赵志国的汇报之短是出乎大家的意料，肖春梅的汇报之长更是让大家大吃一惊。

赵志国惊奇地瞪着肖春梅，仿佛见了外星人一般。战一杰放下手中的笔，问道："今年我们的销量是多少？"

"截止目前五万二千吨，预计到年底完成五万五千吨，比去年增长六千吨左右。"肖春梅答道。

战一杰问："增长点在什么地方？"

"一是今年夏天比较热，鲜啤酒多卖了二千多吨。再就是市外新开发了几个大客户，瓶啤多卖了四千多吨。"

战一杰又问："肖总认为，当前存在的问题主要在哪些方面？"

肖春梅道："问题非常多，比较突出的有以下几点：一是产品的市场定位太低。我们的两款产品，是目前市场上最低端的产品。二是价格混乱。这些年因为客户之间的串货杀价，价格系统已完全混乱，而且是越砸越低。三是客户少且素质低。好的客户都已转向竞品，剩下的都是些散户。"

战一杰扭头问赵志国："难道没有想过要重新换个品牌来做？"

赵志国气乎乎地说："换个品牌谈何容易？没有钱，没有大力度的市场投入，怎么换？"

战一杰明白他这气是冲着肖春梅去的，没有理他，继续问："假如要换的话，你们考虑没考虑要换成什么？"

"当然考虑过，换成梦泉。"赵志国说得理直气壮。

"为什么呢？"战一杰追问。

肖春梅接过话去，说："我们主要从四个方面考虑：一是梦泉是我们的老品牌，在源山市乃至川南省都有着较好的知名度和口碑，有一定的市场基础。二是梦泉啤酒有着深厚的文化底蕴。军事家孙子名满天下，梦泉因孙子而闻名于世，这就使产品的品牌具有浓厚的地域文化色彩，具备了得天独厚的优势。三是产品本身的地域资源优势突出。梦泉是咱们源山地区的水源地，水质清洌甘纯那是自不用说，用梦泉的水来酿制的啤酒，好喝是一个方面，主要是饱含了'美不美，家乡水'的家乡情结，必将大受追捧。第四就是新鲜。啤酒这种快速消费品，不像白酒越陈越香，讲究的是越新鲜越好喝。我们地处芸川，在运输快捷和距离上具有崂山和雪花、燕京永远也无法比拟的优势。"

战一杰看得出，今天的发言，肖春梅作了充足的准备，肯定是她早就提出了换成梦泉啤酒的设想，可因为费用问题赵志国没有批。这也难怪，现在流行一句话，叫屁股决定脑袋，也就是说，你所处的位置，决定你的思路和想法。赵志国主抓全局，总部投的钱有限，他也是没办法。

肖春梅发言的时候，战一杰注意到，老胡听得认真，也记得很认真，他应该也是第一次听到。看来，这些观点只限于赵志国和肖春梅私下的沟通，并没有拿到班子会上去讨论。

肖春梅的汇报结束后，大家本以为战一杰会发表意见，可等了一会，却见他只是在本子上写着什么，并没有要发表意见的意思。胡玉庆就开了口。

老胡说："办公室及行政方面的工作，都比较琐碎，刚才赵总已说了一大部分，我就不再单独汇报，反正是要给销售和生产一线做好服务。我现在主要说的是，我们的工商营业执照年检问题。本来我们合资企业的营业执照年检都在每年的6月份以前完成，前几年都是马中一托关系办的，今年外方接管了，马中一不管了，我们找了多个部门协调，也找了不少关系，可到现在也没办成。"

"为什么办不了呢？"战一杰问。

"主要原因还是资产问题。"老胡就把当年马中一把啤酒厂资产抵押给建设银行贷了款，又用啤酒厂的资产与外方搞了合资的来龙去脉讲了一遍。

战一杰这是第一次听到资产抵押给银行这个问题。他一脸严肃地问赵志国："赵总知道这件事吗？"

赵志国脸一红，道："知道，也是不久前才知道的。"

"那么我们的合资，不就是张氏与建设银行的合资了？"战一杰气愤地说。

"理论上应该是这样。但建行是不承认合资的，人家只要追回贷款和利息。"赵志国说道。

"怎么追？向谁追？"战一杰问。

"银行现在也没追，要追的话，既然外方接管了，那当然向外方追。可这个问题，不是追不追的问题，而是需要当地政府来解决。政府现在模棱两可，不长不短，他们倒是揪住了老板的话，要在发展中解决问题，只要企业发展了，政府肯定会出面解决。"赵志国解释道。

战一杰突然明白了，锦囊中让他缓解并做好与当地政府及政府官员之间关系的深意。

8

战一杰把肖春梅叫到了自己的房间，问道："肖总是喝咖啡还是喝茶水？"

肖春梅道："来杯咖啡吧，咱没人的时候，就别肖总肖总的，直接叫我春梅也行，叫我肖姐也行。"

战一杰笑了笑，没有搭腔，冲好了两杯咖啡端过来，自己也在她对面的沙发上坐下。

肖春梅用小勺搅了搅，端起咖啡来抿了一口，说道："昨天真是喝了不少，到现在还没缓过来，昨天怎么回的房间，我都不记得了。"

战一杰一下想起她那光滑洁白的胴体，想起她身下那湿湿的一片，笑道："真不记得了？"

肖春梅道："真是不记得了。"说着话锋一转："你觉得赵志国这人怎么样？"

战一杰真没想到肖春梅会这么问他。她与赵志国共事也差不多有一年了，可他战一杰才回来，即便是原来在印尼与她在一块呆了几天，那他和肖春梅也只能算是比萍水相逢略熟悉一点，可听她的口气，倒是完全把他当成自己人，赵志国倒是远了不少。

战一杰道："洪生老板说，赵总很有能力，这一见，果不其然。"

"能力是有，可人……"肖春梅转了向："这人不大懂市场和销售。"

"还在为你那梦泉啤酒做不了生气呢。"战一杰笑道。

"生气倒谈不上。自从来到芸川，总有一种束手束脚有劲没处使的感觉，说实话，这次要不是你来，我还真打算打报告，请求调到别的地方去呢。"

"我来了，你就不走了？"

"倒也不能说不走了，只是想等等再说。"肖春梅说着，直盯着战一杰问道："你这次来，老板真的没批资金？"

"真的，一分钱也没批。"

"那你准备怎么办？你可别指望中层干部们或领导班子能给你想出什么办法来。"

"这也是我要找你谈的事，这资金，我问你要！"

肖春梅一听，差点把刚喝到嘴里的咖啡喷出来，说道："就是把你老姐卖了，能值几个钱。"话说出来了觉得有点失态，就又说道："我到哪里去给你弄钱去？"

战一杰起身又给她续了杯咖啡，正色说道："我说的不是问你个人要，是向市场要，向销售要。"

"向市场要，向销售要？"肖春梅一时还明白不过来。

战一杰去写字台上拿了纸和笔，坐到肖春梅的身边，说道："我们干工作，要遵循几个原则，其中最重要的一个就是导向的问题。那么我们应该坚持一个什么导向呢？那就是'问题导向'，一切从问题出发，来考虑，来分析，来解决。我们现在碰到的问题就是资金问题。"

说着，战一杰在纸上写了"资金"两个字。接着说道："要解决资金问题，无非就是这么几种途径可以选择：一是总部拨款，二是向银行借贷，三是向员工集资，四是市场预收款。"

战一杰又在纸上把这四种途径写了下来，然后把前三个都用笔划了，说道："前三种途径，以我们公司当前的境况肯定是走不通了，那就只剩下向市场向客户预收款。"

肖春梅道："预收款的问题也不是没考虑过，但肯定走不通。"

"为什么走不通？"

"原因非常复杂。一是现在正面临淡季。我们预收了款，得到明年的三月份以后才能兑现啤酒，客户押款的时间太长，不会接受。一般啤酒企业，要做预收款，都在每年的三月份，也就是旺季来临之前。再者就是，要做预收款，还要大幅让利。而我们现有的两款产品，市场终端的价格已经砸得很低，没有再让利的空间；另外，这两款产品的市场美誉度太差，客户普遍没有信心，更没有盈利预期，所以不会投钱。"

肖春梅讲着，战一杰在纸上把这几项都记了下来。这时，门突然开了，只见杨小建站在门口。

杨小建往屋里一看，连忙用手捂住眼睛，说："没看见，没看见。"

两人这才注意到，因为讨论问题，两人已实实在在地挨在了一起。

肖春梅连忙站起身。战一杰笑道："快进来吧，我们在谈工作。"

杨小建进了房间，对站着的肖春梅说："姐姐坐下吧，我不妨碍你们，你们继续讨论工作。"

"今天太晚了，战总，要不咱找机会再谈。"肖春梅道。

战一杰道："那也好，今天说的这些，我们都再考虑考虑。"

肖春梅走了，杨小建一看战一杰眉头拧成了一个大疙瘩，也没敢再闹，说了声晚安，就也走了。

这一夜，战一杰房间的灯，彻夜未熄……

第四章　　渐行深入

1

早上，办公室小王早已把卫生打扫好，见战一杰走进办公室，连忙去给他冲茶水。

战一杰坐下来，揉了揉发胀的太阳穴，对小王说："把茶水沏浓一点。"

"早上喝浓茶，对胃不好。"小王说道。

"不要紧的，我是不锈钢胃，你给我找一份各部门的通讯录来。"

小王把冲好的浓茶端过来，从桌角的一个文件夹里抽出一张纸递给战一杰，说："一般您所需要的办公材料，我都给您整理好，放在文件夹里了。"

战一杰接过小王递给他的纸一看，上面有各部门的坐机号码，还有各部门经理的手机号。他找到质量技术部的号码，就拨了过去。

接电话的是个女的，战一杰说："你好，我找一下胡小英经理。"

"胡经理到赵总办公室去了。"电话那边说。

"那她回来后，让她到我办公室来一趟。"

"你是哪位？"

"我是战一杰。"

那边突然一下没了声，应该是在吐舌头，连忙答道："好的，好的。"

战一杰放下电话，心道：看来厂里应该都知道我这个总经理了。小王早已离开，战一杰翻开文件夹，看了看里面的材料，有各种管理制度、岗位职责、作息时间表等等。他正翻看着，传来了敲门声。

战一杰喊了声"请进"，只见胡小英穿一身天蓝色的工作服走了进来。胡小英身材苗条，足有一米六八，瓜子脸，大眼睛，后面绑一束马尾辫，浑身充满了青春活力。战一杰总觉得她有点像谁，可一时又想不起来。

胡小英进门与战一杰打招呼："战总，您找我？"

战一杰招呼她在桌对面的椅子上坐下，问道："听说你是川南大学微生物系毕业的，我也是。"

"我早就知道，战总是我们学校的骄傲。"

"你是怎么到我们公司来的？"

"说是应聘来的也行，说是走关系来的也行。"

战一杰惊奇地问道："怎么讲？"

"我是走应聘的途径，但我爸在这里。"

"你爸是哪位？"

"胡玉庆。"

战一杰这才恍然大悟，怪不得觉得她长得有点面熟，原来像老胡。

"找你来我就是想了解一下，现在我们公司的产品到底是个什么质量状况。"战一杰马上切入正题。

胡小英略一沉吟，说道："我们的啤酒质量呢，从理化指标上，我敢保证没有问题；从口感上说，不能说好吧，但也不算太差，还算是比较稳定。"

战一杰是学这个专业的，又在质检部门干过，所以很明白胡小英的意思。啤酒是一种发酵饮品，酿制过程中所有的生物反应都是在微观世界里进行，所以搞啤酒的人都懂，做一罐好啤酒容易，但要做到每一罐都一个样非常难，要保证啤酒质量稳定，不是件容易事。

"我们与市场上的竞品相比，又如何呢？"

"我们在原料、设备、技术上不如那些大厂，但我们酿制的啤酒，在质量上可以说与他们不相上下。前几年厂里比较乱，但质量技术部门没有乱。"

战一杰点了点头道："这一点倒是难能可贵，也就是缘于此，我们才有了生存和发展的可能。"

战一杰顿了顿又继续说道："当前，啤酒行业已进入一个同质化比较严重的时代，面对市场竞争，过硬的产品质量那是根本，但光靠这个是远远不够的。20 世纪 80 年代，啤酒竞争靠的是生产能力。90 年代，靠的是产品质量。而进入新世纪，随着中国市场与世界的全面接轨，靠的是品牌。那么品牌的打造靠的是什么呢？"

战一杰盯着胡小英，胡小英摇摇头道："不知道。"

"打造一个品牌是一个全方位的系统工程，但有一个突破点我们要抓住，那就是'产品的差异化'。"战一杰说道。

胡小英似懂非懂地点着头。战一杰道："今天我们就谈到这儿，你回去后把我今天所讲的，好好捉摸捉摸。你回去好好准备一下，我们明天开一个评酒会，把市场上能见到的竞品都买来，和我们的产品掺到一起做个暗评。你们原来开评酒会，都有什么人参加？"

"主要是生产和质量系统的人参加。"

"这样，原有的人还是你下通知，到时我再带几个销售系统的人过去。"战一杰说道。

2

胡小英走了，杨小建进来拿了一张手机卡给战一杰，说道："我让厂办公室办了两张本地的手机卡。"说完并没有要走的意思，却在椅子上坐下来。战一杰问："你还有事？"

"你让我干司库，可我一点也不懂，该怎么干？"杨小建说。

"不懂就学嘛，我看财务部的那个晏经理，应该不错，你多向她请教请教，先把财务制度和工作原理吃透，其他的边干边学。"

两人正说着，忽然门一下开了，一个女工探进头来怯生生地问："这是战总的办公室吗？"

这时办公室的小王也跟了上来，急急地说道："朱姐，你那事不是早就给你答复了吗，怎么又来了？"

那名姓朱的女工不顾小王劝阻，直接进了战一杰的办公室，说道："我听说新来了总经理，我来找总经理。"

战一杰起了身，把女工让到沙发上坐下，问道："你找我有什么事？"

女工还没开口，就先哭了起来，可能又有些紧张，反倒一句话也说不出来。小王在一旁说道："朱姐是仓储部的员工，她丈夫也是仓储部的。现在她丈夫得了癌症，要动手术，家里没钱，想来公司借钱，上周朱姐来找赵总了，赵总没有批。"

"为什么没有批？"战一杰问。

"赵总说公司没钱，再说公司制度也不允许。"小王道。

战一杰摸起电话要找赵志国，可想了想又放下了，吩咐小王道："你让胡主席和财务部的晏春经理来我的办公室一趟。"

老胡和晏经理来到战一杰的办公室。战一杰问晏春："我们的财务制度

49

是不是明确规定不能借款给个人?"

晏春点点头。战一杰又问老胡:"工会这边不能解决?"

老胡道:"这几年公司资金紧张,工会的会费一分钱也没拨。"

战一杰没吭声,老胡又道:"我们员工的工资实在是太低了,一个人一月还不到 1000 块钱,也就刚够糊口的,甭说癌症,就是小病都生不起。"

老胡作为领导班子成员,讲这样的话确实是不合时宜,但老胡说得很动情,让人无可指责。

"要不就发动全厂员工捐点款。"老胡说。

"不用了。"战一杰一挥手。

他问那名姓朱的女工:"你需要多少钱?"

"最少得五万。"

战一杰从兜里掏出钱包,从里面拿出一张卡,递给杨小建:"你从这卡里提五万块钱给这位女工,算是我个人借的。"

战一杰此言一出,在场的人全都呆了。那女工连忙摆着手道:"不行,不行,我怎能要战总你个人的钱。"

"救人要紧,快去吧。等你有了钱再还我。"

那女工哭着就要给战一杰下跪。战一杰连忙扶住她,向杨小建摆摆手,杨小建就扶着她往外走,晏经理也随着他们走了。等办公室里安静了下来,老胡郑重地冲着战一杰鞠了个躬,道:"战总,我代表员工谢谢你。"

战一杰连声说道:"使不得,使不得。老胡你说这话就见外了,我也是这个企业的一员,都是同事,能帮的就帮一把嘛。"说着,他既像是对老胡,又像是自言自语地说道:"我们不能再等了。"

3

吃罢中午饭,因为一宿没合眼的缘故,战一杰觉得两个眼皮直打架,就抓紧时间在办公室的沙发上睡了一小会。可他刚眯瞪了不长时间,就听见房间外面的走廊上有吵闹声。

战一杰起了身,仔细一听,确实很乱,就连忙开门出来。只见走廊上有一个醉汉,正在与一个门卫上的保安,还有办公室的小王,在一块撕扯,嘴里还不干不净地骂着。别看小王是个女的,却没有丝毫的惧怕,使劲用手推着那醉汉,说:"三哥,快走吧,别再闹了。"

醉汉只管发飙，保安控制不住他，他见战一杰出来，一下扑了上来。

战一杰一个健步迎上去，一把捏住了那醉汉的后脖梗。只这一下，那醉汉顿时全身发软，战一杰手一松，他便倒了下去。

这时，下午上班的人也都来了，听到二楼走廊上的动静，都上来看热闹。那醉汉躺在地上，嘴里还在骂，也听不懂他骂的是什么。战一杰弯下腰去，伸手捏住他的下巴，一用力就把他的下巴给卸了下来。这下他算是老实了，光在那里眨巴眼睛。

这时老胡又带了两个保安上了楼，一看这情况，就让三个保安一块把他抬走。地上那醉汉直用眼瞧战一杰，战一杰明白，就又走上去，一伸手，"啪"地一下，把他的下巴给安上了。那醉汉这回没再出声，乖乖地让保安把他拖走了。

人都散了，战一杰跟着老胡来到办公室，小王坐在那里抹眼泪。小王见战一杰进来，连忙起身去用纸杯给他接水，一边说道："挣这几个钱，干这样的工作，真是不值。"

老胡道："战总来了，好好干，等公司兴旺了，工资自然就涨了。"

小王把水给战一杰放到手边，说道："我们都盼着这一天呢。"

战一杰问老胡："刚才那人是怎么回事？"

老胡道："那人叫李龙兴，是酒厂子弟，他父亲是原来酒厂的副厂长，与我关系还不错。李厂长有三个儿子，这是他的三儿子，因为会点拳脚功夫，外号叫'燕子李三'，在社会算是有他一号，向来酒厂这片没人敢惹他。他原来是咱动力车间的员工，前些年因为从厂里偷设备，让派出所给逮住了，被判了三年刑，去年才从里面出来。他出来后没处去，就要回公司上班。他这个样谁敢要他？他有事没事喝上酒就来公司闹。前几回他来闹赵总，赵总也没法，只好躲了，要求门卫坚决不让他进大门。这次他是瞅门卫上人少跑了进来。"

小王在一旁道："我们家原来与他们家是邻居，他原来是好打架，但还不是这样。自从坐了牢以后，老婆也离了，孩子也跑了，他才变成这样，说起来也是怪可怜的。"

"他总来闹也不是个办法。要不这样，等他没喝酒的时候，你让他来找我，我和他好好谈谈。"战一杰说。

"我得替李厂长谢谢你喽。"老胡道。

战一杰端起纸杯喝了口水，说道："小王也是酒厂子弟？"

"是。我们厂本厂子弟可真不少，有的一家有七八口人都在酒厂上班。记得刚参加工作那会，酒厂可是个好单位，酒厂的小伙子大姑娘找对象，都是满城里挑。"小王的语气里满是自豪。

正说着，杨小建走了进来，把银行卡还有一张借据递给了战一杰，说："那位朱姐还要来谢恩，我没让她来。"

战一杰点了点头，思绪更加凝重了。

4

评酒的地点设在工艺楼二楼的一间小会议室。

本来战一杰想从销售上多叫几个人，可肖春梅说不用，她和市场部的叶子龙参加就行，看得出肖春梅对销售部经理马汉臣不是很满意。

肖春梅讲，原来也曾让马汉臣他们参加过评酒，可他们既不懂装懂，又很不客观，把市场不好、销售不利全都赖在质量不好上，让生产和质量技术人员很是气愤，弄得工作越来越不好协调。

战一杰也去叫过赵志国。赵志国讲，胡小英向他汇报过了，可今天人社局有个会，他得去参加，评酒会就不去了。

战一杰和肖春梅、叶子龙来了，生产设备部经理徐国强，后面还跟着两个人，也前后脚进了门。后面的两个人战一杰看着面熟。老徐介绍，那个矮一点的胖子是酿造车间的曹主任，那个黑一点的高个子是灌装车间的张主任。战一杰和他们一一握手，算是打招呼。

人都到齐了，胡小英就安排他们围着用白桌布铺好的长条桌坐好。桌上，每个人面前早已摆好了编好号的6个玻璃杯。胡小英看了看战一杰，问道："战总，您是不是先讲几句？"

战一杰道："我先不讲，大家先评酒。"

胡小英起身去隔壁的房间作了安排。不一会，几个穿着白色隔离衣的女工就进来倒酒。因为是暗评，她们手中的酒已作了处理，商标都已脱去，瓶盖也用一个编号覆盖了。酒一会就倒齐了，倒酒人员退出，把门关好。大家开始评酒。

战一杰是行家，即便是多年不接触了，却也不陌生。先是看泡沫的颜色与泡持性，再看酒体的色泽与透明度，然后才是闻味与品尝。

大家都非常认真,一边品尝一边在早已下发的打分表上记录。大约20分钟的时间,大家就都评完了。胡小英把评分表收上去,开始统计分数。

战一杰说道:"这次评酒是暗评,我主要是想了解我们的酒到底在市场上是个什么档次,到底该怎样去市场定位,怎样去实施市场推广,怎样去出台产品政策。产品质量是企业生存的根本,这句话不是口号,是一条颠扑不破的真理。只有把握住这条生命线,其他的一切生产经营活动才成为可能。今天,我要求大家都发言,不光局限于评酒,生产对销售有什么意见,有什么见解和建议,可以当面提;同样,市场销售对生产、对质量有什么建议,也可以当面提。要知无不言,言无不尽。"

战一杰讲完,就用眼看老徐。老徐清了清嗓子,说:"今天这6个样品,我尝着都在一个档次上,可以说不分上下,只是有的老化味重一点,有的酸味重一点,还有一个有点高级醇的味道。但这些都扣分不多,不影响酒体的整体协调。刚才战总讲了,要我们谈一谈市场销售。首先说,我不懂销售,我只是谈一点自己的想法。肖总和叶经理也都在这儿,要是我有说的不对的地方,也请你们不要见怪。前几次评酒,我们销售的马经理,就是马汉臣,评来评去,就是别人的啤酒好,我们的啤酒怎么都不行。这回是口感不行,下回是外观包装质量不行,要不又成了里面有沉淀了,或者是啤酒瓶又爆炸了。反正说来说去,我们是怎么干也干不好。当然,销售是龙头,一切以市场为导向,一切以消费者的需求为目标,所以销售怎么说,我们怎么改。可改来改去,我们在后方费了九牛二虎之力,可也没见你多卖多少酒。"

5

老徐的外号叫"徐大马棒",果然是一顿大棒子。也亏了肖春梅没让马汉臣来。要不,今天非打起来不可。

即使这样,肖春梅的脸上也有点挂不住了。她没等别人再发言,就接过话去说道:"今天的评酒我觉得很有意义,从这6个样品的品评来看,我同意徐经理的意见。这6种酒虽然各有长短,但基本属于同一个档次。我品不出里面哪一个是我们的酒,这就说明了一点,我们啤酒的质量与竞品啤酒的质量没有多少差别,起码不会输给他们。可为什么我们就卖不过人家呢?里面的原因很复杂,有市场的原因,有品牌的原因,有产品质量的原因,当然也有销售队伍业务素质的原因。但大家想一想,我们这个企业几年来一直风雨飘摇，在市场上是个什么形象，我们的产品是个什么口碑。要是没有销售队伍的努力，现在这五万二千吨酒是怎么卖的？比去年多卖了六千吨，是怎么多的？"

肖春梅讲完了，大家都不吱声。战一杰问两个车间主任，他们都说基本和徐经理一个意见。

战一杰又问叶经理，叶子龙也没什么别的意见。

这时，胡小英说："分数出来了。"

战一杰道："那就说一下吧。"

胡小英道："这六个酒里，有两个是我们的，一个排在第二，一个排在第五。"

"排在第一的是哪个？"战一杰问。

"是崂山。"

"这里面没有青啤吗？"

"没有。青啤一般都是用纸箱包装的中高档酒，我们的酒都是用塑包包装的低档酒，与青啤没有可比性。"

"我们没有中高档酒吗？"战一杰又问。

"没有。听说原来有过，说是生产没法灌装，就砍掉了。"肖春梅说。

战一杰看着徐国强问："是这样吗？"

"是。原来出过一款高档酒，可一个月就卖几吨，而我们的发酵大罐做一罐就是一百吨，根本没法安排生产。"老徐如实汇报。

战一杰道："这就是个问题。我们一个做 15 万吨的啤酒厂，竟连一款高档啤酒都没有，怎么来做市场？今天，我要讲的问题就是一个创新问题。我们企业走到这一步，靠什么发展？只有创新。这是唯一的出路。创新有几个方面。一个方面是生产技术的创新。面对同质化相对严重的发展趋势，在质量上，在口味上，在外观包装上，另辟蹊径，独树一帜，不在于你做得多么好，而在于你做了别人没想到、没做到的。抓住了消费者的口感，吸引了消费者的眼球，获得了消费者的认可，那么，这就是成功的创新。

我举一个例子，就是内蒙古的金川保健啤酒。他的保健啤酒打的就是保健这杆大旗，独步江湖，市场份额连年攀高，这就是一个科技创新的典范。

再一方面，是市场销售的创新。我们的产品怎么定位，哪一款啤酒是树形象的，哪一款啤酒是盈利的，是战略产品，哪一款啤酒是用来打市场的，是战术产品，这都需要创新思维，系统规划。面对市场，怎么宣传我们的企业，怎么宣传我们的品牌，是平面媒体，还是电视、电台，还是网络平台；再就是，成熟市场怎么做，半成熟市场怎么做，新市场怎么做，潜力市场怎么做；还有市场模式，是直销、分销、还是经销；还有就是价格问题，产品价格怎么维护，串货杀价怎么管，怎么罚。面对销售渠道，一级商怎么管理，怎么让利，让多少利；二级商怎么管理，怎么让利，让多少利；返利是年返，是季返，还是月返；促销是用实物，还是用现金，等等这些，都需要我们去创新……"

正说着，战一杰的手机响了，是赵志国。赵志国说，他正在人社局开会，是公司的员工把企业告了，说工资太低，达不到社会最低工资标准。人社局稽查大队对此要进行稽查，还要罚款。

"那怎么办？"战一杰问。

"我怎么解释人家也不听，我也不知道该怎么办。"赵志国在电话里说。

"你先回来吧，咱商量商量再说。"

战一杰挂了电话。老徐问："是人社局的事？"

战一杰就把情况讲了。老徐说："我的连襟就在人社局稽查大队干副大队长，要不我找找他？"

战一杰道："那你就找找他，看有没有什么解决的办法。"

老徐点头应了。战一杰说道："咱今天的评酒会就开到这儿。刚才我讲的创新问题，大家要认真想一想。这样，明天由我、肖总、胡经理、叶经理组成一个小组，到市场上去转一转，看一看市场的反应如何。光在家里闭门造车，是搞不出创新的。"

6

要去搞市场调查，老胡就来找战一杰，问用哪辆车。战一杰明白，老胡也认为开着他带来的奔驰去不大合适，就说："那就用全顺吧。"

"战总，是不是给你配一个专职司机。"老胡问。

"临时不用，我先自己开着吧。真要用的时候，我再跟你打招呼。"

王师傅把车开过来的时候，他们人员也已到齐。肖春梅和胡小英都没穿高跟鞋，肖春梅穿一身灰色冲锋衣，胡小英穿了一身深蓝色的运动衣。战一杰笑道："不知道的，还以为我们要去爬山呢。"

车子出了公司大门，天上竟飘起了雪花。战一杰望着车窗外漫天飞舞的雪花，心头不由一颤，自己好像很多年没有见到雪花了，记得小时候，下雪天可是他们最快乐的时光。战一杰又想到了自己的父母。自己一走就是六七年，可现在回来了，却还没回家，虽然在电话里经常联系，可毕竟父母都年纪大了，也不知他们现在到底怎么样。有的时候，战一杰就会陷入一种迷惘。你说自己一路走来拼来拼去，为的是什么？男子汉大丈夫，一是尽忠二是尽孝。现在自己呢？为外国人打着工，不能算是尽忠；远离父母，一走就是六七年，不能算是尽孝。那自己又是为了什么呢？

正在胡思乱想，手机突然响了，是生产部的经理老徐。老徐在电话里说，他已经找了他的连襟，人家答应活动活动，拖一拖没问题。

战一杰说："你找赵总汇报一下，这事我已跟他交代了。"

这时，正在和胡小英拉呱的肖春梅见战一杰情绪好了起来，就问："战总，路线和时间我们怎么安排？"

"你分管市场销售，我们听你的。"战一杰说。

肖春梅道："我和叶经理商量过了，就按你说的按市场性质来划分考察。芸川是我们的基地市场，市场份额在 50％ 左右，就权且算作成熟市场吧。我们先转芸川。源山市还有其他五个区县，其中兰山区和青山区，我们的市场稍好一点，与客户的客情关系也还不错，市场份额在 25％ 左右，就算作半成熟市场。还有高店区、上川县和下川县，市场上只是有我们的产品，市场份额谈不上，就算作新市场。再就是源山市外的周边地区，销售半径在 150 千米之内的，是潜力市场。

这次市场考察我没让销售部知道，所以不管是熟与不熟的客户，都不知道我们要去，便于了解最真实的情况。"

战一杰道："我们不考察客户，我们这次要考察终端。"

肖春梅一时没明白过来。坐在副驾驶上的叶子龙也回过头来，疑惑地看着战一杰。

战一杰道："终端分成两类，一是餐饮酒店，二是门市和超市。就按你刚才划分的市场路线走。"

叶子龙回过头去，指挥着王师傅开车，说："这个时候跑酒店太早，一般得十点以后，那我们就先跑门市吧。"

王师傅在一条门市聚集的街道拐角处停下了车，战一杰道："我和小胡一伙，肖总和小叶一伙，我们分头沿着街挨家走，一个半小时以后，都回王师傅这里汇合。"

7

战一杰和胡小英走了不远，就有一处不大不小的门市，店门外面摆满了白酒、奶、饮料之类的空纸箱。他两人推开门进去，见一个40岁上下的大嫂正一手抱着孩子，一手拿着鸡毛掸子在掸货物上的灰尘。

战一杰说道："大姐，忙着呢。"

大嫂抬头看见他俩，笑脸相迎，说道："不忙不忙，一大早你小两口想要点啥？"

胡小英一下闹了个大红脸。战一杰笑道："我们是啤酒厂的，想做一个市场调查。"

大嫂的笑脸一下收了起来，问道："你们是哪家啤酒？"

"就是咱芸川啤酒。"

"我不卖你们的啤酒，你们到别处去调查吧。"大嫂说道。

胡小英走上去，去逗那大嫂抱着的孩子，嘴里夸道："哟，这孩子这么漂亮！"说着就冲他扮鬼脸。孩子被她逗得咯咯直笑。胡小英一伸手，小孩就挣着往她怀里扑。

胡小英接过孩子，战一杰走上去抢过了大嫂手中的掸子，帮忙掸灰尘。大嫂有点不好意思了，说道："原来我也卖过你们的啤酒，只是现在天冷了，不怎么卖了，我就没进货。"

战一杰一边掸着灰尘，一边又问："原来卖的时候，卖得怎么样？"

"卖得一般。你们的酒主要是便宜，我们挣得也不多，你们的让利都让经销商拿去了，所以，有要的我们就卖，没要的我们也不推荐。"

"别的啤酒卖得怎么样。"

"崂山卖得最好。别看人家贵，但要的就是多，再说我们挣得也多。"

"崂山的经销商挣得不多？"

"可不是那个样。人家价格那么高，经销商也赚不少。"

"现在是淡季，啤酒卖得怎么样？"

"基本都不卖。现在大都喝白酒了，天冷，啤酒那么凉，怎么喝？要我说，你们这种啤酒厂要在南方就好了，一年四季都能卖。"大嫂说道。

战一杰心头动了一下，对大嫂说了几声谢谢，就和胡小英出了门。

又走了不远，是一家超市，门前相对整洁一些。两人进了门，几个穿戴整齐的售货人员正在整理货架上的货物。战一杰和胡小英跟人家打招呼，说是啤酒厂搞市场调查的。人家都忙着，让他们先等一等。

战一杰和胡小英就动手帮人家整理。几个人一齐说："你们可千万别动，这样我们是要被扣钱的。"

这时，一个40多岁的中年男子进了门。一个售货员说："这是我们经理，你们找他谈吧。"

经理得知他们是芸川啤酒厂的，就招呼他们到了里面的办公室。经理给他们每人倒了杯水，战一杰连忙起身接着，问道："经理您贵姓？"

"免贵姓李，你们要调查什么？"

"主要是想了解一下我们啤酒和其他啤酒的销售情况。"

"你们的啤酒我们一直卖着，今年卖得还不错，但你们的经销商不行，送货不及时不说，还毛病不少。你看人家别的厂的业务员，隔个十天半月就来一次，可我们从未见过你们厂的业务员。"李经理说道。

"别的厂家是业务员送货？"

"不是。也是经销商送货，但业务员时常来拜访，这样我们有什么意见就直接反馈到厂家，经销商不敢乱来。"

"各个品牌出货的情况怎么样？"

"崂山卖得最好，你们卖得也行，比雪花和燕京强，但你们的价格是最低的。"

"李经理，你看我们都是本地人，您说说，我们要怎么做才能做好？"

李经理一听，笑了，说道："你还别说，我还真有些想法，因为我表哥就在你们厂干，你们的情况我也多多少少了解一些，看你也是个领导，我跟你唠一唠。你们厂原来还真不错，主要这几年光闹革命给耽误了。别的管理咱不懂，就说你们这产品吧，知名度是有，但美誉度太差，大家都认准了你们就会出低档酒，那就认为你们是低档的厂，那还能干好？再就是这个宣传上，人家崂山呀、雪花呀都在报纸上、电视上做广告，而且力度非常大，可你们一点动静也没有，广告费咱是省下了，酒咱也省下卖了。说句良心话，咱都本乡本土的，谁不愿喝咱自家的啤酒，就是来了客人，咱用咱自己出的啤酒来招待人家，面子上也有光不是？"

李经理说着，人家超市就开始上人了，战一杰和胡小英就站起身告辞。战一杰临走，使劲握着李经理的手，连声说"谢谢"。

<h1 style="text-align:center">8</h1>

　　又转了几家商场超市，战一杰和胡小英就回到集合地点。这时，地上已铺了一层薄薄的雪，胡小英孩子般用脚踢弄着雪花，脸红朴朴的，在洁白雪花的映衬下，显得越发娇媚可人。

　　又等了一会，肖春梅和叶子龙才回来。上了车，战一杰问："情况怎么样，有没有收获？"

　　"收获不小。原来调查市场，我们都是跑客户，都是听他们讲。这次我们自己到终端上一转，真是百闻不如一见哪。"小叶抢着说。

　　"这一转，脑子里的思路也多了起来，也看出了我们原来的工作有多少漏洞。原来我们真是太官僚了，太想当然了。"肖春梅道。

　　王师傅发动了车，战一杰看了一下手表，已是快十一点了。战一杰问叶子龙："酒店怎么转？"

　　叶子龙扭头看肖春梅。肖春梅道："战总，酒店原来我们是经常跑的，相对比商超要熟悉得多。我看这样吧，我们找一家小型的酒店考察一下，再找一家像样的，我们就在那儿吃午饭，边吃边聊边考察，你觉得怎样？"

　　战一杰道："好，你们中午想吃什么，我请客。"

　　胡小英和叶子龙异口同声地说："吃火锅。"

　　战一杰笑着问："肖总，王师傅，你们觉得吃火锅怎么样？"

　　肖春梅和王师傅都说好。

　　他们转了一家小型的家常菜馆，胖胖的老板娘一听他们不是来吃饭的，直接就往外赶他们，说："我们这儿是崂山的专卖店，不卖你们的酒。"

　　叶子龙是管市场的，脸上有点挂不住，就说："这是我们公司的领导，就是想了解一下情况。"

　　老板娘一听，更加来了劲，大声说道："领导怎么了？你就是再大的领导，还不得靠我们这小老百姓给卖酒。噢，我们这会成人家的专卖店了，你们的领导来了。嗨！晚了，你们早干什么去了。"

　　战一杰连忙走上去，说道："大姐，您息怒，刚才那位兄弟不会说话。您才是我们的领导，您不光是领导，还是我们的上帝。"

这时，后面的老板听见前边有吵吵声，连忙从厨房里跑到了前厅，手里还提了把菜刀。

老板跑出来，一听战一杰这么说，就把菜刀递给老板娘道："倒霉老娘们，还不快到后面顺菜去。"又对战一杰他们道："各位领导别见怪，老娘们头发长见识短，上不了台面，请坐请坐。"

"我们就不坐了，我们是芸川啤酒公司的，就是想了解一下啤酒的市场情况，您要是忙，就不打扰了，改天再来拜访。"战一杰笑着说。

"不忙不忙，我刚跟崂山签订了专卖协议，但你们要有好政策，我也可以跟你们签。"老板笑着说。

"崂山给你什么政策，让你专卖？"

"其实也没啥好政策，就是卖 100 包赠 5 包，这政策要是搁在旺季还行，现在是淡季，卖不了多少酒，所以也赚不了几包。但有总比没有强，别的厂家是一瓶也不赠。"

"那你旺季能卖多少酒？"

"少说也得两三千包。"老板说道。

这时，酒店已经开始上人了，老板连忙去招呼客人。战一杰他们说了声"谢谢"就出了门。

肖春梅说道："战总，您真是好样的，天生就是做销售的。"

战一杰笑道："怎么，脸皮厚？"接着又正色说道："顾客和消费者是我们的上帝，这可不是光喊在嘴上，是需要我们真心真意搁在心里，实心实意付诸行动的。你看刚才那位老板娘，这一点，她心里尤为清楚。我们要是去吃饭，那就是她的上帝，她就笑脸相迎，不管我们怎样，估计她都不会计较。但当她一听我们是卖酒的，那她就成了我们的上帝，就成了刚才那个模样。作为我们做销售的，时时把客户和消费者装在心里，这一点尤为重要，这是每一个销售人员所需要的基本素质。你只有具备了这种素质，你的一言一行一举一动，就都自然而然地把这种态度流露出来，客户就会尊重你，消费者就会亲近你，这样，你就可以进行销售了。当然，你对市场和销售付出了，不一定有回报，但你不付出，肯定是没有回报的。"

说着，他们踏雪上了车。战一杰道："我们去吃火锅。"

9

火锅店叫"金来顺",规模不小,因为下雪的缘故,早已是顾客盈门,热闹了起来。

叶子龙要了一个小雅间。战一杰说:"我们不进房间,就在大厅里。"

服务员给他们安排了一个较大点的桌子,拿了菜单上来。战一杰把菜单推给两位女士,起身去了洗手间,顺便把整个火锅店浏览了一遍。

这个火锅店是个全国连锁的火锅店,店内的布置很是高大上,应该是全国统一模式。店周围的墙壁上,挂满了他们董事长与各级领导及各届名人的合影照,每个桌上都摆了两瓶精装的白酒。战一杰明白,这是厂家在这里搞的摆台活动。

从今天上午转了这一圈,战一杰对芸川的酒水市场有了一个大致的认识。在这个不大不小的县级市,酒水市场的竞争虽然激烈,但相互间的竞争还处在一个比较初级的阶段,竞争的策略也罢,模式也罢,手段也罢,都还有比较大的运作空间,可以说是大有可为。战一杰全身的精神不由一振。

这时,叶子龙也早已与吧台上的服务员打成了一片,只等看到他们那一桌的肉、菜都端了上去,战一杰和叶子龙才回到座位上。

两位女士很照顾几位男士,点了三盘羊肉、两盘牛肉、两盘海鲜,蔬菜却点得不多,只要了一个菌类拼盘和一个青菜拼盘。

火锅的底汤和蘸料都调得很有味道,羊肉和牛肉的口感也不错,海鲜更是不用说,涮在火锅里,别有一番风味。大家跑了一上午,连冷带累早就饿了,就热气腾腾吃了起来。

肖春梅边吃边说道:"下午我们转青山区和兰山区这两个半成熟市场,晚上在高店区住下,明天一早转高店区和上川县、下川县,下午转源山市外,明晚不论早晚赶回芸川。战总,你看这样安排行不行?"

战一杰道:"行,这样安排很紧凑。我们这次只是考察终端,回去后,肖总马上整理一份详细的客户资料给我。另外,根据我们市场性质划分,做一份市场 SWOT 分析报告给我。我们现在的形势是时不我待啊。"

叶子龙一时还回不过味来,问道:"现在正值步入淡季,我们啤酒行业算是进入了冬眠期。怎么,我们还要有行动?"

战一杰没有搭腔,只是低头吃着,待了一大会儿才抬起头来说道:"是该有行动了，我们等不起了。"

他们正说着，却见邻桌的客人闹了起来。邻桌上是四个年轻人，看来是酒喝得有点大了，其中一个留着寸头的小伙子喝完了白酒，非要再点啤酒。服务员给他们上了啤酒，他又嫌凉，让服务员去给他温热一点。服务员去给他们用热水温热了，那个小伙子还是嫌凉，就和服务员吵吵了起来。

其他三个同伴好说歹说，总算把那个小伙子给劝下了，气得服务员差点掉了眼泪。那个小伙子还在那里嘟嘟囔囔，说："你说这该死的啤酒厂，咋不出个冬天喝的啤酒。"

正在大口吃菜的战一杰一听这话，就张着嘴愣在那里了，嘴里的菜差点掉了出来。他们吃完饭，邻桌的那四个小伙子还在喝，战一杰就对叶子龙道："把他们那一桌的账一块结了。"

10

下午，天放晴了，太阳露出了笑脸，地上那一层薄薄的雪花被这灿烂的笑脸照耀着，羞怯地遁去了身形，只留下一层带些泥土气息的水汽。

战一杰的情绪格外好，他们一口气在青山区转了四个商超、四个酒店，情况与他们预想的差不多。

这里的市场，他们啤酒的市场份额不多，人们对他们的两个啤酒品牌都知道，却谈不上喜欢和不喜欢，反正就像鸡肋一样，食之无味弃之可惜。

在兰山区，情况要比青山区稍好一点，主要原因是这里有两个客户做得比较好，也就把市场带动了一下。但从终端反馈的信息来看，这两个客户劲头也没那么足了，弄不好明年就会转向做崂山。

第二天，他们转的是高店区。高店区是源山市的中心城区，是市委、市政府的所在地，这里远比其他区县要繁华得多。源山市属国家较大的市，高店区和芸川市属于经济比较发达的区县，芸川的发展靠的是石化产业的带动，而高店是全市政治、经济、文化的中心，那种繁荣又比芸川高了一个档次。同样，高店的啤酒市场档次比芸川以及青山和兰山要高得多，这里不论是商超还是酒店，箱装酒的比例远远要比塑包酒大得多，而且周转箱也用得较为普遍。

他们整整转了一个上午，没有看到一瓶他们自己的啤酒。战一杰笑道："市场做到这个样还真是不容易，我们的啤酒还真就一瓶也过不来？"

这话说得让肖春梅脸红，但事实摆在这儿，又无法辩解。

战一杰又问："在高店，我们有没有客户？"

"客户倒是有几个，而且还都是大户，原来卖过我们的酒，现在不卖了，但逢年过节，我们还去走访，没断了联系。"肖春梅道。

"这很好。高店的市场地位相当重要，作为源山市的中心，对周边县区的辐射和带动能力是不可低估的，我们要做源山市场，高店就是制高点，非拿下不可。"战一杰说道。

叶子龙道："这恐怕没有那么容易，原来我在青啤干的时候，进攻高店市场，花了不下五百万，连1/3的份额都没拿下。"

战一杰道："有钱想有钱的办法，没钱打没钱的主意。打市场，并不是光靠花钱就能行得通的。"

高店市场的考察整整用去了一个上午。下午，战一杰加快了行程。上川、下川两县的市场情况好像要比高店强一些，孬好在一些小店的犄角旮旯，还能看到他们的啤酒，尽管上面已是厚厚的一层尘土。

对于市外的周边市场，他们只是走马观花地从面上转了一下，直到启程往回走，天已经黑了下来。之所以要急着往回赶，战一杰想趁明后天周六周日的时间，好回家看看。转了这一圈，走的是家乡的山水，听的是家乡的乡音，回家的欲望是越来越浓，让战一杰一刻都等不了了。

既定的考察行程胜利完成，全车的人虽然都辛苦得不得了，但兴奋的情绪依然是压抑不住，尤其是肖春梅和叶子龙，看来是收获巨大，已在讨论市场分析报告怎么写。

胡小英看他们讨论得很热烈，自己又插不上嘴，就同战一杰拉了起来："战总，你在国外呆了这么多年，都是干什么？"

这句话问得战一杰竟一时语塞。这六年来，他跟着张洪生辗转亚、非、欧，可以说做的都是出生入死的买卖。对于胡小英来说，自己的经历肯定要比她看过的电影还离奇，真要讲给她听，还不把人家姑娘吓坏了。

于是，他只是淡淡地道："什么都干，反正老板安排什么，就干什么。"

胡小英又问："国外的啤酒是什么情况？"

战一杰明白她问得是技术层面的问题，就说道："其实这几年我一直没干啤酒，只是原来是干啤酒的出身，所以，不论到哪儿，都比较留意一点。大致在北美、南美，还有亚洲地区，基本都是低麦芽度清爽型啤酒为主。美国的百威号称世界第一品牌，是这一类啤酒的代表。再就是日本的麒麟和朝日，还有新加坡的虎牌，从品质到口感，已经达到了较高的水平，近一段时期，其他品牌难以超越。在欧洲，以德国和法国为主，基本都是高麦芽度醇厚型啤酒，以德国的慕尼黑啤酒为代表，可以说已经把啤酒做到了极致，德国那是当之无愧的啤酒王国。在非洲，啤酒业还处于起步阶段，没有形成统一规模的大公司，基本以土著啤酒为主，没有明显的特色。"

"在科技创新方面，他们有哪些值得我们学习和借鉴的呢？"

"他们都是成熟的跨国大公司，有相对固定和成熟的市场和消费群体，在科技创新方面有明确的目标和极高的投入。而在我们大陆，尤其是像我们这种三线城市，啤酒行业还处于一个无序竞争的阶段，基本还停留在微利时代和价格战的层面上，没有我们能借鉴的经验。"

说到创新，战一杰就叫住了还在讨论市场报告的肖春梅与叶子龙，郑重其事地对他三人说道："正是由于我们当前的市场环境还处于一个相对初级的发展阶段，反而使我们有了更大的创新空间，也有了更多的创新途径。从技术层面——"说到这儿，他盯着胡小英，放慢了语速，说道："我们的目标和定位是什么呢？就是专门研制冬天喝的啤酒，要高附加值，有品位，有特色，有亮点。在市场销售方面呢——"他又把头转向了肖春梅和叶子龙，"把市场细分开来，成熟的市场要考虑深度分销的模式，直接做终端，实行网格化管理，在扩充市场份额的同时，要建造市场壁垒，做到进可攻退可守。半成熟市场呢，要考虑联合分销的模式，终端与渠道并行，主要目的在于步步为营，蚕食对手，向成熟市场过渡。对于新市场和潜力市场呢，主要是游击战，采取客户营销的模式，找客户、挖客户，不计较一城一池的得失，上量是主要目的。"

战一杰的这些话听得他三人有些目瞪口呆，只是齐刷刷地望着他。

第五章　冬令啤酒

1

周六周日想回家的打算，终究还是没有成行。

周六，战一杰起了个大早，准备早些走。别看他回来好几天了，却一直没给父母打电话，也没给姐姐战一芳打。一是想给他们个惊喜，二是他早就考虑到公司的事肯定会耽误些时日，若早给他们打了电话，却又迟迟不回家，他们还不找了来才怪。

战一杰刚把拉杆箱塞进奔驰车的后备箱还没去发动车，赵志国就急匆匆地走了过来。战一杰问："赵总，有事？"

赵志国道："是这么回事，昨天芸川信访局和辖区派出所的人来了，说我们公司的工人下周一要罢工，去市里上访。因下周全国文明城市达标小组要来我市考察验收，所以要求我们马上解决，坚决不能形成上访事件。"

战一杰一听，今天这家是回不成了，就锁了车，对赵志国说道："走，到办公室谈。"

二人来到战一杰的办公室，战一杰问："我们的工人为什么要上访？"

"还是那个收入达不到全市最低工资标准的事。本来老徐找了人社局，可以缓一缓，但不知谁走漏了风声，除了大骂老徐和公司领导，星期一还要去市里上访。"

"工人还没去呢，那信访局和派出所是怎么知道的？"

"他们手段不少，像我们这种企业，肯定是上了特殊手段的。"

"那我们怎么办？工人的工资低是事实，达不到最低工资标准确实是不应该的，我们怎么解决？"

"没有钱，我们还真是没办法。可真要是让工人们去上访，那可就影响大了。"

战一杰听出了赵志国是话里有话，无非是怨他没从总部带钱来。他定了定神，对赵志国道："赵总，你来的时间长，看看能不能找出组织者，个别想想办法。我也再考虑考虑，看怎么解决。"

"好吧，我先去摸摸情况。"赵志国起身走了。

战一杰摸出一支烟点上，眉头越皱越紧。忽然，他听见门口好像有动静，心道：今天是周六，公司应该没多少人，再说，来人怎么不敲门呀。

他一边理着思绪，一边起身来到门前打开门。开门一看，确实没人，只见从门缝里落下一张小纸条。他出了门，往左右看了看，走廊里静悄悄的。他连忙捡起纸条回到屋里。

战一杰打开纸条一看，上面有一行板板正正的正楷字：上访事件，幕后主使是赵志国，组织者是许茂。

可能吗？震惊的同时，战一杰脑子里画了一个大大的问号。战一杰拨通了肖春梅的电话，说："你马上到我办公室来一趟。"

肖春梅来后，战一杰让她把门关好，把纸条拿出来给她看。

肖春梅看了纸条，半晌未作声。战一杰问："你觉得有可能吗？"

肖春梅略一沉吟，说道："很有可能。"

"有什么根据吗？"

"没有，只是直觉。"

战一杰若有所思地点着头，又问："你们市场和销售有没有人参与？"

"我不是很清楚，但估计没有。因为业务员的收入普遍较高，是高于最低工资标准的。再说他们基本都长年在外面跑，很少参与工厂内部的事情。"

"这样吧，不管有没有，你先去摸摸底。没有更好，若是有呢，不管你想什么办法，先安抚下再说。"

肖春梅应了声，起身要走。战一杰又补充道："你们的客户资料和市场分析报告要抓紧了，今天下午下班以前务必交给我。"

肖春梅走后，战一杰想了想，又拨通了胡玉庆的电话。

2

胡玉庆来到办公室，战一杰问他知不知道员工上访这事。

"我知道，昨天晚上我已把酿造车间的一帮人给安抚下来了。刚才你给我打电话的时候，我和徐国强正在灌装车间做工作呢。"老胡说道。

战一杰一听，连忙起身拉着老胡在沙发上坐下，问道："灌装车间的工作做得怎么样？"

"凭我和老徐多年来的面子，应该没问题。但是，这次是压服下了，可问题没有得到解决，还会有下次。"老胡看战一杰满脸的真诚，就又说道："战总，你也明白。我是工会主席，工人们工资达不到标准，工人们吃不上饱饭，我是有责任的，我更有责任帮他们去找，去要个说法，讨个公道。"

战一杰动情地拍了拍老胡的肩膀，说道："我当然明白，胡主席你既然把话说到这份上，我也向你表个态，工人工资达不到标准，工人吃不上饱饭，这主要是我的责任，我会尽快扭转这个局面，不光要把工资涨上去，还要把原来的差额给补上，请你相信我。"

老胡点着头，虽然对战一杰的话半信半疑，却还是说："既然战总你这么说了，下面的工作也就越发地好做了，等会我再去仓储部，找找老曹，估计问题也不大。"

"谢谢你了，胡主席。"战一杰道。

"战总你见外了，你要真能把咱这企业给做好了，我老胡给你磕头都行。"老胡笑道。

老胡走了，战一杰又端详了半天那张小纸条，就又给财务部的晏经理打电话。晏春接了电话，马上来到战一杰的办公室。

战一杰招呼晏春坐下，先把帮带杨小建的事说了一下，晏春答应得很是爽快，说："战总，您放心好了，就是您不安排，我也义不容辞。"

战一杰又问道："这一段时间，公司进货的情况怎样？"

"您指的是哪一方面？"

"就是原料和物资的采购。"

"因为即将进入淡季，所以这段时间没怎么采购物资。"

"那么以前呢？"

"一般都是维持生产的正常进货，全是采购部申报计划，报赵总审批。赵总批了，采购部就按计划进货。我们财务部只负责报账走账。"

"价格和渠道有没有什么问题？"

"这个我们不掌握，只要有赵总的签字，我们就执行。"

"晏经理是注册会计师，你不认为这样的采购程序缺少必要的监管吗？"

晏春脸一红，没有接话。看战一杰一直盯着她，就说道："要不，我回去制定一个报价、议价以及招投标的程序?"

"作为企业正常的经营管理这是必须的。这样吧,你就从财务和资金管理的角度来制定这个程序,弄完了以后先给我看一下。"战一杰说道。

晏春站起身来要走,又像是想起什么事来似的,吞吞吐吐地说道:"前一段时间有一批麦芽好像是有什么质量问题,但最后还是把钱付了,具体是什么问题我不是很清楚,这要问质量技术部的胡经理。"

晏春走了,战一杰又把胡小英叫来了。胡小英进门是一脸的兴奋,见战一杰面沉似水,不知道发生了什么事,就收起了兴奋,坐到了战一杰对面的椅子上。

"前一段时间进了一批麦芽有质量问题?"战一杰问道。

"是有一批,有一百多吨吧,总酸超标。但总酸这个指标不是国标要求的,是我们企业的内控指标。"

"这个我懂,但总酸超标,肯定是大麦发芽以前发霉造成的,你是怎么处理的?"

"早都用完了。当时车间急等着投料,可仓库里就只有这一批麦芽,采购部说因为没钱,后面也不再进麦芽了,所以没办法,就用了。"

"质量不合格,你作为质量部门的负责人,就同意用了?"

胡小英看着战一杰严肃的表情,有点怯生生地答道:"当时许茂拉我去请示了赵总,是赵总拍板同意的,投料的时候我特意跟了班,针对酸度问题把工艺作了调整,把发酵温度降低了 0.5 度,没有对啤酒的质量造成影响。"

"后来呢?"

"后来,就是你上次找我那天,赵总对我说,供货商又赔了我们 5 吨麦芽,算是补偿。"

"那个供货商你认识吗?"

"见是见过,不熟悉。"胡小英说道。

战一杰深深地点了点头。

3

战一杰把许茂叫来的时候,已是将近中午。

许茂一进门,跑上来就跟战一杰握手,满脸笑容,说道:"战总,我早该来报到,可听说您出去考察市场了,您真是太辛苦了。"

战一杰笑着指了指办公桌对面的椅子让他坐下，说道："谈不上辛苦，都是工作。要说辛苦，还是你们辛苦，整天得往外跑。"

"哎呀，不瞒您说，战总，现在咱们公司这个采购工作还真是不好干，人家有钱的企业行，拿着钱出去买东西，那是大爷，可咱们是既没钱又没信誉度，就得求爷爷告奶奶去求人家，这不是活受罪吗！"许茂说道。

战一杰笑道："这还真是受罪。下一步咱也像政府一样搞一个干部轮岗制度，把各个部门的领导都调换一下，一方面能培养一人多能的多面手，另一方面也省得享福的光享福，受罪的光受罪。"

许茂一听这话，原本挂了半天的笑容，一下尴尬在了那儿，嘴上却说："战总真是有魄力呀，这样最好，这样最好。"

战一杰道："刚才我看了一下财务报表，发现这一年来我们基本没欠供货商的货款，大都是货到付款，有的还是款到发货，就现在我们公司这种资金状况，这货款不能压一压吗？"

"按理说是能压的，别的企业也都压。但我们不同，这几年总是动荡不安，人家供货商怕出意外，所以谁也不敢赊给我们，都要求货到付款，甚至款到发货，即便是货到了我们厂里，只要付不了款，人家宁愿把货拉回去。"

"上一批麦芽质量有问题，怎么款也付了？"战一杰说完这话，眼睛紧盯着许茂。许茂的脸上看不出丝毫的异常，有条不紊地说道："您说的是酸度超标的那批麦芽吧。因为当时急着投料，我们又没有一点库存，我和技术部的胡经理就一块找了赵总，因为是等米下锅，赵总也没啥好办法，就批准让用了，专门安排技术部调整了工艺，基本没有影响啤酒的质量。当时我就找了麦芽厂，他们厂长亲自来的，又赔了 5 吨麦芽给我们，算作是补偿，价值一万五千多元。他们厂长还承诺，与我们建立长期合作，明年可以以最低的价格给我们供货，为了拉住这种长期客户，赵总就同意给他们付了款。"

战一杰一边听着，一边点头。许茂看了一下墙上的石英钟，说道："哟，都快中午头了，战总，中午赏个脸我请您吃个饭吧，您都来好几天了，还没给您接风呢。"

战一杰笑着站起身道："不用不用，我还要到下面去转一转。听说下星期一工人们要罢工去上访，我去了解了解情况。"

许茂也跟着站了起来，说道："竟有这事？这些工人们也忒不识好歹了，人家外方老板不计前嫌把企业接了过来，还拨了资金，派来了像战总、赵总这样的精英过来，他们还想咋的？"

战一杰只是笑，不再吭声。

许茂连忙跟战一杰握了握手，说道："既然战总您忙，咱就改天，但这风是一定要接的，您可别看不起我。"

战一杰道："不会。"

许茂点头哈腰地离开了，出了门，擦了一把额头的汗。

4

下午战一杰一进办公室，肖春梅的电话就打了进来，说销售部那边还真有几个人要参与上访，但她单独作了工作，不会有问题。

"这都是些什么人？"

"基本都是马汉臣的人。"

"马汉臣与赵志国关系怎样？"

"平常还真没看出他与赵志国的关系。马汉臣这个人城府蛮深，就像抱了个刺猬，碰又碰不得，扔又舍不得。"

战一杰被她的比喻给逗笑了，说道："这事你就不要管了，我要的资料和报告怎么样了？"

"正在争分夺秒呢，估计得晚上才能给你。"

"你弄到几点，我就等你到几点。"战一杰说道。

肖春梅的电话刚挂，老胡的电话就打了进来。老胡说，生产设备部和仓储部的工作基本都做通了，应该不会有什么大问题。

战一杰就道："胡主席你辛苦了。"

"我总觉得这事是有人在背后捣鬼。"老胡道。

"有鬼也罢，没鬼也罢，从这件事上来看，我们的工人是好的，是通情达理的，这就是我们企业的希望。"战一杰说。

刚与老胡通完话，就有敲门声。战一杰一看进来的是胡小英，就笑道："你跟你爸是一前一后。"

胡小英没明白他的话，见他有了笑模样，就坐下来说道："今天上午本来是来汇报个事，看你忙着就没讲，现在有空没有？"

"现在没事了，你说吧。"

"你不是说要做冬天喝的啤酒吗？想出了个新创意。"

"什么新创意？"

"我们出一款姜汁啤酒。"

"姜汁啤酒——"，战一杰沉吟着。胡小英连忙道："就是往啤酒里面添加姜汁。大家都知道，姜有温热驱寒的功效，而大家在冬天不愿喝啤酒的原因就是畏冷畏寒，我们要是加上姜汁，就解决了寒凉这个问题。我在网上查过，现在特种啤酒相当多，有果味啤酒，有菊花啤酒，有螺旋藻啤酒，有银杏叶啤酒，种类很多，技术都相当成熟，我们开发研制起来不会有问题。"

战一杰紧盯着激动得有点语无伦次的胡小英，一直没吱声。胡小英说了一大通，看他不置可否，心里便没了底，怯怯地问："怎么，您觉得不行？"

战一杰站了起来，绕过办公桌。胡小英一看，也连忙站了起来。战一杰走上来，激动地在她肩上拍了拍，说道："真是好样的。"接着又说道："咱们想到一块去了，但我想的是出个枸杞啤酒。"

"枸杞啤酒？"胡小英道，"这比姜汁还要好。"

"好在哪儿呢？"

"枸杞与姜一样，都有温热的功效，但枸杞还有滋阴壮阳的功效，效果应该更好一些。"

战一杰笑了起来，说道："我不是这个意思。我是说姜汁和枸杞比其他特种啤酒好在哪儿？"

"好在哪儿？"

"好在差异化非常明显，卖点非常突出。姜也好，枸杞也好，大家谁都不用问，一听就知道冬天喝了有好处，那么我们用它出的啤酒，还用解释、还用问、还用特意去宣传吗？你前面说得那几种啤酒，果味和菊花还好一点，但受众群体有限，除了女同志和儿童，估计男同志不会感兴趣。那什么螺旋藻和银杏叶，好像还有叫什么 SOD 的，它到底有什么功效，一般人根本就不清楚，你就是花上大把的费用宣传了，人家也未必相信。姜和枸杞好就好在，它的绿色天然、它的平民大众、它的尽人皆知。"

胡小英听得有些入迷。见战一杰停下来，就问："那咱到底是出姜汁，还是出枸杞？"

"两款都出。"

"这应该属于哪一类呢？"胡小英自言自语道。

"我们自己创的一类，叫冬令啤酒！"战一杰说道。

5

　　既然目标定好了，那就马上行动。技术和生产工艺方面，胡小英马不停蹄地回去准备，战一杰的主要精力就放在了市场和销售上。

　　直到晚上八点多，肖春梅整理的客户资料以及市场分析报告才交来。战一杰趴在这些资料上，整整一宿没离开办公室。

　　第二天，肖春梅一大早就来了。一进门，差点被满屋的烟呛个跟头。

　　肖春梅连忙去开门窗，又去给他打了盆洗脸水，望着两眼布满血丝的战一杰，道："你这是何苦，不要命了？"

　　战一杰洗了一把脸，道："时间不等人啊，你赶紧坐下，我跟你说说冬令啤酒的事。"

　　肖春梅第一次听说这个名词，连忙坐下来听他讲。

　　战一杰把姜汁啤酒和枸杞啤酒的创意讲了，肖春梅兴奋地差点从沙发上蹦起来，拍着大腿说道："太好了，太妙了，真难为你和小胡了，你们是怎么想出来的？"

　　"技术研制这一块我交给胡小英了，那么下一步就是产品定位、市场推广和销售。"

　　"产品什么时候能拿出来？"

　　"现在还不好说，得等生产工艺出来了才能有眉目。"

　　"你初步估计得多少时间？"

　　"我估计，最短也得 20 天，最长不会超过一个月。"

　　"市场部这边，瓶型的选择、标贴的设计和定制，还有瓶盖和塑包，也得需要大约 20 天的时间，我会马上安排市场部行动起来。最重要的是产品政策和市场宣传，我心里没底。"

　　"这不要紧，我会做一个指导方案。等我做好了，我们再开会具体研究。我现在要你考虑的，是能不能搞预收款。"

　　"自从上次你讲了，我这几天也一直在考虑这个问题。原来最大的障碍是淡季和产品的问题，现在好了，你这两个冬令啤酒一出，这两个问题就不是问题了。下面就是客户对产品对企业有没有信心的问题。"肖春梅说。

　　战一杰道："你报来的客户资料我都仔细研究了，应该说我们公司的客户资源是不错的，大都是优质资源，这就是基础。至于你所说的客户对产品的信心问题，我觉得，等产品出来了，我们可以搞一搞客户品鉴会，在媒体上做一下宣传，在终端和消费者层面上再搞一些宣传和互动。只要我们的产品好，这应该不是问题。再就是对企业的信心问题。我是这么考虑的，能不能组织客户搞一次旅游活动，让他们到我们的总部雅加达去一次，让他们切身感受一下张氏集团雄厚的实力与深厚的背景，一定会让他们打消顾虑的。"

肖春梅用火热的目光看着战一杰，动情地说道："战总，能跟着你干真是一件幸福的事，一件浪漫的事。"

战一杰笑道："你先别作诗，这一切还只是个初步设想，能不能走得通，我还真是没把握。"

"你放心，一定走得通，我的直觉告诉我，我们一定能成功。"说着，肖春梅突然伸出手，在战一杰脸上扭了一把。

战一杰吓了一跳，摸着自己的脸问："能成功就能成功吧，怎么还带扭人的。"

"姐是想看看，你到底是什么材料做成的。"肖春梅笑道。

话一说完，二人不由相视大笑。

6

果然不出所料，星期一的中层例会上，谁也没有想出什么好办法。

每个中层干部都作了发言，但基本都是从本部门的角度出发，提出了些合理化的建议，再就是表了一下决心。尽管一些建议很好，也很具体，但没有一个涉及到公司的大政方针，更没有触及工资、用人等这些深层次的敏感问题。

战一杰对这个结果并不意外，他偷偷观察了一下赵志国。他并没有什么异常，既没有幸灾乐祸，也没有忧心忡忡，很是泰然。

大家都汇报完了，战一杰就安排办公室把这次大家的发言做一个纪要出来，存档，作为考察干部的一项参考资料。

他宣布："各部门还有员工休休的，务必在一周内全部休完。生产部门做好设备检修，采购和仓储做好进货和物流的前期准备，一旦公司有新的决策出台，各部门工作必须马上到位，若有耽搁，严惩不贷。"他扭头看着赵志国，道："此项工作由赵志国常务副总全权负责。赵总，有什么问题吗？"

赵志国并不知道他所说的"新决策出台"是指什么，如坠雾里。战一杰这一问，令他有点措手不及。但作为公司的常务副总，连公司下一步有什么新决策要出台都不知道，干部们会怎么看？他在心里暗骂了一声战一杰，嘴上却说道："没什么问题，哪个部门耽误了工作，部门经理就地免职。"

战一杰又看胡玉庆和肖春梅没有事，就宣布散会。

领导们一出会议室，里面的中层就乱了，互相打听公司要出什么新决策。大家两眼一抹黑，没一个知情的，只有胡小英多少知道一点，可冬令啤酒的事八字还没一撇，她只好缄口不言。

赵志国跟着战一杰来到办公室，战一杰放下笔记本说道："关于新决策的事因为还不成熟，所以也没和你沟通，今天正好交换一下意见。"

战一杰就把冬令啤酒的事大致讲了。赵志国一听，心中不由拍案叫绝，心道：这个战一杰，回来还不到一周的时间，竟独创了个冬令啤酒出来，确实不简单，口中却道："这个创意很好，可你考虑资金了没有？创一个新的品牌或是一个新的品种，没有资金的支持，那就是纸上谈兵，很难实现的。"

"咱现在账上还有多少钱？"

"也就二百来万吧，11 月份的工资刚发了出去，这些钱也就刚够 12 月份的工资。"

"我们几号发工资？"

"每月的 30 号。"

"不要紧，车到山前必有路，资金的事我会想办法。主要是刚才我在中层会上讲得那些，包括组织生产、原料采购、瓶源供应，你都得亲自抓一下。这段时间，我主要靠到产品研制和市场推广上。"

"这没问题，你就放心好了。"赵志国说道。

7

冬令啤酒的生产工艺做出来后，胡小英没有丝毫的耽搁，马上交到了战一杰的手里。

战一杰仔细审阅了一遍，对这套完整的工艺是赞不绝口。胡小英听到战一杰的夸赞，吊在嗓子眼的石头总算落了地，高兴地说道："这套工艺的制定，我打电话和发邮件，咨询了江南大学的顾教授和省啤酒协会的李工，他们很赞同我们的创意，夸我们为啤酒界做了一个创举，也毫无保留地提出了不少修改意见。"

战一杰道:"小英,你是个有心人啊。在中国的啤酒界只要顾教授和李工这两位泰斗级人物都赞同我们,那这事就成功了一大半。"

战一杰指着工艺中添加的那一部分问:"你这姜汁和枸杞汁的添加,是在啤酒发酵完成以后,在过滤的工序中添加,这样不会有什么问题吧?"

"不会有问题。起初,我曾考虑过要在麦汁煮沸的过程中和啤酒花一块添加,但顾教授给的意见是,在啤酒过滤中添加,这样既完整保留了添加液的有效成分,同时又不用单独投料,每一罐发酵完成的啤酒随时都可以添加,既便于安排生产,又提高了效率。"

"大师就是大师呀,一个点子顶千军万马呀!"

"姜汁和枸杞汁的事,我联系了一个在省科学院的同学,她可以帮忙解决。"

"这个事也解决了?"战一杰喜道。

"她在省科学院下属的水果蔬菜研究所工作。她说这两种东西的汁液萃取工艺相当简单,只要我们保证批量要货,他们可以随时供应。她说最好与我们当面谈谈。"胡小英说。

"她在哪儿?"

"在省城。"

"好,我们马上去省城。"

"这就走?"胡小英惊道。

战一杰看了看手表,说道:"对,现在就走,天黑以前就能赶到。"

胡小英连忙摸出手机联系她的同学,战一杰也给肖春梅打了个电话,说他要跟胡小英到省城去一趟,联系姜汁和枸杞汁的事。估计出产品要比当初计划的时间提前不少时日,市场和销售要做好一切准备,枕戈待旦,等他回来,产品一出,立马开始行动。

肖春梅也是喜不自胜,却道:"你和胡小英要去省城,就你们两个?"

"就我们两个。天黑就能赶到省城。"

"祝你们马到成功。"肖春梅说完就挂了电话。

战一杰听出了她电话里的火气,心道:她这是吃得哪门子飞醋。

胡小英与她的同学联系好了,她回办公室去拿包,战一杰去发动车,两分钟后奔驰车就出了公司大门。

奔驰车出了芸川就上了高速路,胡小英坐在副驾驶座上,瞅着车窗外旋转的麦田，说道："这奔驰就是不一般啊。"

"会开车吗?"战一杰问。

"光有驾照，但从没上路开过。"

"要不要试一试?"

"我可不敢，这上了高速我更不敢了。"胡小英连忙摆手说。

战一杰打开车上的音响，里面传出刀郎苍凉沙哑的嗓音，是一首他和云朵的"爱是你我"。看来胡小英也喜欢这首歌，就跟着"哼哼"起来。

"小胡，今年多大了?"战一杰问。

"24。"

"有对象了?"

"还没有呢。"胡小英脸一红答道。

"一准是眼光太高，挑花眼了。"战一杰笑道。

胡小英也笑了，娇憨地说道："甭净取笑我，说说你吧，早在国外成家了吧?"

"还没呢，现在还是快乐的单身汉。"

胡小英撇了撇嘴道："什么快乐的单身汉，你这是钻石王老五。"接着又说道："那也该有对象了吧?"

"没有。现在没有，原来也没有。"

"现在没有，你敢说原来也没有?"胡小英指着他说道。

"当然敢说，原来也没有。"战一杰笑道。

"那陶玉宛是谁?"

战一杰一愣，心道：这丫头怎么还知道陶玉宛?

只听胡小英又幽幽地说道："人家现在是芸川的副市长了。"

8

陶玉宛与战一杰是川南大学微生物系的同学，而且还是老乡，她的老家金山回族镇与战一杰的老家龙泉镇紧挨着。

他们虽不在一个班，但因为是老乡的关系，所以平时接触的机会也比较多。战一杰是学生会主席，陶玉宛是学生会的文艺部部长，经常在一块组织活动，一来二去就都有了那么点意思。

当时战一杰不光学习成绩好，主要是他的体育也很棒，篮球、排球比赛他都出尽了风头。有一次学校跟另外一个大学组织散打擂台赛，他们学校前面的几个选手，没几下就让对方打趴下了，对方还有四个人，他们这边只剩下战一杰一个了。战一杰临危不乱，凭着敏捷矫健的身手和机智灵活的战术，一人打倒了对方四人，最后赢得了胜利。那一次作为拉拉队队长的陶玉宛兴奋地直接跑进了赛场，当众搂住战一杰一阵鸡啄碎米地狂吻，引起了全场的欢声雷动，这个经典镜头一直在川大传为佳话。

陶玉宛的条件很好，不光人生得貌美如花，家境也不错，他父亲是芸川县的经委主任。但他们谈恋爱却是陶玉宛主动的。

有一天上大堂课，临下课了，陶玉宛挟着书装作若无其事地走过战一杰的座位，把一张纸条扔在了他的桌上，又意味深长地看了一眼傻愣愣的战一杰扭身走了。

战一杰打开纸条一看，上面写了短短几句话：要是想跟我交朋友，请下午穿一件短袖衫和扎一根领带来上课。

下午，战一杰差不多是踩着铃声和老师一块走进阶梯教室的。这时正是腊月天，外面的西北风吹在人脸上，刀割样的疼。战一杰穿了一件天蓝色的短袖衬衫，扎一根鲜红的领带走了进来。

在场的同学一看和老师一块走进教室的战一杰竟是这身打扮，莫名其妙地愣了一阵，随后爆发出了一阵笑声，还有人开始打口哨。

老师这才反映过来身边站了一个怪物，就生气地让战一杰站在讲台前面，问："战一杰同学，你不冷吗？"

战一杰说："冷。"

有的同学就大声起哄喊："老师，他这是藐视老师。"

老师又问："冷，你为什么还穿成这样？"

战一杰说："我跟人家打赌了。"

"打什么赌？"

"说我要敢在今天下午穿成这样，就——"战一杰说到这儿就闭口不言了。

坐在下面的陶玉宛坐不住了，心都提到了嗓子眼，心想：这小子可损透了，他要是当众把我的纸条给端出来，我可就没法再在这儿读书了，这可要了命了。

"他就怎样？"老师追问。

"他就输给我一百块钱。"

老师大吼："无聊。你们这是扰乱课堂，你先回去换衣服吧，明天等候学生处的处理。"

战一杰为此事写了一份深刻的检查，却赢得了高傲的校花陶玉宛的芳心。大学毕业的时候，他们二人已经如胶似漆成双入对了。毕业分配的时候，陶玉宛毫无悬念地进了芸川环保局。本来凭父亲的关系，把战一杰分到机关事业单位也不成问题。可战一杰却一根筋地不要依靠陶玉宛的关系，要凭着在学校所学学以致用，自己闯天下，到企业大显身手。

毕业以后战一杰在芸川啤酒厂干得并不好，陶玉宛觉得这是个机会，就用父亲的关系给他活动着往环保局调。从企业调进机关并不是那么好办，尽管陶玉宛在环保局干得风生水起，可还是费尽了周折，父亲天天逼她与战一杰分手。就在调动手续办得差不多的时候，芸川啤酒厂搞了合资，战一杰没多久就被提成了副总，满心地要报答张氏的知遇之恩，不打算往环保局调了。陶玉宛可真急了，他父亲更是暴跳如雷，坚决不允许女儿再同战一杰见面。他二人大吵了一架就宣布分手了。

失恋对战一杰的打击挺大。他便化悲痛为力量，把全部精力都投入到了工作中去。经过一年多的时间，他便以突出的业绩被选作优秀人员到印尼参观考察，没成想却荣幸地被张洪生选中，作为他的私人助理留在了印尼，一走就是六年。

9

赶到省城的时候天已擦黑。战一杰和胡小英对省城都很熟，都曾在这里读了四年书，把人生最美好的最自由的时光留在了这里，所以都有一种故地重游的激动和兴奋。

省城的变化可以用天翻地覆来形容，马路虽然比原来拓宽了不止一倍，可依然堵得厉害。原本果蔬研究所的位置还算作是东郊，可现在已经是中心城区了。

他们的车子驶进果蔬研究所大门的时候已是七点多钟。

战一杰和胡小英下了车，胡小英一下就和迎接他们的那个胖乎乎的女孩拥抱在了一块。胡小英给他们介绍："这是我们战总，这是我同学钟慧。"

战一杰和钟慧握了握手，说："我叫战一杰。"

钟慧和战一杰握着手，咯咯笑着说道："这么年轻的老总，还这么帅。"

胡小英戳了她一下笑道："花痴病又犯了？"

钟慧嘴里念叨："战一杰？好像在哪儿听说过这个名字。"

胡小英连忙搂着她的肩道："走吧，走吧，咱到办公室再说，怎么还让我们老总在这儿站着。"

钟慧连忙把他们让进了办公楼。钟慧把他们带到二楼一个宽敞的化验室，搬了橙子让他们坐下。

胡小英问道："慧儿，你就在这里工作？"

"我是化验员，不在这儿还能在哪儿？哪像你，早早就当上了领导。"钟慧说。

"我们那是啥单位，怎么能跟你这儿比？"小英说道。

钟慧把水递到他们手上，说道："你说的那两种东西小样我都做出来了，你们先看一看。"

钟慧从恒温箱里拿出两个小容量瓶放到操作台上，说："这就是姜和枸杞的浓缩萃取液。"

战一杰拿起一个小容量瓶，打开盖闻了一下，姜的味道确实很突出、很浓郁。他把这瓶递给胡小英，又打开另一瓶闻了闻，枸杞味也很浓。

战一杰问钟慧："这种浓缩液，一般往啤酒里面添加都是什么比例？"

钟慧说："一般的果味啤酒，还有菊花、银杏叶什么的，添加的比例在 3—5 个 ppm 左右。"

战一杰说："也就是说在百万分之四左右，一吨酒加四毫升。"

钟慧瞪大了眼睛说道："战总相当专业呀，这年头学专业的老总还真不多。"

胡小英说："慧儿，你给我们调一个样品，我们尝一尝。"

钟慧麻利地拿出烧杯、量筒、吸管、吸耳球，又拿了几瓶啤酒启开，给他们调了一杯出来。

战一杰端起杯先闻了闻，生姜的香味若有若无。又尝了尝，口感略有一丝辛辣的感觉，但这种感觉稍纵即逝。他把杯递给了胡小英。

胡小英品尝完了又递给钟慧，说道："香味稍稍淡了一点，但口感正好，辛辣的感觉稍纵即逝，一点也不影响啤酒的整体协调。"

钟慧尝了偿说道："完了完了，自打生完孩子，我是什么也尝不出来。"

胡小英一听，惊道："慧儿，你都有孩子了！怎么不告诉我？"

钟慧道："说什么说，我那老公又矮又老气，不提也罢，可不像你这位战总，又成功又帅气。"

战一杰看着她们打闹，就像一阵清风掠过心头，竟不忍打断她们。

两个女孩闹了一会儿，钟慧见战一杰在笑着看她们，就使劲拍了一下胡小英道："光顾和你闹了，把正事都忘了，我们领导还在酒店等着我们呢。"

她问战一杰："你们觉得样品怎么样？要是行的话，我们可以马上组织批量生产，随时供应给你们。"

"样品很好，如果价格合适，我们可以批量进货。"战一杰说。

"价格的事我说了不算，等会见了我们领导，你们谈。"钟慧说道。

10

凯撒大酒店灯火辉煌，钟慧领着他们坐电梯来到三楼的一个豪华房间。他们一进房间，早已等在那里的三个人连忙起身相迎。

分宾主坐好以后，钟慧给他们一一作了介绍。主陪是一位人高马大的中年人，四十上下的年纪，一脸的黑胡子，说话声如洪钟，是果蔬研究所开发公司的朱总。旁边一位风姿绰约的女士是钟慧的直接领导，实验室的高主任。高主任旁边还有一位外国人，是英国英联食品公司的威尔逊。

时间太晚了，菜上得很快，朱总招呼大家先开吃，垫垫饥再上酒。

战一杰和胡小英确实饿了，也就不再客气，大家就先动筷子吃菜。朱总一边给战一杰布菜一边问："你们觉得样品怎么样？"

"可以，基本达到了我们预想的效果。"战一杰说。

"这个冬令啤酒是谁想出来的？"朱总问。

战一杰指了指胡小英道："是我们胡经理。"

朱总冲着胡小英伸出大拇指，说道："不简单啊，我们川大又出了一位女中豪杰呀。"

钟慧插言道："朱总也是我们川南大学毕业的，是我们的大师兄。"

朱总笑道："是啊，我虽然姓朱，却是大师兄。"

大家一听，都"哈哈"大笑了起来。威尔逊虽然能听懂他们的对话，但对大师兄和二师兄没有概念，所以被大家笑得莫名其妙，急得直用英语问你们笑什么？他身边的高主任用不怎么流利的英语给他讲，可怎么也讲不明白，急得威尔逊抓耳挠腮。战一杰实在是看不下去了，就用英语把《西游记》给威尔逊解释了一遍。这下威尔逊听懂了，嘴里直吱喝，Good，Good，接着他自己也大笑了起来。本来大家已经不笑了，可听他笑得如此开心，忍不住又是一阵哄堂大笑。

一会酒上来了，是五粮液，服务员给大家倒酒。威尔逊死活不让倒，朱总就给他点了黑啤酒。朱总端起杯来说道："欢迎战总，欢迎我们女中豪杰的小师妹胡经理，干杯。"说罢，一杯52度的五粮液一饮而尽。战一杰一看朱总如此痛快，也不好说什么，也一口干了。其他的人只喝了一小口，朱总也没说什么，只是拍着战一杰的肩膀说道："战总，你可不是个简单人物，你是第一个一见面就让我佩服的人。"

胡小英在一旁道："战总也是我们学校毕业的。"

朱总吃了一惊道："战总是哪一届的？"

战一杰道："我是九一届的。"

朱总道："我是八三届的，那你就是二师兄了。"

大家又笑，钟慧道："我说名字这么熟呢，原来你就是那个散打冠军。教我们生物化学的李老师是你的同班同学，经常跟我们提起你。"

战一杰这才明白胡小英为什么对他的底细那么熟，怎么会知道陶玉宛。

战一杰端起酒，说："朱总，我们都是一家人，我敬师兄一杯。"

二人干了，朱总大叫痛快，问道："师弟在国外呆过？"

战一杰道："在国外呆了六年，刚刚回国。"

朱总道："难怪外语说得这么好。"

威尔逊端起杯来主动和战一杰表示，朱总就把他的情况作了介绍。威尔逊是英联公司驻川南的技术顾问，他们果蔬研究所一大部分添加剂都是从他们英联公司进口的，威尔逊这人不错，是一个技术脑袋。

战一杰和威尔逊碰了杯，就把他们开发冬令啤酒的情况向他作了介绍，请他提提意见。威尔逊想了想，又和高主任讨论了一番，指了指战一杰，示意让高主任讲。高主任说道："威尔逊提了个建议，把你们的冬令啤酒调成暖色调，就像这个颜色。"说着，她用手指了指威尔逊杯里的黑啤酒。

战一杰和胡小英一听，齐声说好。胡小英连忙端起杯来去给威尔逊和高主任敬酒。大家又热热闹闹喝了一会。钟慧的手机不住地响，她忙着出去接了好几次。高主任问："怎么了小慧，家里有事？"

钟慧不好意思地说道："没事，孩子总闹，不睡觉。"

战一杰就道："朱总，要不今天咱就到这儿吧。"

朱总道："好，以后有的是机会，我和老弟是一见如故，过段时间我去源山找你去。"战一杰连声说好。

他们的住宿就安排在十楼。朱总陪着威尔逊走了，钟慧连忙回家看孩子，高主任就陪着战一杰和胡小英来到十楼。

高主任喝了点酒，面色红润，显得更有风韵。

战一杰道："高主任也得回家休息，就不再麻烦了。"

高主任笑道："麻烦谈不上，既然这样，你们也早点休息吧。"

11

高主任告辞走了。战一杰到了房间，一是喝了不少酒，二是这几天确实太累了，浑身就像散了架一样，连忙脱了衣服去冲澡。

澡冲了一半，电话突然响了起来。装在洗浴间的分机电话响声很是刺耳，战一杰只好关了淋浴来接电话。电话里传出一个温柔的女声："先生，您需要服务吗？"

"什么服务？"

"我们有泰式按摩，日式按摩，还有特殊服务。"

战一杰这才明白是那种色情服务电话，就道："不需要。"那边却说："先生，我们价格很便宜的，要不，让我们的小姐去你房间谈一谈。"战一杰冲着话筒说道："不用。"连忙挂了电话。过了一会儿，却传来了敲门声，战一杰连忙穿了睡衣开门，一看，却是胡小英。战一杰把胡小英让到沙发上坐下，自己坐到了床上。胡小英没穿外套，只穿了一件薄薄的毛衣，两个乳房耸得很高，有种喷薄欲出的感觉。因为喝了酒的缘故，脸色绯红，娇艳欲滴，不由让战一杰的心蠢蠢欲动起来。

胡小英让战一杰火辣辣的眼神看得有点不好意思，说道："刚才高主任把价格跟我讲了，让我找你请示一下。"

一谈到工作，战一杰的思绪这才从胡思乱想中拔了出来，问道："他们是什么价？"

"高主任讲，他们朱总说跟你投缘，把价格拿到了最低，姜汁浓缩液和枸杞浓缩液都是 100 元 1 千克，食用色素可以搭配送给我们。"

"这个价格高还是低？"

"我刚才打电话问过钟慧了，她说这个价格已经压到底了，朱总很给面子。"

"那我们一瓶啤酒成本要高出多少钱，你算过了没有？"

"我这就算一下。"小英说着掏出手机来计算。

胡小英算了一下，说道："每瓶酒要高出三分钱。"

战一杰一拍大腿道："好，就这么定了。当初我还估算着只要每瓶酒不超过两毛钱市场就可以操作，这下就更好办了。"

"那我怎么回复他们？"

"就回复他们马上备货，我马上安排采购部来签合同进货。"

胡小英犹豫了一下，说道："高主任还说了一个意思。"

"什么意思？"

"她说，朱总单独交代了，他给我们的这个价格是底价，我们公司的进货价格我们两个可以自己定，高出的部分可以返给我们个人。"

战一杰盯着胡小英道："她就直接跟你谈这个，怎么不直接找我？"

胡小英被他盯得抬不起头来，低声说道："他们都以为我们两个是那种关系。"

"那你是怎么考虑的？"战一杰考虑了一会说道。

"我认为这样不合适，等会我就给高主任打电话，告诉她我们公司就是以这个价格进货。"胡小英道。战一杰看着粉颈低垂的胡小英，心头升起一股难以名状的怜爱，忍不住想上去抱住她。这时，他的手机响了。

是肖春梅。肖春梅在电话里问他事办得怎么样了。

战一杰道："非常顺利，回去后就可以开始运作。"

肖春梅又问："你自己在房间？"

战一杰看了一下胡小英，答道："小胡也在这儿，我们在探讨问题。"

"这么晚了还在一块探讨问题，真是废寝忘食啊。"肖春梅说完，竟把电话挂了。

胡小英站起身来往外走，说道："战总，您休息吧。"

12

第二天一早钟慧就赶了过来，陪他们一块去二楼的自助餐厅吃早餐。钟慧见胡小英满脸的憔悴，就问战一杰："二师兄，昨晚你欺负我们小英了？"

战一杰笑道："我哪敢？你还当我真是二师兄呀。"

钟慧笑道："谅你也不敢，我们小英当时可是我们系的头牌。"

胡小英乱扭着钟慧道："那又不是怡春院，怎么还出来个头牌。"

两个人打闹了一会，钟慧止住了笑，说道："说正经的，你们今天打算怎么安排，我们主任可安排我了，让我全程陪同，让你们玩痛快。"

战一杰道："我们打算马上赶回去，回去还有事。"

"怎么这么急，工作哪有干完的时候。可话又说回来，这几年省城也没上什么新的景点，原来的老景点你们也玩烂了。要不这样吧，这里最近刚上了一个温泉度假村，我领你们去泡温泉吧？"钟慧说。

战一杰没吱声，扭头去看胡小英。胡小英连忙低下头，也不吱声。

钟慧一看，说道："师兄，这就是你的不对了，我们小英给你们立了一个这么大的功，不该让她好好放松放松？再说我们姐妹都好几年没见了，好多体己的话还没顾上说，你们泡完了温泉再走，好不好？"

战一杰道："好吧，就听你的。"

钟慧笑道："我也正好沾你们的光去泡泡温泉，要不然那种地方我们可舍不得自己掏钱去。"

胡小英又捶了一把钟慧，笑道："就你鬼心眼多。"

他们吃完早餐又休息了一会儿，就开车去温泉度假村。度假村离中心城区不远，也就十分钟车程就到了。这是一片十分开阔的场地，度假村的大门相当气派，高大的门楼上有"温柔花乡"四个大字。进了大门，路两边的树全是绿油油的，在这初冬的季节，显得尤为扎眼，顿有一种神清气爽的感觉。也许是季节的缘故，也许是他们来的太早，整个诺大的"温柔花乡"就他们三个人。

等战一杰换了泳装出来，来到温泉旁边，眼前不由豁然一亮。只见胡小英穿了一件粉色的连体泳装袅袅婷婷站在那里，在蓝天、碧水，还有这一团粉红的映衬下，她那本就白嫩的肌肤更显得凝脂如玉、肤光胜雪，曼妙得恰似一朵出水芙蓉。

"嗨，嗨，眼睛都拔不出来了。"钟慧也换好了泳装出来，笑着说道。战一杰扭头一看，钟慧穿一身天蓝色的连体泳装，丰满的体态，白嫩的肌肤，也让人怦然心动。战一杰就笑道："看到你也拔不出眼睛。"

这个时节的气温已经很低，穿泳装在这露天里一站，还真有些受不了。钟慧连忙跑上去挽住胡小英，说道："咱先下水再说。"他们进了一个玫瑰泉，里面水温不低，水面上还飘着不少玫瑰花瓣，似有若有若无的玫瑰花香。

钟慧小声问胡小英："他没见过你穿泳装？"

胡小英脸一红，小声道："我们不是那种关系。"

钟慧吐了一下舌头，扭头看着战一杰浑身紧绷绷的肌肉，道："难怪是当初的散打冠军，师兄你练过健美啊。"

战一杰笑道："没有，我只是在国外受过一些特殊的训练。"

钟慧伸出手指，往战一杰鼓鼓的胸大肌上戳了戳，撇着腔道："好温暖好结实噢——"

"钟慧，你孩子几岁了？"战一杰笑着问。

"两岁半了。"

"就你这身材，打死我都不信。"战一杰夸张地说。

钟慧顿时跳了起来，说道："是吧，是吧。我的身材是一点也没变吧，可我那死老公，自己瘦成了干鸡不说还嫌我胖，你看我胖吗？"说着她就隔着泳衣去揪肚皮上的肉给他们看。

战一杰就逗她："你隔着衣服让我们怎么看？"

钟慧笑道："你真想看我就脱下来。"

胡小英在一旁拍着钟慧的后背笑道："别闹了，这光天化日的。"

钟慧又回身胳肢胡小英，疯笑着说："什么光天化日，我叫他看你先不愿意了。"说着，她俩便互相胳肢，笑作一团，弄了战一杰一脸的水。

第六章　运筹市场

1

回来以后，战一杰稍微放松一点的神经又马上紧绷了起来。他心中明白，产品是基本没有什么问题了，可这只是万里征程的第一步。

产品如何包装、如何定位，市场如何造势、如何推广，销售如何运作、如何完成，这一连串的问题都需要他事无巨细地去运筹，去教，去操作，要单凭芸川公司现有的销售团队，以他们的思路、他们的做法，非把这个产品做死不可。

战一杰先和赵志国作了进一步的沟通，让他负责采购、生产、仓储的调度安排，以最快的速度生产出批量产品。因为现在发酵大罐里有发酵成熟的啤酒，只需在过滤的时候按比例添加浓缩液就可以。所以，赵志国认为这不是问题。他所担心的还是费用问题，一旦大规模启动生产，费用接不上，一切都得停摆，公司将陷入瘫痪的境地。

战一杰道："你只要拿出了第一批产品，马上就会有进项，不会有什么大问题。"

赵志国见战一杰说得肯定，也就不好再说什么，立即回去安排组织进货，启动生产。

战一杰摸起电话来找肖春梅，让她带着马汉臣和叶子龙来开会。接着又打电话给胡小英，让她拿几瓶调好的样品和品酒杯来会议室参会。

会议室的人员到齐了。战一杰让胡小英把做好的样品酒给每人都倒上两杯，让他们先品酒。

酒倒入杯中，呈现出一种晶莹剔透的红宝石的颜色，上面再盖一层洁白如玉的泡沫，相当有视觉冲击力和震撼力，在座的除了战一杰和胡小英，都不由叫了一声好。

战一杰道："大家先尝了再说。"

大家端起杯来，先闻香，后品尝。马汉臣道："我闻着有点生姜的味道，喝到嘴里倒是没什么特殊的感觉，只觉得略显醇厚。"

战一杰说："你再尝另一杯。"

马汉臣仔细品了，道："这个我没闻出是什么味来，好像有一点'宁夏红枸杞酒'的味。"

战一杰又问叶子龙。叶子龙端起两个杯子尝了一遍，说道："这两个酒我都没有尝出什么特别的味道，只是觉得这种颜色的啤酒倒是给人一种热辣辣的感觉。"

战一杰又问肖春梅。肖春梅道："老马的鼻子非常厉害，竟然闻出了生姜和枸杞的味道，因为我知道加了这两种东西，闻出来了并不奇怪。但他是一点也不知情，竟也能闻出来，确实不一般。"

马汉臣惊喜问道："还真是加了这两种东西？"

战一杰道："是的。这就是我们即将推出的两款新品冬令啤酒。"

马汉臣和叶子龙不约而同地重复着："冬令啤酒？"

战一杰道："对。就是冬天喝的啤酒。"

马汉臣伸出大拇指赞道："高，实在是高！"

对于马汉臣这人，战一杰一直没什么好印象，觉得他人很阴，不可重用。但面对现在的形势又不得不用，所以他就跟了一句："高在什么地方？"

马汉臣道："我们做啤酒销售的都清楚，最头疼的就是淡旺季太明显。一进入淡季，销售员没什么业绩，连吃都挣不出来，所以很多业务员都跑了。第二年又得重新招人，从头学起，相当费劲并且耽误事。但现在出了专供冬天喝的啤酒，高就高在选的这两种东西姜和枸杞，人们都知道是温热驱寒的，又做成了这种红色，一看，就令人心头暖和和的。所以，我觉得，今年肯定能火，我们就能变淡季为旺季，不愁没饭吃了。"

马汉臣说得倒是相当实在。战一杰问："那马经理是对这两个产品认可了？"

"岂止是认可，我是举双手赞成，拍手欢迎。"马汉臣道。

战一杰又问叶子龙："叶经理怎么看？"

"我也是举双手赞成，这是一个绝妙的产品创意。产品的功能、特色、差异化都相当明显，而且易于被普通消费者所接受。"叶子龙说。

战一杰又问："你们对产品的品质和气味、口感方面，还有什么意见？"

肖春梅和马汉臣、叶子龙都摇了摇头道："没什么意见。"

战一杰就对胡小英道："胡经理先回去吧，就按样品的配方来制定工艺，工艺出来后马上组织生产。"

胡小英走了，战一杰说道："大家先休息一会，十分钟后继续开会，我们研究产品政策和市场推广方案。"

2

接下来两天的销售会议，开得紧张而又激烈。

对于战一杰给两个产品的命名，一个叫姜汁暖啤，一个叫枸杞红啤，大家是一致叫好。可对于战一杰提出的把产品价位拉高，高价高返的市场政策，大家都摇开了头。

马汉臣道："高价高返当然好，我们的利润是有了，经销商也有得赚了，终端点也赚钱了，我们这一头是皆大欢喜了。可消费者呢，消费者才是这个产品，或者说是这个价格的承担者，他们接受吗？他们买账吗？"

肖春梅和叶子龙也是两眼盯着战一杰，看来这也是他们的疑问。

战一杰说道："现在的消费者，已大不同于前几年，他们买东西，并不像原来一样过分地看重价格，只要便宜，他们就买，现在他们看重的是性价比，只要他们觉得你是物有所值，他们是不会在乎多花那几个钱的。原来我们的啤酒那么便宜，在市场上的价格最低，却卖不过崂山，卖不过雪花，也就是这个道理。现在我们推出的两款新品，准确一点说，应该算是保健啤酒，枸杞和姜的保健性能，是尽人皆知，我们的提价是有根有据顺理成章的，并不是凭空乱提的，消费者应该很容易接受。反过来说，若是我们的价格不提，还是维持原来的价格，或者说是提一点点，他们肯定会以为，我们是换汤不换药，或者是以为我们根本就没加什么枸杞和姜，是在搞噱头忽悠他们，他们能接受吗？另外，我还计划投放盖奖。"

听到这里，其他三个人紧皱的眉头已经舒展开来，听到盖奖，叶子龙一拍大腿道："这是个好办法，我知道在东北市场哈尔滨啤酒搞过盖奖，虽然一包啤酒里面只放几个一角或二角的盖奖，但效果很好。"

马汉臣也道："这是消费者直接摸得着的实惠，市场拉动力很强。"

接下来讨论市场运作的模式。他们三个不再言语，只听战一杰讲。战一杰直接把自己的设想全盘托出：对于成熟市场，也就是我们的芸川市场，我考虑，采取直销和深度分销两种运作模式，由我们的业务员按片区、按街道，挨家挨户实行终端拜访，至少每周拜访两次，随时掌握终端信息及进货和库存情况，随时联系经销商供货。对于半成熟市场，也就是兰山和青山市场，采取分销和经销联合的方式，就是把我们的业务员和经销商捆绑在一起，和经销商一起拜访终端，一起送货，既可以掌控市场又能监督经销商，做好向成熟市场过渡的准备。对于新市场，也就是高店区、上川和下川。高店区是我们源山市的中心城区，要挑出来单独对待，采取直销和经销两种方式，对于 A 类店以及夜场，坚决走直销，不怕费用高，哪怕是赔钱，也要走直销。对于这些店，不求掌控，只求能进去，哪怕是一店一个政策，也要进店。对于 B 类店和 C 类店，交由经销商去做，对于经销商的开发，要敢于放政策，挖一个是一个，拉一个是一个。高店市场是我们工作的重中之重。那么上川和下川两县的市场，就采取找经销商的办法，把政策全部放给他们，由他们去操作，不给他们划片区，也不怕他们砸价格，只要卖酒就行。其他的潜力市场，也参照上川和下川的方式运作，只求上量，不怕乱。

战一杰讲完，那三个人听入了迷一般，只是在本子上疯狂地记着，生怕落了哪一项。

3

最后，战一杰总结道："这几天开会我们研究的这几项，我只是提纲挈领地讲了个大概，也只能算是个骨架，血和肉还得你们去填起来。具体的实施方案，还需要你们去推敲、去丰富，每一个政策，每一项活动，都需要钻研明白，捉摸透它。你比如说盖奖的投放，要投几批，开始怎么投，市场起来以后再怎么投，要全盘考虑。再就是每批的投放金额和投放比例怎么定，等等这些，一定要考虑全面，考虑细致。以上这些工作，我给你们三天的时间，三天后把详细的方案报给我。"

他把头转向肖春梅，问道："肖总，搞预收款的事你筹划得怎么样了？"

"说实话，就在几天前，您跟我提预收款的事我还真没信心。可现在行了，我已经与他们二位经理沟通过，应该不会有大问题。"肖春梅说道。

"那客户品鉴会和到集团总部参观旅游的事呢？"

"也已经有了大致的成形方案。现在正处在一个啤酒和白酒交替的空白期，青黄不接，卖酒的客户都比较有时间。再说这个时候去印尼这种热带气候国家，他们都求之不得。等我把方案做好了以后，再具体向您汇报。"

"那好吧。今天的会就开到这儿，你们回去抓紧时间拿方案。这三天的时间不轻松啊，可能要熬夜了。"

叶子龙道："熬夜我们不怕，只要有了方向，有了希望，再苦再累也心甘。"

肖春梅笑道："小叶不光会说话，还会唱歌。"大家不由都笑了起来。

马汉臣和叶子龙起身走了，战一杰让肖春梅跟着他来到自己的办公室。

肖春梅虽是满面的倦容，情绪却相当好。自己去拿了纸杯，又捏上点茶叶，冲上茶水就在沙发上坐了下来。

战一杰笑："光自己冲上茶水了，不管我了。"

肖春梅嗔笑道："来到你这里你不侍候我，我还没挑你的理，你倒好，来个猪八戒耍把式——倒打一耙。"

"这几天下来累坏了吧！我看你脸色怎么这么不好。"战一杰关心道。

肖春梅眼圈一红，差点掉下泪来，说："有你这句话，就是再累也值了。这几天正好碰上我身子不方便，你又填鸭式地这个灌法，白天听你讲，晚上就得回去消化。要是再开上两天会，我估计我仨就都撑不住了。"

"你觉得马汉臣能不能行？"战一杰问。

"这也正是我担心的。论能力，我觉得他没问题，即使他领会得慢一点，思路窄一点，有我和小叶帮衬着，不会有大问题。怕就怕在他不是真心想干。"

"他和赵志国的关系到底怎样？"

"我倒真没发现他与赵志国有什么瓜葛，平常他们也不怎么接触，应该没什么特殊的关系。"肖春梅话刚说完，突然一阵腹痛，疼得她捂着肚子弯下腰去，脸色苍白，鼻洼鬓角渗出了汗水。

战一杰吓了一大跳，连忙跑上去给她捶背，急道："这是怎么了？"

肖春梅连忙制止他不要捶了，颤声说道："不是这里的事。"说着就去兜里掏药。

战一杰连忙帮她掏出药来。她拧开药瓶倒了两片药塞进嘴里，喝了口茶水冲了下去。战一杰拿过药瓶一看，是止疼药。

过了一会肖春梅才缓过来，战一杰柔声问："这是怎么了？要不行，咱马上去医院。"

"没事，过一会就好了。"

"到底是什么病这么厉害，不去医院怎么行？"战一杰有点急。

肖春梅用手指戳了一下战一杰的额头，说道："傻瓜，这是痛经，过了这一阵就好了。"

"你当我是小孩呢？痛经也得看，光这样靠可不行。"

"等忙过这一阵去，你陪我去看。"肖春梅说道。

4

夜幕刚刚降临，在芸川一家海参馆的小包间里，赵志国和许茂正在那里等人。

服务员进来问："先生，你们一共几位？"

许茂道："还有一位，马上就到，他一到就可以上菜了。"

服务员刚转身出去，马汉臣就急火火地进了门。许茂道："老马这一阵可成大忙人了。"

马汉臣没理他，冲赵志国解释道："一到这个点，路上就堵得厉害。"

赵志国道："没事，又没什么急事，就是好长时间没在一块凑了，咱兄弟们聚一聚。"

这几年随着生活水平的不断提高，海参因为富含氨基酸和胶原蛋白，能提高人的肌体免疫力，所以成为一些高端人士餐桌上的首选。这家海参馆档次很高，以擅做活海参出名，就是价格太高，一般人很少到这种地方来。

许茂要了一瓶五粮液，取了小杯把酒满上。赵志国端起杯道："二位这段时间辛苦了，来，喝个辛苦酒。"

马汉臣和许茂连忙端起杯。许茂说道："谢谢赵总的关心，辛苦不辛苦倒是次要，主要是干得不顺心，心里窝囊。"说罢，一仰脖把杯中酒干了。

马汉臣没吱声，见许茂干了，就也端起杯干了。赵志国干了酒，就拿起筷子让着他俩吃菜。

酒喝了三杯，赵志国就说道："工作上有啥不顺心的，有啥苦水，大家交换交换意见，一起想想办法。"

许茂喝了一口酒，说道："远的咱先不说，你就说这一次我们采购的这批姜汁和枸杞汁吧。我到了省果蔬所一打听，原来是质量技术部的胡小英有个同学在那里，战一杰和胡小英去了一趟，早把价格定好了。10万块钱一吨啊，你要说里面能没什么猫腻，打死我都不信。"

"那倒未必。这些浓缩液一类的食品添加剂，因为添加量很少，一般都很贵。我也找人打听了，好像是还有15万、20万一吨的。"赵志国说。

"听说他们还去泡了温泉。反正我觉得胡小英和战一杰关系有点不一般。"许茂又说道。

"这倒有可能。胡小英那么漂亮一个美人胚子，哪个男人不动心？"赵志国说完，见马汉臣在一旁默不作声，就端起杯来跟他碰了一下，问道，"老马这边呢，怎么样？"

马汉臣连忙端起杯来，喝了一口道："这几天总在开会。你别说，战一杰讲得那一套你不服不行，还真是不得了。"

"老马你说得也有点太玄了吧。他战一杰原来是个啥样，你我又不是不知道，不就是从农村考出来的一个穷学生，怎么在国外呆了这几年，就母鸡变凤凰了？"许茂说道。

"你可千万别这么想。这个战一杰可不是个简单人物，千万小觑不得。"赵志国夹了口菜放进嘴里，又问马汉臣，"具体都是些什么政策？"

马汉臣就大概把这几天开会的内容讲了讲，又补充说道："你光说投放盖奖这一项吧，这在我们源山市场，我估计在我们川南省也是首创，那个拉动力可不是一般的促销能同日而语的。"

赵志国点点头道："老马，以你多年干销售的经验，这次搞的这个冬令啤酒，能不能打开市场？"

"我觉得肯定能行，而且能火一把。"

赵志国听了，抿着酒捉摸：这战一杰来到芸川，从洪生的语气中，自己隐隐约约能感觉到，他负有某种特殊的使命，可到底是什么呢？他百思不得其解。从战一杰这段时间以来的种种迹象表明，他是一门心思想把这个企业做好，只不过他采取的是一种急功近利的做法，与自己稳扎稳打的计划有点背道而驰。自己这几天来，一直焦虑的是战一杰成功了自己该怎么办？是继续留在这儿给他当副手，挣那每年20万，还是一拍屁股走人，再换个地方去重新闯一片天地。可一想到自己苦心经营了一年的芸川啤酒厂就这样拱手送人，心中自是有一万个不甘。再就是，再让他回到家去过那种屈辱的生活，去忍受东方凌云的颐指气使，他又犹豫了起来。

5

许茂见赵志国皱着眉头心事重重的样子，就端起酒杯一饮而尽，说道："他战一杰才来这几天，就能一手遮天了？你猜他找了我去说了些啥？"

"说了什么？"赵志国明知故问道。

"他说，咱们公司也要像政府一样搞一个干部轮岗制度，把各个部门的领导都调换一下，一方面看你能不能用，一方面要查一查你是不是干净。"

"他真是这么说的？"马汉臣有点半信半疑。

"这还能有假？老马你说，我们两个在这个岗位上都干多少年了，还能有人比我们熟悉业务？还能有人比我们干得更好？他为什么要调换？还不是要大清洗。听他的就让你干，不听他的不光不让你干，还要查你，送你进监狱。你看见肖春梅和胡小英没有？天天往他办公室跑，我估摸着，早让他拿下了。还有，那天员工要罢工上访的事，他明显是拿话在敲打我。也不知是什么原因，他好像知道是我在暗中串通了。可话又说回来，员工的工资达不到最低工资标准不应该去上访？明明咱们占着理，反倒像做贼一般。"

马汉臣一直黑着脸在那儿不吭声。许茂又说道："老马，赵总可一直对咱不薄。供货这一块都放权给了我，销货那一块都放给了你。下一步赵总要进行改革，把销售那一摊儿一揽子包给你了，你还愁啥？可现在倒好。战一杰不光自己独揽大权，还弄了个什么司库来。那个杨小建更可气，四六不懂不说，把个费用卡得死死的，你让赵总还怎么干？让我们还怎么干？"

马汉臣一边听着许茂讲，一边夹着菜一点一点送进嘴里，慢慢地嚼着，等许茂讲完了他才放下筷子，看着赵志国道："赵总，你说该咋办？"

"现在这形势咱只能走一步说一步，大家都尽心尽力把本职工作干好，不要让人家抓住把柄。尤其是老许，别让人家给盯上了。战一杰毕竟是洪生老板的亲信，他手中有尚方宝剑，他要动了真格的，我也没办法保你们。"赵志国道。

许茂和马汉臣连连点头。赵志国又道："老马这边原来肖春梅有我压着，她翻不起什么大浪。可现在不同了，有战一杰给她撑腰，她不会让你像原来那样自在喽。"

马汉臣点着头说道："这一点我早有思想准备。原来的时候肖春梅流露出要走的意思，但现在肯定是不走了。这倒不必担心。她的主要精力都放在市场部那边，销售部这边她一直深入不进来。"

赵志国道："我只是提醒你一下，这人不管到什么时候都得留一手，不然会让人家卸磨杀驴的。"

吃完饭，许茂出去结了账回来，一边拿包一边说道："咱去洗浴中心泡泡澡，再找个小姐放一炮，放松放松。"

赵志国瞪了许茂一眼，嫌他说话太随便。他们出了海参馆，许茂摆住了一辆出租，说到"在水一方"。司机明白他们去那里干啥，就会心一笑，把车开得飞快。

来到"在水一方"，他们下了车刚要进门，马汉臣道："等等。我听说这段时间公安查得很紧，我先打个电话问问。"

他摸出手机来给公安局的一个伙计打电话。那边说今天晚上有统一行动。

许茂气急败坏地说："我说老马，你这消息是真是假？怎么我们轻易不来，一来就碰上有行动，别是蒙我们的吧？"

马汉臣道："你爱信不信，要不你就去，抓住了可别怨我没提醒你。"

许茂无可奈何地说："真扫兴。走，回家吧，回家去给老婆放炮吧。"

他们三人住的都不在一个方向，就只好各自打的回家。赵志国等他二人打的走了，他才又摆住了一辆，道："秀水花苑！"

6

"秀水花苑"坐落在芸川东南角的城乡结合部，是一个幽静雅致的住宅小区。

赵志国下了车，看看左右无人就进了小区，来到3号楼跟前，摸出钥匙开了楼宇门就进去了。一会儿，401的灯就亮了起来。

这是赵志国半年前自己买下的房子，公司里没人知道。赵志国进了房间，去洗手间开了电热淋浴器，看了看手表，已是九点半多，就摸出手机来打了个电话，只响了两声就连忙把电话摁死了。

一会儿电话就回了过来，里面有一个女的问："有什么事？"

赵志国道："你到'秀水花苑'来。"说完就挂了电话。

大约过了20分钟，赵志国就听见门外有钥匙开门的响声。果然，门一开办公室的小王走了进来。

小王穿了一件厚厚的羽绒服，进了门，边脱羽绒服边说："怎么不早打招呼。这会我突然说要加班，我那死鬼是半信半疑，问了好几遍。"

赵志国这时已是欲火中烧，说道："快洗洗吧。"

小王到洗手间一看，放水试了试，出来说道："水温行了，洗吧。"

赵志国说："一块洗。"

小王一听，就三下五除二脱了个精光，一对硕大的乳房在灯光下闪着诱人的光晕，修长的两腿中间那一抹郁郁葱葱的黑色格外刺眼，看得赵志国咽了一口唾沫。

二人便一起洗。洗完了，他二人擦干了身上的水，来到卧室的大床上。疯狂过后，小王起身，帮赵志国揩擦干净，自己也去洗了，然后穿好了衣服。赵志国让她把包递了过来，从里面拿出一沓钱递给小王。小王在赵志国脸上亲了一口，道："那我走了。"

赵志国道："路上小心一点。"

赵志国确实是累坏了，倒头便睡了过去。小王出了楼洞，一阵寒风吹来，吹得她一缩脖子，连忙裹紧了羽绒服。

7

小王叫王佳萍，是酒厂的子弟。佳萍打小在酒厂的子弟学校上学，学习不怎么样，再加上她学习又不怎么用功，初中毕业没考上高中，就在家待业。待业了两年，正好啤酒厂招收合同工人。因为是酒厂子弟，就优先照顾她到啤酒厂当了工人。那时的啤酒厂效益很好，在啤酒厂当工人收入虽不算太高吧，却也稳定。再说小王天生丽质，身材尤其修长丰满，到了谈婚论嫁的年龄，自是不乏追求者。

那个时候是小王一生中最快乐的时光。一会跟这个看看电影，一会跟那个约约会，弄得小伙子们整天争风吃醋，谁也吃不准她的真正心思。在众多的追求者当中，小王选中了在畜牧局工作的赵东。赵东虽然家是农村的，但小伙子是中专毕业，生得高大魁梧，浓眉大眼，很有男子汉气概。最主要的是赵东只要结婚，就能在单位分上房子。另外，赵东还特别会哄人，整天小礼物送着，甜言蜜语哄得小王心里美滋滋的。所以没谈多久，两人就结了婚。婚后的一段时间，生活过得相当甜美。赵东还通过他们局的一个同事跟马中一拉上了关系，把小王从车间调到了办公室。

日子一天天地过着，慢慢地小王就觉得赵东有点不大对劲，有时在家不是水龙头忘了关，就是液化气忘了关。进门才发现忘带钥匙，出门忘记锁门，那就是家常便饭。为了这些事，小两口不知吵了多少架。后来小王发现，赵东并不是故意这样，他根本就是无意识的。她这才觉出了问题的严重性。

小王就逼着他去医院做检查。起初赵东不去，说："我又没病，检查啥？"小王没法，就下了最后通牒，说："你要不去检查，咱就离婚。"

赵东没办法，就只好去了。等检查结果一出来，小王傻了眼。赵东患有轻微的精神分裂症，是家族遗传。

这一惊可是非同小可！

赵东和他家里在婚前故意隐瞒了这件天大的事，小王和家里明显受了骗。这日子还怎么过下去？更甭说要孩子了。

两人就闹开了离婚。婚离得并不顺利，赵东的工作丢了不说，还把两家人也牵扯了进来，一直闹了一年多。最后，只要一提离婚，赵东就要寻死，吓得小王也不敢再闹了，只好硬着头皮把日子过下去。

可谁成想，祸不单行，日子稍安静了一年多，小王的父亲又出了车祸，人是抢救过来了，却成了植物人。家里有两个病人，就小王那点工资再加上母亲那点退休金，根本就维持不下来，愁得小王时常掉眼泪。

有一次，小王在办公室偷偷抹眼泪，让赵志国碰上了。赵志国一再追问，小王没法，就把家里的实情说了。赵志国二话没说就掏出了五千块钱给她。她死活不收，可赵志国不容分说硬是塞给了她。

后来，赵志国时常关心她，时常三千两千的给她钱。她才开始还推，可当她从赵志国的眼神里读懂了他的意思，把牙一咬，也就欣然接受，投入了赵志国的怀抱。

她想，赵志国这人也不错，有能力有魄力，有钱还很大方，再说是她和赵东早已没了性生活那方面的事，她和赵志国在一块也算是各取所需。自己正值三十出头的年纪，也算是解决了自己的生理需求，美中不足的是赵志国在那方面有点变态，可习以为常也就见怪不怪了。

8

三天的时间眨眼即逝。销售部和市场部如期拿出了方案。

肖春梅把方案的文本摆到了战一杰的案头。战一杰问："你看过了没?"

"我都看过了。看来马汉臣和小叶都下了不少功夫,我这儿基本过关。"

"我先看一看,等看完了,咱再交换意见。"

肖春梅走了,战一杰翻开方案文本仔细看了起来。凭良心说,战一杰对他们做的方案还真是不满意。

叶子龙拿的市场运作方案官话、套话太多,表决心、下保证太多;而马汉臣的销售政策方案是连头和尾都没有,只是一条一条的列述,而且很多地方表述得不是很到位。

战一杰觉得,依马汉臣的年龄和文化水平能做到这个样,已是非常不容易,肯定这几天就没睡个好觉。从这一点看,这个马汉臣倒不像是有掣肘的意思。难道是自己多疑了?

战一杰看完了方案,本想给肖春梅退回去,可转念一想,这肯定是肖春梅改过的,只要没出现什么纰漏,又何必那么叫真。只是个方案,关键在执行。现在大战在即,还未出师,怎好打击他们的士气?还是鼓励表扬为好。

再说,即使弄到现在这个样,肯定是他们殚精竭虑用上了吃奶的劲,就是再逼,也够呛能逼出新东西来。肖春梅是副总,真要是打回去,让她在二位下属面前丢了面子,工作还怎么安排?自己还是放手一点的好,得帮着肖春梅把威信树起来。

战一杰放下方案,一抬头,只见赵志国、胡玉庆、肖春梅和杨小建走了进来。战一杰一愣,问道:"今天这是怎么了,班子成员一起来了我这儿?"

赵志国笑道:"我们还真没商量,不约而同就一起来了。我们是来问问,新产品的事到底怎么样了。"

战一杰道:"今天是周五,预计在下周三就能批量出来产品,再下一周我们就上市。"

几个人听了都很兴奋。胡玉庆道:"咱这次新品上市活动得有个名堂吧?"

战一杰道:"活动名字我想好了。"

"叫什么?"大家齐声问。

"冬天里的一把火!"战一杰大声说道。

第七章　回家看看

1

周六这天是二十四节气中的大雪。可没成想，天却出奇地好，晴空万里，阳光暖洋洋的。

战一杰难得睡了一个好觉。早晨起来，去外面的小吃摊上吃了一块油饼，喝了一碗豆腐脑。

这里的豆腐脑是用卤水点的那种，不像用石膏点的那么滑润，但味道却相当好。再用韭花和辣椒油一调味，他喝了一大碗，顿觉浑身上下热气通畅，好不舒服。

战一杰付完钱，用餐纸擦着嘴往厂里走，心里盘算着回家的事。快走到厂门口，正好碰见胡玉庆和胡小英父女二人。

胡小英眼尖，一看战一杰穿着西装革履，很不一般，就问道："战总这是要去相亲咋的？"

战一杰不理她，笑着同胡玉庆打招呼："今天是周六，怎么胡主席不在家休息休息？"

"昨天酿造车间的辊式粉碎机坏了，我帮他们修了半天也没修好，只好今天加班抢修，要不然可就耽误了下周的投料生产。你今天穿得这么正式，这是要去哪儿？"

"我要回家看看。回来都半个月了，还没顾上回家呢。怎么，这粉碎机还挺麻烦？要不要我也去帮着看看？"

"不用不用，这家伙我都摸了半辈子了，没人比我更了解它，哪还劳你去？你还是安心回你的家。你一走这么多年，两位老人早盼着这一天呢。"

一旁的胡小英问道："战总，你家是不是龙泉的？"

"是啊。"

胡小英转头问老胡："爸，要不我搭战总的车回去吧？"

老胡一听，脸色一沉道："胡闹。不是说好的坐公交车吗？战总的车怎么能随便搭？"

"你这是要去哪儿？我的车怎么就不能搭？"

"别听她小孩子胡说。她要回我们老家柳溪，坐公交车很方便。"

"原来胡主席老家是柳溪的。那我正好路过，正好把她捎回去。"

胡小英冲他爸扮个鬼脸，说道："你看战总没说什么吧？就你事儿多。"

老胡无可奈何地笑道："那就麻烦战总了。你把她放到村口就行，到时候让她自己坐公交车回来。"

战一杰看老胡这么认真，就冲胡小英使了个眼色，说道："你就放心吧。"

他们边说边进了厂门。胡玉庆把胡小英叫到旁边单独嘱咐了几句就去车间了。胡小英走过来问战一杰："咱什么时候走？"

战一杰看了看手表说道："我去收拾收拾车，再去拿点东西，九点在这儿集合。"

"好。我去办公室填几份报表，九点我就下来。"

战一杰回到寝室收拾东西，杨小建打着哈欠走了进来。杨小建这一阵忙着熟悉和学习业务，干得挺带劲，没怎么来腻歪战一杰。战一杰从侧面一打听，财务部的员工对他是赞不绝口。

战一杰想，小建这人为人仗义，又不会耍什么心计，反而很适合在企业干。自己当初带他来芸川，本没指望他能帮上多大忙，可现在看来，自己还真是低估了这位兄弟。

杨小建一看战一杰在收拾东西，就问："这是要回家？我陪你回吧。"

战一杰笑道："你又不是我媳妇，我要你陪？"

杨小建见战一杰确实没有要带他的样子，就扭身回了自己房间，一会就托着一个精制的小盒子回来，说："不用我陪着，那把我这点礼物捎给老爷子和老太太。"

战一杰接过小盒子，一试还挺沉，就随手打开。一看是一根成色十足的金条，上面刻着四个字：寿比南山。

战一杰说："你这是干什么，这么贵重？"

"就是一点心意，算是认我这个干儿子。"

战一杰收下了，说："下回不忙了我带你回去见见父母。"

杨小建帮着战一杰把东西装上车，又把车开到了前面，刚好胡小英也过来了，战一杰就招呼胡小英上车。

"我说你怎么不让我跟着，原来是嫌我碍事。"杨小建笑道。

"少在这儿胡说八道，人家胡经理是搭我的车趟老家。"

"好好，是回老家。你先带她回你老家，她再带你回她老家。"杨小建扮着鬼脸说。

战一杰也不理他，发动了车子，摁一下喇叭就走了。

车子驶出厂大门，正好肖春梅也从后面的招待所来到了前面，看见杨小建正在目送战一杰的奔驰车，就问："战总这是要去哪儿？"

"回老家，带上美女回老家。"

"什么美女？"

"胡小英。"

肖春梅不再作声，转身回了招待所。

2

就在奔驰车快要驶出芸川城区的时候，胡小英的手机响了。胡小英从包里摸出手机，一看号码是家里的，就连忙接了。

电话是胡小英的母亲打来的，说楼上的下水道堵了，污水都倒灌到她们家里了，给她父亲打电话，没人接，让她快回去看看。

胡小英一听就慌了，把情况跟战一杰简单一讲，说："战总你在路边停一下车，我得回家看看，肯定我爸是进了机器里面，没带手机。"

战一杰一听，说道："你还下什么车，我调头把你送回去不就行了。"

"别再耽误了你回家，我打的就行。"

胡小英话音还没落，战一杰已把车子调了头，顺原路往回开。

胡小英知道战一杰的脾气，也就不再争执，就只好给战一杰指着路，往她家开去。

胡小英的家就在芸川啤酒厂的北面，是老啤酒厂的宿舍区。

车子开进宿舍区的小道上，行走得非常困难，路两边都是杂七杂八的小摊点，又脏又乱，一不注意就能碰到他们，所以战一杰格外小心。

后面的楼房也破旧不堪，就如同进了贫民窟一般。战一杰指着路边一座破旧的楼房道："我当年住过的那个单身楼还在呢!"

战一杰刚进啤酒厂的时候就住在那座楼上。那是一座老式的筒子楼，一条长廊串连着许多的单间，卫生间和厕所是共用的，每家都在门前支了一个小灶，一到饭点，那可真是奏出了锅碗瓢盆交响曲。

"这几年厂里没给职工办一件实事，都什么年代了，还住这种楼。"战一杰感慨道。

"不住怎么办？工人收入这么低，连吃饭都困难，哪还有钱买房。"胡小英的语气充满了无奈。

说着话就到了胡小英家的楼下，战一杰找了半天地方才停下车。

这是一座两室一厅的小套楼房，也是老啤酒厂的职工宿舍楼。在这里住的都是上了年纪的老职工，估计大都已经退休了。

胡小英家在一楼，进门一看，果不其然。家里被淹了，一位身形消瘦面色苍白的大婶正站在那里束手无策。

胡小英进了门，一看也傻了眼，说："这咋办？要不我去找我爸吧。"

战一杰踮脚进去看了一下，说："这是楼上的总下水道堵了，上面住户的水返了上来，好在不是从厕所返上来的，是从厨房返上来的，估计是洗菜水。不要紧，把下水道通开就行了。"

战一杰边脱外套边吩咐胡小英："你去楼上挨户下通知，让他们先不要用水。"

胡小英去下通知，战一杰找到下水道进行观察。他把观察井盖提开一看，果不其然是下水道堵了。这老式楼房当初设计得很不合理，整个单元都用一个下水道。不像现在，一楼单独一根下水道。

战一杰去外面路边找了一根长树枝来，伸进去在下水道的口上一捅，"哗"的一声就通了。

战一杰回去屋里，和胡小英母女一块把污水刮进了下水道，又用拖把拖了好几遍，开窗通了一阵风。虽然屋里冷点，可没什么异味了。

等一切收拾停当，胡小英才指着战一杰向她妈介绍："这是我们战总。"

小英妈一听吓了一跳，说："这怎么好意思，让你们老总来帮我们通下水道，要让你爸知道了还了得？"

战一杰连忙道："没事没事，举手之劳。"

胡小英也非常不好意思，对战一杰说："本想搭乘你的车，没想到给你添了这么多麻烦。"

说完又回身对母亲说："这事可千万不能告诉我爸。"

3

车子又重新驶出了城区，疾驶在城郊的柏油马路上。坐在副驾驶上的胡小英打开音乐，是刀郎的一曲《情人》，激荡的旋律一下淌满了整个车厢。

驶进了乡间田野的马路，战一杰觉出了从未有过的轻松。六年了，异国他乡的出生入死，商海博杀，已使他变得冷血和麻木。只有踏上这片生养自己的土地，扑入溢满泥土芬芳的田野，才仿佛又找回了自我，依稀记起自己原来的影子。

路两边麦田里的麦苗虽然都已进入了休眠期，但仍是一望无际的绿色，仍是那么的醉人。胡小英在一旁看战一杰陶醉的样子，就说："战总对家乡的感情很深啊。"

"是啊。这种感觉，只有在外飘泊的人才能感触到这种情感有多珍贵，像你这种年纪是很难体会的。"

"哟，你才比我大几岁呀，就说这么沧桑的话。"

"这不是年龄大小的问题，是一种人生的历练。像你这种在城里长大的女孩能分得清麦苗与韭菜，那就算是不错了。"

"小瞧人。"胡小英有点嗔怪地说："我打小就跟奶奶在乡下长大，种麦收玉米，锄草施肥样样都会，不行咱就下去试试。"

战一杰笑了笑，不再说话，不一会时间已到了柳溪。战一杰问胡小英："把你送到哪儿？"

胡小英说："我爷爷家就在村口，再往前走走，在路边停一下就行。"

车子在村口停下，战一杰说："那你回去怎么办，我再来接着你？"

"你什么时候回去？"胡小英问。

"我明天一早回去。"

"那好，明天一早我还在这个地方等你，咱不见不散。"

龙泉镇就在前面，战一杰的心头是一阵难以抑制的激动。

龙泉是个美丽的小镇，在源山，在川南，乃至在中国的北方都很难找出一个像龙泉这样一个依山傍水的古镇。

龙泉于隋朝时聚集成镇，这在村镇南头七孔石桥的一块古石碑上有记载。车子驶上这洞七孔石桥的时候，战一杰停下了车。

桥上没有人，只是时而有轿车穿过。战一杰下了车，站在桥头上，映入眼帘的是一片狼藉。桥头上的古石碑已经没有了，只剩下一个残存的底座墩在那里，桥两边的石栏也已残缺不全。再看石桥下的溪水，只剩下了那么一小缕，水黄黄的，散发出阵阵的怪味。

家乡的变化太令战一杰震惊了。虽然这六年时间他没回来过，可从各方面的信息知道，这六年的时间家乡发生了天翻地覆的变化。在石化产业的带动下，一个化工城在这里建成，每年为国家创造上亿元的税收。可万也没想到，迅速的崛起给生态环境造成了如此严重的破坏。

这个代价太沉重了。

这几年战一杰在国外，见识过各式各样的企业，无论是发达的美国、德国，还是东南亚、非洲一些小国家，对环境保护的要求都相当严格，被视为是企业生存的先决条件。听说这几年中国也将环境保护摆在了重中之重的位置上，可没成想，在自家青山碧水的家乡，这种祸及子孙后代的悲剧还在继续上演。

战一杰怀着一种悲愤的心情开车下了小桥，七拐八拐来到了自家的门前。

家还是原来的老样子，青砖青瓦砌成的门楼仍然古色古香地矗立在那里，在一片二层小洋楼的映衬下格外刺眼。

战一杰停下车，提上东西进了家门。宽敞的庭院里静悄悄的，记得原来母亲是养了不少鸡鸭的，看来早就不养了。

进了正屋，娘正坐在沙发上看电视。听见门响一抬头，看见战一杰进来，一时没反应过来，愣在了那里。战一杰喊了一声"娘"，声音有点哽咽。娘这才回过神来，泪水一下就涌了出来，骂道："你个天杀的小杰，你还知道回来呀！"

战一杰说："这不是回来了嘛。"

娘站起身，走上来用枯瘦的手从上到下把儿子摸了个遍，又上上下下打量了好几遍，说："比走的时候黑了，瘦了。"

"在印尼是热带，成天太阳晒着，不黑才怪。"

"这次回来不走了吧？"

"不走了。"

"不走了就好。听你爸说，印尼那儿对咱中国人不好，可让娘担心死了。"

"我爸呢？"

"你爸又出去溜达了。你吃饭了吗？"

"你是说早饭还是午饭？"战一杰笑道。

娘一看墙上的挂钟，说："哟，这都快中午头了，咱包水饺吧。"

"行啊，要韭菜肉馅的。"

"现在咱这里没有吃韭菜的了，说是咱这一片种的韭菜都不能吃。"

听了娘的话，战一杰就问："娘，咱这里的人是不是都知道污染这么严重了？"

"都是你爸说的，他还天天上网查，查了他就出去说，说咱这里污染太厉害，生活上再不注意那就完了。村里的人都信他。"

"咱家买电脑上网了？"

"是啊。你爸为了查印尼的情况，都上好几年了。"

战一杰心头一热，竭力忍住了涌满眼眶的泪水。

4

娘忙活着去和面，说："家里有从超市买的茴香，冰箱里有肉，咱吃茴香肉馅吧。"

娘又问战一杰："你姐知道你回来吗？"

"我还没和她说。"

"你赶紧给她打电话，让她和你姐夫都过来。"

战一杰拨通了姐姐战一芳的手机。一芳接了电话，一听是战一杰，就问："你咋换成源山的电话号码了？"

战一杰道："我回来了，在娘这儿呢。娘叫你和姐夫过来吃水饺。"

一芳一听，竟一下哭了起来，骂道："小杰你这个没良心的，你还知道回来啊，可把咱娘给想坏了。"

战一杰连忙哄道："这不是回来了吗。你快过来吧，帮咱娘包饺子。"战一杰知道姐夫陈胜利也是本村的，虽然他俩人结婚时自己不在家，可陈胜利原来他就认识。

一芳却道："中午我们过不去，我和你姐夫在外面有事，等晚上再回去。"

"有啥事，比我还重要？"

"啥事也比你重要。"一芳说完就笑着挂了电话。

一芳和一杰只差两岁，原来的时候闹惯了，所以战一杰明白，这是姐姐不生自己气了。

娘在一旁说："你姐夫是咱村的村主任，这不是要换届吗，准是忙着拉票呢。"

"这个陈胜利还不简单。"

"这个小陈还真不错，自家开着厂子，算是个有钱人。对我和你爸好不说，咱村里的人都说他不孬。"

"这么说我姐现也有钱了。"说着战一杰就去倒了杯水。

"他家开着两个化工厂，你说他家有没有钱？"

战一杰喝了一口水，叭嗒叭嗒嘴说："这水有股什么味？"

"谁说不是？原先咱家井里的水是甘甜甘甜的，从去年开始，井里打上来的水就喝着苦兮兮的。"

战一杰放下水杯，围着屋里院里看了一圈，说："我不是寄钱回来了吗？你看人家都是小洋楼了，咱也该换换这旧房老院了。"

"你寄的钱是不少，正好60万。你姐也说要给我们换，可你的钱我们一分没动，你姐的钱我们也不花，你爸的退休金一月就两千多，足够我们花的。"

娘说完，顿了顿又问："留着钱是给你娶媳妇的。你这媳妇的事怎么样了，都三十好几的人了。"

战一杰说："过几天给你领个好的回来。"说完就去摆放带回来的东西。战一杰这几年四海为家，一回到真正的家一时还适应不过来。自己飞得再远，折腾得再大，在父母眼中也还是没长大的孩子，沟通起来确实是困难得很。

战一杰收拾了收拾，把杨小建送的金条递到母亲手里的时候，把老太太吓了一大跳。老太太说："活了一辈子也没见过真金子，俺儿可真是有大出息了。"

战一杰急着想出去转转，六年来家乡的变化确实太令人触目惊心了，就问母亲："我爸到哪儿去了？"

"他就在咱那些老坡里转。现在咱这里的地早就让工厂给占了，你爸在原来王家墓田那块地边上找个旮旯开了一点荒，种了点麦子。肯定又去那儿了。"

"地都占了，咱村的人都靠什么生活？"

"都进化工厂当工人了。一月好几千，别说没地，就是有地也懒得种了。咱村哪家都趁个十万八万的。"

战一杰说了声我去坡里看看，就出了家门。

5

村里早已修起宽阔的水泥马路，车来车往，基本已看不出多少农村的痕迹。凭着记忆，战一杰绕过几个小型的厂房，才看见了已是肢离破碎的田野。

战一杰不是个喜欢怀旧的人，再说也不到怀旧的年龄，只是这几年在外飘泊，像一根浮萍神经整天紧绷着。每天无法入睡的时候，满脑子忆起儿时的村庄，儿时的田野，那在绿油油的田野里无拘无束光着小脚丫奔跑时的情景，不一会就能安然入梦，以至天天成了习惯，就越发珍惜儿时那份纯真的记忆。

有时候，战一杰就想，待把钱挣足了，等功成身退了，就回家种上一亩薄田，两畦菜地，日出而作日暮而息，悠然南山，纵情田园，那将是自己最惬意的归宿。

可现在呢？青山碧水变成了污水横流，绿油油的田野被割得七零八落，那个梦一般的记忆被无情地删除了，那向往已久的归宿也成了泡影。

悲哀！这是自己的家乡、自己的国家、自己这个时代的悲哀！

顺着死尸路，过了王家墓田，大老远战一杰就看见了在空旷的田野里独自站着的父亲。

战一杰走上去，喊了一声："爸！"

父亲转过身，看了看战一杰，说："回来了？"

"回来了。"

"走，回家吧，这里脏得很。"

"不要紧，我陪你坐一会吧。"

父亲露出了笑容，父子二人就席地而坐。

父亲打量了打量儿子，问："这次回来还走吗？"

"我又被总部派回芸川公司了，不走了。"这话战一杰早就想好了，对父亲母亲都说不走了，好让二老把心放肚子里，等什么时候真要走，那时再说。

"印尼是个好地方，千岛之国，文明故都，可那不是咱呆的地方。苏哈托下台以后政局不稳定不说，而且排华相当严重，你所在的那个张氏发展史很不光彩，好像还带有点黑道的性质。"

父亲在学校是教历史和地理的，所以对印尼并不陌生。而现在他能对张氏有所了解，战一杰估计大概他是从互联网上查得的信息。为了自己的儿子，一个身在偏僻农村的退休教师还时刻牵挂着远在天边的异国政局，真是可怜天下父母心啊。

"我心中有数。"战一杰心中明白，自己这几年跟着洪生出生入死，哪一个项目是从正道上走的？可这些能跟自己年过花甲的父母讲吗？

"我还是那句话，上对得起国家，下对得起良心。"父亲说。

"那是自然。现在都改革开放多少年了，引进外资也罢，走出国门也罢，都是大势所趋，是顺应历史的潮流。"战一杰说道。

"这话也对。只要能促进生产力发展的，就是先进的，科学的，顺应历史的。"

"一听这话就知道你是教书的。"战一杰笑道。

父子俩唠来唠去，多了一些深情，少了一些隔膜，不知不觉已日头正中该吃饭了。

父子二人回到了家，母亲已经拌好了茴香肉馅准备包水饺。已是七八年没吃到母亲包的茴香肉水饺了，馋得战一杰口水都流了出来。

娘做了剂子擀皮，父子二人就洗了手坐下来开始包。战一杰说："现在倒是很少有邻居串门了。"

母亲说："可不是。要搁前几年，你那辆车往咱家门口一停，指不定多少人来看热闹呢。现在咱村里光你那种车就好几辆，不是什么稀罕了。再说大家都忙着挣钱，没闲工夫串门了。生活越来越好，情份却越来越少了。"

"人家城里人都这样，这是咱村走向城市化的一种体现。"父亲说道。

战一杰想起，小时候街坊邻居之间的情份朴实得就像田野里的泥土，芬芳厚重，谁家要是缺棵葱少头蒜什么的，只要站到矮墙头上一吆喝，那边就会递过来。谁家要是包了水饺，做了什么好吃的，也会隔着墙头喊，过去一起分享，要是没功夫，就会隔着墙递过去。

记得小时候，傍晚村头的七孔石桥上最热闹。夕阳西下，落霞满天，劳累了一天的乡亲们都端着饭碗上了桥头，边吃边聊一天来的趣闻乐事。好热闹的小伙子端着饭碗四处转悠，要是发现谁的碗里有点肉或者鸡蛋，那便振臂一呼蜂拥而上抢着吃，被抢的人不住地笑骂，一旁看热闹的就敲着碗在一旁助威，骂声、笑声在温柔的夜色中流淌……

纯真而朴实的日子一去不复返了，谁也说不清这是社会的进步还是倒退。

6

吃罢了午饭，父亲就泡好了一壶浓茶，父子二人边喝边聊，话题就无可回避地落到了环境污染的问题上。

父亲对此的忧虑已经到了寝食难安的地步。

"化工城的建立为国家创造了数以亿计的财富，安置了上万名工人，确实是强力推动了源山的发展。可付出的代价是什么，你知道吗？"父亲习惯于这种讲课式的提问，看来当了一辈子老师养成的这个习惯是改不了了。

"占用了大量的耕地，严重污染了生态环境。"

"这还不是主要的。"

战一杰觉得父亲有点故弄玄虚，却又不想破坏他忧国忧民的谈兴。一个退了休的老人，还对时势表现出如此的忧愤，那是多么的难能可贵。

"再就是对龙泉古镇的破坏。"

父亲还是摇了摇头。

战一杰惊愕了，探过身子去，不解地望着父亲那刻满皱纹的脸问："还有更严重的？"

"你可知道玉泉山是什么地方？"

战一杰一时没反应过来，说："是什么地方？"

"玉泉山以西，也就是我们龙泉这一带，是一个地下水源的闭合富水区，是咱整个源山市的水源地。

当初国家筹建30万吨的川南石化，选址在玉泉山以东，是以玉泉山作为屏障，避开了这个地下水源。可后来的芸川化工城就建在这水源地附近。"

在水源地附近建这么大一个化工城，而且污染这么严重，真要是污染了地下水源，那整个源山怎么办？380万源山人喝什么？

战一杰的震惊真是非同小可。一是因为惊骇如此严重的后果，二是没想到父亲考虑的问题是如此的深刻，又如此的远见卓识。

震惊之余更多的还是冷静。战一杰说："当初政府把化工城立项建在这里，不会没有这方面的考虑，肯定是制定了严密的防范措施。要不然，真要是造成了污染水源地的严重后果，谁也担不起责任。"

"这倒也是。上面那么多的父母官，还有专家和学者，应该不会出现问题。咱这里一直都是户户喝自家的井水，但从去年开始，咱家井里打出来的水已明显不好喝了。"父亲还是忧心忡忡。

"水质的组成十分复杂，单凭不好喝也不敢认定是污染的问题。"

"这是自然，但这终究是个隐患，利害关系非同一般。对别人咱也不敢提，你这次回来，给有关的部门反映反映提个醒，总比没人管要强。当年你找的那个对象小陶，不就在环保局工作吗？"

一提起陶玉宛，战一杰就知道父母虽不说，但心里一直在念念不忘那个他们相中了的儿媳妇。当年他和陶玉宛谈恋爱的时候，经常领着她回家，父母乐得嘴都合不上，家里无论有什么好吃的好玩的，可着劲儿地往外拿。

可后来他和陶玉宛分手了，恨得父亲差点把坐的板凳拍到他头上。可这又有什么用，与陶玉宛的那段交往只是给二位老人留下一个莫大的遗憾，他们只能埋怨儿子没福分。

"现在陶玉宛是咱们芸川的副市长了。"战一杰说。

父亲和母亲"呀"了一声，父亲手中的茶杯差点掉到地上。母亲就说："我早就看人家小陶不一般，这么年轻都成副市长了，咱家怎么就这么没福分哟。"

战一杰也不理母亲的埋怨，说："等有机会我把这事反映给陶玉宛吧，她是从环保局出来的，肯定最懂了。"

母亲对他们父子二人的话题根本不感兴趣，脑子里还在想着儿媳妇的事，问儿子："你刚才不是说要领个媳妇回来吗？可别是糊弄娘的吧。"

父亲在一旁说："不会是个外国人吧？"

战一杰听出了母亲的怀疑和父亲的揶揄，就硬着头皮说："到时候保准给你们领回来不就得了。"

母亲听儿子这么说，虽是半信半疑，但也不好再逼问。又一想，自己的儿子这么有出息，一年挣个好几十万，又当着什么外企的老总，要说找个媳妇，那还成问题？

7

傍晚，天擦黑了，姐姐战一芳和姐夫陈胜利才过来，他俩手里大包小包提了不少东西。

姐姐一芳比原来胖了一大圈，已完全不是战一杰印象中的姑娘模样。一芳见了弟弟，放下手中的东西，伸手就在他胸膛上捶着骂："你这个小杰，就是个忘恩负义的东西，扔下我们不管就跑了，还回来干啥？"

战一杰一边躲一边笑着说："那好，不让我回来，我这就走。"

姐弟二人闹了一会儿，陈胜利才过来与战一杰打招呼。陈胜利比战一杰大个四五岁，虽说都是一个村的，可毕竟差了这么几岁。战一杰一直在外念书，念完书又在外就了业，回家的次数有限。陈胜利也在外当了几年的兵。所以两人也就只能算是认识，都相互没什么较深的印象。

娘和一芳忙着去张罗饭菜，男爷们就坐下来喝茶水。陈胜利问了问战一杰这几年在外的情况，因为父亲在一旁守着，战一杰也不敢实话实说，只怕他知道了担心，就说在国外的企业干一般的管理工作，一切挺好。因为怕姐夫再往深处问，就连忙反客为主，问他："我听娘说，你在忙活换届选举的事？"

陈胜利叹了一口气，说道："我看今年够呛。往届的时候拉选票简单，无非是花几个钱的事。就在前几年，一家甩上个三千两千就能摆平。可今年不行了。一是上边三令五申不能赌选，二是村民们腰包都鼓了起来，一星半点的钱根本看不到眼里，胃口大得不得了。这不现在正愁着呢。"

父亲在一旁说道："还是那个黄世仁跟你争？"

陈胜利道："就是他。他已经放风出来了，咱出一千他就出两千，咱出一万他就出两万，他是志在必得。"

战一杰问哪个黄世仁。陈胜利说："就是你那个同学黄士文，大家叫顺了嘴，就叫他黄世仁。"

战一杰一下就想了起来。自己和黄士文是从小学到初中的同班同学。黄士文打小挺聪明，学习也算比较刻苦，所以成绩一直不错，一般都是战一杰在班里考第一，他考第二，平时与战一杰的关系也不错。

初中毕业的时候，战一杰报考了市里的重点高中，而黄士文却没报考高中，而是报考了中专。当时，考上中专是能转户口的，所以在当时，有一大批优秀的农村学生都从初中直接考了中专，为的就是转户口，吃商品粮，当工人，一辈子不再去土里刨食去种地了。

那年战一杰顺利地考上了源山一中，而黄士文却没考上中专，整整一个暑假黄士文都没见战一杰的面。第二年黄士文又复读了一年，继续考中专，还是没考上。第三年他又复读，再考，直到战一杰读完三年高中都考上大学了，他还是没考上。

当战一杰去读大学的时候，才听说黄士文喝了农药，好在发现得及时，抢救了过来，以后就没再有关于他的消息。

战一杰问姐夫："黄士文现在怎样？"

"他也开了两家化工厂，做得比我好。要不他敢跟我叫板？"陈胜利说。

"还真是士别三日刮目相看，真没想到当年的老复读生，现在竟成了大老板。"

"你可别小看了你这复读的老同学，脑子相当灵活，胆子也不小，别看起步比我晚了好几年，可发展得比我快多了。"

"那你准备怎么办？"

"这几天我去镇上跑了跑，又去别的村打听了打听，看来今年这事还真是不好办。原来的那一套送钱啦，分东西啦，还有就是找黑社会护选了，根本行不通了。哎，一杰，你这些年在国外经多见广，帮着出出主意。"

"我在国外也罢国内也罢，都是在企业上干，你说的这事还真出不上主意。"战一杰说道。

父亲在一旁道："企业也罢，村里也罢，运作起来都是一个理。你打小就比那个黄世仁强，又满世界地转了这好几年，难道还不如人家这守在家里的？"

"哪有这么比的。再说，当主任这事就是要能者居之。人家黄士文真要有本事，真要能为村民办实事，那就叫人家干嘛。"战一杰说。

战一杰话音刚落，一芳和娘正从厨房往外端菜。一听战一杰这么说，一芳就嚷道："你这个战一杰，是不是在国外呆了几年把脑子给呆坏了，怎么还胳膊肘往外拐，一家人不向着一家人？那个黄世仁有啥本事，不就是靠着偷税漏税偷排污赚钱吗？真要叫他干上了，咱村可就遭秧了。"

娘在一旁说："都别嚷了，快洗手吃饭。"

<h1 style="text-align:center">8</h1>

大家围坐在饭桌旁开始吃饭。父亲拿出一瓶酒，递给战一杰让他打开。战一杰接过来一看是"五粮液"，边开瓶边道："爸，你也喝五粮液了?"

陈胜利道："这是我给咱爸提来的，他平时总舍不得喝，这是你回来了，他才舍得了。"

战一杰把酒倒上，娘说："都少喝点，酒不是什么好东西。"

父亲却说："喝吧喝吧，一家人难得聚在一起。"说着就端起杯喝了一口。

陈胜利也端起杯与战一杰碰了一下，他俩就都干了。

娘说："叫我说，你这选不选村主任不是正事，选上就干，选不上就不干，赶紧把孩子要上才是正事。"

一提这事，一芳用筷子戳了一下战一杰的手说："哎，小杰，我正想问你呢。你说，我和你姐夫都没啥毛病，可就是要不上孩子，你在国外见得多不多?"

战一杰一边倒酒一边问："你们都去医院检查了，是没毛病?"

"市里省里的医院都去了，都没查出啥毛病。"一芳说。

"这种事原因很多，我又不是大夫，不好说，可我在国外倒是听说，有的地方不孕不育的挺多，与环境污染有关。"战一杰说道。

陈胜利一听这话，端到嘴边的酒杯连忙放下，说："哎，一杰这话挺有道理。你说，这会不会与我和一芳都在化工厂干有关?"

"这只是听说而已，也不确定。你还是找有关部门和大夫咨询咨询，真要与这个有关系，我看，这化工厂就趁早别干了。"战一杰说。

"这段时间我也出去打听打听，看看咱这一片是不是不孕不育的挺多，要真是像小杰说得那样，这可是个天大的事。"父亲也说道。

陈胜利端起酒杯说："小杰，你这在国外呆过的，思路还就是不一般，选举这事赶紧帮着想想办法。"

战一杰道："真要是像你说的那样，原来的那些办法都不能用了，反倒是个好事。你说真是给钱的话，你给一万，他就给两万，你再给三万，他再加，那还不乱了套。"

娘一边夹菜一边插言道："那时候村民都得了实惠，挺好的。"

战一杰笑了笑，继续说："现在关键是我们要想打赢对手，就得出奇制胜，就要走差异化的路子。"

陈胜利连忙给战一杰倒酒，说："你说的出奇制胜我懂，这个差异化不就是得与别人不一样嘛。关键是我们怎么出奇，怎么差异化？"

"刚才听我姐说，他不是有偷税漏税和偷排污的情况吗，这方面我们有没有问题？"

"税上我们是作了点文章。要不，人家都偷，我们不偷，根本没法生存。可偷排污这事我们没有，这个全村人都知道。"一芳说。

战一杰道："那我们就在这偷排上作文章。现在我们这里村民富是都富起来了，可对环境的污染和破坏还没有一个清醒的认识，还没有意识到这是一个危及子孙后代的大问题。我们要把这方面的知识广泛地宣传出去，发发传单，贴贴宣传画，或是用喇叭广播广播，让大家充分认识到偷排的危害性。再一方面，你找人写一封实名检举信，把他偷排的事捅到环保局。你只要实名举报，环保局肯定下来查，那他就麻烦了。"

战一杰这一说，不光让陈胜利佩服得五体投地，就连已收了酒杯的父亲都说了声好，又把酒杯拿过来，倒上与儿子单独喝了一杯。

一瓶五粮液喝光了，娘死活不让再开酒，大家就只好吃饭。

9

吃完饭，姐姐和姐夫就要走。一芳问战一杰："你什么时候回去？"

"明天一早就走。"

"好不容易回来了，不在家多呆几天，忙着回厂干啥？"

"他回就回吧，别耽误了工作，反正是在芸川，又不是出国。"娘说道。

父亲也说："这次是离家近了，想什么时候回来就什么时候回来。"

"娘最愁的就是你找媳妇的事，你小子到底有没有谱？"一芳说。

"有谱，有谱，你这唠叨劲快赶上咱娘了。"一杰笑道。

"也就是我们唠叨你。等你有了媳妇，请我们唠叨我们也不唠叨了。等我和你姐夫忙完这一阵，我们去芸川找你去。"一芳说着就拿起包往外走。

战一杰把他俩送出大门，陈胜利道："过几天我要去趟芸川，到时候我去找你。"

"到了你就给我打电话。你去芸川干啥?"

"一个要好的伙计要和我合伙搞一个房地产项目,相中了一块地,我们要去看一下。"陈胜利道。

"你倒是挺有眼光的。下一步房地产行业可能是最赚钱的行业。"战一杰话锋一转,又道:"但搞房地产可不是那么容易的事,你可千万要慎重,你和我姐挣两个钱不容易,可别再搭了进去。"

"不会。我那个伙计厉害,以他为主,我只是参点股。"

"他是搞房地产的?"

"不是,他也是开化工厂的,但他开的都是大厂。"说着陈胜利又往前凑了凑,小声说:"他姐夫是咱芸川的书记付茂山,那些厂和项目他姐夫都有份。"

战一杰一愣,心中一下就想到了洪生锦囊上的任务,就问:"你跟付茂山也熟?"

陈胜利说:"谈不上熟,我到他家去过。"

战一杰点了点头,心道:这世界真是说大不大,说小不小,到时候说不定这层关系还能用得上。

姐姐、姐夫走了,战一杰闩好了大门回到屋里。这时娘已去东屋给他收拾好了床铺,说:"早些睡吧,今天累了一天了。"

战一杰去了东屋,床上娘早给他铺好了电热毯。他躺在软和和热乎乎的床上,踏踏实实地睡了一个好觉。

第二天一大早,战一杰起来的时候,父亲已骑着自行车出去买回了一小锅的豆汁,娘正在灶房里烧着柴火炸油条。

战一杰知道,炸油条的面要和好醒一大会子才能用,看来夜里三四点钟母亲就起来和面了,就说道:"要吃油条出去买点不就得了,还用得着这么费劲自己炸?"

"现在咱这儿没有炸油条的了,都说这东西致癌,大家都不吃了,也就没人炸了。"娘说道。

"咱这片的人懂得还真多,可怎么就对眼皮底下的污染视而不见呢?"

"都是你爸出去说的,他都成街上的大喇叭了。"

吃着喷香的油条、豆汁,战一杰就像回到了儿时一样,泪水在眼眶里直打转。

吃完饭战一杰马上就要走，父亲说："工作要是忙，就不用总往回跑，有空回来看看就行。"

娘说："下次回来一定得把媳妇带回来。"战一杰随口应着就上了车。

发动起车子，战一杰生怕看见娘再抹眼泪，一踩油门车就驶出了村口。

10

来到柳溪的时候，大老远就看见胡小英早已等在路边。

接上胡小英，车子就上了路。胡小英问："大伯大妈身体还好吧？"

"还好。"战一杰道。

"回家的感觉怎么样？"

"不怎么样。真没想到几年的时间，好好的一片山水竟被污染成了这个样子。"

"发展经济当然是要付出代价的，只是这个代价太沉重了。"胡小英叹了口气说道。

战一杰道："有时候认真想一想，我们人类真是既聪明又愚蠢，或者说是聪明反被聪明误。人类的每一次进步，从石器到铁器到机器，再到第一次工业革命、第二次工业革命，或是后来的科学技术革命，社会是在不停地进步。可每进一步，对大自然、对生态环境或是对我们生存环境的破坏，也就加深一步。可以说，我们人类正在一步步地自掘坟墓！"

胡小英听了，也深深地点了点头："但愿我们能早一步觉醒。"

"在国外，尤其是一些发达国家，对这一点已有了深刻的认识和反省，已经走出了先污染再治理的发展误区，可在我们国家，却还在走这条血淋淋的老路，真是令人痛心疾首啊。"

"你刚从国外回来，一下接受不了这个现实，时间长了就习惯了。这关乎人类的大课题，岂是我们能操心得了的。"胡小英道。

战一杰也不再想这个沉重的话题，就问："你这次回来怎么这么急，不多呆几天？"

"这次是我爸安排我回来找叔叔伯伯们借钱的，拿上钱还得急着赶回去。"

"怎么，借钱有急用？"

"我妈前段时间查出了胃癌，做了胃切除手术，后续治疗得花不少钱。现在家里一分钱也拿不出来了，只好回老家来借。"小英说得很是悲切。

战一杰一下想起胡小英母亲那苍白瘦弱的样子，当时就觉得她可能身体不好，还没好意思问小英。可没成想，竟是这么严重的病。

胡小英接着说："我爸肝也有毛病，时不时就疼。我要陪他去医院查一查，他死活不去，主要是没钱。咱这堂堂的外资企业，这点工资工人生病都生不起。"

"这次回老家借了多少钱？"

"东拼西凑凑了一万。"

"怎么不从厂里借？你爸是工会主席，应该不成问题。"

"我爸不让。说厂里这么困难，大家的工资都还没着落，怎么好意思开口。"说着说着，胡小英的泪水就扑簌簌流了下来。

战一杰猛地停下车，从自己的包里拿出一张卡，递给正在抹眼泪的小英："这张卡上还有十万块钱，密码是六个9，你先拿着给母亲看病吧。"

胡小英慌忙推开战一杰的手说："怎么能要你的钱，我不要。"

"要不，就算借给你的，等你有了钱再还给我就是了。再说，这点钱对我来说不算啥。"战一杰说。

"听说你们外方人员的工资高得很，一年好几十万，可这资本家对工人怎么就这么刻薄呢？"胡小英抽噎着说。

战一杰被她问得哑口无言，只是硬把信用卡塞在了胡小英手里。

"这钱我爸肯定不让要。"

"你就说我特批从厂里借的，看病要紧。"战一杰沉了一会又说："回去你抓紧时间陪你爸也去医院检查一下。"

胡小英点了点头。

一路上两人不再言语。战一杰猛地踩下油门，奔驰车在公路上疾驰……

第八章　一炮打响

1

星期三，冬令啤酒正式投入批量生产，整个生产系统都启动运转了起来。在这个寒冬的天气里，啤酒厂竟然开足了马力投入生产，有史以来芸川啤酒厂的职工没见过，也没敢想过，就连生活区的一些退了休的职工听到了机器的轰鸣声，竟也跑了来看看到底是怎么回事。

战一杰一早就和胡小英靠到了过滤工序上，啤酒过滤出来后，胡小英取了样就跑到化验室去化验。

半小时后，胡小英拿了化验单跑了回来，喘着粗气对战一杰说："理化指标全部合格。"

等在一旁的操作工们一阵欢呼。战一杰抹了抹额头上渗出的细汗，心道：谢天谢地，总算是一块石头落了地。

滤完的啤酒马上要输送到灌装车间去灌装。等接酒人员换好管路，开了泵，战一杰和胡小英又到灌装车间去盯着。

来到灌装车间，徐国强和胡玉庆早已盯在那里。酒很快就灌装完毕压好了盖，通过长长的链道进了杀菌机。经过杀菌机要用一个小时的时间进行巴氏灭菌。

啤酒从杀菌机中出来，战一杰迫不及待地拿起一瓶，举起来冲着光一看，心头不由"扑腾"一震。只见酒中竟然飘满了细小的悬浮物！

他以为自己看花了眼，便使劲用手揉了揉，再仔细一看，千真万确。啤酒中果然有很多明显的悬浮物，这就是不合格！

站在那里的战一杰，头"嗡"地一下就大了，眼前一黑，一下就栽了下去。突然，后面一双手扶住了他。他回身一看，是胡小英。他惨然笑道："完了，酒里全是悬浮物。"

这时，老徐和老胡也围了上来。老胡拿起酒一看，也把头低下了，说："怎么会这样？"

他扭头严厉地问胡小英："你不是早做好实验了吗，这是怎么回事？"

胡小英眼中噙着泪道："做实验的时候没出这样的问题。"

赵志国和肖春梅也来了。赵志国向老徐问了问情况，走上前去，拍着战一杰的肩膀道："战总，别急了，急也解决不了问题，我们想想这一摊该怎么办吧。"

木桩一样站在那里的战一杰，脑子里在飞速地旋转着。这该怎么办呢，难道就这么功亏一篑了？

突然，胡小英大叫一声，道："我想起来了，我想起问题出在哪儿了。"

战一杰眼睛一亮，急道："问题在哪儿？"

胡小英道："肯定是引沫的问题。原来我们的引沫系统调得压力比较小，而现在我们添加了浓缩液，啤酒的粘度增加了，以原来的引沫压力引出的泡沫太粗，没有引到细沫。而这些粗沫都是大分子的蛋白质，一经过杀菌，也就凝聚成这些悬浮物了。"

她所说的这些在场的只有战一杰能听得懂，他说："好。赶紧去调引沫压力。"

胡小英调了引沫压力，大家都在焦急地等待……

又过了一个小时，酒又从杀菌机出来了。大家拿起酒来一看，果然没有悬浮物了！

肖春梅搂住胡小英道："好样的。"

战一杰不动声色，安排老胡和老徐道："你们盯紧一点，再发现问题随时给我打电话。"战一杰说完转过身，看见赵志国悻悻离去的背影。肖春梅冲着赵志国的背影，使劲用鼻子"哼"了一声，小声对战一杰说："你太令他失望了。"

战一杰笑了笑，对肖春梅说道："生产这边基本没什么问题了，预收款的事筹划得怎么样了。"

肖春梅道："我正要向你汇报呢。"

他二人边说边离开灌装车间，来到战一杰的办公室。战一杰坐到沙发上，只觉得浑身酸疼，头也有点发胀。

肖春梅见他脸色发红，就问："你怎么了？"

战一杰有气无力地说："没怎么，可能是没休息好，浑身酸疼。"

"可别是感冒了。"肖春梅说着走上来，伸出手在他额头一摸，有点烫手，说："发着烧呢，赶紧去卫生室看看。"

"不碍事，多喝点白开水就好了。我这多年了，还没看一回大夫呢。"战一杰道。

"我办公室有感冒药，我去给你拿点来。"说着就起身往外走。战一杰在后面喊，可她头也没回。

肖春梅刚走，胡小英就来了。胡小英坐下来，红着脸从兜里掏出战一杰给她的那张卡，结巴着说道："我爸知道了，他非要我把卡还给你。"

战一杰一听，呱嗒一下把脸撂了下来，也不吱声，紧盯着胡小英。胡小英被他盯得浑身发毛。

"你妈的病不治了？"

胡小英不吱声。

"你爸这是死要面子活受罪。他愿意受罪也就罢了，为什么非要你妈也跟着受罪？"战一杰说着，就又把那张卡塞到胡小英的兜里。

2

这一幕正好被拿了药回来的肖春梅看在了眼里。肖春梅道："哟，这大白天的，拉拉扯扯干什么呢？"

胡小英被她这一嚷，脸更红了。

"我说你小声点，不知道的还真以为有什么事呢？"战一杰说。

"你没做贼心虚什么，看来是肯定有了贼心。"肖春梅笑道。

战一杰也笑："就算是有贼心也没贼胆，等有了贼胆的时候贼就没了。"

胡小英见他们说笑，有点抹不开，看见肖春梅手中拿着药，就连忙岔开话，问："肖总，您病了？"

肖春梅笑道："我没病，是贼病了。"

胡小英愣了一下，才明白过来，转头看战一杰，轻声问："战总，你病了？"

"可能是有点感冒，吃点药就没事了。"战一杰说。

肖春梅给他递药，胡小英赶紧去给他倒水。

胡小英倒上水，看战一杰吃完药，就告辞走了。肖春梅看着胡小英的背影，说道："年轻就是好啊。"

战一杰不想再引得她东拉西扯，就直奔主题问预收款的事。

肖春梅也收起了调侃，说道："我按你说的思路，预收款的事准备分三步走。第一步，召开新产品品鉴会暨新产品上市推介会，把所有的客户及宣传媒体都召集来，把我们新产品的特质、口感，以及产品诉求，面对面地与他们进行交流，并且广而告之地宣传出去，借势将新产品全面上市。第二步，品鉴会后趁热打铁，召集客户到印尼进行为期六天的参观旅游，把集团的整体实力展示给他们。第三步，参观回来以后立马推出预收款政策。"

肖春梅说完，看了看凝神静听的战一杰。见他没有意见，就继续说道："其中有一个问题，就是预收款的政策问题。我们的新产品按既定的产品政策上了市，再搞预收款，那就要再让利。这个利怎么让，我没数。"

"你们上的盖奖政策，一瓶酒让了几分？"战一杰问。

"我们盖奖的投放是实行波浪型推进，采取的是先多后少，继而再多再少的方法，始终吊着消费者的胃口，让他们猜不透摸不着。总体测算下来，每瓶酒让了三分钱。"

"那预收款政策我给你们每瓶酒再让三分钱，怎么样？"

"战总倒是蛮大方。我的胃口没这么大，我大概算了，每瓶让二分就够了。"

"不，就让三分。但这三分你不要提，到时候马汉臣自会问你要，那时你再放给他，但要他立军令状，给他定任务。"

肖春梅感激地看了一眼战一杰，明白战一杰这是在帮她立威，却又不无担心地说道："盖奖让了三分，预收款再让三分，那公司还有没有利润？"

听肖春梅这么讲，战一杰心头不由一热。但他心中有数，对于新产品，他当初是设计了二毛钱的毛利。现在浓缩液的原料成本吃去了三分钱，盖奖又吃去了三分钱，预收款再吃去三分钱，那每瓶酒足足还有一毛一分钱的毛利。再除去杂七杂八的费用，也能有一毛钱的利润。

"公司的利润是少了，但是薄利多销嘛。你们卖得多，不就又赚回来了嘛。这利润的事你就不用操心了，专心把酒卖好就行。再一个，就是媒体宣传的事，你们都准备邀请哪些？"战一杰问。

"准备邀请两家：源山日报和芸川电视台。这两家原来与我们有过合作，答应来给我们作新闻报道，不收费用。"

"你们不要让费用的事捆住了你们的思路，该花的一定要花。这样吧，把源山晚报、源山电视台，再找找有没有什么网络媒体，都一块叫来。到时候，凡是来的记者，每人单独发一个一千元的红包。"战一杰说。

肖春梅点了点头道："战总果然是大手笔。那好，我回去就开始运作。"

<h2>3</h2>

星期三晚上，生产部加班加点干了一宿。

第二天早晨，徐国强顶着一对大黑眼圈来到战一杰的办公室。自己倒了杯水大口喝下，抹了一把嘴说道："新产品全都入库了，理化指标和包装质量全部合格。"

"快回家休息吧。只要步入了正常运转，就不用全靠上。"战一杰说。

"老胡也跟我靠了一整夜，叫他来跟你报个喜他还不来。那战总你先忙着，我再去赵总那儿汇报一声。"

老徐走了，战一杰起身来到厂办。只见老胡和小王都在，还有几个司机也在沙发上坐着，他就招呼老胡："胡主席，你来我办公室一趟。"

老胡跟着战一杰来到办公室。战一杰把他让到沙发上坐下，说道："胡主席，你可千万要注意身体。生产这边有他们在前面冲，你指挥指挥就行。"

老胡笑道："这是徐大马棒又来你这儿给我念紧箍咒了。嗨，我指挥啥？人家生产部有经理，有车间主任，我就是不放心。昨天小英闹了那一出，没把我吓死。"

老胡收起笑容说："正好我要找你。战总，你给小英那钱我们不能要。"

"我是借给你们的。等你们有了钱就还给我嘛。"

"话是这么说。这么多钱，我们真怕还不上了。"

"我都不怕，你怕什么？再说，大姨的病到底怎么样了？小英是个女孩，我也不好多问。"

"那胃切除了 3/4，现在看是没事了，但要坚持化疗，一般只要五年不复发才能算是没事。"老胡叹着气说。

战一杰又问："还有一个事我要问你。你是公司的工会主席兼办公室主任，又是领导班子成员，我看过你的工资了，怎么只有两千元？"

"两千元是部门经理的工资标准，我干着办公室主任就应该拿这个工资。当时赵总找过我，想给我涨一涨，我没同意。工人们工资都这么低，我拿多了心里会不踏实。"

战一杰望着头发花白的老胡，只觉心头一酸。连忙岔开话题又问道："胡主席，你觉得小王这人怎么样？"

"小王工作不错，挺负责任，心也细，就是家里的事比较多，平时难免有点分心。"

"她家有什么事？"

"他丈夫精神有点问题，两人整天闹，婚离不了，过又过不好。他父亲那年出了车祸，还成了植物人，这孩子也怪难的。"老胡说道。

"噢！"战一杰点了点头。

"怎么，你发现她有什么问题？"

"没有没有，我只是随便问问。"战一杰连忙说道。

两人正说着，肖春梅来了。

肖春梅说："战总，新产品出来了，我们开始行动吧。"

"你马上安排业务员把样品酒领好，带上就可以开始拜访了。今天，你，我，还有马汉臣和叶子龙，都出去，一人跟一条线，随时指导业务员，也随时了解市场对新产品的反映。我们随时电话联系。"战一杰说。

肖春梅转身走了，老胡也站起身，说道："战总，你也要保重身体啊。大恩不言谢，那钱的事，我就先收着，我给你打张借条。"

"不用不用，我还信不过你吗？"

"一码是一码，借钱不打借条怎么行？"

"要不，就让胡小英打，你就别打了。"

"那可不行，不能牵扯到小英身上。"说着，老胡就拿了纸和笔，写了张借条，签上了自己的名字，又找来印台，摁上了一个红红的手印。

4

整整跑了一天，直到天已经黑到了底，战一杰才和肖春梅他们在销售部的办公室里碰了头。

大家把各自跟线的情况互相作了通报。叶子龙又把各条线路的报表进行了汇总，汇总完了递给了肖春梅。

"其他区县的情况怎么样。"肖春梅问。

"其他区县的报表明天一早才能整理好。从今天电话汇报的情况看，各区县的客户都对我们的产品非常感兴趣，原来下通知邀请来开品鉴会不想来的，有好几个今天给我打了电话，说要来。"马汉臣说道。

肖春梅翻看了一下报表，又递给了战一杰。

"我就不看了，你说一说吧。"战一杰说。

肖春梅道："从今天芸川市场的整体情况来看，我们的姜汁暖啤和枸杞红啤这两款新品，市场反映非常好，可以说是火爆。不光客户感兴趣，终端感兴趣，消费者也非常感兴趣，在我跟的一个小超市，一个逛超市的碰到了我们，听了我们业务员的介绍，非要打开尝一尝。业务员就给他打开了。他尝了尝，说是喝上就浑身发热，还非要把那瓶酒的钱给付了。"

"人家没怀疑那是我们找的托儿?"战一杰笑道。

叶子龙插言道："还有更玄的呢。我碰到了一个超市老板，他尝了以后，当场就要求进货，可我们的客户还没拉上货呢，他就非要拉着我们的业务员回公司仓库直接提货。我怕业务员耽误拜访，就回来同他提了一车货。"

马汉臣也说道："我跟的这条线是乡镇线，人们一听说有盖奖，就非要启开看看，到底是真是假。我们的业务员不让，他就掏钱买下了一包，当场启开。你猜怎么样?"

大家问："怎么样?"

"那一包啤酒一共九瓶，竟启出了六个一角钱的盖奖。你说我们是按一包四个投放的，肯定不会那么匀和，有多有少。但你说咋会那么长脸，一启就启了个多的。"马汉臣兴奋之情溢于言表。

大家又说笑了一会，战一杰说道："今天可以说是首战告捷，但有几个问题，我们一定要注意。一是市场部的跟踪检查一定要跟上，对于业务员跑线情况要随时检查。才开始业务员有股新鲜劲和冲劲，应该不会偷懒，但时间一长就保不准了，人人都有惰性。不是有人曾经说过嘛，销售员不做他该做的，只做你检查的，这人说得虽然有失偏颇，但绝对有道理。市场部的检查，一定要有章可循，随时发现及时处理，发现了问题绝不姑息，坚决处理。这一点，马经理要有个思想准备。"

马汉臣点了点头，说道："我们销售部也会进行自查，一旦发现，坚决严肃处理。"

战一杰继续说道："二是一定要把我们的产品特色和盖奖宣传到位，在张贴宣传画的同时，可以做一些横幅和彩旗。内容就是宣传产品特色，只要能挂的地方就挂上。至于盖奖，可以做一些即时贴，贴在我们啤酒的塑包外皮上，又直观又显眼，效果肯定不错。"

叶子龙道："这个我明天就着手去做，请放心好了。"

战一杰道："三是立即把芸川和高店的直销启动起来，对于那些有标杆作用的大店和特色店，一定要抓到手。现在别的啤酒企业还在猫冬，正是我们出其不备的好时机。这些店只要进去了，下一步就大力向专营店和形象店发展，建立起壁垒。

第四个问题就是经销商的问题。现在我们的市场运作模式给经销商的压力很大，在一些区域他们只成了送货员，可能有情绪，也可能有抵触，甚至捣乱。但不要怕，更不要迁就。只要我们的产品好，不怕他们不按我们划的道走，不怕他不就范。如果一经发现有捣乱的，串货杀价的，坚决砍掉，杀一儆百。"

5

第二天一大早，肖春梅就把其他区县市场的报表摆在了战一杰的案头。

战一杰拿起来翻了翻，肖春梅兴奋地说："捷报频传呐，其他几个区县的反响也相当不错，尤其是高店，昨天半夜还有经销商给我打电话。"

战一杰也是满脸的兴奋，把报表还给肖春梅道："品鉴会准备什么时候开?"

"下周一吧。现在不是我们急，是客户都等不及了。"

"那好，我们就定在下周一。因为这是品鉴会，需要质量技术部配合的，你直接找胡小英就行。"

"我早跟小英打招呼了，她那里没问题。"

"我考虑，想邀请芸川的政府领导来出席一下，你觉得怎样?"

"那当然好了，就怕我们请不动那些大官人。"

战一杰想了想说："那你赶紧去准备吧，领导这头我想想办法。再就是邀请的那些媒体记者你要多留意一下，他们不好待候。"

肖春梅走了，战一杰拿起电话来找胡玉庆："胡主席，你能不能搞一份我们芸川市领导的简历。"

"你要哪一个级别的?"

"就是常委这个级别的。"

"我这儿还真有一份。不光是常委，还有副市长的，只是人员不全。"

"有多少拿多少，让小王给我拿过来吧。"

不一会儿，胡玉庆就亲自把材料给战一杰送了过来。老胡说："这几年我们公司翻来覆去闹革命，政府对我们是敬而远之，很少有来往。这还是那几年搜集的。"

"人员不会有变动吧？"战一杰问。

"没有。前一段时间我去参加了一个工会主席表彰会，领导都参加了，我看了，没怎么变动。"

"你说我们要开新产品品鉴会，邀请这些领导，他们会不会来？"

"说不准。当然他们要能来最好，能提高我们会议的档次。再说，他们一来，那些媒体不用叫就都跟来了。"

战一杰点了点头。老胡又说："小英有个同学在给陶副市长当秘书，有事可以叫小英找她。"

战一杰一听，心道：难怪胡小英这鬼丫头对他和陶玉宛的事一清二楚，原来这儿还藏了个暗哨。

老胡问战一杰："还有事吗？"战一杰说："没事了。下周一要开新品品鉴会，需要办公室忙的，肖春梅会找你。"

战一杰拿起老胡送过来的材料，逐一过目：

市委书记付茂山，乡镇干部出身，历任镇党委书记、芸川市经委主任、副市长、市长、市委书记。

市长郑厚广，曾在东海油田担任过干部，年富力强，前年从油田直接调任芸川市长。

副书记陈永军，军转干部出身，现对口支援去了西藏。

再往下看，陶玉宛的名子一下跳入了战一杰的眼帘。陶玉宛，芸川市副市长，历任环保局科长、副局长、局长，以无党派人士的身份当选副市长。

战一杰这时心里七七八八也就大概有了底。书记、市长自己都不熟，要想一下搭上关系可不是那么简单。但陶玉宛是个桥梁，这个自己曾经的恋人就是突破口。

想到这儿，他就摸起电话来找胡小英："明天你跟我去一趟市政府。"

"去干什么？"

"去了就知道了。"战一杰说。

星期五早晨九点，战一杰和赵志国打了声招呼，也没等他有所反应，就把印制好的大红请柬拿上，叫上胡小英，开车直奔市政府。

芸川市委和市政府在一个大院里同一座大楼上。快到了战一杰才把此行的目的告诉胡小英。

胡小英笑道："我说昨天你在电话里有点气急败坏呢，原来是气我知道了你的老底。"

"我不是生气。你为什么不早说？"

"你又没问，我凭什么说。"小英说完又笑道："要不换成我开吧，在这里没有领导自己开车的。"

"不用，在国外都是领导自己开。咱代表着外方，不用太拘泥于这个。"

奔驰车进了市委、市府大院，办公大楼前已停满了车，好不容易找了个车位才停下。来到这里，战一杰心情极其复杂，想到在这里与陶玉宛以这种方式会面，想不出她会是个什么态度，心里竟出现了少有的紧张。

胡小英下了车让战一杰先等一下，她就先去找她的同学。

不一会胡小英就领着一个戴眼镜的年轻姑娘出来，胡小英给他们作了介绍。那姑娘姓刑，与胡小英的关系很好，听他们把事情一讲，就说道："不巧的很，陶副市长刚走，去高店开会了。"

"什么时候能回来？"战一杰问。

"估计下午回来，但也不能早了，得三四点钟。"

"那就找一下郑市长，你看能不能行？"

小刑露出为难的神情。小英上去晃着她的手臂，说："你帮帮忙嘛。"

小刑说："好吧。我给你们找间办公室你们先等一下，我去想想办法。"

小刑把他们领到二楼的一个小会客室就走了。

战一杰和胡小英等在那里，却看见一个穿着皮夹克的中年人鬼鬼祟祟地到处探头，像是在找人。

看来楼上的人都认识他，问："老丁，你有事？"

那人也不吱声，忽地一下把头缩了回去。战一杰心里一惊，因为他看见那人眼里射出的一道凶光。战一杰预感到好像有什么事情要发生，二话没说就起身跟了过去。

那人在二楼找了一圈，又快步上了三楼。战一杰尾随着他，也不吭声。

那人上了三楼，去一个办公室问了一句什么，里面的人回答了一句，他就缩回身，头也不回发疯似地跑了起来。跑到楼道的尽头就是市委的小会议室。他一脚把门踢开，看见几个领导正在开会，就岔了声大喊："付茂山，我跟你拼了。"说着，就从怀里掏出一个玻璃瓶子，伸手就去拔瓶塞。

会议室的人根本就没反应过来。就在这千钧一发之际，战一杰已从后面跟了上来，一把攥住了那人的手腕。他手上一用力，那人手里的玻璃瓶子就一下掉在了地上摔碎了，瓶子里的液体撒了一地，滋滋地冒起了一股白烟。是硫酸。

这时外面已有几个工作人员冲了进来，把那人扭住拖了出去。会议室里的人这才回过神来。

坐在公议桌正中的一个中等身材的中年人站起身，走上来握住了战一杰的手说："这位同志刚才亏了你及时出手，要不然后果不堪设想。你是哪个单位的？"

"您是付书记？"战一杰问。

"我是付茂山。"

"我是芸川啤酒公司的，这次是来给您送请柬的。"说着，战一杰把请柬递上，又把新产品上市品鉴会的事大体讲了讲。

付茂山说："你说的那个新产品不错嘛，有想法，有创新，我倒是蛮感兴趣的。芸川啤酒公司的事，我大体上都清楚，主要责任在我们，是我们工作上出现了疏漏。人家外方不错嘛，不计前嫌。这样吧，到时候如果没有特殊情况，我一定去。"

战一杰和胡小英往楼下走的时候，小刑才告诉他们，那个被战一杰拿下的人，是市委办的一个主任，因嫖娼被公安抓了现行，付书记把他一撸到底，他这是怀揣了浓硫酸来报复。

7

新产品品鉴会暨新产品上市推介会如期举行。

虽然已是深冬，但这天的天气出奇的好，晴空万里，艳阳高照。

梦泉大酒店的门前比过年还要热闹。

门前的小广场正中，是一个全身披红挂彩的锣鼓队，最显眼的，是站在高台上的女指挥。这是一个绑着马尾辫的姑娘，身材高挑，一袭大红披风，头戴一顶带着长翎的头盔，手持彩旗，用眼睛、身体、动作和面部表情，引导、指挥着整个锣鼓队的表演，把个锣鼓敲得气势磅礴，铿锵有力，让人心头直颤。

广场两侧，摆了两排大花蓝，胡玉庆和叶子龙正在张罗着，吹起了两道气势恢宏的气拱门，放飞了 12 个升空气球。战一杰、赵志国和肖春梅都穿了正装，站在门前迎宾。

十点多钟就开始上人了，锣鼓队退了下去。

第一波来的客人大部分是客户。卖酒的客户基本都不大讲究，穿着和谈吐都比较随便，由肖春梅和马汉臣陪着去了接待室。

第二波来的是媒体和一些职能部门，由老胡和叶子龙负责接待。

新品上市的发布会定在了 10 点 58 分。都快十点半了，政府的领导一个也没来，赵志国有点幸灾乐祸地对战一杰说："我估计这些大头不会来了。"

正说着，战一杰的手机响了，是小刑。她急促地说道："付书记和陶副市长十分钟以后到。"

战一杰这才舒了一口气。10 点 40 分，两辆小轿车驶到了酒店门前。车子停下，前面车上先下来的是小刑。

战一杰一看，就知道是付茂山书记到了，就拉了一下赵志国，连忙迎上前去。

前面车上下来的是陶玉宛，后面车上下来的是付茂山。战一杰、赵志国和他们一一握了手，就陪着他们来到二楼的大会议厅。

往楼上走的时候，战一杰故意和陶玉宛并排着上楼，说道："陶副市长是越来越漂亮了。"

陶玉宛说："战总也是越来越精神了。"

说着，两人都回应式地笑了笑，随着大伙一起进了会议厅。

会议厅已进行了精心布置，前面主席台的桌子已经撤去，只是在旁边设了一个小演讲台。主席台后面的墙上挂了一条横幅，上面写着"姜汁暖啤、枸杞红啤新产品品鉴暨新产品上市推介会"，下面是一个大电子屏幕。

主席台下面，会议桌被竖着左右分了两排，每个座位前面的桌上都摆好了品酒杯和两瓶啤酒。早进来的人们都在拿着桌上的啤酒端详。

把付茂山和陶玉宛让到正中间坐下，战一杰请书记付茂山讲话。

付书记摆摆手，说："我不讲了，你们的姜汁啤酒和枸杞啤酒全新上市，是我们芸川的大喜事，我们都是来祝贺的，不是来作指示的，今天我们听你安排。"

战一杰说："市里的各位主要领导在百忙之中能莅临参会，我代表公司董事长张重年先生表示感谢，今后公司的发展，还要仰仗各位领导的大力支持。"

付茂山说："战总言重了。支持企业发展是我们市委、市政府的责任，芸川啤酒公司是从老国营企业转变而来，经历了太多的阵痛与波折。现在有了新的发展、新的起色，尤其是在科技创新和市场创新方面，走在了行业的最前沿，这一点值得我们市里所有的企业学习和借鉴。今天在这里，我代表芸川市委、市政府表个态，一切以服务于企业发展为出发点，创造良好环境，大力支持企业发展，也请你向你们的董事长汇报，欢迎再来芸川投资兴业。"

在一旁的陶玉宛道："以后有什么事直接来找我就行，市里将全力以赴支持你们。"

会议厅的气氛相当融洽。10 点 58 分，酒店外面鞭炮齐鸣，锣鼓喧天，会议正式开始。

8

战一杰健步走上主席台，声音宏亮、激情饱满地把芸川啤酒公司发展的风雨历程，以及这次开发两款冬令啤酒的构想与市场展望都作了阐述，博得了一片热烈的掌声。

接下来在大屏幕上播放新产品的推介幻灯片。这个推介片是胡小英做的，从产品开发研制到原料选用、工艺的改革创新，再就是对两款新产品的保健特性、质量和口感，都作了详尽的讲解和描述。

上面讲着，服务生就把摆在桌上的啤酒打开，倒进杯里，让大家边看、边听、边尝。等推介片播放完，能喝的客户已是两瓶啤酒见了底，会议的气氛也就逐渐升温。

说实话，在这大冬天，虽说室内都有暖气，温度也还可以，但能像在夏天那样敞开了喝啤酒，大家还是头一次。所以都很兴奋，议论也相当热烈。

过了一会，付茂山就向战一杰告辞，说中午市委还有一个活动，自己要先行一步。战一杰也不便挽留，只好恭恭敬敬地把付茂山送下楼。

临上车前，付茂山又单独跟战一杰握了握手。战一杰觉出了他手上的力度。

中午的宴会安排得别开生面，是一个自助餐会。梦泉大酒店的宴会大厅里，正前方是一个大舞台，下面是自助餐区，由客人们边看文艺表演边自助就餐。

舞台上主持节目的是芸川电视台一男一女两个当家主持人。二位主持人主持得轻松幽默，而且每个话题每个节目都围绕着两款冬令啤酒，赢得了阵阵喝彩。

在宴会开始前，按照战一杰的安排，在给客人发放纪念品的时候，给媒体的朋友每人另加了一个红包。

本来对这件事赵志国是坚决反对，肖春梅也不置可否，可没想到的是，却收到了出奇的成效。

记者们等礼品发放结束后，都把红包退了回来，除了对公司的好意和大气表示感谢外，还都一致表示，会全力配合把这次新闻做好。

战一杰心中十分感动，就端着酒杯，专门让叶子龙领着去向媒体的朋友表示谢意。几个媒体的记者都很痛快，一致表示，战总真心要谢的话，就给他们投点广告，那是对他们最大的支持。

战一杰与他们一一碰杯，干了杯中酒说道："我们是有投放计划，但主要现在没钱。等明年有了钱，一定会投的。"

记者们表示，他们来之前领导都有交代，现在没钱也不要紧，可以先签一个合作协议，广告先上去，广告费可以等做完广告以后再付，主要是媒体现在的日子也不好过。

战一杰一听，当即拍板同意，具体事项由叶子龙与他们协商。记者们见战一杰如此痛快，也是相当高兴，就轮番与他喝酒。几杯酒落肚，都已兄弟相称。

战一杰正喝得高兴，肖春梅凑了过来，低声对他说："我们准备的礼品不够了，怎么办？"

这次会议他们准备的礼品很特殊，是一箱上好的宁夏枸杞和一箱莱芜生姜。这是战一杰和胡小英绞尽脑汁才捉摸出来的，用意就是让客户们明白，他们的两款啤酒就是用这些东西酿造出来的。

战一杰一听，生气地问道："怎么会这样？"

"今天来的客户比计划的多出了不少，有的我们根本没下通知，可人家都闻风来了，很多都是崂山和雪花的客户。"肖春梅解释道。

"告诉赵志国和许茂，不管他们想什么办法，马上再进礼品。那些临时没领到的，你负责把他们联系方式记好，会后马上给他们专程送过去。"战一杰说道。

肖春梅领命走了，战一杰看到这会陶玉宛身边的人也少了，就端着杯走上去说："陶市长，我敬您一杯。"

"战总风光得很呐。这次荣归故里，没从外国带个媳妇回来？"陶玉宛笑着说。

"没有。这儿的伤不是还没好吗！"战一杰用手指了指自己的心口说道。

"这种伤都是藏着的，你既然这么说了，那就说明你的伤已经好了。"陶玉宛笑道。

战一杰说："我有个事跟你讲一下。前几天我回了趟家，听老父亲说，玉泉山是咱整个源山市的水源地，那儿的地下水可能被污染了。你是干环保出身的，抽空得过问一下。"

听了这话，陶玉宛心头一惊，正想细问，却有一帮政府人员来给她敬酒。看着陶玉宛被众星捧月的样子，战一杰心里说不出是个什么滋味，一仰头，把杯中的酒干了。

9

品鉴会相当成功，接下来就是去印尼的集团总部旅游的事。

护照和签证已基本办好，战一杰就给洪生打了个电话，把公司近一段时间的情况作了简要的汇报，又把组织客户去参观旅游的事讲了。

洪生听了他的汇报，表扬了几句，说关于客户去参观的事，他会安排专人负责接待，费用也由总部负责。最后，洪生又问："最近赵志国怎么样？"

战一杰没想到老板会问这事，没有一点思想准备，一时也不知说什么才好，就说了句："应该还算是挺好的。"

洪生听出了端倪，但并没有往深处问，也没再说什么，只是又说了几句鼓励的话，就挂了电话。

战一杰已很真切地感觉到了，而且他确信，洪生也已经听明白他对赵志国的态度，可老板的态度却十分含糊。

洪生的性格战一杰清楚得很，他既然不点破也不深究，肯定有他的道理和想法，自己不必也没必要去无端猜度。再说，现在这种迫在眉睫的形势，也不由他分心去考虑这些。

去雅加达一行一共30人，由肖春梅和马汉臣带队。临行前，战一杰把肖春梅找来，说道："我找你来，主要是说说马汉臣的事。这次新品上市，你觉得马汉臣到底怎样，能不能用？"

"从这次新品上市来看，他是实打实下了力。别看他又是要政策，又是发牢骚，他全都是为了工作，没有掣肘，更没有私心，尤其是他对客户的掌控能力非常强。别看他不怎么言语，发挥的作用远比小叶要大得多。"

"你说的这些我也看到了。可总有一种预感，好像他与赵志国有着某种特殊的联系。"

"这一点我吃不准。"

"这次出去，你可以瞅机会开诚布公地与他谈一谈，摸一摸他的底。这次预收款成功以后，我想搞一次中层干部竞争上岗，能用的就用，不能用的就坚决拿下。你先心中有个准备。"

"只要预收款成功了，你就算站稳了脚跟，是应该有所行动了。这次我一定完成任务。"

"这次去印尼，你一个女同志可千万要自己小心。"战一杰笑道。

肖春梅脸一红，说道："七年前的那次印尼之行让我终生难忘，我真希望你也能与我一起去，我们好故地重游，重温——"说到这儿，肖春梅硬生生把后面的两个字给咽了回去。

战一杰看着肖春梅绯红的面颊，低垂的眼神，眼前一下又浮现出七年前他们在印尼一起渡过的那段惊险又温馨的时光，一下又想起自己刚来芸川时她在自己面前玉体横陈的模样，心头不由小鹿乱撞，竟有点难以自持。

肖春梅一抬眼，目光正与战一杰炽热的目光相对，一股柔情涌上心头。她情不自禁地走上去，在战一杰的唇上吻了一下。

第九章　趁热打铁

1

肖春梅和马汉臣带队去印尼参观旅游回来以后，趁热打铁推出了预收款政策。而这时，新上市的两款冬令啤酒在芸川，及至在整个源山，已被几家媒体炒得热火朝天。再加上公司在终端点及城市的各个角落贴满了宣传画，挂满了横幅，插满了彩旗，整个源山刮起了一股红色旋风，"红"动全城。

预收款的政策乘势而上，效果大大出乎战一杰的预料，第一天就收了一千万！这个数字真把战一杰吓了一跳。他马上给肖春梅打电话，问："你估计这次预收款到底能收多少？"

肖春梅喜气洋洋地说道："第一天就收了一千万，保守的估计也得三千万，真的就跟做梦一般。"

战一杰道："你先别做美梦了。我们的啤酒一个月之内只能生产出六千吨，发酵期在那儿制约着，再多了一瓶也出不来，收了钱，人家真要是来提货提不上，那可不行，这是第一点。

第二点，我们的预收款政策公司是割肉让利的，是个促销活动，不是长期政策，要是所有的酒都搞了预收款，不就成了变向降价了？

第三点，为了明年和今后的市场发展，预收款只要达到了我们预期的额度，不宜再往大处做。不然，以后串货杀价现象会层出不穷，难以控制，逐渐演变成自杀政策。"

肖春梅一听，也有点毛了，颤声问道："那该怎么办？"

"你让马汉臣马上下通知，预收款政策明天再实行一天就截止，后天便不再收钱。"

"好的。那我们预期的额度到底是多少？"

"有两千万就足够了。"

"那你赶紧安排，明天财务部要增加人手，估计明天客户会把收款室的房门挤破。"

通知一下，果然第二天来交预收款的客户排起了长队，直到晚上七点才结束。银行的运钞车一直等在那儿。

公司领导班子的五个成员都在战一杰的办公室等着。等收了工，财务部的晏春把数字报了上来：2600万元！

除了战一杰和肖春梅，在场的人员一听都傻了眼。赵志国问："多少？"

晏春又重复了一遍，大家不由面面相觑，继而，不约而同地鼓起了掌。老胡激动地站起身，走上去使劲握住战一杰的手，颤声说道："奇迹啊，奇迹！"

战一杰沉稳地把老胡让到沙发上坐下。晏春一看他们像要开会的样子，就告辞下去了。

战一杰说道："今天班子成员都在，咱借机开个会。这次新产品上市和预收款的活动基本达到了预期的目的，预收款达到了2600万。这也就是说，牵扯到我们公司生死存亡的资金问题暂时得以缓解。

这次活动的成功，与我们在座的各位，以及公司的中层干部和全体员工的努力是分不开的。我提议，对在此次新产品研发、新产品上市，以及预收款活动中作出突出贡献的人员实行奖励。大家觉得怎么样？"

杨小建抢先说道："我同意。应该奖励。就说财务部吧，这两天的预收款，他们一整天连水都顾不上喝一口，刚才晏经理还出现了低血糖，差点休克了，可她就只是吃了块糖，一直这么坚持着。"

"我也同意。我觉得不光要奖励，还要重奖。只有奖励先进才能督促后进，才能形成你追我赶的企业风气，企业才能朝着更健康的方向发展。"肖春梅也说道。

"我也同意。我们公司多少年没有奖金了，这下打了一个漂亮的翻身仗，是应该好好鼓舞鼓舞士气。"胡玉庆说。

战一杰又看赵志国。赵志国见大家都表了态，就说："我也同意奖励，但不同意重奖。我认为，现在只是取得了一次阶段性的胜利，公司的根本状况并没有多大的突破和改观，到底赢不赢利还不知道，还不具备重奖的条件。如果一次性发钱太多了，一是容易引发心理不平衡的矛盾，二是这次重奖了，下次再取得点成绩怎么办？那就得重重奖。所以，我认为，第一次不必重奖。"

战一杰开了口，说道："这冬令啤酒到底赢不赢利，让财务部一算就知道，我觉得，今天既然赵总对奖励的事有不同意见，我们就把这事先放一放，等到财务的报表出来以后，咱再研究。我觉得，赵总有一点说得很有道理，现在只是取得了一次阶段性的胜利，可能连胜利都谈不上，确实不是我们庆贺的时候。这只是我们万里长征迈出的第一步，下面的路将会更加艰险，需要我们付出更多的努力，来不得半点马虎与松懈。

我们在座的各位，是公司的领导层，是公司的核心，我们班子成员之间的团结，尤为重要，这是一个直接关乎企业的生存和发展的大问题。我觉得，今天这个非正式会议开得很好，大家各抒己见，知无不言，言无不尽，好了，大家都累了一天了，赶紧回去休息吧。"

2

转过天来就到了冬至。早晨，战一杰刚刚起床就听到敲门声。他穿好衣服，开门一看是肖春梅。

肖春梅穿了一件大红色的羽绒服，把脸映衬得格外白嫩。她见战一杰用疑问的眼神盯着她，就笑道："看什么看，整天看还看不够？外面下大雪了，我是来叫你扫雪的。"

"什么时候下雪了？昨晚 12 点了还没下呢。"战一杰说着把肖春梅让进屋，拉开窗帘一看，不由惊叫出了声。啊，一夜之间外面已是一片银妆素裹，白亮亮的直逼人眼。

北方的雪是那么的雄奇壮观，是那么的亲切温馨。战一杰已经记不起来自己有多长时间没有见到过这样的大雪了。

印尼的气温常年在 25 度以上，那里没有雪。每当战一杰跟那里的人讲起雪的时候，他们那种羡慕，那种心驰神往，令战一杰非常骄傲。

肖春梅是上海人，对这样的大雪也是难得一见。所以，她也像打了鸡血一样兴奋。战一杰穿上羽绒服，跟肖春梅一块去一楼的储物间拿了扫帚和铁锨，来到院子里扫雪。

天上的雪还在或有或无地飘着。有的轻轻地贴在了脸上，有的偷偷钻进了脖子里，一丝清凉，稍纵即逝，仿佛被恋人的舌尖轻轻吻过，又如被梦境中的羽翼划过心头。

地上的雪足有 20 厘米厚，踩上去，轻轻的，软软的，还发出咯吱咯吱的脆响。肖春梅高兴地有点手舞足蹈，放下手中的扫帚，捧了一捧雪，攥了一个雪球就扔向战一杰。她也没成想战一杰没躲，正好打在了他脸上，把个肖春梅吓了一跳。

战一杰也攥了个雪球，做式要扔她，吓得肖春梅咯咯笑着到处躲。战一杰刚要扔，看见赵志国也拖了把铣走了出来，就一转身把雪球扔到了远处。

赵志国笑着跟他们打了个招呼，就挥起手中的家什干了起来，战一杰和肖春梅就也俯下身扫起了雪。

招待所的小院并不大，一会雪就堆成了堆。这时杨小建也出来了，他们便一起来到前面。

办公楼前面早有个人干得满头大汗。大家一看，是胡玉庆。老胡直起身，一边用手捶打着后腰眼，一边跟他们打招呼。

杨小建笑道："老胡，人老不讲筋骨为能，你可千万要悠着点。"

"你还别说。你们这些年轻人还真不一定能干过我这老革命。"老胡笑道。

"好，那咱就比试比试。"杨小建说着就挽起袖子，跟老胡凑到了一块。

大家一边说笑着，一边干了起来。

这时，上班的员工也陆陆续续进了大门。他们一看，公司领导竟早早打扫起雪来，而且都是满头大汗，就连忙跑进自己的车间或科室，拿了工具就跑出来，加入到扫雪大军的行列。

人越聚越多，工具的碰撞声，人们的说笑声，汇聚成了一首动人的交响曲。整个芸川啤酒公司，在这个淡季的时候，在这个大雪飞舞的冬日里，竟是这么一片如火如荼的景象

天上的雪已经不下了，地上的雪也已经打扫完毕，老胡扶着铣把站在那里，看着这热火朝天的场面，眼里不由一阵发潮，动情地对战一杰说道："这种场面已是好多年没有过了！"

3

扫完雪，战一杰去食堂吃了饭，刚到办公室坐下，人力资源部的经理钱冬青来了。战一杰与钱冬青算是熟人。老钱干副厂长的时候，战一杰才进厂，所以对他还是挺尊重，就连忙起身招呼他在沙发上坐下，拿了纸杯去给他冲茶水。

钱冬青说话很直率，开门见山地说道："战总，我来找你是想问一下，员工们月收入达不到最低工资标准的事公司准备怎么解决？"

"老钱，你是人力资源部的经理，你说该怎么解决？"战一杰笑道。

"我说很简单，涨工资，把员工的工资起码涨到最低标准线，再把原来欠的给补上。"老钱说完又补充一句："这是《劳动法》的规定。"

"既然是《劳动法》的规定，那我们就得涨，更得补，我原来说过这话。"

老钱一听战一杰这么说，原来硬生生的口气缓和了不少，端起茶水喝了一口，说道："我就是听说你战总说过这话，才来找你的。"

"我知道，你老钱是不会打无准备之仗的。可现在不是公司没钱吗？我是心有余而力不足。"

"战总说这话就有点不实在了。这次新产品上市和预收款活动，都快把芸川的天给烤红了，还说没钱？"

"钱是收进来了，可赢不赢利还很难说。"

老钱狡黠地一笑，说道："生产我懂，工艺配方我也懂，我一看你定的产品价格，我还不会算你赢不赢利？"

"财务还没给我算出账来呢，你倒先算出来了。别人说这话我不会信他，但你说我信。"

"我也不知道赵志国这老总是怎么当的，这点账他算不明白？"老钱撇了一下嘴说道。

"你找过赵总了？"

"原来的时候我不止找过他一次了，他就总是推。不是说没钱，就是说以后再想办法。这次我找他，他就说不赢利。我说能赢利，他却不信，我就只好直接来找你了。"老钱说道。

4

战一杰觉得，钱冬青讲的问题十分有必要深入地探究下去，就说道："老钱，你是这个企业唯一一个资深的老领导，也切身经历过从国营到合资的转变过程，应该对这个企业最有发言权。在薪酬和劳资关系方面，你觉得应该如何处理呢？"

显然，钱冬青对这个问题也十分感兴趣。喝了一口茶水，摸了摸有点秃了的头顶，说道："战总，既然你问到这儿了，我就放肆地多说两句。战总，你也是从老国营过来的，原来的时候企业是国家的，我们是企业的职工，是企业的主人。那时候我们才开几个钱的工资？可我们有怨言吗？可能有人有，反正我没有。再说又是加班了，又是义务劳动了，那还不是家常便饭？我们抱怨过吗？我们说过没有钱就不干吗？没有吧。因为我们觉得那是在为国家、为社会作贡献。可现在呢？社会在转型，企业进行了改制，企业都成了个人的，还有像我们这样的，直接成了外国人的。职工们一下没了归属感，已经不再是什么企业的主人了。你说，再让原来的职工，也就是现在的员工，去讲什么义务，讲什么奉献，那还讲得着吗？"

老钱讲着讲着就有点激动，又喝了口水。见战一杰在凝神听他讲，就继续说道："说白了，现在的劳资关系就是政治经济学中讲到的，赤裸裸地剥削与被剥削、压迫与被压迫的关系，资本家是在最大限度地榨取工人的剩余价值。我们是什么呢？我们就是资本家剥削工人的工具！"

战一杰听他讲得越来越偏激，就打断了他的话，说道："老钱，你讲的我不赞同。远的不说，就说我们企业吧，既然像你说的这样，资本家就是为了赤裸裸地剥削，是为了压榨剩余价值，那外方从一开始被骗，再到后来被驱逐，再到打国际官司，他们没有从我们这儿拿走一分钱。可老板为什么没有对我们企业撒手不管，为什么还会注入大量的资金呢？"

"这是因为他们还想着，在不远的将来，或是很远的将来，将这些都变本加厉地收回去。"老钱说道。

战一杰面对钱冬青的直率和刻薄，心中大为不快，但一时竟又想不出如何驳斥他，就说道："今天咱先不讨论什么剥削与被剥削、压迫与被压迫的问题，咱先讨论这工资问题。"

老钱道："其实这个问题没必要讨论，国家法律既然规定了最低工资标准，那企业就必须无条件执行，不管你是赢利还是亏损。

我们公司的员工对这个问题之所以这么迟钝与迁就，就是因为一时半会还没有把老国营的身份完全转变过来。而我们，也就是利用了他们思想转换的这个时间差，把工资的事一拖再拖。"

战一杰揶揄道："你说的'我们'也包括你吗？"

"当然，当然包括我。战总，你不要觉得我说的这些话难听，但这都是实际情况。我之所以开诚布公地跟你说这些，是因为我相信，你不是赵志国、肖春梅他们这些空降兵，你对我们的企业、对我们的职工是有感情的，你有能力，也有责任，把这个问题处理好。"

战一杰拧紧了眉头想了想，说道："这样吧老钱，你回去写一个报告，从法律的角度，详细阐明给员工调整工资到最低收入标准，以及找补以往的差额部分的各方利害关系，并提出调整方案，上报给赵志国，先看他是什么反应。"

"他还能有什么反应？他本来就不同意。"

"估计现在不会了，你只管把报告报给他就行。"战一杰说。

钱冬青听战一杰的口气相当肯定，就站起身说道："好，那我马上回去准备。"

战一杰也站起身，说道："老钱，我跟你也不是外人，我希望你刚才讲的那些观点，也包括你讲的那些话，不要到处去讲。一是为了你自己好，二是现在我们的企业还处于一个十分不稳定的发展阶段，当前还是稳定压倒一切，你能理解吗？"

钱冬青点头道："好的。战总，这一点我能理解，也谢谢你的好意。"

老钱走了，战一杰望着他的背影，心中沉甸甸的。

5

下午快下班的时候，战一杰接到了姐夫陈胜利的电话，说："今天是冬至，老母亲怕你吃不上水饺，让我给你送来了。"

"你现在在哪儿？"战一杰问。

"我就在你们厂大门口呢。"

战一杰连忙站起身来，说："我马上去接你。"

战一杰去厂大门口接陈胜利。陈胜利把车停好，从车上提了一个不锈钢的小保温桶下来。

战一杰道："还真让你送水饺来了？"

"可不是真的，你说老太太偏不偏心？"俩人来到战一杰的办公室，陈胜利又道："今天中午我们在家里吃的水饺，娘听说我下午要来城里，就让我给你捎了点来，说你爱吃她包的水饺。"

战一杰听了，眼里潮乎乎的，哑着嗓子问姐夫："你来芸川有急事？这天冷路滑的还专门跑一趟。"

"还是我上次跟你说的那个房地产的事，现在已基本定下来了，我和我那个伙计来请客。"

"就是付茂山那个小舅子？"

"你把这话一连起来说，听着倒成了骂人的。"陈胜利笑道。

战一杰不由也笑了。陈胜利道："就是他。他去他姐家了，我们定在梦泉大酒店，要不你也去吧。"

战一杰问："付茂山也去？"

"他不去，他怎么能出面？"

"那都是谁去？"

"主要是请规划局和国土局的一帮领导。"

"我还是不去了。你那选举的事怎么样了？"

"应该没什么问题了，我把你给我出的招儿跟我那伙计一讲，他是直挑大拇指，说抽空跟你坐坐。"

"行啊，我也挺想认识认识他。"战一杰说。

陈胜利看了看外面的天已经黑透了，就站起身来说："时候差不多了，我该走了，你抽空一定回家看看。这一阵子老爷子有点不大对劲，大冷天的也不嫌冷，整天起早贪黑四处打听，有没有谁家得怪病的，有没有谁家不生孩子的，着了魔一般。"

战一杰点了点头，说："我争取元旦回家一趟。老爷子不是不对劲，是太对劲了。"

陈胜利也没明白他的意思，慌忙急促地走了。战一杰一看表，才刚过下班的点，心道：冬至这天还真是短了不少。过了冬至，就马上到圣诞节了，现在这中国人过洋节是越过越上瘾，是不是该在宣传上采取点活动了？

战一杰一边想着，一边拿起姐夫送来的不锈钢保温桶，往招待所走去。

战一杰进了餐厅，不见有人，心道：这大雪天的，难道他们都到外面去吃了？正捉摸着，只见肖春梅伸着两只沾满面粉的手，从后厨走了出来，见了他就向他招手，说道："今天是冬至，我们在包水饺呢。"

战一杰来到后厨一看，呵，赵志国在擀皮，杨小建和老胡在包，一家人正忙得不亦乐乎。战一杰一看，是韭菜馅的，一闻喷香，就连忙脱了外套去洗手，挽了袖也下手去包。

肖春梅在一旁笑道："咱这些男士还个个都是模范好男人，连水饺都会包，了不得呀。"

"俺的春梅姐，这本来就是你们女人该干的活，可偏偏就你不会包。等会谁包的谁吃，看你吃啥。"杨小建说。

肖春梅道："我们南方人又不大吃水饺。你放心，我不吃你的，我吃人家胡主席的，我还嫌你包的不好看呢。"

老胡笑着逗她道："我包的也不好看，也不让你吃。"正说着，肖春梅打开了战一杰提来的保温桶。

肖春梅打开一看，惊喜地说道："人家战总早给我准备好了。好吧，我连老胡的也不吃了，我就吃这些。"

"这是俺娘包的，你就放心吃吧。"战一杰笑道。

"人家那可是包给儿媳妇吃的。"赵志国笑着说。

"好吧，那我就吃了，给人家当儿媳妇。"

6

一会儿水饺就包完了，杨小建端着去煮。老胡拍打着手上的面粉，说："你们吃吧，我得回家吃。"

一家人也不好意思留老胡，就非让他尝两个再走。老胡从战一杰的保温桶里拿了个水饺，填到嘴里尝了尝，是茴香馅的，赞不绝口地说道："这水饺好，真好吃。可怜天下父母心哪。"

老胡走了，杨小建一会就把水饺煮好了，他们四人坐下来就开始吃。赵志国问战一杰："要不要喝两口？"

战一杰道："喝两口就喝两口。俗话说，饺子就酒，越吃越有。"

杨小建去储藏室找了两瓶二锅头来，就挨个倒酒。肖春梅捂住杯不让倒，说这二锅头太冲，她喝不了。杨小建不让，就去给她找了两瓶枸杞红啤，他们就边吃边喝起来。

每逢佳节倍思亲。战一杰明白这想家的滋味，虽然这冬至算不上是什么节日，但面对此情此景，他还是颇多感慨，就端起杯说："来，我敬你们一杯。你们都撇家舍业、背井离乡来到芸川，真是不容易呀。"

赵志国道："你也不容易，有家不能回，还在这儿陪着我们，谢谢了。"

大家喝了一大口。赵志国又问肖春梅："肖总，你一个女同志比我们更不容易，你老公是干什么工作的，也不见他来看看你，他也放心？"

"都什么年纪了，还有什么不放心的。他也是在一个外资企业干，整天国内国外的跑，也是忙得很。"肖春梅说。

"那孩子呢，你们的孩子谁管?"杨小建问。

肖春梅脸一红，道："我们整天天南地北各忙各的，还没孩子呢。"

杨小建咂着嘴道："姐姐和姐夫都是事业型的，佩服，佩服。"

杨小建端起杯来，让着大家喝，又问赵志国："哎，赵总，嫂夫人是干什么的，怎么也不见她来看看你，她能放心?"

"我老婆在中组部工作，还是个不大不小的领导，整天忙得要命，哪还有功夫看我? 她连孩子都顾不上。"

"那孩子怎么办?"

"我把女儿送去了全封闭学校，不用管。"

战一杰道："都不容易啊。来，为了我们的家人，干了这一杯。"

大家干了杯中酒，又倒上。赵志国就问战一杰和杨小建："你们两个是怎么回事? 年龄也不小了，怎么还不成个家?"

肖春梅道："人家两个是海归，眼光高得很，还不得再多挑一阵子?"

杨小建笑道："我的亲姐，我没得罪你吧。你说人家战总要挑，那还说得过去。可我，一没钱二没房的，挑啥? 是人家挑我，我现在想媳妇想得是望眼欲穿啊。你是我亲姐，你得帮帮忙给我介绍一个。弟弟拜托了。"说着就去给肖春梅端酒。

肖春梅咯咯笑了起来，接过杨小建端起来的酒杯，一口干了，说道："就冲你这张抹了蜜的甜嘴，姐我还真得替你操操心。你还别说，姐还真给你瞅摸了一个，等会我单独跟你说。"

战一杰笑道："这么好的事还用得着保密，就在这儿说吧，说出来大家也好给参谋参谋。"

赵志国也在一旁附和道："是啊，是不是咱们公司的?"

肖春梅道："暂时保密。"说完，就只是抿着嘴喝酒，不再言语。

战一杰给在座的人都倒满，端起杯说道："这个酒我敬大家。我回到芸川正好一个月了，我感谢各位这一个月以来对我工作的支持；同时，我在工作中有做得不对的地方，也请大家多多包涵。希望在今后的工作中，我们能够精诚团结，凝神聚力，把芸川公司搞上去。"

圣诞节搞活动的事已迫在眉睫。一大早，战一杰就把肖春梅和叶子龙叫到了自己的办公室。战一杰开门见山地说道："马上到圣诞节了，我考虑着我们得搞搞活动。别看现在市场是打开了，这只是第一步，要趁热打铁做起来那才是关键。做市场可不是一蹴而就的事情，要有持续性和连贯性。只有不断地抓住消费者的眼球，不断地刷新他们的视觉，那才能把我们的品牌植入他们的心中，才能真正把市场做起来。

这一段时间节日比较集中，圣诞节、元旦，再就是春节、元宵节，是我们打品牌做市场的大好时机，我们必须抓住机会，主动出击，出奇出新，一鼓作气把市场做起来。现在离圣诞节只有三天的时间了，已是刻不容缓。别的节日咱先不说，先讨论讨论圣诞节的活动。"

叶子龙道："圣诞节是洋节，这几年才兴起来，在北京上海这些大城市比较热，基本也都是商家在做噱头，在炒作，是为了搞促销活动。

但像我们这种三四线以下的城市，基本没什么影响，商家也不怎么重视。要搞活动，我看，也就是针对经销商搞搞促销什么的。"

"这不行。我们的预收款活动对经销商的促销力度已经相当大了，现在他们还提不上货，怎么能再搞促销？"肖春梅并不认同叶子龙的说法。

战一杰道："现在我们对经销商和终端点的宣传和促销已经算是比较到位了，这方面我们就先放一放，先不去考虑。我觉得我们得在消费者的身上动动脑筋。我提个方案，你们看行不行。我们装扮一百个圣诞老人，走上大街，走街串巷派送圣诞礼物，也就是发些糖果、苹果之类。我觉得，这种互动活动应该会引起轰动。"

叶子龙兴奋地说道："好，太好了。战总，你这个创意真是太绝了。苹果又叫平安果，送平安果过平安夜，真是个绝妙的噱头。"

肖春梅也不住地点头说好，但又不无担忧地说道："主要是人员的问题不好解决。现在销售部的人员跑线的跑线，跟客户的跟客户，市场部的人员又都忙于督察，一个人当好几个人使，你这一百个人可真是抽不出来。"

"你们要是觉得行，就马上着手准备。一个是线路的确定，一个是衣服，再一个就是礼品，你们必须抓紧。至于人员的问题，这个我去想办法。"战一杰说。

肖春梅道："小叶，我们两人分一下工。线路的问题我去和马汉臣结合结合，争取今天就确定下来，再派人去踩一下，基本不会有什么问题。圣诞服装和礼品由你负责。礼品好办，去果品批发市场现买就可以。主要是服装，我看只能四处联系联系买现成的了，估计现做是来不及了。"

"我前几天从网上看到过好几家批发圣诞老人服装的，好像规模还都挺大，我联系一下就可以。"叶子龙说道。

战一杰道："那好，我们马上分头行动吧。"

肖春梅和叶子龙走了，战一杰就摸起电话来找老胡。老胡正在办公室，接了电话就马上过来了。

战一杰把圣诞节活动的事大体跟老胡讲了讲，说道："现在主要是人员的问题，销售部和市场部都抽不出人手来，这一百个人从哪里抽呢？"

"现在是满负荷生产，生产和仓储这两个一线部门不能抽，要抽就得从其他辅助部门和后勤部门抽。"

"这个我考虑到了，叫你来主要是商量商量，从这些部门人员怎么个抽法。"

"从我们公司的人员情况看，抽出个一二百人来应该没什么问题。这样吧，我回去拟一个通知，把名额给这几个部门分派下去。"老胡顿了顿，又说道："这大冷天的，是不是考虑对他们上街的人员给点补助。"

"可以，但标准不要太高。"战一杰说。

"每人一天二十元怎么样？"

"别二十了，这大冷天的，就一天三十吧。"战一杰把手一挥说道。

老胡高兴地说："好的，我马上去办。"

8

圣诞节的活动在整个源山市引起了不小的轰动，不光外界的好评如潮，反响强烈，就连公司内部也引起了不小的震动。用胡玉庆的话说，工人们又重新有了盼头。

周一的中层干部会上，干部们也是群情振奋。销售部提出，客户们强烈要求公司再搞一次预收款活动，他们怕临近年底了再提不上货，只有把钱交到公司，把票拿到手，他们才放心。

生产部门汇报，现在生产一切正常，班班超产，这几天已经赶得稍稍有了库存。其他部门的汇报也是你追我赶的态势，整个会议室里一片热火朝天。

开完了中层会，战一杰刚回到办公室，赵志国就来了，他俩就在沙发上坐下来。赵志国把手中的一份报告递给战一杰，说道："这是人力资源部打的一份报告，你看一下吧。"

战一杰接过来，大体浏览了一遍，就问赵志国："你什么意见？"

"钱冬青找过你了？"赵志国问。

"找过了。"

赵志国等他往下说，他却不再言语。赵志国就说道："那你是同意调整和找补工资了？"

"我没说同意，我让他打个报告，报我们领导班子研究。我想，开班子会以前，咱两个先沟通一下。"

"这种调整工资的大事，我觉得是不是应该报总部批一下？"

"不用。我们又不用总部拨款，没必要报批。"战一杰说完，又问："财务报表你看了没有？"

"报表还没打出来呢，刚才我只是问了一下晏经理，大体情况我都知道了。"

战一杰摸起桌上的电话，打给杨小建："你安排财务部，马上把报表打印出来，一会我们开会用。"

战一杰放下电话，对赵志国道："十分钟以后我们开班子会，会上你把人力资源部的报告说一说，咱大家讨论讨论，形成一个集体意见，对上对下到时候好有个交代。"

赵志国暗暗点头，不得不佩服战一杰的周密与老道。

十分钟以后班子成员都来到会议室，杨小建把打印好的财务报表递给了战一杰。战一杰看了看，就又递给了赵志国，说道："这是财务报表，大家都传看一下吧。"

报表转了一圈，大家都看过了，因为报表的项目比较复杂，战一杰估计也就干过财务的肖春梅能一目了然，其他人一时半会也弄不太明白，就对杨小建说："你就简单把赢利和预算的情况说一说吧。"

杨小建趴在报表上，用手指头摁在上面仔细找了一会，说道："我们预收款 2600 万元，扣除生产、销售、人力等所有成本，预计赢利 130 万元。

从现在至明年二月底，预计销售冬令啤酒 4 万吨，预计赢利 360 万元。"

杨小建说完，自己都有些不相信，又看了一遍数字，唏嘘道："好家伙，一下子挣了这么多。"

胡玉庆道："我们公司已多少年没有赢利了，这下可是扭转乾坤啊。"

肖春梅也兴奋不已地说道："作为我们这种在生死线上挣扎了这么多年的企业来说，在销售淡季做出这样的业绩，这可真是奇迹啊。"

战一杰对赵志国说道："赵总，你把人力资源部的报告说一说吧。"

赵志国把钱冬青的报告从头至尾念了一遍。赵志国念完了，大家一时还不明白这是唱的哪一出，就都不作声。

战一杰说道："今天，我们就人力资源部的报告讨论几个问题，大家表决一下，形成个决议。老胡，你做一下记录。"

大家听战一杰说得很严肃，就都摊开面前的笔记本，屏住呼吸听他讲。

战一杰道："第一个问题，就是员工工资达不到最低工资标准的问题。我觉得，以公司现在的发展形势是解决这个问题的时候了，而且，现在也是解决这个问题的最佳时机，能起到趁热打铁、鼓舞士气的作用。我提议，从本月起，把收入最低的员工的工资调到最低工资标准线，其他员工的工资一律按这个调整标准予以上调。同时，把以前所欠的工资差额一律补齐。

大家同意我这个提议的，请举手。"

说完，战一杰举起了右手。

9

战一杰举起了手，左右看了看，其他四人也都举起了手，就说道："那好，这一项全票通过。会后由赵总督促人力资源部拿出具体方案，务必于 12 月 31 日前把钱发到员工手中。

第二个问题，就是关于评选优秀干部和优秀员工的问题。我有这么个想法，现在正值临近年末，加上这次新产品的上市又比较成功，为了进一步鼓舞和调动全体干部员工的工作热情和积极性，鼓励先进，督促后进，同时也是为明年的工作打下一个良好的基础，我们在全公司范围内搞一次评选，选出一部分优秀干部和员工，予以表彰和奖励。"

战一杰说到这里，扫视了一遍在座的班子成员，说道："大家认为怎么样，赞成还是反对？"

杨小建道："这有什么反对的？我觉得，是不是应该再增选一位公司优秀领导。"

这话把大家都给逗笑了。赵志国道："怎么个选法呢？"

战一杰道："我觉得还是民主选举比较好，我们大家商量一下，定出名额，拿出一个选举方案，让全体员工去选。"

老胡道："这样最好，我们现在就确定一下名额。"

肖春梅道："我提议，中层干部选两名，员工以部门为单位，每个部门也选两名。"

赵志国道："干部选两名可以，员工这样选可不行。部门有大有小，大的部门有好几百人，小的部门只有几个人，这样把名额分下去还不乱了套？"

肖春梅的脸一下就红了，也觉出自己考虑得过于简单，出言太冒失了。

赵志国道："我们还是按人数来分配名额比较合适，把部门界线打乱一下。比如生产部，人最多，就以车间为单位，三个生产车间可以每个车间选两个；仓储部人员也不少，那就选三个；再一个大部门就是销售部，可以把销售部和市场部合在一起，选三个；其余的部门合在一起，选三个。"

战一杰点头说道："这样比较合理，就按赵总的意见办。"

杨小建道："这样会不会出现偏差？比如说，某个人业务能力很强，业绩也比较突出，可就是为人不怎么样，得罪的人比较多，肯定就落选了。"

战一杰道："你说的这种情况可能有，但你要相信，群众的眼睛是雪亮的，公道自在人心，你真要有业绩，有水平，群众是不会视而不见的。"

老胡又问："那奖励标准呢，怎么定？"

战一杰道："我看，每人奖励二千元，怎么样？"

大家都点头表示同意。第二件事就这么定了下来，具体实施由胡玉庆负责。

战一杰又继续往下讲："第三个问题呢，就是公司的内部管理问题。现在马上就要进入新的年度，在新的一年里，如何凝聚人心，苦练内功，才是企业发展的根本所在。

我在这里提几个设想，大家先各自捉摸一下。一是中层干部的任用问题，是这样维持原班人马继续干下去？还是各部门之间实行换岗轮岗？还是全部免除，统一实行公开竞岗？二是员工的岗位问题，是继续吃大锅饭？还是重新定岗、定编，全面推行岗位工资和绩效工资？三是对销售和生产这两个部门，能不能实行承包？要是能行，怎么个承包法？"

战一杰讲完，会议室里鸦雀无声。战一杰又道："今天呢我只是把问题提出来，并不急于推行和实施，希望大家有个思想准备，都回去仔细想一想，有了什么想法，我们可以随时沟通。人无远虑必有近忧。这些问题，都是作为企业管理者必须面对的问题，我们只有未雨绸缪，事事想在前面，谋定而后动，才能不走弯路，不跌跟头，一步一个脚印，把企业做大做强！"

10

战一杰讲完，稍稍出了一口气，语气放缓下来，说道："还有一个问题，就是元旦怎么过的问题。"

他看了一下外派的几个人问："元旦也算一个不小的节日，你们要不要回家？"

"我是计划回去一趟。"赵志国说道。

"我也想回家看看。"杨小建也道。

战一杰又看肖春梅，肖春梅道："市场销售这边一大摊子事，我走不开，我就不回去了。"

战一杰道："那赵总和杨司库就放心回家，只要把手头的工作都安排好，难得回去一趟，在家多歇几天也没关系。

我们留下的呢，我考虑在 31 号那天，是不是筹划着搞个什么活动，算是活跃活跃员工的文化生活，也算是庆祝一下。"

"搞个文艺汇演吧，那我就不回去了。"杨小建说。

"这个恐怕是来不及了。再说今年不同于往年，销售、生产都这么忙，根本没时间准备，你还是放心回你的家吧。"肖春梅说道。

杨小建一听又泄了气。肖春梅又道："要不，搞个歌咏比赛，或者是搞个交谊舞会，这个倒是不用多少精力准备，只要有场地就行。"

老胡道："场地倒是有，在工艺楼的四楼上有一个大礼堂，可已是多年未用了，墙皮都已脱落得不成样子了，现收拾好像也来不及了。"

战一杰看大家也拿不出什么可行的建议，就说道："这四楼的大礼堂胡主席你抽空收拾一下，弄得像样一点，现在用不上，以后肯定要用。关于活动的事，你们觉得搞一个拔河比赛怎么样？既不用筹备，也不用专门的场地，而且还是集体活动，大家都能参与。"

老胡首先响应道："这个好，就按刚才赵总说的分组情况分一下队，既能发挥竞争力，又能体现团队的凝聚力，既简单，作用又大，很好！"

战一杰又问赵志国："赵总觉得呢？"

赵志国有点走神的样子，见战一杰问，就尴尬地笑了笑说："好，你们好好搞吧。"

战一杰就道："那好，咱这么定下来，胡主席，由你去组织。到时候给获胜的队，准备一点像样的奖品。"

战一杰说完，就问道："大家还有什么事吗？要是没事，咱今天就到这儿。"

散了会其他人都兴冲冲地走了，赵志国的心情却糟糕到了极点。他拖着灌了铅似的双腿回到办公室，一屁股坐到椅子上，心里说不出是个啥滋味。

从战一杰一步一步的行动来看，从今天整个会议的情况来看，赵志国不得不承认，战一杰已是彻彻底底掌控了这个企业，而且将带着她扬帆起航，乘风破浪！

那自己该怎么办呢？何去何从？是走，是留？走吧，又真是舍不得，舍不得自己一年来的心血，舍不得自己规划好的蓝图，还舍不得王佳萍。

留吧，留下来去面对战一杰的节节胜利？去面对他的春风得意？去一步一步被他赶尽杀绝？赵志国真是觉得自己快要疯了，他不自觉地拿出手机，给王佳萍拨了过去。

王佳萍正在办公室，接了赵志国的电话，听他口气有点不对，就连忙跑了过来。

王佳萍进来一看，赵志国铁青着脸，目光散乱，就焦急地问："怎么了？"

赵志国也不吭声，起身把小王拉过来，反手把门反锁了起来，二话不说就开始脱她的衣服。小王被他吓了一大跳，拼命地挣扎，压着嗓子说："你干什么，这是在办公室！"

赵志国根本不理他，只顾强力的动作。小王挣扎了一会，根本无济于事，索性就放弃了挣扎，任由他疯狂……

11

临近年末的这几天，芸川啤酒公司天天跟过年一样。

先是给员工们涨了工资，还补发了原来的差额工资，而且全是现金。员工们捧着发到手的一沓钞票，手都有点发抖，有的当场就吆喝着要请客。

接下来就是评选优秀干部和员工，大家听到这个消息，更是欢声雷动，半天时间就出了结果。

结果倒是有些出乎战一杰的预料。本来，在这次新产品开发和上市的整个过程中，最大的功臣就是胡小英和马汉臣。结果胡小英是选上了，马汉臣却落选了，另一个当选的是胡玉庆。

老胡知道结果以后，立马就来找战一杰，说："这不是胡闹吗？"

战一杰正和肖春梅在研究元旦的贺岁活动，见老胡这么急斥白脸的，就笑道："怎么胡闹了。"

老胡道："首先，我是公司领导层成员，只是兼着办公室主任，不能算作是纯粹的中层干部；其次，小英是我的女儿，有她就行了，一共就这两个名额，怎么能叫我们家给包圆儿了？员工和干部们会怎么看我们？"

肖春梅道："老胡你说的这话有点强词夺理。你是领导层成员不假，可你也是中层干部，你的主要工作就是办公室主任。再说上次开会，人家杨司库不是还提出要选优秀公司领导吗？你这一当选，不正好是两全其美嘛。再就是，你和小英都选上的事，这是大家选的，又不是谁定的，更不是你自己抢的，这谁会挑理？"

老胡却道："不管怎么说，说一千道一万，这个优秀干部我是不当。"

战一杰见老胡是真着急，就说道："这是大家选的，是民意，我们也不好干涉。你真要是这么坚持，我看这样吧，你就自己去找找各部门的领导，做做他们的工作。哎，人家都是拉当选的选票，你可倒好，拉退选的选票。"

老胡去了，也不知他用了什么法儿，反正是费了九牛二虎之力，又选了一个，竟是钱冬青，还是没有马汉臣的份儿。其他15名优秀员工，选得倒是比较顺利，各部门都相当认真，相当珍惜，没出一点岔头。

结果一出来，战一杰就让把奖金和证书都发了下去，这次确实是有不少请客的了。第一个打来电话的是胡小英。胡小英问战一杰什么时候有空，她要请客。战一杰听到胡小英的声音，心头竟是莫名地一喜，就笑着问："你准备花多少钱请我呀？"

胡小英在电话里沉吟了一下，说："花多少都行，这两千元不够，我再往里添。"顿了一下她又说道："其实，这次最该拿奖的是你。"

战一杰一听，心头顿时一热，嗓子竟有点堵得慌，说道："谢谢，谢谢你。"

胡小英听出了他的异样，就柔声问道："你怎么了？"

战一杰平复了一下情绪，说道："谢谢你的好意。心意我领了，请客的事，咱改天再说，咱先记下，算是你欠我的。"

胡小英道："那咱一言为定。"说完就挂了电话。

第二个打来电话的是钱冬青。钱冬青说得很真诚。他说："战总，不是因为我当选了优秀干部要请你，我是想代表我们全体员工请请你。"

这个电话，又让战一杰刚刚平复下来的心情激动了起来，就说道："谢谢你了，老钱，其实应该是我请你，抽空我们两个单独坐坐，我还有好多话要跟你谈。"

老钱也有点动情，在电话里说道："那你什么时候有空，就随时给我通知，有你这样的领导，是我们员工的福分哪。"

刚挂了钱冬青的电话，胡玉庆就敲门进来，进来后就从兜里掏出一沓钱放在桌上，说道："战总，这是一万块钱，先还给你。"

战一杰一听，就沉下了脸，说道："老胡，你这是干什么，你这不是打我的脸吗？"

老胡脸一红，说道："欠债还钱，天经地义的事，我先还这些，你就拿着吧。"

战一杰站起身，把钱又塞回老胡的口袋，真诚说道："老胡，我不缺钱，这你是知道的。小英的妈妈还有病，你家里正在缺钱的时候。我什么时候要用钱了，我就找你，行吧？"

老胡面对着战一杰诚挚的目光，就没再坚持，只是使劲握住了战一杰的手。

12

12 月 31 号下午，天气出奇的好，下午三点钟，公司办公楼前面已是人山人海。胡玉庆和徐国强负责整个活动的组织和协调，十几分钟的时间就把一切安排就绪，各部门的人员也都排好了队。

战一杰早早就来了，他在人群里找了找，大多数中层干部都到了，只缺两个人。一个是采购部经理许茂，另一个是销售部经理马汉臣。

马汉臣有情绪这是预料之中的事。本来这次评优活动，战一杰想让他当选，这次冬令啤酒在市场上能一炮打响，马汉臣是功不可没。可没成想，事与愿违，干部员工们就是不选他，这谁也没辙。

战一杰也只能暗暗替他惋惜，准备找个合适的机会亲自找他谈一谈，好让他别有什么负担。可这次他竟与许茂一起失踪，看来不是个小问题。

许茂与赵志国走得近，战一杰是心知肚明，赵志国今天下午四点的飞机，许茂有可能去省城送他了，这没什么奇怪的。可难道马汉臣也去了？

那天开完会后，战一杰就看出赵志国有点不对劲，像是有点气急败坏的样子，总觉得有什么事情要发生。到底会是什么事呢？他一时也说不清楚。

想到这儿，战一杰就摸出手机，拨了马汉臣的号码。马汉臣马上就接了电话，很恭敬地说："战总，您好。"

"老马，你在哪儿呢？"

"我刚进厂大门。今天中午来了几个客户，我陪他们吃饭去了。"

战一杰抬头一看，果然看见马汉臣的桑塔那2000开进了厂大门，就说："好了，我看见你了，我在办公楼前面呢。"

战一杰挂了电话，就离开人群往门口走，去迎马汉臣。

马汉臣的车停好了，他打开后车门出来，站在那儿竟有点摇晃，脸也早已成了关公。

马汉臣见战一杰走过来，就连忙迎了上去，问："战总，找我有事啊？"

这儿离人群远了一些，吵闹声也小了，战一杰就站了下来，说："我刚才在活动现场没看到你，还以为你闹情绪呢。"

马汉臣喷着酒气笑道："我这都四老五十的了，你还当我是小孩子呢，还闹情绪。"

"说实话，这次评选优秀干部，你确实挺冤的。"

"有你战总这句话我就知足了，我老马得罪的人比较多，没什么人缘儿，选不上很正常，这个我心里有数。我这人，但求问心无愧就行。话又说回来，我付出了多少，你战总应该明白，你看我这头发，一掉就是一大把。"

说着，他往头上薅了一把，手中竟真是一大把头发。他把手中的头发往空中一吹，说道：

"今天我喝了不少，借着酒劲，我也跟你战总拉一拉。说心里话，我老马干了一辈子销售，没服过谁。可这次，我服了你，服了你战总。不是因为你是老总，而是服你的能力，服你掌控市场、驾驭销售的能力。我是心服口服。你放心，以后，只要你指到哪儿，我就打到哪儿。"

马汉臣见战一杰还是心存芥蒂的样子，就上前抓住他的手，说："你还记得那张小纸条吗？"

战一杰一愣，一下想起了那张塞进他门缝的纸条，惊道："原来是你？"

马汉臣郑重地点了点头。战一杰握住他的手，没再说什么，只是使劲握了握。他二人来到活动现场，拔河比赛早已比了好几场了。现在场上的两支队，是市场销售对包装车间。

老胡是裁判。市场销售部这边肖春梅是拉拉队长，包装车间那边，徐国强是拉拉队长。两边人员对比也比较明显。销售这边是青一色的小伙子，而包装车间那边都是些半大老头子。

老胡哨声一响，比赛开始。才开始双方相持了一会儿，但马上，销售那边就占了上风，把包装车间拉过去了一大块。肖春梅有节奏地挥舞着手中的小旗，大声叫着加油。

包装车间这边，老徐也一下一下挥着小旗加油，但要沉稳了许多。一时，双方又僵持了起来。僵持了一段时间，形势急转，包装车间这边踏上了步伐和节奏，一、二、三，一、二、三地吼着，把销售部又拉了回来。

马汉臣一看不妙，跑上去，抢过肖春梅手中的小旗，声嘶力竭地吼着加油。但为时已晚，销售这边还没明白是怎么回事，就被人家一鼓作气拉了过去……

直到将近五点，比赛才结束。结果，包装车间得了第一，酿造车间第二，销售和市场第三。

战一杰当场颁发了奖品。第一是每人一个电磁炉，第二是每人一个不粘锅，第三是每人一个电吹风。

发完奖，不知是谁，竟在大门前点起了鞭炮。战一杰看着眼前这片欢乐的海洋，听着这震耳欲聋的鞭炮声，眼睛湿润了。

第十章　新春快乐

1

元旦这天，王佳萍来到"秀水花苑"的房子里。

那天，赵志国在办公室疯狂地发泄完后，把脸埋在王佳萍的两乳之间，趴了好一会。

王佳萍问他到底是怎么了，他却一句话也没说。

12月31号晚上，快11点了，赵志国给她发了一个短信息。信息很简单，上面只说在他'秀水花苑'房子的床头柜里有一张卡，卡上有六万块钱，让她去拿，背面有密码。

王佳萍偷偷把短信反反复复看了好几遍，越看越觉得，此次赵志国走，十有八九是不回来了。王佳萍四下一看，果然能拿走的基本都拿走了。她这才确信，赵志国是真的不回来了。

王佳萍从床头柜里拿出了银行卡，放进自己的包里。然后，慢慢脱光了衣服，到浴室拧开热水器，洗了个热水澡。

她打好沐浴乳，对着镜子，仔仔细细地洗了起来，尤其是两个高耸的乳房和湿润的下身，她洗得特别仔细，这是赵志国最喜欢的地方。恍惚间，她仿佛觉得赵志国还在，他那温柔的手掌、灵动的舌尖，正在滑过她的每一寸肌肤，让她兴奋地浑身战栗。

洗完了澡，王佳萍从浴室出来，躺到了床上，闭上眼睛，回味着赵志国与她在这床上疯狂的一幕，眼泪不由流了出来。

王佳萍在想赵志国的时候，赵志国也正躺在自己家的床上想她。

赵志国这次离开芸川，确实是不想再回去了。31日的下午，许茂把他送到了飞机场，他却对许茂一点风声也没吐露。

赵志国明白，这一年多来许茂捞了不少好处，所以他一直拿他当一条狗看。他唯一难以割舍的，就是王佳萍。王佳萍对他的忍受，对他的温柔，他一想起来，心中就有万般的不舍和愧疚。

他赶到家的时候，已是晚上八点半多。来到自家门前，他摁了一会门铃，门却没开。本来他这次回来，没给东方凌云打招呼，想给她个惊喜。却没成想，这时候了，家里却没人。

女儿在学校，元旦肯定回不了家。这大过节的，自己那高官老婆能到哪儿去呢？难道这时候了，还有应酬？

赵志国掏出钥匙开门进了屋。放下行李箱，各个房间里转了转，提鼻子闻了闻，却是一股空房子的味道。

他到卧室的大床头上一摸，一屋厚厚的尘土。看来，东方凌云是好久没在家睡觉了，难道一直住在娘家？

想到这儿，赵志国就掏出手机，拨东方凌云的号码。一会儿电话通了，东方问："你怎么想起给我打电话了？"

"你在哪儿呢？"赵志国问。

"你回北京了？"东方反问。

"是，我到家了。"

"你要回来，怎么不早打声招呼，怎么还搞开了突然袭击，是要查岗吗？"

赵志国一听，气不打一处来，说道："我不是想给你个惊喜吗？你怎么这样说话。"

"你想我怎么说话？今天晚上我们单位搞新年联欢，结束得很晚，你先睡吧，不用等我。"说罢，电话就挂了。

赵志国去洗了澡。洗澡的时候，不由又想起了王佳萍，心道："这到家了，怎么还想着王佳萍，难道跟东方的日子真是过到头了？"

他洗完澡，躺在床上翻来覆去睡不着，满脑子全是王佳萍的光溜溜的身子。他就给小王发了个短信，让他去拿上那张六万块钱的卡。他觉得，这对王佳萍也好，自己也好，心里或许会好受些。

迷迷糊糊中，大概到了深夜12点多，东方凌云才回来。东方进了门，简单洗了洗，也没喊他，自己脱衣睡下了。

赵志国本以为东方会来弄他，以她那旺盛的性欲，会这么放过他？还不让他把欠了一年的公粮都给补交上？可不一会，那边却响起了轻微的鼾声。

赵志国闭着眼睛，暗暗把牙咬得咯咯直响，心中恶狠狠地骂道："这娘们肯定是出轨了。不，是与人通奸了。"

第二天早晨，赵志国一睁眼，床上已没人了，只见床头柜上有一张便条。东方凌云在上面写着：今天一早单位要下基层团拜，我走了。

赵志国把便条揉作一团，狠狠地甩在地上，心中不由又想起了王佳萍。

2

元旦这天张洪生就在北京，他是代表父亲来参加国家商务部举办的新年联欢活动的。

赵志国三天前就给洪生发了信息，说是想见他。洪生一会儿就回了，说元旦在北京见。

快到中午的时候，赵志国穿戴整齐，洪生在北京饭店 1035 房间，让他赶过去。

北京这几年堵车堵得越来越厉害，再加上今天是新年的第一天，路上已堵得一塌糊涂。等赵志国坐着出租赶到北京饭店的时候，已是中午 12 点多。

赵志国坐上电梯到了 10 楼，来到 1035 房间，轻轻敲了几下门，里面却没动静。一会儿，一个高挑个的年轻服务生走了过来，问："先生，有什么需要帮助的吗？"

赵志国问："这个房间的人呢？"

服务生说："这个房间是商务部邀请的外宾，应该是参加商务部的活动去了。"

赵志国想，都怪路上堵得太厉害，这可怎么办？就问道："请问，你知道活动什么时间结束吗？"

服务生微笑着说道："不知道。"

赵志国想了想，这个时间老板肯定在参加宴会，给他打电话或是发信息肯定不合适，那就只好等着吧。

赵志国这次找老板主要是想开诚布公地跟他谈一次，参战一杰一本。这几天，他一直在捉摸，战一杰的软肋到底在哪里？

经过反复思考与权衡，他认为战一杰有三条可能是老板不能容忍的。

一是给员工涨工资的事。在没有汇报和得到批准的情况下，就私自作主给工人涨工资，这是所有外企高管的大忌，也是所有老板最不能容忍的。

二是进的浓缩液原料拿回扣的事。这一点他虽然没有确切的证据，但许茂已打了保票，只要需要，他肯定能拿到证据。

三是与肖春梅和胡小英的关系。他准备把这事添油加醋夸大一下，反正这种事也无法查证，只要老板信就行。

这次，赵志国是抱着破釜沉舟的决心来的。这三条罪状反映给老板，老板要还用战一杰呢，自己就坚决辞职。老板要辞了或是调走战一杰呢，自己就再回去，加把劲，真正把芸川啤酒公司做起来。

赵志国一边想一边下楼，离开了北京饭店。来到外面一想：自己也别傻等着了，老板的活动肯定一时半会完不了，自己也该回家看看父母了。

赵志国又打上出租，一点半多才来到父母家。母亲一见赵志国回来，高兴得直抹眼泪，连忙给他做饭。父亲陪他坐在那儿，问他的工作情况。

工作上的事赵志国不想让父母知道太多，就只说很好。母亲给他端上饭来，一边看着他狼吞虎咽地吃，一边问："见着你老婆没有？"

赵志国知道母亲对东方凌云意见很大，所以也不想多提，就说见着了。

母亲说："你这一年不在家，可恣了她了。"

赵志国不解地看着母亲，母亲说："儿啊，不行咱跟那个娘们离了吧。当妈的说这话你可别不爱听，她的心思没在你身上。"

赵志国"叭"的一声把筷子拍到了桌上，问道："你们听到什么了？"

父亲在一旁说道："你妈说这些也是为你好，天下父母哪有不向着自己孩子的，但能过下去，我们怎么能劝你离婚呢？可外面传得太难听了，听说她直接就领了她属下的小青年回家过夜。"

这饭赵志国是实在吃不下了，话让自己的父母说到了这个份上，赵志国真恨不能找个老鼠洞钻进去。

看到赵志国脸色不好，父母也不敢再吱声。赵志国说了声还有事，就出了家门。

来到大街上，赵志国真有一种欲哭无泪的感觉。看来，自己与东方凌云真是已经走到了尽头。想到这儿，心头不由一颤，一下就想到了女儿。

3

一想到女儿，赵志国再也顾不上其他，打上出租就往学校赶。

来到英才双语学校富丽堂皇的大门前，赵志国就想，自己快一年没见着女儿了，应该长高一大截了吧。

他在大门口办好登记，由一个穿西装短裙的女士领着，穿过绿油油的休闲区，来到一个咖啡馆式的接待室。女士把他让到沙发上坐下，马上就有服务生端了杯柠檬水上来。

不一会女儿就来了。女儿见了他，并没有一下扑入他的怀抱，而是在沙发上坐下，好一会儿，才怯生生地喊了一声"爸"。

女儿叫小枫，今年已经七岁了，正是花朵一般的年龄，没有赵志国想象中的天真烂漫，有的却是少有的淡定。

赵志国伸出手，说："小枫，来爸爸这儿。"

小枫这才走上来。赵志国把女儿抱起来，放到自己的膝上，抚摸着她黑缎子一样光滑的头发，柔声问道："想爸爸了吗？"

"想了，爸爸。你怎么这么长时间没来看我呀？"

"爸爸不是忙嘛。"

小枫懂事地说："我知道，爸爸是去给我挣学费去了。奶奶说了，我们这个学校是全国最好的，也是全国最贵的。"

"妈妈常来看你吗？"赵志国又问。

"妈妈不常来，奶奶常来，奶奶说妈妈也忙。"

"你在这儿，和老师同学们都好吗？"

"外国同学和我很好，中国的同学就不怎么好。"

"这是为什么呢？"赵志国笑着问。

"和中国的同学好没什么用，我早晚是要出国的。"

赵志国一下愣在那里，心想，这就是贵族学校的教育理念？女儿才七岁啊，就这么功利了？

他沉下脸问道："这是老师教你的？"

"不是，是妈妈教我的。"

赵志国想了想，把女儿揽在怀里问道："小枫，假若爸爸和妈妈离婚了，你会同意吗？"

"离就离吧，过不到一起就离嘛，在国外这很正常。但你们要有人给我交学费。"

赵志国没再问什么，只是把女儿搂在怀里，静静地搂了好一会儿。

这时手机里传来信息的提示音。赵志国把女儿放下，掏出手机来一看，是老板洪生的信息，说是他有急事要赶回印尼，参加完商务部的活动就直接去飞机场了，抽不出时间和他见面了，有事可用电话或电邮联系。

赵志国只觉得满脑子一片茫然，他恍恍惚惚亲了亲女儿就离开了学校。走出学校大门，突然想起一句莫名其妙的歌词"天大地大何处是我家"。

赵志国在街边的一个连椅上坐了下来，摸出手机。心想，这信息该给老板怎么回呢？

他想了想，一咬牙，就按当初想的，开始简明扼要编写战一杰的罪状。可写到一半，他又删了。又写，写了不多，他又删了。

最后赵志国不写了，把冻得发僵的手指填到嘴里呵着热气。心想，自己写这些真的有用吗？这些东西真能扳倒战一杰吗？要是扳不倒战一杰，自己怎么办呢？

难道自己真的要离开张氏吗？离开了张氏，自己能到哪里去呢？自己还能干什么呢？女儿的学费怎么办呢？

赵志国越想越怕，不由吓出了一头冷汗。转而，又不由暗自庆幸，亏得今天北京堵得厉害，要是真见到了老板，那结果可真是玄！

想到这儿，赵志国立马给洪生回了一条短信："祝老板新年快乐！"

回完短信，赵志国心头一下轻松了不少，站起身来，拍了拍屁股，自言自语地说道："战一杰，想让我拍屁股走人，没那么容易！"

4

战一杰正开着车，突然就打了个喷嚏，说道："这大过年的，是谁在说我呢？"

本来上午他是想回老家的，可肖春梅非拉着他和胡小英陪她去转市场。他一想也好，自己是该转转市场了，正好看看销售部和市场部的执行力到底是个什么样。

在芸川转了大半天，情况还真不错。销售员的按线拜访按部就班地执行，每个终端的拜访签到表上都有签字，终端反映也还可以。市场部的检查也很到位，也都有督察员的签字。

战一杰基本满意，正想表扬一下肖春梅，却突然就来了个喷嚏。

坐在后面的肖春梅和胡小英听他这么说，就笑。肖春梅道："别人谁还会说你？肯定是你老娘亲。"

话音未落，战一杰的手机就响了。他拿起来一看，是家里号码，就说道："真让你说着了，是我娘。"

接了电话，是父亲。父亲在电话里口气相当不客气，说："我就不信你比国务院总理还忙。今天上午你娘做好了一桌子菜，在家等了你一天了。你原来在国外，我们不奢望你过年过节能回来。可现在就这几十里路，你也回不来？我们还能有几年活头？你年纪也不小了，你自己看着办吧！"

说完，不由分说就把电话挂了。

这一下战一杰真有点慌神了。他在路边停下车，一看表，才三点半，心想，现在往家赶，还能回家吃晚饭，就扭头对肖春梅和胡小英说道："老爷子真急了，我得赶回家去，你们怎么办？"

胡小英道："我也正好要回趟老家。我爸凑了一万块钱，让我回家还上，今天早上我就准备走的，可肖总非要我转市场，也没走成，要不你再把我捎回去吧。"

战一杰道："行啊。"说完又看肖春梅。

肖春梅转着眼珠，轮流看了他们两个几眼，说道："不会是你们两个早就商量好的吧。"

"你说什么呢肖总，这怎么会呢？"胡小英道。

"这怎么可能呢？我刚才接电话你又不是没听到。"战一杰也笑着说。

"天都这会了，你也别回公司了，就直接往老家赶。我回公司也没事。再说，你们都不在，我一个人住招待所也怪害怕的。不如就跟你回家过个新年怎么样？"肖春梅说。

战一杰没有马上答话。肖春梅道："不方便就算了，我只是那么一说。"

"这有什么不方便的？你自己一个人住在招待所还真不怎么行。要不，你跟我去住我奶奶家吧。"胡小英急着说。

战一杰明白，刚才的犹豫伤了肖春梅的心，就解释道："我没有什么不方便的，我是怕你不方便。"

肖春梅这才露出了笑模样，说："那咱就走吧。"

战一杰把车开得飞快，用了一个小时多一点的时间就赶到了柳溪。

战一杰把车停在上一次停车的地方，胡小英准备下车。肖春梅道："小英，要不你跟我一块到战总家去吧，我们一块去给伯父、伯母祝贺新年。"

胡小英犹豫了一下，扭头去看战一杰。战一杰这下可不敢再有丝毫的犹豫，道："那我是举双手欢迎，求之不得。"

胡小英道："那你们稍等我一下。我把钱留给爷爷，让他明天还给叔伯们。"

小英去了不到十分钟，就欢快地跑了回来，上了车就说道："走吧，一切 OK。"

快进龙泉镇的时候，肖春梅道："战总，你找个超市停一下。第一次登门空着手不合适，我去买点东西。"

"不用不用。你们能来，我娘不知能有多高兴呢，还买啥东西？"

"你娘高兴，可别是以为你一下领了两个媳妇回来。"肖春梅笑道。

"你还别说，我娘肯定是这么想的，说不定她还会从你们两个中间给我挑一下。咱丑话先说在前头，到时候老头老太太要是说话有什么不着边的，你们可多担待着点。"

胡小英毕竟还是个大姑娘，被他俩说得满脸通红，一声也不敢吭。

说话间，肖春梅看见路边有超市，就喊战一杰停车。战一杰并没停车，直接把车开到了家门口。

5

等战一杰把车开到家门口，天已擦黑。他们三人下了车，战一杰推开虚掩的大门，来到院子里。只见正屋的灯亮着，就喊了一声："我回来了。"

屋里传来父亲的声音："你小子还知道回来啊？我正和你娘打赌呢，我说你不出两个钟头就得回来，你娘还不信。"

说着，父亲敞开了屋门，还想再骂儿子两句。一抬头见儿子身后跟着两位姑娘，吓了一跳，张大着嘴愣在那里了。

母亲也闻声出来，看到这场面也不由一愣。但很快就反应过来，马上走上来，把儿子扯到一边，把两位客人让进屋里，说："快进屋，外面冷。"

进到屋里，肖春梅说："伯父、伯母好。"胡小英也跟着问好。

母亲把她俩让到床沿上坐下，借着灯光一看，竟是两个如花似玉的美人，不由喜上眉梢。一边去拿瓜子，一边问："你们是姐妹俩呀？"

肖春梅笑道："不是。伯母，我们都是一杰的同事。我叫肖春梅，她叫胡小英，本来今天我们在一块考察市场了，一杰接了伯父的电话，要急着往回赶，我们也就跟着来了，正好来给您二老拜个年。"

娘被她说得一头雾水，根本没明白是怎么个意思，就说："好好。我这就去准备饭。这大冷天的，还来给我拜年，谢谢你们了。"

娘转身去了隔壁的厨房，借机给傻站在一旁的儿子丢了个眼色。

战一杰尴尬地冲她二人咧了一下嘴就往厨房走，肖春梅则狡黠地冲他一笑。

战一杰来到厨房，娘迫不及待地问："到底哪个是？"

"哪个都不是。人家不是说了吗，是我的同事。"

"甭在这儿蒙你娘，你娘还没老糊涂，哪有这时候把同事往家领的？你老实说，是不是那个年轻的？我看那个闺女不赖。"

战一杰哭笑不得，说："你愿咋想就咋想吧。"

父亲也跟了进来，沉下脸说道："怎么还带回来两个？这可不是在国外，可不许你小子乱来。"

战一杰道："你们这都是哪儿跟哪儿啊？一句半句也跟你们讲不明白，你们快弄饭吧，人家肯定饿了。"

娘这时已是人逢喜事精神爽，忙不迭地去炒菜做饭。一杰和父亲就来到外间拉开桌椅。

本来中午已经备了一大桌的菜，因为战一杰没回来，娘就没做。现在做开了，也不费一些事，一会儿就摆了一大桌。

父亲拿了两瓶酒出来，一瓶五粮液，一瓶张裕干红。他问肖春梅："喝点白的，还是红的？"

肖春梅道："伯父您不用这么客气，您搞得这么隆重，我们都不好意思了。"

娘说："客气啥？到这儿就跟到自己家一样。"说着，就给胡小英夹了一块炸肉。胡小英连忙接着，说："谢谢大姨。"

娘问："你是咱本地人吧？"

胡小英道："我老家就是柳溪的。"

战一杰把张裕干红打开了，一人倒了一杯。父亲端起杯说道："来，欢迎两位贵客，也祝你们新年快乐。"

大家喝了一小口，娘就赶紧让着吃菜。肖春梅毕竟经多见广，也放得开，与父亲很是拉得上来，一会他们就讲到了上海的风土人情。

娘却一直在看胡小英。战一杰看得出，娘是相中胡小英这个儿媳妇了。胡小英被娘看得有点抹不开，只是低着头小口吃着菜。

吃完了饭，肖春梅和胡小英抢着帮娘收拾了碗筷，大家就坐下来看电视。今天是新年，电视节目丰富多彩，战一杰却心不在焉，站也不是，坐也不是，就像热锅上的蚂蚁。

肖春梅实在看不下去了，就对娘说："伯母，今天晚上得打扰你们一宿，您二老可别见怪。"

娘说："不打扰，不打扰，我这就去收拾收拾。你们跑了一天也累了，早点歇着吧。"

战一杰和父亲去东屋，三个女的在正屋。临走时战一杰听娘说："我们乡下比不得城里那么干净，你们就将就点吧。"

也没听清肖春梅和胡小英又说了些什么。

来到东屋躺下，父亲严肃地说："这两个孩子都不错，你小子可别办出啥出格的事来。"

战一杰应着，说："不会的。"

6

二日一早，战一杰他们吃了母亲做的荷包蛋面条，就开上车往回赶。

出了龙泉镇，肖春梅笑着说："战总，这一次你娘可是相中小英这儿媳妇了。昨晚，恨不能就搂着她睡。"

战一杰一边开着车，一边玩笑道："我娘搂着睡有什么用？"

肖春梅道："那就你搂着睡。"

胡小英早在一旁羞红了脸，一听肖春梅说得这么露骨，就攥起拳使劲捶她的肩膀，说道："你还说我呢！跟人家老父亲拉的那么近乎，还不就是想当人家儿媳妇。"

"你可别这么说，你真不怕我跟你抢？"

"抢什么抢？人家心里早有人了，还是副市长呢！"

肖春梅并不知道战一杰与陶玉宛的事，就追问道："什么副市长？哪里的副市长？"

"战总原来的对象就是我们芸川的陶副市长。"

肖春梅想了想，说道："啊，陶副市长？有点印象。我们新产品上市的时候，她不还去了嘛。怎么，她与咱战总原来是一对？"

战一杰在前面说道："什么一对不一对，人家早结婚了。"

"是初恋情人，对不对？"肖春梅道。

"他俩是大学同学，毕业后还谈了几年，不知怎么就分手了，人家陶副市长结了婚。可咱战总对人家还是念念不忘。"胡小英道。

"噢，原来是这回事。没想到战总还挺痴情的，可对人家再念念不忘也没用了，还是面对现实吧。"肖春梅正说着，胡小英突然一指车窗外面，急急地说道："你看，那不是陶副市长的车？"

战一杰闻声一看，正好与一辆黑色的大众朗逸对开过去，恍惚看见开车的是一个女的，倒真有点像是陶玉宛。可又一想，怎么会这么巧？就扭头对胡小英道："别这么一惊一乍的，她怎么会在这儿？"

胡小英道："她的车我认的，小刑还让我坐过呢。我不会看错的，就是陶副市长。"

她刚说完，突然又瞪大了眼睛说道："啊，她不会是去看你父母的吧？"

战一杰被她的话气乐了，说道："你想什么呢，人家凭什么去看我的父母？别在那儿瞎猜了，也别胡说八道了，我得专心开车了。"

胡小英被他吓得一吐舌头。肖春梅却道："你凶什么凶，少吓唬我们小英。你娘可交代了，不许欺负我们两个。"

战一杰是哭笑不得，说道："我什么时候欺负你们两个了？你们到底跟我娘说什么了？"

肖春梅道："就不告诉你。"

胡小英就在一旁学着小龙人的腔调唱道："就不告诉你，就不告诉你，就不……告诉你！"

车上的气氛就又欢快了起来。战一杰心想：这个时候陶玉宛来玉泉山干什么呢？

7

朗逸车上坐的，确实是陶玉宛。

这次"元旦"假期，陶玉宛回了一趟金山镇的老家，但主要是去玉泉山。自从上次在芸川啤酒厂的新产品品鉴会上战一杰跟她见了面，又突然提出了水源污染的事，她这几天一直心神不定，成宿成宿地睡不好觉。

她来玉泉山的路上，虽然胡小英看见了她，她却没看见战一杰和胡小英。也压根儿没想到，现在的战一杰又像当年带着她回老家一样，又带上年轻漂亮的姑娘回了老家。

陶玉宛与战一杰的恋爱一直是她温馨的回忆，每当回想起，陶玉宛的心里还是暖暖的甜甜的。他们两人有一个传奇而又浪漫的开始，谁会想到后来竟会是这样的结果？

大概是从小就受了父亲的影响，陶玉宛的脑子里一直就根深蒂固地认为只有从政当官才是正道。什么创业呀，经商呀，文学呀，艺术呀，根本就没用，在权力面前什么都不是。这也许才是她放弃战一杰的真正原因。

她的丈夫叫陆涛。那时陆涛刚从部队转业，英俊潇洒不说，更主要的是他年纪轻轻已是芸川市委办公室的副主任，而他的父亲，是省委组织部的正厅级干部。才开始的时候，陶玉宛对这个花花公子并不感冒，可后来陆涛通过疏通各方关系，在她父亲退休之前把老人家一直梦寐以求的副县级待遇解决了，激动得父亲差点得了脑溢血。

经过这件事，在父母寻死觅活的威逼和低声下气的恳求下，再加上战一杰的任性，陶玉宛快刀斩乱麻，终于毅然决然地下定了决心，与战一杰分手，开始了与陆涛的交往。

陶玉宛看重的不是陆涛的人才，也不是他的能力，在这两点上，应该说陆涛比不上战一杰。可陆涛的关系、家庭背景，以及以后在仕途上的发展，这都是战一杰无论如何也没法比肩的。这一比，就把战一杰比到了地底下。

既然拿定了主意，就事不宜迟。半年后陶玉宛就闪电般和陆涛定了婚，年底就被提成了芸川环保局的副局长。

战一杰一气之下去了国外，陶玉宛对他算是彻底死了心。半年后，她就与陆涛结了婚。

结婚后的前两年陆涛跟陶玉宛的感情还可以，甜蜜虽然谈不上，但对各自逐渐暴露出来的缺点还能相互容忍，倒也相安无事。

可等陶玉宛生完了孩子，可能是嫌有了孩子家里乱，也有可能是陆涛对她再没有一点新鲜感，也就开始整天的彻夜不归。

这样的状况维持了不到一年，女儿还不到两岁的时候，陆涛的父亲，也就是陶玉宛那位省委组织部正厅级的公公，被双规了。由此，他们陆家也就走向了衰败。

老头子被双规后，家里费了九牛二虎之力打点了各方关系，好歹没被检察院立案，但职务没有了。

陆涛受了牵连，仕途无望就下了海，开了一家广告策划公司，利用原来的一些老关系发展些业务。钱是挣得不少，可他是越发地在外面胡混起来，与陶玉宛的婚姻也就走到了尽头。

陶玉宛万也没想到，自己把一生的幸福都押上，选了这么个靠山，竟是这么不堪一击，说倒就倒了。那么自己的事业，自己一直跃跃欲试的仕途之路，以后就得全靠自己了。

陶玉宛才回想起与战一杰那份纯真的感情。扪心自问，后悔了吗？不。路是自己选的，没什么好后悔的。她突然想起了汪国真的诗：既然选择了远方，便只顾风雨兼程！

8

山重水复疑无路，柳暗花明又一村。陶玉宛没想到自己的事业和婚姻都跌入低谷的时候，会遇到付茂山。

付茂山刚从龙泉镇的党委书记调任芸川市的副市长，而陶玉宛是芸川环保局的副局长，是环保方面的专家，因为筹建芸川化工城，他二人在一次筹备会上认识了。

芸川化工城坐落于玉泉山下的龙泉镇，这个项目当时是源山市的头号工程，主要是以 30 万吨的川南石化为依托，补充和完善整个石化产业链，是地方政府搭乘国家重点项目快车的一个试点工程。工程建成后，将为以后芸川经济的发展起到举足轻重的作用。

在整个项目的可行性报告即将定稿之时，省里的一个专家却提出了一个令所有的人都为之惊骇的问题：芸川玉泉山以西这一带是一个大岩溶裂隙水的地下水闭合富水区，是源山地区的水源地。在此处建化工城，万一出现地下水污染，那么，将危及整个源山的正常饮水！

这本来是一个显而易见的问题，可大家都把眼光聚焦在了巨大的经济利益上，都在为芸川的经济腾飞而献计献策，却把这个关键问题忽视了。

问题的提出如同一个重磅炸弹，引起了筹委会激烈的争论，同时也引起了源山市委、市政府的高度重视，责成芸川市政府与川南石化公司接洽，共同重新进行技术论证。陶玉宛和付茂山是芸川市政府的代表，都参加了技术论证。

技术论证会的第一天，陶玉宛的发言最为激烈。她认为，无论芸川化工城能给芸川带来多大的经济利益，那与地下水的污染比较起来都是微不足道的。在国外环境保护都是一票否决，这是个连讨论都不用讨论的问题。

陶玉宛的发言相当刺耳，引起了在座人员的极大反感。川南石化方面碍于与地方政府方面的微妙关系，又不便公开反对，其代表当即就离开了会议现场。这下，还没开始的讨论一下就陷入了僵局。第一天的会议情况令芸川市委市政府的领导相当恼火。

第二天，作为副市长的付茂山首先发言："昨天，陶玉宛副局长的发言相当偏激，相当不负责任。难道就你一个人对环保负责？就你一个人知道环保的一票否决？现在市委、市政府之所以让我们坐在一起讨论这个问题，就是要找出一个合适的解决办法，既能保证地下水无污染，又得保证芸川经济的发展大局，这才是我们努力的方向。只是一味武断地强调环保，而不顾芸川的经济发展，是对芸川人民极大的不负责任。"

付茂山又将湖南、湖北、上海等几个地方兴建化工城环保先行的成功范例作了详细描述，从正反两个方面阐述了这个项目的可行性与必要性……

付茂山的发言赢得了与会大部分人员的认可，川南石化方面也欣然接受，这令陶玉宛十分尴尬。本来她对这些乡镇干部出身的领导没什么好感，认为他们就是一群出水见泥的土包子。但这次，看到这个文质彬彬的付茂山儒雅睿智，说话有理有据，很是辩证，还滴水不漏，竟油然生出了几分好感。

最终，大家一致认为，芸川化工城的筹建是历史的必然，于国于民都是有利的，主要问题是在建设实施上，如何做到环保先行、达标排放，做到万无一失的无污染，这才是重中之重的关键所在。

最后论证会议形成报告，把"环保先行，建立化工城"的讨论结果上报源山市委、市政府。市委、市政府马上召开专题会议，决定由川南石化和芸川市政府各出两个代表，组成考察团，先行考察论证，尽快拿出可行性方案。

芸川市政府选派的两个代表就是付茂山和陶玉宛。

在以后半年多的时间里，他们二人心往一处想劲往一处使，跑北京，跑上海，跑湖南，跑湖北，四处学习，多方考察论证，拿出了一整套的芸川化工城的可行性方案，为以后芸川化工城的建设立下了汗马功劳。

半年以后芸川化工城开工的时候，陶玉宛和付茂山已日久生情，突破了最后的底线。

其实陶玉宛通过这半年的时间，已逐渐从婚姻的泥沼中挣脱了出来，与陆涛的现实状况已无可挽回，再说他对自己也已毫无价值。而眼前的这个付茂山，却风头正健，前途无量，再加上人品好，又儒雅有加，她便义无反顾地上了付茂山的床。

果不出陶玉宛所料，一年以后付茂山升任芸川市市长，两年以后任市委书记。陶玉宛自己也在两三年的时间连升三级，成为芸川市的副市长。

芸川化工城上马的企业，环保是第一位的。在石化产业链中，一般上游的炼油厂都是国家和省里的重点项目，排放处理采取了国际上最先进的技术、最先进的设备，保证了万无一失的达标排放。

可这个产业链中的下游项目，是由炼油产业衍生出来的化工企业，规模小资金少，要想达到万无一失的达标排放，难度非常大。而这些企业的立项与审批权，就握在分管副市长陶玉宛的手里，她手中的笔千钧之重。

有一个氯碱企业的立项上马，卡在了陶玉宛手里。那个企业的老板姓朱，是一个农村干部模样的大款。他在对陶玉宛送钱送车都被拒之门外之后，他竟把市委书记付茂山搬了出来。

付茂山说，朱总是他的内弟，出色的民营企业家，氯碱厂的事我们要对他进行指导与帮助，支持民营企业的发展，当然在环保问题上肯定是要达标的，那是必须的。

朱总也向陶玉宛表态，保证环保问题万无一失。老实说，陶玉宛对他是心存疑虑的，可付茂山既然出面了，自己也不好再坚持，就硬着头皮签了字。后来在付茂山的授意下，陶玉宛又批了好几个化工企业，资质虽然弱了点，但对环保的重视程度和投入都还可以，估计不会出什么大的差错。

当然陶玉宛也得到了一份又一份丰厚的报酬。起初陶玉宛不收，可付茂山说官场的运作没有钱是不行的。看到付茂山都这样，陶玉宛也就不再坚持。

但单独审批的那几家企业成了她提心吊胆抹也抹不去的一块心病，她只盼着千万别出什么纰漏。

直到战一杰一针见血地指出玉泉山水源地严重污染的事，真把陶玉宛吓得够呛。难道几年来自己一直最怕发生的事真的发生了？

　　其实玉泉山龙泉镇的污染，是个有目共睹的事实。在当今的中国兴建化工城，不污染环境那是不可能的。主要是化工城的兴建为芸川为源山的发展，为改变当地老百姓的生活都起到了巨大的推动作用，这是谁也无法否认的，这也是付茂山与陶玉宛的历史功绩。

　　可最可怕的是什么呢？最可怕的是，若是这个污染一旦超出了范围，污染到了地下水源，那么整个源山会怎样？没有水喝的老百姓可怎么活下去？整个源山就将陷于死地，她陶玉宛的罪过可就大了。

　　她盼着战一杰的那些话只是危言耸听，但这绝不会是空穴来风。陶玉宛实在不想让战一杰有所察觉，但事关重大，便借着"元旦"放假的时机，偷偷来到龙泉一带作一下调查。她不敢声张，只想自己摸摸当地是什么反应，下一步再采几个样检测一下。万一真有情况，她就只有找付茂山了。

　　在龙泉镇一带转了几圈，当地的居民并没发现什么异常，陶玉宛的心也稍微放宽了一些。回来以后，她还是马上把这个情况向付茂山作了汇报。

　　付茂山毕竟老练得多，并没有多么惊慌。他说："我们当地环保部门每月都有地下水源检测的跟踪报告，若是发现问题，早就汇报了。但这也给我们敲响了警钟。那几个小化工厂的污水治理终究是个隐患，我们抓紧了他们就紧点，我们抓松了他们就松点。从现在开始你要抽出精力来靠上抓，杜绝出现泄漏的所有可能。地下水检测的抽样点并不是那么全面，战一杰家所在的那个村我去过，并没有抽样点。若是在那儿出现污染泄漏而局部污染了水源，也是有这个可能。下一步你马上从省外秘密找一家水质检测机构，到那里去取个水样检测一下。没有事当然好，若是有事，也还扩散不了，形不成大的污染，还有办法补救。"

　　付茂山一气说完，陶玉宛频频点头，心里不得不佩服他的机警睿智和雷厉风行。

　　付茂山又说："你马上着手去办这些事。战一杰那儿我出面和他接触接触，探探他的虚实，重要的是封住他的嘴。水源污染这件事，有也罢无也罢，千万不能扩散，否则后果不堪设想。"

第十一章　淡季不淡

1

跨入新年度的芸川啤酒公司，就像一只涅槃重生的火凤凰一样，重新绽放出了勃勃生机。

"市场全面开花供不应求，生产夜以继日满负荷运转，员工们精神饱满你追我赶，干部们一丝不苟勇挑重担，芸川啤酒公司淡季不淡！"

新年度的第一次中层干部会是在工会主席胡玉庆念完这首他写的打油诗后，在一阵雷鸣般的掌声中结束的。

本来战一杰要讲一下干部竞争上岗、员工定岗定编，以及销售和生产实行承包的打算，好先给干部们吹吹风。见现场气氛这么高涨，再说这几件事他们班子成员还没具体碰头定下来，他就没讲，只是跟着热烈地鼓掌。

开完中层会，班子成员都不约而同聚到了战一杰的办公室。

大家互相问了声好就坐了下来。战一杰问赵志国："家中一切都好吧？"

赵志国道："好，都挺好。"

战一杰又问杨小建："你呢，家里都好吧？"

杨小建道："父母身体都挺好的，只是火急火燎催着让我找媳妇。哎，肖总，你不是说要给我介绍一个吗，怎么没信了？"

肖春梅在一旁笑道："本来给你物色好了一个，可现在不行了。但你别急，姐再给你踅摸踅摸，肯定还有更合适的。"

"过了三天的假期就不行了，是人家找了？还是人家没看上我？"杨小建半信半疑地说。

"都不是。一句半句也跟你说不清楚，反正那个现在是不行了，你就别再捉摸了。你放心，我保证再给你找一个。"

"好。那你弟一辈子的幸福可就交到你手上了啊！"

这话把大家逗笑了。老胡道:"你还赖上人家肖总了,有本事自己找嘛!"

杨小建和老胡关系不错,一听他开口,就扭头冲他说道:"我为了咱们公司把自己这一百多斤都贡献出来了,我来到你们芸川,人生地不熟,公司大门都难得出去,叫我上哪儿去找?你这本乡本土的坐地户,不但不给我操心吧,还在这里说风凉话。老胡,你亏不亏心?"

老胡笑道:"对不起,你别逮谁咬谁了,我也帮你踅摸踅摸。"

战一杰见赵志国脸色不怎么好,就打断他们问道:"赵总,身体不舒服?"

赵志国勉强笑了笑,说道:"有点感冒,不碍事。"

杨小建笑道:"肯定是回家活动太剧烈了,累着了。"

战一杰见赵志国没有玩笑的意思,说道:"咱言归正传,都说说情况吧。"

肖春梅左右瞅了瞅,见赵志国不像要发言的样子,就说道:"市场销售这边形势一派大好。第一轮铺货基本完成,市场消化非常快,有的地方甚至超过了旺季的消化周期。下一步春节马上来临,在春节前肯定会出现一个进货高峰。当前关键是要加大库存量。还有两个问题需要研究决定。一是关于第二次预收款的问题。现在客户找得很多,都在催问我们什么时候搞,公司不做决定,我们也不敢答复。二是关于公司营业执照的问题。现在各个市场的客户都向我们索要营业执照,尤其是新开辟的市场催得更急。我们的营业执照没有年检,严格说来公司就属于无照经营。所以这事必须马上解决,不然,可能会引来大麻烦。"

肖春梅说完,胡玉庆说道:"营业执照的事情确实不能再拖了,现在已跨了年度,我们去年没有通过年检,按理说应该予以吊销。这个事儿我年前去工商部门咨询过。他们说以我们现在的条件确实办不了,只有找政府。政府若能开个协调会,出个会议纪要,或许能行。还有一个就是,春节是不是给员工发点福利。现在公司算是有了点效益,员工都在盼盼着。我觉得,东西不在多少,表示点意思就行。"

战一杰道:"第二次预收款的事,可以搞,具体由肖总负责。营业执照的事,由我来解决,需要准备的相关材料和文件办公室一定要事先准备好,一旦需要,马上就能拿出来,这个由胡主席负责。另外,春节给员工发福利的事,我看,每人200元钱,再发两箱啤酒,怎么样?"

大家齐声说好。

2

开完班子会，战一杰一直在捉摸营业执照的事。他想，要不要找陶玉宛呢？

陶玉宛现在是副市长，虽然不分管工商这一块，但估计她要是出面，应该不会有什么问题。但战一杰想来想去，还是不想去找她。正捉摸着，桌上的坐机响了。电话里传来胡小英甜润的声音："战总，刚才小刑打来电话，她和她对象林峰想请你吃个饭，问你什么时候有空。"说完又补充道："林峰是付茂山书记的秘书。"

战一杰心道：真巧，这个林秘书来的正是时候，就说道："我什么时候都有空，让他定时间就行，到时候你和我一块去。"

自从上次从老家回来，战一杰觉得自己对小英的感觉是越来越特别，竟有一种一日不见如隔三秋的感觉。难道自己真喜欢上人家姑娘了？战一杰不敢往下想。

胡小英一听非常高兴，说："好吧，你等我消息。"说罢就挂了电话。

电话刚放下，杨小建就推门进来了。战一杰道："你这人，进来怎么不敲门？"

"还有什么秘密不成？那好，我敲了门再进。"杨小建说着，要退出去重新敲门。

"别闹了，有事说事。"

杨小建在沙发上坐下来，说道："这次回家，为了媳妇的事，老头老太太真跟我急眼了，已给我下了最后通牒。要是今年还解决不了，就让我滚回老家，他们就要给我包办了。"

"包办多好！吃现成的，省得你费心费力了。"战一杰就笑。

"不但不管我吧，还拿我开涮，没你这样当老大的。"

"我自己还是困难户呢，要我怎么帮你？"

杨小建往前凑了凑身子说道："你说，肖春梅前几天还说要给我介绍一个，可我刚走了这几天就变卦了。这几天你们一直在一块，到底是怎么回事？"

对这事，战一杰已猜了个八九不离十。当初肖春梅讲的那人肯定是胡小英，但通过这次她和胡小英跟着自己回了趟家，她才变了卦。

至于肖春梅这人到底怎么回事？她当初和现在到底是怎么想的？想干什么？自己与她之间到底会发生什么？战一杰还真是一直没捉摸清楚，就说道："我怎么会知道？说不定当初她就是跟你说着玩的。"

杨小建点着头道："我看也差不多，这个姐姐跟我没正形。"

两人正说着，有人敲门。只见办公室的王佳萍走了进来，站在战一杰的办公桌前说道："战总，刚才来了个人找您，说是策划公司的。您一直在开会，他等了一会就走了，留了封信给您。"说着，就把一个没封口的信封递到战一杰手里。

战一杰从手中的信封里抽出一张纸来，展开一看，上面龙飞凤舞写了几行字：

你知道，现在你们的竞争对手都在干什么吗？

冬天过去，春天来了，冬令啤酒下了市你们怎么办？

战一杰一下就被吸引住了。他又在信封里找了一下，果然还有一张名片。上面印着：一轮红日文化传媒策划公司总经理陆涛，还有手机号、座机号和电子邮箱。

战一杰拿起手机就拨了名片上的手机号。战一杰道："是陆总吗？我是芸川啤酒公司的战一杰。"

那边惊喜地说道："战总您好，我是陆涛。您现在有时间了?"

"陆总，您的公司在什么位置？我过去找您面谈一下好吗？"战一杰说。

"我公司在高店，民主路88号。我马上就回公司，恭候大驾。"陆涛非常热情。

战一杰挂了手机，对沙发上的杨小建道："走，你跟我去趟高店，别净在那里瞎捉摸了。"

杨小建高兴地站起身，道："你可带我出去转转了，我在家都快捂得长毛了。"

3

杨小建开着车，战一杰坐在后面，半个多钟头就来到了"一轮红日"策划公司，陆涛早已在门口等候。见了战一杰仿佛一见如故的样子，握了握手，客客气气把他们让到了里面。

战一杰本来以为这个叫着不伦不类名字的公司是个皮包公司，可一看才知道，规模相当可以，光商务楼就占了三层，而且气派得很。

在陆涛宽敞的办公室里落了坐，一个领口开得很低的姑娘赶紧给他们冲茶水。杨小建的眼直往人家的乳沟上盯，被人家姑娘发觉了，拿眼直瞪他。

陆涛装作没看见的样子，说："战总确实是个爽快人，放下电话就赶了过来，就冲这一点，你这个朋友我交定了。这位是……"

战一杰说："这是我们公司的司库杨先生，管钱的。"

陆涛连忙冲杨小建点点头，说道："以后还得请杨司库多多指教。"

"哪里，陆总这公司办得不小呀，主要是哪方面的业务？"杨小建问。

"主要是为企业服务，搞产品和市场战略策划，再就是广告片的设计制作，还做了一份 DM 报纸，每周三期，发行量在 1 万 5 千份左右。"

战一杰就把陆涛留给他的那封信拿了出来，开门见山地说："看来陆总对我们公司是动了心思的。假如要是合作的话，怎么合作呢？"

陆涛说："合作有两种方式。一种是长期合作。我们将为贵公司在产品规划、市场推广和企业管理方面提供咨询和服务。另一种是单项合作。我们只就你们所需的事项提供咨询服务，一事一议。比如说，你们想知道现在竞争对手在干什么，他们今年在源山市场的总体规划和战略布局是什么，我们可以提供他们公司内部的第一手资料。"

战一杰问："那你觉得，我们的冬令啤酒下市以后，我们的产品该怎样调整？"

陆涛知道战一杰这是在考他，这一次回答的满意与否，将直接关系到他们双方的合作意向。他郑重其事地说道："你们的冬令啤酒做得非常成功，可以说在快消品领域创造了一个市场奇迹。冬令啤酒之所以能够逆势热销，是基于产品差异化和逆向思维的创新，赢在一个出奇制胜，赢在一个'快'字。

而现在，据我所知，几个竞品都已研制出了冬令啤酒，马上将投放市场。虽然晚了点，但肯定会对你们形成冲击，起码在下一个冬季，会打破你们一家独大的局面。

当然，一过了春节，随着气温的升高，冬令啤酒就会自然而然地退出市场。那么，你们将用什么产品来填充和扩大你们的市场占有率呢？用原来的'青鸟'和'琴岛'肯定不行，那就必须推出新品。"

讲到这儿，陆涛停下了，看着战一杰。

4

战一杰明白他的意思，说道："陆总看问题很准啊。那我们要长期合作的话，怎么个合作法。"

陆涛看了看他两个，用试探的语气说道："我这儿是自己的公司，活得很，绝对不会让自己弟兄吃亏。我可以把价格提得高一点，从里面给你们二位拿出一块来。"

"我不是这个意思。对我们俩来说不需要，你就实实在在出个价格就行。"

"二位真是对老板忠诚有加呀，老弟佩服。要不咱先签一年的合同，价格你们看着定。"

战一杰笑道："我们怎么定？你直说就行。"

陆涛说："马上中午了，咱先吃饭，吃完饭咱再商量，行不行？"

战一杰本想拒绝，可杨小建却道："对，吃饱了再谈。"

陆涛看来早有准备，一摁电话，那个低领的姑娘就走了进来，说："陆总，鹿园那边已经准备好了，等我们一到再开刀，正好喝上心泉血。"

"咱马上开路，你和小王、小郑拉着这位杨先生，我开车拉着战总，战总的车就不用开了。"陆涛起身说道。

杨小建一听，跟着那个姑娘就先下了楼。陆涛在后面低声对战一杰说："这位杨先生可够饥渴的，看来对我那秘书小张很感兴趣啊。"

"陆总的眼挺毒啊。"战一杰说。

"干我们这一行的不毒不行。但你放心，我们的宗旨是永远追求客户的需要。"陆涛笑道。

两辆车驶出高店市区，下了国道就进了乡村，又走了大约有40多分钟的路程，来到一个山坡下面的大庄园里。

陆涛一下车，这里的老板就笑嘻嘻地迎上来，说："陆主任，去鹿园点头鹿吧。"

陆涛对他说："我跟你说几次了，别再叫什么陆主任了，那倒霉主任我早不干了。现在叫陆总，明白吗？"

老板连忙点头哈腰地应着："好的，陆主任。不，陆总。"

陆涛冲战一杰和杨小建说："走，咱去后院点鹿去。"

他们在老板的带领下来到后院，果然是一个诺大的鹿园，里面养着几十头梅花鹿。陆涛让战一杰点，战一杰说："还是你点吧，我也不懂。"

　　杨小建指着一头最大的鹿说："点这头大的，不是要喝心泉血吗？少了，这么多人分不过来。"

　　后面的三个姑娘叽叽喳喳地笑："我们可不敢喝。"

　　陆涛说："谁说不喝？杨先生叫你们喝，你们就得喝，不然就走人。"

　　老板一招呼，一个厨师模样的胖子进了鹿园，用一条布袋蒙住了那头被点的鹿的头，牵出来进了屠宰室。

　　老板招呼他们进了房间。房间十分豪华，在外面看着不起眼，里面却最差也得三星级的配备。

　　大家分宾主坐好。不一会，六碗鲜红的鹿血酒就端了上来。

　　陆涛说："这是新鲜的心泉血兑的鹿血酒，这玩意可大补，鏖战一宿都没问题。"说着自己先端起碗喝了一口。

　　战一杰在非洲见过，没什么大惊小怪的，也端起碗喝了一口。虽然有点腥，但肯定经过了特殊的调制，所以并不太难喝。

　　杨小建也端起了碗，说要等着三位美女一起喝。

　　战一杰看他今天有点太放得开，本想路上敲打敲打他，可一直没得着空。现在当着众人又不好说，心里叹道：这小子，看来这段时间憋坏了。

　　几个女孩子确实不敢喝，捂着嘴直往一边躲。杨小建就点那个露胸的女秘书，说："小张，你先喝。"

　　小张为难地拿眼直瞟陆涛。只见陆涛正在瞪着她，吓得她闭上眼，一仰脖喝了一大口。另外两个女孩吓得泪水都流了出来。杨小建笑着说："你们两位美女实在不喝就算了。"

　　菜上得挺快，烤全鹿、白切鹿肉、红扒鹿皮、孜然鹿丁，全是鹿身上的器官。陆涛一边劝酒一边说："这叫全鹿宴，上等大补。"

　　吃到一半的时候，战一杰觉得浑身躁热难当，下身紧绷地立了起来。看来陆涛说得不假。

　　酒喝了一碗，陆涛说："酒不能再喝了，再喝就流鼻血了，咱今天的主题是吃鹿。"

　　吃完饭陆涛让几个姑娘在外面候着，他领着客人去后面的按摩房。

5

进了后面的跨院，又是别有洞天。一个诺大的人工湖上，亭台轩榭点缀在曲曲折折的游廊上，很有一番江南水乡的意味。可惜现在是寒冬天气，没什么好看的，要是在其他季节，这里肯定是姹紫嫣红的好景色。

他们走上了水中的长廊，战一杰问："你在芸川市委干过？"

"别提了，好汉不提当年窝囊。我干市委办副主任的时候，付茂山还在下面的乡镇两脚泥巴呢。"

"那你怎么不干了？年纪轻轻干到那个位置可不容易，挺可惜的。"

"我当时是整个源山市最年轻的正科级干部，后来老爷子出了点事，让人给算计了，我也就吃了瓜落儿，一赌气就下了海。

这一下海才知道天有多宽地有多远。你甭看现在这头上没了乌纱帽，不是兄弟我夸口，在源山咱是门清路熟，没有办不成的事儿。"

说话间，战一杰突然想起了一件事，就像是随口说到一样，问："工商这一片你有没有关系？"

"源山市工商局的骆局长是我铁哥们儿。怎么，你有事？"

"我们公司的营业执照没有通过工商年检，有点麻烦。"

"什么原因呢？"

"可能是因为当初搞合资的时候资产不清晰，是个历史遗留问题。"

"那前几年你们是怎么通过的年检？"

"前几年都是原来的老总马中一走关系办的。现在马中一不干了，也就没办成。"

"只要走关系能办，那就没问题。这事就包在我身上了，回头你把上报材料交给我就行。"

他们来到后面的一排木屋里，陆涛指着一排小姐让战一杰和杨小建点。战一杰虽然被鹿血和鹿肉顶得有点心猿意马，但还有点犹豫。杨小建却早就跃跃欲试了。

陆涛笑着对战一杰说："怎么？你这见过大世面的人还怕这个？"

战一杰问："这里安全吗？"

陆涛笑道："你放心，绝对安全。"说着就给自己点了一个搂着走了。

杨小建这时已迫不及待了，也不管战一杰了，自己点了一个胸脯最大的也走了。战一杰一看，也就把心一横。再说下边也实在憋得难受，就挑了一个学生模样的小姐。

来到按摩单间，里面很暖和。小姐熟练地铺好一次性床单，利索地脱光了衣服。尽管房间里的灯光很朦胧，却依然能看出这位小姐肌肤光滑细嫩，一对小巧的乳房很白很挺，乳头鲜红地鼓着，看得战一杰一下就竖起了旗杆。

小姐走上来，帮战一杰脱光了衣服。看到他一柱擎天，就抿嘴笑了。这时，战一杰的手机响了。

战一杰正口干舌燥，欲火焚身，本不想接。却又一想，还是接了。打电话的是胡小英。战一杰一听见胡小英的声音，又看着光着身子正要给他服务的小姐，忽地一下，全身竟涌满了汗水。

胡小英告诉他，林峰的请客定在了晚上。胡小英问："你现在在哪儿？"

战一杰道："我在高店呢，等我回公司就和你联系。"挂了电话，战一杰才发现，自己的旗杆已经收兵回营。小姐用手抚摸着关切地问："是您的夫人？"

战一杰一伸手阻止了她的行动，说："你走吧，钱照付，我要单独休息一会儿。"小姐走了，战一杰穿好衣服，就在外面沙发上抽烟等他们。

半个小时以后陆涛才一脸疲惫地走出来，又等了十来分钟，杨小建也出来了。陆涛问："怎么样，尽没尽兴？"

杨小建道："一个字'太爽'了。"战一杰笑道："爽得你连一个字还是两个字都分不清了。"

一行人回到"一轮红日"公司，这下大家就随便多了。战一杰说："公司有点急事，我们得马上赶回去，合作的事咱们改天再商量。"

陆涛吩咐秘书小张："你把准备好的策划书拿来。"

小张出去不一会儿，拿了一份材料进来交给陆涛。陆涛递到战一杰手里，说："这是关于贵公司下一步市场策划的一点建议和设想。战总你回去看一看，再决定我们是否合作。"

战一杰说："爽快，那我们就先回去了。"说着就起身告辞。

杨小建临走，紧紧握住陆涛的手说："陆总，够朋友，以后有用得着兄弟的地方尽管开口。"说完又回头找小张要了手机号，他二人才驾车回了公司。

6

　　晚上，小刑和林峰把饭局安排在一个叫"林家私房菜"的家庭饭店里。

　　四个人进了一个小雅间，服务员就上来问标准。看来林峰是这里的常客，也没看菜单，就说道："按168元的标准上吧。"

　　服务员退了出去，胡小英道："还就是家庭饭店实惠，四个人才168元，真够便宜的。"

　　小刑一捅她，她也没明白是怎么回事，直看小刑。战一杰说道："是每人168元。"

　　小英吓得一吐舌头，就问战一杰："这个地方你来过呀？"

　　看到她天真的样子，大家都笑了。

　　菜上来了，林峰问战一杰喝什么酒，战一杰道："酒就不喝了，我中午喝了不少，现在还没醒呢。"

　　小刑道："不喝酒怎么行，要不来点干红吧？"

　　大家边吃边聊。战一杰本想问一下林峰营业执照年检的事，可中午陆涛已大包大揽下来，他便没再提，只是随便问些书记付茂山的事。

　　林峰说道："付书记对你印象很好。前两天还说，要跟你一块吃个饭。"

　　"真的？这事你可要全力促成。是不是因为上次在市委会议室那事？"战一杰说。

　　"应该也不全是因为那事，他可能找你还有别的事。上次他说了吃饭的事以后，就让我找了一些关于环保和水质的资料。你们公司在环保方面是不是有什么问题？"

　　"不会呀。我们公司的排污都很正常，没什么问题。"战一杰说着，就问胡小英，"这段时间我们公司的排污有问题吗？"

　　"没问题呀！BOD、COD我们化验室天天检测，报表我天天看，没什么问题。"小英说。

　　"没问题就好，我也只是那么猜。"林峰道。

　　小刑在一旁道："可能在环保方面上面要有什么大动作。这几天，我们陶领导也在关注这事。"

　　小英道："在环保这方面上面早就该有所行动了，你看战总他们老家那儿都污染成啥样了？"

小刑问："连老战他们老家你也去过了？"

林峰道："这有什么奇怪的？我的老家你不也常去嘛。"

小刑道："对，对，一个样，一个样。"

菜上齐了，酒也喝得差不多了，林峰就点了鲅鱼馅水饺。战一杰吃了几个水饺，就装作去洗手间，到服务台把账结了。

小刑追了出来，一看战一杰已经结完了，就红头涨脸地责怪他，说他太见外了。

小刑转向跟出来的小英，说："快管管你们老战，下次再这样我可真生气了。"

小英只是笑。

7

送走了林峰和小刑，战一杰就拉上胡小英往回走。

胡小英坐在副驾驶座上，对战一杰说："战总，你对林峰和小刑不用这样。我和小刑是打小的同学，跟亲姐妹一样，真要是有啥事求他俩，我找她就行。"

战一杰道："我要找的不是他们两个，是他们后面的人。"

小英道："你是冲着陶副市长去的？"

战一杰说道："是冲着付茂山去的。"

车子快到公司门口，战一杰道："我先送你回家。"

刚说完，听见小英一声惊呼："呀，你流鼻血了！"

战一杰吓了一跳，下意识地用手在鼻子上一抹，手上抹了一把血。他从中间的后视镜一照，自己这一抹已满脸是血。

战一杰停下车，小英已慌了手脚，连忙让他仰起头，用手抽纸揉成小团给他堵在鼻孔上，又用纸蘸了点自己的唾沫，给战一杰擦脸上的血迹，带着哭音说："这是怎么了？咱去医院吧。"

战一杰道："不用，就是上火上的。"

他俩换了位置，胡小英开起车，直接把战一杰送到了招待所。到了楼底下停好车，胡小英就跑下来开了车门去扶战一杰。战一杰仰着头说："不用，我没事的。"

"就别再硬撑着了，又没别人。"小英不由分说搀着他往搂上走。

来到战一杰的寝室，他跑去卫生间，用凉水冲了好一会儿，血总算止住了。战一杰抬起头看着镜子里两眼发红的自己，又摸了摸下面涨得生疼的家伙，心道：这他娘的鹿血确实厉害。

战一杰从卫生间出来。胡小英见他鼻血止住了，却是两眼发红直喘粗气，就关切地走上来摸了摸他的额头，道："哟，这么热，这是发烧了，还说没事。走，赶紧去医院。"

"不是发烧，真没事，不用去医院。"战一杰说。

胡小英急了，嚷道："都烫成这样了，还不是发烧。你再不走，我可就打120了。"说着就掏出手机要拨号。

战一杰一把攥住了她细嫩修长的手，喘着粗气说："真不是发烧，是发情。"

小英没听明白，愣在那里，问："你说什么？"

战一杰道："今天上午喝了新鲜的鹿血，可能是药性太大，壮阳壮过头了。"

小英往下一看，就看见他隔着衣服支起的帐篷，忽地一下羞得满面通红。一把挣开他滚烫的手，低声说道："这可怎么办？"

战一杰渴得难受，去饮水机上接了一杯凉水，端起来就要喝。小英上去一把夺了下来，说："你不要命了？这个时候可不能喝凉水。"

看着战一杰的样子，小英是真的难受。她站在那儿想了想，一咬牙，就背过身去开始脱衣服。

战一杰一看，急问道："小英，你要干什么？"

胡小英毅然决然地说道："我要给你治病。"

战一杰一听，笑道："你是武侠小说看多了吧！我这又不是吃了阴阳合欢散，也不是吃了春药。"

听他这么一讲，胡小英也陡然清醒了过来，转回身说道："我这一急，也走火入魔了。"

顿了一下，却又低下头悠悠地小声说道："你现在要，我可以给你。"

战一杰一听，一下愣在那里，望着楚楚动人粉面绯红的胡小英，忍不住走上去，一把把她搂在怀里，喃喃地问道："你不后悔？"

小英的双臂也使劲搂住了战一杰，轻声答道："不后悔。"

两个人的唇吻在了一起。就在这时，门外传来了敲门声。

两人赶紧分开，整理了一下衣衫。战一杰去开门。敲门的是杨小建，他一见战一杰就说道："那鹿血也太厉害了，现在还管事呢。"说着就进了屋。

他进屋一看，胡小英在这儿，把他吓了一跳，连声说："我来的不是时候，不是时候。"

战一杰道："怎么不是时候？正是时候，你下去开车把胡经理送回家。"

杨小建诡秘地笑了笑，说："好的，好的。"

8

战一杰把"一轮红日"的策划书看了一遍，就交给了肖春梅，让她仔细研究，拿出意见。

陆涛做的策划书还不错，没有虚话、套话和一些程式化的老生常谈。只是从消费者的认知和市场发展趋势以及接受能力等方面，分析了他们原来两款啤酒的弊端，一针见血地指出，今年旺季到来之前，必须摈弃这两个品牌，不然，就是死路一条。

对于冬令啤酒退出市场以后，他提出了打造两个新品牌的方案。

一个是重新启用"梦泉"品牌，这一点与肖春梅的想法不谋而合。他建议，全新的梦泉啤酒不光要打好文化牌，还要把当地的啤酒最新鲜的差异化营销理念做深做透。他提了一条广告语：梦泉啤酒，遥遥领鲜。

在重新启用梦泉品牌的事上，肖春梅筹划了快一年了，一直因为费用的问题没能付诸实施，为此她对赵志国一直耿耿于怀。现在陆涛作为一个不是专业做啤酒的外行，也能想到这个深度，还提了一句相当不错的广告语，果真难得。

二是推出"原浆"啤酒。当前在白酒行业做原浆的比较多。什么六年原浆，八年原浆，无非就是做了一个原汁原味的概念。但消费者认知度非常高，销售势头也相当强劲。而在当前的啤酒市场做原浆的还没有。如果要做，就会像冬令啤酒一样独树一帜，肯定会再创奇迹。

对于原浆啤酒这个提议，战一杰不得不承认，陆涛确实动了不少脑筋，也算抓住了市场创新的关键。但有一点他不清楚，他不知道啤酒和白酒有着本质的区别。白酒是越陈越香，越存越好，而啤酒则正好相反。他所说的原浆啤酒，因为富含酵母，保质期只有 24 个小时！

把保质期只有 24 小时的啤酒大面积推向市场，那需要多高的运作成本？所以只能当作夏季的鲜啤酒，用保鲜桶来卖，受时间和地域的限制很大，绝不可能像冬令啤酒一样全面覆盖市场。

当然，陆涛不是搞啤酒的专家，甚至连个业内人士都算不上，他的思路和想法受到一些局限那也有情可原。尽管这样，战一杰对他的创新和创意还是相当佩服的。

陆涛的策划书只是提纲挈领地把基本想法说了出来，并没有进一步展开和细化，对于如何对业务员进行业务培训和定位管理，如何策划广告和市场推广活动，如何调查和检查市场，如何提供竞品内部信息，等等，都提了一句半句，算是点到为止。

战一杰明白，自己同人家的合同没有签，订金没有交，人家不可能把底交了。这个策划书是用来吊他胃口的。陆涛所提的这些，对他们正在跑步前进和快速成长的市场来说是多么的重要。可以不夸张地说，与"一轮红日"的合作会给他们插上一双翅膀！

肖春梅看完了"一轮红日"的策划书，就兴冲冲地来找战一杰。她先将第二次预收款的情况作了汇报。她说："这第二次预收款没有了第一次的火爆，也就刚刚勉强到了两千万。从这一点看，市场已经达到了一定的饱和度。下一步市场上所卖的冬令啤酒，基本全是预收款活动的酒，价格会出现疲软和下滑。好在临近春节，会出现一个消费高峰，估计消化这些啤酒不会有太大的问题。"

说完预收款的事，肖春梅就指着放在桌上的策划书问道："这个一轮红日文化传媒策划公司是个什么来头？"

"怎么？"

"对产品和市场的把握很精准，有头脑，有见地，有水平。"

战一杰见肖春梅给予了如此高的评价，就笑道："你觉得，我们公司要不要与他合作？"

"要合作，而且非常有必要。我们现在的营销团队，对产品和市场的定位、把握与掌控，很明显力不从心，也实在跟不上节奏。说实话，就全靠你一个人在撑着。现在正需要有这样一个策划公司来加盟、助力和引导。"肖春梅顿了顿，又望着战一杰说道："这样你也可以歇一歇。"

9

刚送走肖春梅，办公室小王就领着一名女员工来了。战一杰见到那名女员工，就想起她是仓储部的，记得她丈夫得了癌症，就连忙把她们让进屋。

那名女工见了战一杰，"扑通"一声就跪下了。战一杰吓了一跳，连忙上前和小王一起将她扶起来。战一杰问："你丈夫的病怎么样了？"

那名女工说道："走了。手术做完还不到一个月就走了。"

小王在一旁说道："朱姐的丈夫上个星期去世了，她是来还您钱的。"

战一杰连忙把她让到沙发上坐下。朱姐从口袋里掏出一张卡，递到战一杰面前，说道："医院那边已经结了账，医疗保险报了一大部分，我们自己也没拿多少钱，这是当初借您的五万块钱。"

战一杰没有接卡，说道："大哥刚去世，你们肯定也宽裕不到哪里去，这钱你不用急着还。"

朱姐很坚决地说道："人都是帮急不帮穷。您这大领导能这样帮我们，我已感激不尽了，钱是一定要还的。"说罢就把卡放到了茶几上。

战一杰看她如此坚决，也不好再说什么，就起身去抽屉里找出当初朱姐给他打的那张借据递给了她，说道："以后家里要是再有什么困难，尽管来找我。"

朱姐拿了借据，站起身说道："战总，我们全厂的工人都念您的好呢。您忙吧，我回去上班了。"

送走了朱姐，战一杰突然想起了一件事，就叫住了后面的小王，问："小王，你想着上次喝醉了酒来闹事的你那个邻居了吗？他现在怎么样了？"

"您说的是李三吧。他来找过您好几次了，可您总忙，不是开会就是出差，他总是见不上您。"

"这几次他没喝酒吧？"

"没喝，还穿得挺板正的呢。胡主席跟他讲了，说您要找他谈，说不定还能给他安排个工作，他一直盼着呢。"

"你去把胡主席叫来。"

"刚才胡主席接了家里的电话回家了，可能是大姨有点不好受。"

战一杰想了想就说道："小王，等你见了胡主席就告诉他说，让他给李三找个合适的岗位上班。哪个部门不接收，就说是我安排的。我就不再找老胡说这事了，我怕回头再把这事忘了。"

小王高兴地说道："我先替三哥谢谢战总了。"说完就转身走了。小王刚走，战一杰的手机就响了，一看是林峰，连忙接了。

林峰在电话里说道："晚上付书记想和你吃个饭，叫我先跟你联系一下。"

"能不能透露一下情况，我好有个准备。"

"没什么大事，主要是谈一谈市里领导挂包企业的事。"

"那好，我安排吧，你看安排到哪里合适。"

"不用你安排，我安排到市委招待所就行，付书记一般很少在外面的酒店吃饭。"

挂了电话，战一杰有一种莫名的兴奋。

10

战一杰赶到市委招待所的时候，林峰早已等在那里。林峰把战一杰让进一个小包间。战一杰问："我们一共几个人？"

"就我们三个，没别人。"

"付书记单独与人吃饭的这种机会多吗？"

林峰笑道："不多，尤其是与你们这些企业家，付书记基本没有单独吃过饭。"

林峰说完，看了一个手表，说："你先在这儿等一等，我去迎一下付书记，过两天要开人大和政协两会，大家都忙得不可开交，可别又让啥事给缠住了。"

战一杰道："你快去吧，我在这儿等一等就行。"

林峰刚出门，正好迎上付茂山往里走，就连忙陪着他转了回来。

进了房间，付茂山和战一杰热情地握了握手。林峰连忙拉开座位让他们坐下。付茂山问："这段时间怎么样？"

战一杰道："还好。这段时间节日比较集中，市场消费量很大，基本处于供不应求的状态。"

"不简单，不简单啊。你能把这个濒临死亡的企业，在这么短的时间内，还是在产品滞销的淡季，做到这个样，真是非常不简单啊。"付茂山说道。

"付书记您太夸奖了，这与市委、市政府的关心和支持是分不开的。"

付茂山连忙摆手，笑道："战总，我看你是个实在人，可别在这里跟我打官腔。你这话说得我有点惭愧啊。成绩是你们自己做出来的，与市委、市政府没有一点关系，关心和支持更是谈不上。

今天找你来就是要谈一谈这个事情。以前政府与你们企业，尤其是印尼的投资方，出现了一些不愉快，甚至分歧，我个人觉得，我们政府方面以前做的是有些过分，也可以说有些理亏。

但话又说回来，只要发展就会出现问题，出现问题不可怕，关键是我们要敢于面对，勇于担当，想办法来把问题解决掉，变坏事为好事，变挫折为动力，一起努力把企业做起来。"

战一杰见付茂山说得非常诚恳，就说道："谢谢付书记，有您这个态度我们就放心了，我一定把您的意思汇报给我们董事长。"

正说着，菜已端了上来。林峰就问付茂山："还要点酒吗？"

付茂山说："喝点干红吧。"又问战一杰："我有糖尿病，不敢喝白酒和啤酒。要不，你和林峰喝点白的吧。"

战一杰连忙说道："不用不用，我也喝干红就行。"

林峰一边倒酒，一边对战一杰说："付书记很少喝酒，没有重要客人基本不喝。"

战一杰道："那我真有点受宠若惊了，谢谢付书记。"

付茂山道："我们这些从基层干起来的干部都是酒经考验啊，都是从酒场上拼出来的。人都说，人这一辈子喝多少酒都是一定的，我是早喝下了，后半辈子就不用喝喽。"

付茂山端起酒杯说道："来，我敬战总一杯，为了你的创新精神。"

战一杰连忙端起杯，说道："付书记，您太客气了，应该我敬您才是。"

付茂山喝了一大口干红，说道："咱谁也别敬谁了，今天没外人，随便喝，整天敬来敬去的撑场面，真是太累人了。"

他们边吃边聊起来。付茂山道："今年，市里为了振兴工业企业，准备选出十个创新型企业，由市委、市政府的主要领导实行挂包。一是在政策上予以扶持，二是便于随时保持沟通，发现问题解决问题。我的意思，你们企业也算一个。"

林峰在一旁说道："按理说，你们啤酒厂属于多年亏损企业，现在仍没有实现扭亏，不够资格参选。"

付茂山接过话去又说："我看重的就是你们的创新思维和创新精神，这是当前做企业最难能可贵的，也是国家大力扶持和提倡的。"

战一杰刚要端起杯说谢谢，付茂山摆手让他放下，继续说道："谢谢之类的话咱就免了。市里想让陶副市长挂包你们企业，你觉得怎么样？"

11

战一杰一听，是让陶玉宛挂包他们，心头先是一愣，继而连忙点头说道："很好，很好，我们求之不得。"

付茂山并不知道战一杰与陶玉宛的关系，陶玉宛怕他多心，刻意向他隐瞒了。

付茂山道："陶副市长业务能力很强，你要与她多沟通。"

"好的，您放心好了。"战一杰应道。

付茂山又道："我听林峰说，你家是龙泉镇的？"

"是龙泉镇玉泉村的。"

"我在你们龙泉干过党委书记，玉泉村我去过，村主任好像叫陈胜利。"

战一杰知道姐夫与付茂山的关系，但又不好点破，就浑若不知地说道："陈胜利是我姐夫。"

付茂山一听，心中一愣，脸上却若无其事地说道："噢，这么巧？"却也没往深处问，又拉家常样问道："家里都挺好的吧？"

战一杰道："父母身体都挺好。"

付茂山道："龙泉镇兴建了化工城，对芸川乃至源山的经济发展作出了不小的贡献啊。"

战一杰道："是啊。但化工城对生态环境造成的污染，同样不容乐观。"

林峰知道，化工城的兴建是付茂山的得意之作，也是他发力仕途的资本，就连忙说道："经济要发展，怎能不付出代价呢？现在那里的老百姓过上了小康生活，哪家不念政府的好？"

付茂山说："发展是必要的，但一切要以科学发展观为指导。经济是要发展，但绝不能以污染环境为代价。战总，据你掌握的情况，现在的污染到了什么程度？"

战一杰道："这我也不是很清楚。地上污染是显而易见的，比起六七年前的样子那可是天壤之别。据我父亲讲，有可能污染到了地下水，那才是最可怕的。"

付茂山道："你父亲是怎么发现的？"

"他说我们家的井水不如以前好喝了，他也只是担心，还让我向政府反映反映。上次我们公司开品鉴会的时候，我跟陶副市长简单汇报了一下。"

187

"老父亲很负责，难能可贵啊。他反映的这事不是小事，一旦再发现有什么情况，你要随时与陶副市长沟通。回去顺便跟老人家说一声，地下水污染这事千万不要乱讲，以免引起恐慌。万一引起一些负面影响，那对市里，对镇上、村上，都不好。"

"我一定回家跟他好好说说。"

说了一会环保的事，他们就又端起杯来喝酒。付茂山问林峰："往省里填报创新型管理人才的事，报了没有？"

"具体填报在政府那边，好像是郑市长亲自负责。"林峰道。

"那你去找一找，把战总报上，就说是我说的。"付茂山说。

林峰说："好的，明天我马上去办。"

战一杰连忙道："不用不用，我哪够资格？付书记您太高抬我了。"

林峰道："这个荣誉含金量很高。对个人有重奖不说，对于子女上学、安排工作，都有照顾政策。别人对这个名额可是趋之若鹜，抢得头破血流啊。还不快谢谢付书记。"

林峰这样一讲，战一杰也不好硬推。他知道林峰这是为他好，就说道："那真是太谢谢付书记了。"

菜上齐了，林峰又要了蒸包。他们一人吃了一个大蒸包，就结束了饭局。

林峰打电话叫了司机。等林峰和战一杰把付茂山送上车走了，战一杰问林峰："付书记为什么要对我这样？"

林峰说："你别说，付书记这样对你们这种企业老总你还是头一个，我也是头一次见。他没说有什么事要求你吧？"

"没有啊？你都在场，又不是没听见。噢，对了，他让我回去跟我父亲说，不要到处乱讲地下水污染的事。难道是这事？"

"不会吧？他也就只是随口那么一说。但是，这事你可必须上点心，千万别忘了。"

战一杰若有所思地点着头，说道："好的，忘不了。"

第十二章　备战春节

过了农历腊月初十，就已经隐约嗅到了年的味道，人们已开始忙年了，各个经销商和终端点的备货、走货也就到了最忙碌的时候。这样一来，各个市场的货源就全线告急。

往年对酒水市场来说，春节都是由白酒一统天下。可今年，由于芸川啤酒公司推出的冬令啤酒，成了一匹最黑的黑马，也就打破了这个传统的市场格局，人们都一窝风抢开了啤酒。

市场告急，生产上的压力也就空前加大，尤其是灌装车间，已是歇人不歇马，连轴转了三天三夜，可提啤酒的车依然在成品库的大门前排队。

这是多年来连旺季都见不着的景象了。芸川啤酒公司的员工们忙并快乐着，心里都在念叨，今年可是个丰收年。战一杰吃罢晚饭，没有像往常一样去办公室，而是准备到车间转一转。现在整个生产系统在超负荷运转，战一杰最担心的是安全问题和产品质量问题。随着春节的临近，人们的心里都跟长了草似的，一切都那么忙忙乱乱的。

忙中出乱，忙中出错，快了的萝卜不洗泥，这是所有企业生产过程中，最容易出现、也是最容易忽视的问题。战一杰在生产车间干过，他非常明白其中的利害关系。从招待所的小院转到前面，进了生产厂区，这里是一片灯火通明。战一杰先来到酿造车间，他当年曾经在酿造车间的糖化工序干过，对这里相对比较熟悉，所以就来到糖化工序的控制室。

战一杰走进控制室的时候，一个女工正在埋头填写操作记录。听见脚步声，一抬头，看到是战一杰，连忙站了起来，吃惊地说道："哟，战总，您怎么来了？这是下来查岗呀？"

战一杰没想到这名员工能认识他，连忙说道："谈不上查岗，我来各个工序转转看看。"

那名女工40岁左右的年纪，看上去觉得面熟，但实在是想不起姓名。那女工把战一杰让到连椅上坐下，说道："您肯定记不起我了，您刚进厂在车间实习的时候，就是跟的我这个班。我还给您洗过工作服呢。"

她这一说，战一杰一下想了起来。记得他当时在这里实习，有一次在过滤麦汁的时候，一不小心溅了一身的麦汁。这位大姐就让他把工作服脱下来，给他洗了一下。

战一杰十分不好意思。那时这位大姐就说，你们都是有文化的人，有文凭又有技术，指不定以后就能干上咱们厂的厂长，到时候别忘了我给你洗过工作服就行。当时，这句话对战一杰鼓舞很大，他印象极为深刻，所以现在这位大姐一提，他就想了起来。战一杰就说道："司师傅，你老家是柳溪的，你给我洗过工作服，我没忘。"

司师傅吃惊地瞪大了眼睛，大声说道："您还真记得呢？我当时说的没错吧，您现在可真是大厂长了。"

战一杰连忙招呼司师傅在连椅上坐下来，笑着说道："你可别一口一个'您'的叫，叫得我这心里怪不舒服。你当过我师傅，这里又没外人，你还叫我小战就行。"

司师傅一听，连连咂着嘴道："你看你看，难怪你这么年轻就当上了老总呢，水平就是高，不像那些半瓶子醋，官没当多大吧，架子却不小。"

战一杰听得出，她这话肯定是有所指，以她的工作接触范围，不是车间的大班长就是车间主任，就问道："怎么，你们车间的领导就爱端架子？"

司师傅没想到战一杰这么认真，犹豫了一下说道："那倒没有，我只是随口那么一说。"

战一杰拿起工作台的操作记录，一边翻看着一边随口问道："现在一天能投几批料？"

"一天11批，已经达到最大量了，以前从没投过这么多。"

"投料量这么大，能保证质量吗？"

"应该没什么问题。技术部的小英部长一天来好几趟呢，就今天晚上没来。前几天，每晚她都亲自来。"

"那她还是蛮负责的嘛。"

"那当然。不是因为我们是老乡，我才当着领导的面夸她，咱厂的领导要都能像她那样，早好了。"

战一杰翻看了几页操作记录，指着糖化温度那一栏问道："这糖化温度，批与批之间的波动怎么会这么大呢？"

司师傅接过记录表，看了一下说道："原来没出现这情况，也就这几天才这样。主要是因为麦芽的质量不怎么稳定，温度就要随着糖化酶的含量随时调整，调来调去，就成了这个样。"

"麦芽质量不稳定的事，你们车间领导和技术部都知道吗？"

"知道。他们每天都看记录表，能不知道吗？听说为这事，胡小英还跟采购的许部长吵架了呢。"

"那你们曹主任呢，是什么态度？"

司师傅撇了撇嘴说道："曹主任跟许茂天天在一块吃喝，能有什么态度？他对我们就一句话：人家进什么料，我们就用什么料，把嘴都闭上。"

2

司师傅的话令战一杰心头一震。心道，看来这一切都不那么简单。

他放下操作记录又问道："现在车间的损耗情况怎么样？"

"损耗并不高，基本没什么跑冒滴漏现象。在这一点上，老曹干了十几年车间主任了，还是蛮有一套的。"

他们正说着，一个50多岁的男员工，提着水桶和比重计从外面走了进来。这名男员工并不认识战一杰，只当是司师傅的亲戚来了，就说道："糖度我都测完了，你要是家里有事，你就先走，到时候回来打上卡就行。"

司师傅一听他这么说，脸一下就红了，说道："在班上呢，我怎么走？这是我们战总。"

那男员工还没反应过来，把桶放到地上，一边往盒里放比重计一边说："什么战总？你们家亲戚还有干老总的？"

司师傅大声说道："这是我们公司的总经理，战总。"

她这一吼，可把她的搭档吓了一大跳，手一抖，"当啷"一声，手中的玻璃比重计掉到了地上，碎了。

男员工站在那里不知所措。司师傅连忙对战一杰说道："战总，老邱这人很老实，见不得领导，他不认识您。这比重计，我们来赔。"

战一杰说道："邱师傅你好。"说着就站起身，去帮着他收拾碎在地上的玻璃和铅粒。

司师傅连忙去拿了扫帚和锹，一边扫一边说："你们都不要动了，别让碎玻璃再把手给戳破了。"她见老邱还是一副战战兢兢的样子，就又说道："战总跟我原来就熟，没多少架子，你甭害怕。"

等司师傅收拾完了，他们都在连椅上坐下。战一杰问："邱师傅，怎么样，工作干得还顺心吧？"

老邱点着头，说："很好，很好。"

司师傅说："老邱家里负担挺重的，上面父母都是药罐子，下面孩子上大学，老婆嫌他没本事又跑了。你看他才 40 多岁的人，都老成什么样了。"

老邱只是脸通红，也不吭声。

司师傅继续说道："他现在在外面打着好几份工，发小报呀，送牛奶呀，反正什么都干。谁让咱工资低呢。"

老邱开了口，说道："战总不是给我们涨工资了吗。公司没效益，怎么能随便涨工资。"

司师傅叹了口气说道："我们这干了大半辈子的工人了，现在才知道，原来我们才是社会的最底层。现在劳务市场上的壮工干一天都要 200 块钱，你说我们这点工资可不可怜。"

战一杰问道："我们周边这些企业，工资水平怎么样？"

"都差不多，比我们高也高不到哪里去，大家就是贪图个稳定。再说企业还给交着五险一金，这一块也不少钱呢。"老邱说。

"我们也就贪图厂里给交着保险。就说我吧，今年都 45 岁了，再熬四五年就退休了，到那时也就算熬出头了。"司师傅说。

"搁到往年，现在我们厂是淡季，没多少工作，大多数工人都在外面打着份工。今年您来了，这淡季比旺季还红火，他们也就打不成工了，只盼着厂子好起来，能涨涨工资，发点奖金。话又说回来，出去打工也不是那么好干的。咱在厂里还人模人样的，出去了人家就拿你当牲口使唤，跟孙子似的，可受老罪了。"老邱又说道。

"战总啊，我们这小工人不求别的，就盼着您把我们厂搞上去，我们也就不用出去受那份洋罪，还是在这里安安稳稳地当我们的工人，到时候体体面面地退个休，那我们对您、对外方的老板就感恩戴德了。"司师傅说完，看了一下墙上的石英钟，说道，"我们该去下料了，战总，您先坐坐吧。"

战一杰站起身，说道："你们忙吧，我再去别的工序看看。"

说完，战一杰就跟两个工人握了握手，离开了糖化工序。

3

从糖化工序出来，战一杰的心情十分沉重。看到原来心高气傲的兄弟姐妹们竟沦落到今天这步田地，这是社会前进的必然？还是企业改制变革的阵痛？还是市场经济大浪淘沙的发展进程？他的思绪跳跃而杂乱，一时半会也理不出个头绪来，只是觉得自己肩上的担子很是沉重。不知不觉来到了灌装车间，刚进车间，就看见灌装车间的主任张光川跑了过来。

张主任急急地说："有个操作工被啤酒瓶炸伤了，需要赶紧派个车送医院。"

战一杰问："伤在哪儿了，严不严重？"

张主任说："伤着脸了，流了很多血。"

战一杰说道："我这马上去开车。张主任你和受伤的员工在车间门口等我。"战一杰开上车，接上张主任和那名受伤的女工，又叫了一名女工陪着，出了厂门，便一加油门飞快地向医院驶去。

车上，那名女工用一块毛巾捂着脸。毛巾已被血染成了红色，她已脸色煞白，却还对开车的战一杰说："战总，这么晚了，还麻烦您亲自开车……"

战一杰道："快别说话了，以防再流血。公司的安全防护工作做得很不到位，这是我的失职啊。张主任，包装车间不是都有防护面罩的吗？"

张光川在一旁道："公司给我们配备的防护面罩太沉，还有味，大家都不愿意戴。再就是，这批新瓶子爆得很厉害，破碎率比平常高了一倍还多。这几天已炸伤好几个了，只是没小吴这么厉害。"

说话间，车子就进了芸川医院的大门。战一杰停好车，张光川和那名女工扶着小吴进了急诊室。

急诊室值班的是一名年轻大夫，手脚非常麻利，马上给小吴作了紧急处理。玻璃划伤的地方在左边额头的下方，再往右一点，可就伤着眼睛了，这是不幸中的万幸。大夫一边给她缝合一边说。

小吴的伤口一共缝了四针，大夫给她包扎好，又开了点消炎药。战一杰拿了单子去结算处结了账，他们就上了车往回走。

车上的另一名员工说道："吴姐这次可是破相了。领导，你们说这可咋办？"

战一杰被她这一问，真是哑口无言。只听小吴道："我都这年龄了，又不找婆家，还怕破什么相？等挑了疤子，把前面的头发留长一点，遮住就行了，没事。"

听到小吴的话，战一杰只觉得心头一热，眼底有点发潮。

4

第二天一大早，战一杰就让办公室下通知，召开了紧急中层干部会议。会上，战一杰把昨天晚上安全事故的事讲了，安排由赵志国牵头，组织一次全公司范围内的安全大检查，要求彻查角落，查找隐患，不留一个安全死角。

战一杰讲得非常严肃。他讲完以后，没有像往常一样再征求别的领导班子成员的意见，就直接宣布散会。

这次会议，赵志国早就听出了弦外之音。他明白，今天这会战一杰是开给他看的。本来牵扯到安全管理的部门都是由他分管的，要追究责任的话，那他就是首当其冲。

自己反思一下，这段时间，尤其是元旦回来以后，自己的精力都在供货商和王佳萍那里。什么安全呀，质量呀，损耗呀，还有其他的内部管理，他不光是不抓，就连问都很少过问。他根本就没上心，不出问题才怪呢。

赵志国心里明白，企业的运转和管理，尤其是像他们这种死中求生的企业，由不得出现半点的纰漏与马虎。一时的大意，一时的疏漏，都有可能造成损失，甚至铸成大错。战战兢兢如履薄冰这句话，赵志国是深有体会的。

若是由于自己的工作失误，让战一杰抓住了把柄，揪住了小辫子，到老板那里告上一状，自己真是吃不了兜着走，还怎么跟战一杰斗？自己怎么会犯这么低级的错误呢？小不忍则乱大谋。想到这里，他没有丝毫的耽搁，立即行动起来，去组织安全大检查。

战一杰故意把话说得很重，他就是要看看赵志国的反应。赵志国的能力，战一杰是心知肚明的。如若是能为己所用，他主内，自己打外，那将会如虎添翼，这或许正是老板希望的。

可如果赵志国真的铁了心要站到自己的对立面，那么他的能力越强，破坏力也就越大。搞企业是最怕这种内耗的，那这个赵志国是坚决不能留了。

战一杰之所以迟迟下不了决心，主要是现在还没搞清楚，赵志国与许茂之间的水到底有多深？

看到赵志国马上行动了起来，站在窗口前的战一杰稍稍舒了一口气。他这才回到办公桌前，拨响了质量技术部的电话。接电话的是胡小英，战一杰就说："你马上来我办公室一趟。"

胡小英立马过来了，战一杰就问最近进的这几批麦芽的质量状况。

小英想了想，说道："最近进的这几批麦芽，从理化指标上看没什么问题，但真到了大规模生产上，却是相当不稳定，需要不断地调整糖化控制温度。但是为什么会这样呢？我也一直没想明白。"

"会不会是你们的抽样有问题？"

"不会。抽样的时候我亲自去了，基本是每个包装袋都用取样器取了，很均匀，不会有问题。"

"那你们的化验会不会有问题？"

"不会，这个我敢保证。不过，还有一种可能。"

"什么可能？"

"但这种可能很小。"

"你快说。"战一杰有点急不可耐。

5

胡小英看战一杰那么急，就说道："那就是化验麦芽的化学试剂有问题。只要调整了化学试剂的纯度和有效成分含量，化验出的结果就会相应调整。也就是说，本来不合格的也就能化验出合格来。"

"这也就是说，在化验室化验着很好，可在投入大生产后却不好用的原因所在。"

"可化验室用的化学试剂都是标准试剂呀。再说，就是想调一般人可调不了，除非是麦芽厂的化验员。"

战一杰若有所思地点着头，说道："你们用的化学试剂都是采购部进的，麦芽也是他们进的。假若我们的采购部与麦芽厂串通好了做这件事，是不是很容易？"

"理论上讲是这样的。但，我觉得这不可能。"

"你回去重新到试剂站进一批新的化学试剂，再把这几批麦芽化验一遍试一试。记住，这些事你亲自去做，先不要声张，等结果出来再说。"

胡小英紧张地点了点头，说道："真有那么严重嘛？我总觉得不太可能。"

"我也盼着不可能，等结果出来不就知道了。还有一个事，就是这批新瓶子的质量会不会也有问题？"战一杰说道。

小英皱着眉头说道："对新瓶的进厂检验一直是我们的一个缺陷。一是我们没有专门的检验设备，二是没法全面抽样。这也是我们啤酒行业的一个通病，大部分厂家都做不到这两点。"

"就没什么好的办法来解决？"

"暂时没有什么好办法。要想杜绝问题，那就只有一个办法。"

"什么办法？"

"把我们的质量检查人员派驻到玻璃厂里，在他们的生产线上全程跟踪检查。"

战一杰点了点头，说道："这确实是个好办法。下一步你要考虑，不光是玻璃厂，其他原料的供应厂家都要派驻我们的质检人员。"

"这人家厂家会同意吗？"

"他们没有理由不同意。除非他们不想赚我们的钱。"

"还有一个事，昨天钟慧给我打电话了，她说过几天，她和朱总要过来一趟。"

"好啊，到时候好好招待招待人家。"

两人正说着，门突然开了。办公室小王提着大桶水进来，说："战总，我给您换桶水。"

战一杰连忙站起身，走上去把水接过来，说道："还是我来吧，看你们提着都费劲。"

战一杰把桶安放到饮水机上。小王拿了块抹布一这擦着饮水机一边笑着说道："战总可真是体贴人，谁要找这么个老公，可就享福了。"

战一杰这段时间一直觉得这个王佳萍有点怪怪的，但到底是哪里怪，一下还说不清楚，只是总觉着不对劲。

胡小英与王佳萍都是酒厂的子弟，倒也熟悉。胡小英站起身随口问道："王姐，你在秀水花苑有亲戚啊。"

小王听到"秀水花苑"这四个字，不由一愣，手中的抹布竟掉到了地上。

6

　　腊月二十二一早，老胡跑来告诉战一杰，市政府办公室打来电话，让公司负责人九点以前赶到市政府，说是有个重要会议。

　　战一杰道："政府能有什么重要会议？无非是年终总结之类的会，也就是走走过场。你去一趟得了。"

　　"人家点名要老总去。"

　　战一杰看了一下表，说道："好吧，我就去看看。公司没什么事吧？"

　　"春节放假要安排值班，每天安排了两个中层干部。你看这领导班子人员要不要安排？"

　　"他们三个肯定要回家，就不用安排了。那就我们两个轮着值吧，一共七天吧，那我值四天，你值三天。"

　　"你都这么多年没在家过年了，你就在家歇歇吧，这七天，我都值了就行。"

　　战一杰一边站起身往外走，一边说："那倒不用。我在家也没什么事，你还是在家多陪陪大姨吧。"

　　战一杰来到区政府大院。他停好车，来到二楼的政府办公室。办公室人员一听他是芸川啤酒公司的，就打电话给小刑。

　　小刑跑了过来，见了战一杰也没客套，开口就问："战总，你带车没？"

　　战一杰道："我开车来的。"

　　小刑道："那等会去高店就用你的车。你拉陶副市长去高店开会，行不行？"

　　战一杰被她说得有些晕，就说："你怎么安排都行。"

　　小刑看了一下表说："你现在就下去发动车吧，一会陶副市长就下去。"

　　战一杰下楼发动了车，刚把车头调过来，就从后视镜里看见陶玉宛和小刑走了出来。小刑走过来打开了后面的车门，陶玉宛上了车，冲战一杰点了一下头，又对小刑说道："你到了医院就直接去找小儿科的马主任，小玉以前病了都找她，有什么情况随时给我打电话。"

　　小刑一边关车门一边说："你就放心吧，估计就是感冒，不会有什么事的，马主任一诊断完我就给你打电话。"

　　车子出了市政府大院，陶玉宛看一下手表，对战一杰道："你开快一点，十点以前务必赶到源山市政府。"

战一杰调了一下中间的后视镜，从里面看着这个自己曾经的恋人，心神不由一荡。陶玉宛依然是那么楚楚动人，脸上只画了一点淡妆，却掩盖不住满脸的憔悴。战一杰轻声问道："怎么，孩子病了？"

陶玉宛只是用鼻子"嗯"了一声，并没答话。见她居高临下的样子，战一杰心中升起的那一缕柔情顷刻间就荡然无存了。他问道："陶副市长，到市里开什么会？是你开会，还是我开会？"

陶玉宛这才欠了一下身子，说道："是咱两个一起去开会。你被评为省一级企业创新优秀管理人才。源山市对这个奖很重视，每人光奖金就十万元，还有其他奖励政策。这次由分管工业的谭副省长亲自来颁奖，由我这个政府的挂靠领导陪同领奖。"

"那真是太谢谢你了。没有你，我可能评不上吧。"

"你不要这样讲，也千万不要这样认为。这是省里组织评选的，每个区县就一个名额，我就是想帮你也帮不上。"

战一杰看她一本正经的样子，就又说道："那也得谢谢你，我们是你亲自挂靠的企业嘛，我们的每一份成绩都离不开政府领导的支持和帮助。"

陶玉宛听他这么讲给气乐了，从后面拍了一下战一杰的肩头，说道："你这说的是正话还是反话？难道你出去呆了这几年，真学乖了？"

战一杰笑着说道："真学乖了。"

陶玉宛从后面端详着他皮笑肉不笑的半边脸，说道："又没外人，你就甭跟我在这里装了，我还不知道你，扒了皮我也认得你骨头。"

战一杰见她这么说话，就扭过头笑道："我是怕你当领导当惯了，听不进别人的话了。"

陶玉宛叹了口气，突然岔开话题，问："你跟那个胡小英怎么样了？"

战一杰被她问得一愣，说道："什么怎么样了？"

陶玉宛道："还跟我这儿装，小刑都跟我讲了，你可别再说还想着我呢。"

战一杰收起了笑容，一字一句地说道："我就是还想着你呢。"

陶玉宛看他一本正经的样子，眼眶突然涌满了泪水。

来到源山市政府的小礼堂，前面已经停满了车。他们下了车，刚进门厅，等在那里的工作人员就急急地催促道："快点，快点，会议马上就开始了。"

陶玉宛对这里很熟悉，领着战一杰就往里走。走到会议室门口的时候，陶玉宛的手机响了，她本不想接，可看了一下号码，马上就接了。战一杰注意到，她接完电话以后脸色很不好看，却又来不及多问，里面的会议已经开始了。

小礼堂并不大，也就能座二三十人，迎面主席台上坐了五六个人，应该是市委、市政府的领导和副省长。

正在讲话的是源山市市长高明前。他先从总体上讲了讲市里振兴工业强市的构想和规划，接下来就重点提出了"立足市场、科技创新"的发展战略，让与会人员听得都比较振奋。

高明前说到市场与创新，提纲挈领谈了几点希望与要求之后，竟然一下提到了芸川啤酒公司的"冬令啤酒"。

他说："今年源山以及源山周边的酒水市场出现了一个有目共睹的现象，那就是冬令啤酒的反季节热销。大家都知道，冬季是啤酒的淡季，就连青岛、雪花这样的大品牌，在这个季节也卖不了多少酒，可我们芸川啤酒公司的啤酒却卖火了。

才开始我只是听人说起这种所谓的冬令啤酒，对这种反季节的东西我并不喜欢，所以并没有在意，以为也就是商家炒作的噱头。可后来我在我们市政府招待所尝到了这种啤酒，一喝还真是那么回事，一天全身都暖烘烘的，我就找相关部门和专家进行了专门的调查和论证。

调查论证结果一出来，真是把我吓了一跳。我们芸川冬令啤酒的市场份额，竟在上市一个月之内达到了 70%，在整个源山市场全面开花，把青啤、雪花、燕京这些大品牌都赶了出去。几个营销专家对这个现象也是啧啧称奇，说是个奇迹！

同志们，芸川啤酒的成功充分证明了市场营销和科技创新是新形势下企业发展的新引擎和源动力，芸川啤酒公司走的就是一条'立足市场、科技创新'新型发展之路，为全市工业企业的发展树立了榜样，带了一个好头！"

高市长讲完，台下响起热烈的掌声。战一杰没想到，他们的冬令啤酒能在这里让市长点名表扬，只觉得心"咚咚"跳，脸上像冒火一般。再偷眼一看陶玉宛，她也兴奋得满面通红，就像喝了酒一样。

谭副省长又讲了几句，就开始颁奖。等陶玉宛和战一杰走上主席台，谭副省长和高明前市长把优秀创新管理人才奖杯和证书颁发给他们二人的时候，高市长使劲握着战一杰的手说："小伙子干得不错，一定要再接再厉。"

战一杰说："谢谢高市长的关心，这主要是陶副市长主抓的结果。"

高市长又冲正在和谭副省长握手的陶玉宛说道："你们芸川市政府做得很不错，走在了其他区县的前面，你这挂靠领导也功不可没啊。"

领了奖下来，陶玉宛感激地看了战一杰一眼，战一杰会心地冲她笑了笑。战一杰明白，这种场合，这种上级主要领导的肯定和鼓励，对他来说没什么价值和作用，可对陶玉宛这种身在仕途的人来讲那可是至关重要的。

中午的宴会上，陶玉宛和战一杰被安排在了主要领导席上，其他区县的领导和陶玉宛打招呼的时候，或多或少都恭维了她几句。不管这些话是为了应酬还是出于真心，都令陶玉宛心里美滋滋的。

中午的宴会用酒，专门用了芸川啤酒公司的枸杞红啤。谭副省长在市长高明前的极力推荐下，喝了不少。喝到高兴处，就接连不断地与陶玉宛单独表示，激动得陶玉宛连干了好几杯，脸红得就像一块红布。

8

午宴结束，大家握手告别。陶玉宛和战一杰上了车，陶玉宛就说："你也喝了不少酒，我叫我的司机来开车吧。"

"你的司机在哪儿？"

"他在中心医院，不远，叫他打出租过来就行。"陶玉宛说着给小刑打电话。陶玉宛问，"小玉现在什么情况了？"

小刑在电话里讲："有两项检验结果还没出来，现在马主任开了点消炎针，正在打点滴呢。"

陶玉宛道："你让小周打出租来市政府，来开战总的车，接我们去医院。"

战一杰发动起车，打开暖风，问："孩子的病怎么样了？她爸不在？"

陶玉宛扭头盯着战一杰看了一会儿，说道："孩子她爸出差了。"

战一杰道："你们这当领导的也真不容易，连孩子生病都顾不上。孩子不要紧吧。"

陶玉宛皱起眉头说道："女儿这几天总是发低烧，吃点药就好，一不吃药就又烧起来，还在等检查结果呢。"

见陶玉宛满脸愁云，战一杰安慰道："这时候气温忽冷忽热的，小孩子最容易感冒了，打几天点滴就好了。"

这时的陶玉宛已完全没了女强人的模样，把头靠在了战一杰的肩头，眼圈一红，哽咽地说道："千万别再有别的病，我这几天总是做恶梦。"

被陶玉宛这么靠着，战一杰恍若又回到了若干年前，仿佛又回到了他们相恋的时光，就伸手抚住陶玉宛的肩，柔声说道："别没事自己吓唬自己了，梦与现实都是反着的，小孩子感冒发烧很正常。"

陶玉宛静静地靠着，幽幽地说道："一杰，当初我们分手你恨我吗？"

战一杰把头轻轻靠在了她的头上，笑了笑说道："恨，这不一直恨了你这么多年。"

陶玉宛轻轻说道："你也别恨了，恨也没什么用。你也不小了，还是快些成个家吧，你爹妈早该急坏了。"

战一杰没吱声，只是用手轻轻拍了拍她的肩，说道："让我和你静静地呆一会儿。"

战一杰话音刚落，陶玉宛的手机就响了。是司机小周，他已经到了市政府大门前。

陶玉宛道："好，你在大门前等我们。"

战一杰把车开出市政府大院，把驾驶坐让给了小周。他来到后面，陶玉宛迫不及待地对小周说："去医院，开快点。"

来到医院下了车，陶玉宛对战一杰说："战总，你在车里等等吧。要不，你就等酒醒得差不多了自己开车回去。"

战一杰道："我上去看看孩子，怪不放心的。"

陶玉宛听他这么说，也就不再坚持。小周领着他们来到三楼的小儿科，进了点滴室。只见靠墙的一张病床上，一个四五岁的小女孩正在打吊瓶。小女孩生得非常漂亮，眉目间依稀能看出陶玉宛的影子，只是面色苍白，没有一点血色，显得越发可怜。

小刑和陶玉宛的父母在一旁陪着。看见陶玉宛进来，小女孩就弱弱地喊了一声"妈妈"。陶玉宛的父母和战一杰认识，只是二位老人的注意力都在孩子身上，并未注意到战一杰。

陶玉宛走上前去，弯下腰在女儿脸上亲了亲，问道："玉儿，好受点了没有？"

小玉舔了一下苍白的嘴唇，有气无力地说道："胸口还是闷得慌。妈妈，我们回家吧。"

陶玉宛的母亲抹着眼泪说："你就知道忙，再忙也不能不要孩子了。"

正说着，一个中年女大夫走了进来，看见陶玉宛就说道："玉宛，你来了。"

陶玉宛连忙直起腰，问道："慧芬，小玉不要紧吧？"

大夫说："不要紧，你来我办公室一趟。"说完就扭身往外走。

陶玉宛跟着大夫出来。战一杰不放心，就跟了出来。大夫和陶玉宛进了主任办公室，战一杰就站在门外，侧耳听里面说话。

9

主任办公室里，大夫和陶玉宛的说话声音很小，但门并没关严，战一杰勉强能听得见。

只听大夫说道："玉宛，你要有个心理准备，小玉的病可能不轻。"

陶玉宛颤抖地问："怎么了，查出什么来了？"

大夫犹豫了一下，说道："从血小板和白细胞的检测数量来看，初步判断，有可能是白血病。"

"什么？"战一杰听到了陶玉宛的惊叫，就一推门闯了进去。他连忙跑上去，抱住了浑身瘫软的陶玉宛，和大夫一起把她扶到椅子上坐下。

大夫疑惑地盯着战一杰，陶玉宛喘着气说道："这是战一杰，没事。"

大夫听到战一杰的名字一愣，道："你就是战一杰？"

战一杰想，看来这大夫与陶玉宛不是一般的关系，一定知道他们以前的关系，不然不会脱口说出那么一句。

陶玉宛说道："这是马慧芬马主任，我中学同学。"

陶玉宛坐在那里缓了口气，说道："慧芬，检测结果不会有问题吧？"

马慧芬道："我就怕有问题，又查了一遍，应该能基本确定。"

陶玉宛一听，泪水"哗"地一下流了出来，一下抱住了马慧芬的腰，哭道："这可怎么办，这可怎么办呀？"

马慧芬捋着她的头发道："你先别急。最终确认还要进行骨髓穿刺和骨髓切片检查，我的意见是再到省立医院作一下检查，毕竟这里的医疗水平还受一定的限制。"

陶玉宛一听，马上直起身子，抹了一把泪水，说道："我马上就带小玉去省立医院。"

马慧芬道："你们这就走吧，一切手续等回来再办。我这就给省立医院小儿科的赵主任去个电话，看他在不在。"

马慧芬拨通了电话，把小玉的病情说了说。那边说他在医院，要他们四点以前赶过去。因为正好有一个国家级儿科专家在他们那里会诊，四点半就要赶飞机，要是能赶过去让他看一下最好了。

马慧芬挂了电话，有点担心地说道："都这个点了，怕是赶不到了。"

陶玉宛又急哭了，说道："这可怎么办？这可怎么办？"

战一杰道："我送你们过去。我开车，四点应该能赶到。"

陶玉宛道："赶到省城最少也得三个小时，现在都两点了，怎么能赶到？"

"别再费话，事不宜迟，马上走！"战一杰说。

陶玉宛听他这么说，也就不再犹豫，起身就往点滴室跑。陶玉宛抱着小玉上了战一杰的奔驰车。战一杰没让别人再上车，发动了汽车，对陶玉宛道："你可别害怕，我可走了。"

陶玉宛重重地点了点头，像是上战场一般。小玉也不吱声，只是忽闪着大眼睛，看着妈妈和眼前这位陌生的叔叔。

奔驰车的性能可真是没得说，在高速路上战一杰跑到了240迈，还不到四点，车子就开进了省立医院的大门。

下了车，陶玉宛在前面跑，战一杰抱着小玉跟在后面。他们闯进小儿科的时候，一位满头银发的老大夫正在收拾东西。

陶玉宛把情况一讲，那位老大夫说："赵主任跟我讲了，我还以为你们赶不过来了呢，你把化验单给我看一下。"

老大夫坐下来，戴上眼镜仔细看了一遍化验单，又让小玉躺下，用听诊器听了听，又检查了一下四肢和眼底，最后说道："以我的经验看，这不是白血病，是类白血病反应。"

战一杰问："什么是类白血病反应？"

老大夫看了他一眼说道："就是发病引起的一些类似白血病症状的

反应。"

陶玉宛道："那就是说这不是白血病,那是什么病呢?"

老大夫说："原发病是什么病还有待于确认。只要原发病治好了,这些症状就会消失,我还曾经见过一例不治而愈的。"

10

一个带眼镜的中年大夫走了进来,老大夫就把化验单递给他,又把自己检查的情况跟他讲了。那个大夫看了一下化验单,说道:"我姓赵,小马就是给我打的电话。你们真赶过来了,太好了,有徐老的意见,基本排除是白血病的可能。"

陶玉宛一听,泪水一下就涌了出来,上去握住老大夫的手,泣不成声地说道:"谢谢,太谢谢您了。"

赵主任在一旁说道:"你们真是很幸运啊,正好赶上徐老在这儿,这种病当白血病误诊的可不在少数。"

徐老说道:"是啊,这种类白血病反应与白血病很难分辨。一旦误诊,放疗化疗全上,耽误治疗不说,病人不知要受多少罪。我建议你们回去看看中医。我虽说是西医,但我不抵触中医,对于治疗一些疑难杂症,中医还是有可取之处的。"

听了徐老的话,陶玉宛和战一杰这才松了一口气。徐老看了一下表,说道:"我还要赶飞机,赵主任,那我就走了。"

赵主任道:"徐老,我送您,下面的车已安排好了。"说着他们就拿起东西要走。

战一杰走上来,从兜里掏出一张银行卡,塞到徐老的手里,说道:"太谢谢您了。徐老,您就是我们的救命恩人,一点心意,希望您不要嫌弃。"

徐老把卡塞回战一杰手里,笑道:"小伙子不用客气,我是不会收的。你这当父亲的千万要照顾好孩子,别只忙工作不顾家里,真要是让孩子得了病,后悔可就晚了,这种事我见得太多了。"

赵主任也道:"你们就按徐老说的,回去找个中医看看,主要是平时对孩子要多上心,回去给小马带个好。"

赵主任陪着徐老走了,战一杰抱着小玉和陶玉宛也下了楼。上了车,陶玉宛把小玉紧紧地抱在怀里,对战一杰说道:"我这不是在做梦吧。"

怀里的小玉说道："妈妈，这不是做梦。刚才叔叔开的车好快，跟飞一样。"

陶玉宛在小玉的脸上不住地亲着，说道："快谢谢战叔叔。"

小玉很乖巧地冲战一杰笑了笑，说道："谢谢战叔叔。"

战一杰摸了摸小玉的小脸，说道："小玉真乖，刚才那个老爷爷把我当成爸爸了，你不会生气吧？"

小玉说道："爸爸不好，叔叔好。"

一旁的陶玉宛一听，连忙说道："小玉乱说什么呢。走，咱回家喽。"

战一杰说："快给家里去个电话吧，要不家里早该急坏了。"

陶玉宛一听，说道："这一急给忘了，她姥爷姥娘早该急死了。"

陶玉宛给父母打完了电话，又给小刑打电话说："今天这事，对谁都不要讲。"

陶玉宛打着电话，外面的天已经黑了下来，天上竟飘起了雪花。战一杰打开车灯，在经过川南大学的时候，他对小玉说道："小玉，叔叔跟你妈妈就是在这个学校读的大学。"

小玉天真地说道："那你们是同学了？"

战一杰笑道："对，我们是同学。"

小玉说："我也快上学了。等我上了学，也会有很多同学，我会和他们很好。你和我妈妈好不好？"

战一杰顿了顿，说道："我和你妈妈很好，是很好的同学。"

陶玉宛正在给马慧芬打电话，她把徐老的意见讲了，又问她到哪儿去找中医。

马慧芬对中医不怎么推崇，没能给她好的建议。陶玉宛埋怨道："就你们这种半瓶醋的西医才不信中医。你看人家徐老，是全国知名专家，还推荐看中医呢。好了，我自己找吧。"

陶玉宛挂了电话，沉了一会，定定地看着战一杰说道："一杰，谢谢你。"

第十三章　过个好年

1

雪整整下了一宿，直到早上八点多才停了下来。战一杰和大家一起扫完雪，就叫上老胡去各个车间和成品仓库转了一圈。

通过前一段时间的突击铺货，客户以及市场上各个营销网点的仓库已全部压满。现在的主要任务就是把厂内的几个成品仓库灌满，就可以放心过个好年了。

车间和仓库的生产运转都井井有条，战一杰看了还算满意，就对老胡说："看来生产管理关键就在于常抓不懈，只要你一松，问题就会像雨后春笋一样冒头；只要你一紧，问题就会被消灭在萌芽之中。这一松一紧之间，就能看出一个企业的管理水平啊。"

老胡深有感慨地说道："企业的员工都是好员工，关键看你领导怎么管。你没来的时候，赵总很上心，也管得很严，凭良心说，这个企业的管理水平上了一个大大的台阶。

后来你来了，他就松了下来。上面松一寸，下面就会松一尺，各方面的管理就出现了下滑。好在现在赵总的弦好像又绷紧了起来，景象这又不一般了。"

战一杰笑道："现在我们国内的大部分企业还处在这种人管人的初级阶段，以后，要慢慢向制度管人的模式转变。在国外，只要制度和规程制定好了，工人按部就班地工作就行了，不需要领导的监督与检查。在国外当企业领导，往往比我们国内要轻松得多。"

"这话说的容易，做起来却相当难啊，需要有一个相当漫长的过程。"老胡说道。

二人说着话，来到工艺楼下面。战一杰道："我要到质量技术部去尝尝酒，你去不去？"

"我就不去了，我那还有一大摊子事呢。"老胡说完就走了，战一杰就来到二楼的质量技术部。一进门，只见有一男一女两个技术人员正在埋头填着报表，就咳嗽了一声。

两个技术员抬起头，一看是战一杰，吓了一跳，连忙站了起来，说道："战总，您来了。"

战一杰连忙摆手让他们坐下，自己找了把椅子坐下，说道："你们两个是技术员吧？"

女的也就30出头的年纪，生得白白胖胖，很是丰满。见战一杰问，就说道："是，咱们公司就我们两个技术员。我姓杜，管工艺，您叫我小杜好了。"她又指了指那个带眼镜的小伙子说道："他姓吴，管酵母扩培。"

小吴腼腆地冲战一杰笑了笑。战一杰是干技术的出身，对技术人员有着一种天然的亲切，就笑着问道："怎么样，工作干得还舒心吗？"

看来小杜是个心直口快的人，听战一杰这么问，就说道："舒心倒是挺舒心的，因为我们摊上了个好领导，可就是工资低了点。我是个女的，低点就低点吧，还能接受。可你看小吴，这正儿八经的本科生，挣这点钱连个对象都找不上。"

战一杰道："我们企业的工资水平确实太低了，但慢慢会好起来的，你们一定要有信心。"

小杜道："战总，您来了，我们就有信心了。不瞒您说，我们小吴前一段时间本来是准备辞职的。您一来，他就留下了。"

战一杰笑道："你们就这么信任我？"

"您可是我们专业技术人员的榜样，我们同学都说现在是市场经济，学专业的干不了老总，可您不是干上了吗？"小吴说。

"他们没学专业的都干上老总了，我们是学专业的，比他们懂得还多，凭什么我们就干不上？没道理嘛。"战一杰道。

"他们的意思是说，学营销的才能干老总。"小吴认真地说道。

小杜一听小吴又开始钻牛角尖，就连忙岔开话说道："战总，您是要找我们小英部长吧。"

小杜话音未落，只听门外传来胡小英的声音："不用找，我来了。"

2

胡小英一手提着两个大三角瓶进了办公室，三角瓶里都盛了啤酒。小杜一看，连忙跑上去接了过来。

胡小英把手中的三角瓶放下，一边擦手一边说："战总来的正好，尝尝这些酒。"

战一杰本来想说你怎么知道我是来品酒的，可一看两个技术员还在，话到嘴边就又改了口，说道："你这是从发酵罐中取的样品？"

胡小英道："现在糖化投料已经结束，30个发酵大罐也已经填满，预计灌装车间再装两天，就能把成品仓库填满，就可以放假了。我把几个不同发酵期的发酵液集中取了来，尝一尝风味变化，好做到心中有数，以防放假期间出现意外变化。"

小吴拿来评酒杯，把几个样品倒上，稍微升了升温度，就让大家品尝。战一杰挨个尝了一遍，没有发表意见，等小吴和小杜尝完了，才开口问道："你们尝着怎么样？"

这明显是在考他们。小杜心眼多，一扯小吴让他先说。小吴对这个倒不打怵，说道："这四个样品，一个是发酵初期的，一个是发酵中期的，还有两个是发酵成熟的。从口感上说没有明显的异味；这两个发酵成熟的，再经过十几天的后熟，口感会更加醇厚、干净，到时候正好春节假期结束回来灌装，出来肯定是好酒。"

战一杰满意地点了点头，又扭头看小杜。小杜说道："我也没尝出什么异味，我建议把进入成熟期的这几罐酒温度再拉低一点，这样口感会更加清爽。过了节后，估计马上就要灌装淡色啤酒了。"

胡小英道："我也是这么想的，春节过后，随着气温的回升，我们的冬令啤酒肯定就会退出市场，我们就得为淡色啤酒的上市做好一切准备。"

战一杰听了，心中有说不出的高兴，笑着说道："你们能有这样的市场意识很难得呀。今天，我就给你们这些技术人员留一道假期作业题。就是冬令啤酒下市以后，我们的淡色啤酒该出个什么牌子，要求这个牌子要和冬令啤酒一样，有明显的产品差异化，并且能一下子让消费者接受。对这个题目有信心吗？"

小杜首先摇着头说："战总，这有点难为我们吧。我们又不懂市场，怎么知道消费者能不能一下子接受？"

胡小英道："就你事儿多，人家小吴怎么没说难啊。我也不懂市场，那姜汁暖啤还不是我想出来的？"

小杜对胡小英嗔怪似的批评并不以为意，又对着战一杰说："战总，那姜汁暖啤是我们小英部长费尽心思想出来的，为我们公司创造了多少效益？可公司连一点创新奖励都没有，你说咱们公司抠不抠？"

战一杰被她问得哑口无言，却对她的直言不讳很是赞赏，就诚恳地说道："上一次确实是我们工作中的疏忽，下一次保准不会了，肯定是要奖励的。"

小吴早在一旁冥思苦想了起来，脱口说道："菠萝啤酒，你们觉得菠萝啤酒怎么样？"

战一杰拍着小吴的肩膀说道："不要急，再仔细捉摸捉摸，时间还长着呢，放假回来我才收作业的。"

小吴不好意思地笑了笑，固执地说道："我觉得菠萝啤酒挺好的。"

小杜在一旁说道："好你个头，人家早就出了好几年了，你还拿历史当新闻呢。"

小吴执着地问道："谁出了？哪个品牌出了？我怎么没听说？"

小杜走过来，拉着小吴就往外走，说道："走吧，快跟我到灌装线去测杀菌值吧，还在这儿啰嗦什么。"

小杜和小吴走了，战一杰笑道："你这两个兵，一个天真，一个无邪，都蛮可爱的。"

"他们两个工作都很认真，就是有点学生气，在厂里不怎么受欢迎。"

"这点学生气倒是很难得啊，很适合你这个部门的工作。"

"你作为老总能给他们这个评价，他们听了，一定会很高兴的。"胡小英说道。

3

办公室只剩下战一杰和胡小英两个人。战一杰坐下来问道："上次给你安排的那两个工作进展如何？"

"检测麦芽的化学试剂我去试剂站重新买了，与采购部买的进行了对比，结果还真有差别。"

"差别大不大？"

"差别是挺大的。但是有一个问题，就是前几次进的麦芽都用光了，我也只是用原来的留样做的实验。用留样做，一是量太少，二是时间太长，肯定会有差别，所以，这样还不能完全断定检测试剂有问题。"

"原料仓库的麦芽都用光了？"

"是的。因为下次投料要在 20 天以后，所以就没再进原料，说是等过完年再说。"

战一杰想了想，说道："这事也不急于一时，那就等下一批麦芽来了以后再作对比实验，多做几批不要紧，关键是要把证据做实。这事你千万不要声张。"

"我明白。"

"瓶子的事呢？"战一杰又问。

胡小英道："前几天我派小吴到玻璃厂去了，也发现了问题。就是他们发给我们的那批货已经存放了很长时间了，可到底为什么会存放那么长时间，小吴没打听出来，人家嘴严得很，看来是有了防备。"

战一杰皱起眉头说道："看来这原料采购确实是问题不少啊。"

"小吴到玻璃厂的事许茂还找过我，怪我派小吴去之前没跟他打招呼。"

"他越是敏感就越是说明有问题。下一步赵志国该出面了。"

胡小英不无担心地说道："那怎么办？"

"这段时间不要再有任何行动，以免打草惊蛇，等过完年再说。"战一杰说。

正说着，桌上的电话响了。胡小英接起来一听，是父亲老胡。老胡问："战总是不是在你那儿？"

"正要走呢，怎么，找他有事？"

"让他接个电话。"

胡小英把电话递给走回来的战一杰。老胡说道："战总，市政府办公室来电话，让你马上过去一趟。"

"没说什么事？"

"没说，只说让你亲自过去。"

战一杰一想，应该是那十万元创新奖的事，就说道："好吧，我马上赶过去。"

战一杰从工艺楼下来，开上车来到市政府，上了二楼来到政府办。小刑正在等他。

小刑见他来了，就跟他开玩笑说："老战，今年可是个好年啊。"说着就拿出准备好的一份表格让他填。战一杰一看，果然是奖金的事。

战一杰填完表格，小刑就领着他到财务去领钱。战一杰签完字，拿到一张十万元的现金支票，就对小刑说："你什么时候有空，我得好好请请你。"

小刑笑道："请不请我无所谓，别亏待了我们小英就行。"

战一杰领了支票回到公司，一进办公室就打电话把老胡叫了来。老胡来了，战一杰就把十万元奖金的事跟他讲了，问他该怎么办。

老胡被他问得丈二和尚摸不着头脑，说："什么该怎么办？"

"这钱呀。"战一杰说。

"这钱是政府奖给你个人的，你拿着不就得了，这也是你该得的。"

"这怎么能是我个人的呢？我们这个冬令啤酒，从创新研制到市场推广，是大家努力的结果，我一个人拿了算啥？"

老胡见战一杰这么认真，就说道："既然战总您这么高风亮节，这么高看我老胡一眼，问到了我，我的意见就是，您愿意给谁就给谁，谁的贡献最大您就发给谁。"

战一杰想了想，说道："从贡献来说，应该属肖总和胡小英贡献最大。论付出呢，马汉臣也付出了不少。"

老胡插话道："凭良心说，战总您的付出是最大的。"

战一杰摆了摆手，继续说道："我的意见呢，把这钱分成四份，我、肖总、胡小英，还有马汉臣，一人两万五，你觉得怎样？"

"小英也拿那么多，不合适吧？"

"怎么不合适？就这么定了，你去把这支票提出来，把钱分发下去，一定要保密，免得出麻烦。"战一杰道。

4

放了假，沸腾的厂区一下就安静了下来。

一大早，战一杰就围着整个工厂转了一圈。经过大扫除的厂区，就像刚洗了澡一样焕然一新，到处都是那么整齐而又洁净，到处都散发出一种节日的喜庆味道。这一切，也让战一杰的脚步变得格外轻快。

路上有些零星散落的粮食，引来了几只觅食的麻雀，在急不可耐地啄食着。见了信步走来的战一杰，鸟儿们竟也不知道躲闪，只顾盯着地上的粮食。战一杰也不忍惊动它们，连忙放轻了脚步，蹑手蹑脚地绕了过去。

走在这片坚实的土地上，战一杰的心底油然而生的是一份充实与自豪。他自信，经过这两个多月来的努力，自己的艰辛与付出没有白费，局面已经初步打开，下一步的路会越走越宽，这棵久历风雨的枯树，一定会在自己手里发出新芽，重新绽放出勃勃生机。

转了一圈，没发现什么问题，战一杰才一身轻松地回到办公室。刚进办公室，老胡就跟了进来。

老胡进来后，回身把门关好，笑着问道："一大早就转了一圈，感觉怎么样？"

战一杰很是动情地说道："平时忙惯了，这一静下来，倒真有些不习惯了。想想我一毕业就分配到了这里，虽然是几经起落，几经进出，可始终没离开这个企业，这里的一草一木，一砖一瓦，都与我血脉相连。现在这个有着 60 年历史和传承的企业，还有这上千名员工的命运，都压在了我的肩上，老实说，有兴奋，有自豪，可感觉更多的还是压力啊。"

老胡见他说得动情，就语重心长地说道："这副担子放到谁的肩上都会有压力。关键是，只要心中装着员工，有责任，敢担当，就没有过不去的火焰山。"

战一杰把老胡让到沙发上坐下，说道："信心我是有，但我毕竟还年轻，做事难免有些冲动和欠考虑的地方。再说，回来的时间又短，对厂里一些情况了解得不深，把握得不好。您作为长辈和厂里的老人，一定要随时指导和提醒我。"

老胡笑道："指导谈不上，至于提醒嘛，我会的。我是知无不言，言无不尽，这一点你尽管放心好了。"老胡一边说着，一边从兜里掏出一张银行卡放到了茶几上，说道："这卡里有四万块钱，这次先还你这些，你收着。"

战一杰一听，就有些生气，沉了脸说道："我不是说过嘛，这钱不用急着还的。"

没想到，这次老胡却是出奇地坚决，也不管战一杰的脸色，固执地说道："你是不急，但我急。这钱若不尽快还上，我会睡不安稳的。你就收着吧，咱是好借好还，再借不难嘛。"

战一杰听老胡这么说，就无可奈何地说道："那我给你打个收条。不过，咱话可说好了，你要再用钱，可得随时开口。再说大姨还有病在身，那病可是耽误不得，一刻也不能大意。"

老胡笑道："好的，只要用钱，我就向你开口，难为你还时刻记挂着你大姨的病。"

战一杰给老胡打了收条，递给他，说道："我捉摸这几天也没什么要紧的事了，我准备回家一趟。这马上就过年了，也好帮着家里收拾收拾卫生，就麻烦你在公司多靠一靠。"

老胡道："那没问题，你放心走就是了，你是早该回家看看了。父母年纪大了，不图你们的钱财，不图沾你们多少光，只求你们能常回家看看，那就心满意足了。回了家，代我向你父母问个好。"

战一杰一边应着，一边手忙脚乱地开始收拾桌上的东西。老胡见他一副归心似箭的孩子样，心头倒是一喜，心道：这个样子的战一杰，倒是蛮可爱的。

送走了老胡，战一杰就给家里打了个电话。父亲接了电话，一听战一杰要回去，就嘱咐道："路上可千万要慢一点，这大年底下了，人都毛毛乱乱的。"

战一杰应着："我会小心的，您放心吧。"又问："家里置办什么年货了吗，我买回点去吧？"

父亲马上说："家里什么都不缺，鸡鸭鱼肉全都置办齐了，你姐夫还拿了一大包东西，我都冻冰箱里了，你可千万什么都不要买。"

父亲又补了一句："你人能回来，你娘就高兴地睡不着觉了。"

5

开车出了公司大门，路上车水马龙，就像父亲说的那样，一切都毛毛乱乱的。

主要道路两旁的法桐树上，不知什么时候已经缠满了电线和花花绿绿的各色霓虹灯。树与树之间也扯上了线，一个挨一个挂起了一连串的灯笼，这一切都告诉人们年来了。

战一杰禁不住在想，小的时候自己是多么盼望着过年哪。在那个物质贫乏的年代，只有过年了，才能吃上水饺，才能吃上白面馍馍，才能穿上新衣服。那种感觉是那么的幸福，那么的满足。

可现在呢？吃好了，穿好了，天天就跟过年似的，可那种幸福感和满足感却再也找不到了，心里越过越不踏实了。这到底是社会的进步，还是倒退？

出了城区，路两边是一望无际的绿色和白色掺杂交织在一起的麦田，让战一杰觉出一丝的放松与清新，思绪也从纷乱与得失中拔了出来。心道：自己已有六个年没在家过了，父母虽然嘴上没说，他们该是多么盼着自己能安安稳稳在家过个年哪。

车子过了村口的七孔石桥，战一杰放慢了车速。记得小时候过年农村是最热闹的，家家户户都敞开了门忙活，家家户户的房顶上都炊烟袅袅。

从腊月二十三过小年辞灶上天以后，就正式开始忙年。二十四扫房子，二十五割猪肉磨豆腐，二十六蒸馍蒸包子，二十七杀鸡烙猪头，二十八炸肉炸鱼炸豆腐……

那时候各家各户都忙得不亦乐乎，都忙得叮当山响，门里门外都鸡飞狗跳，灌满了孩子们的欢声笑语。可现在呢？

战一杰的车子一直开到了自家门口，路过那一排排漂亮的二层小洋楼，各家各户的门都是关着的。一路上与平时没什么两样，好像是人更少了，只有远处零星传来的几声鞭炮响在提醒着人们，春节快要到了。

战一杰下了车，脑子里突然想起了鲁迅先生的句子：旧历的年底毕竟最像年底。他不由摇头笑了，毕竟是时代大大的不同了，现在的年底最不像年底了。

进了家门，扑面而来的是一股年的味道。天井院里已经打扫得干干净净，正屋和东屋的门窗也已擦过了。天井的正当中，已然支起了一个老泥灶台，灶台下面填的是柴火，红红的灶火把舌头吐得老长。灶上坐着一口油锅，锅里的油滚着，父亲正在炸菜！

儿时过年炸菜的时候，可是一杰和一芳最高兴的时候。炸了肉，父亲就拿几块让他们尝一尝；炸了鱼，父亲也拿几块让他们尝一尝。那可只是尝，也就三块两块，不是叫他们放开吃，往往尝得他俩是越尝越馋，口水直往外流。

每当想起那时的样子，总觉得父亲像是在喂小狗，心里就满是委屈。可那副画面却永远深深地印在了心底，时间越久，就越是觉得温馨。

见战一杰进了家门，父亲就说："正好，肉刚炸下来，趁热快尝尝。"

战一杰顾不上洗手，拿起一块就塞在嘴里。一尝，确实还是原来的味道，真香！

这时，娘端着一盘豆腐丸子从屋里走了出来，见了战一杰就说道："小杰呀，今年过年那个小英来不来咱家？"

战一杰连忙接过娘手里的家什，含含糊糊地说道："这又没说没定的，人家咋来？明年吧。"

父亲说道："你个老婆子，成天就嘟囔这点事儿，也不嫌烦，过年了，你不会说点好听的。"

娘也不理他，还是小声嘟囔道："唱戏好听，可谁唱给你听啊。"

6

炸完了肉又炸鱼，炸完了鱼又炸豆腐，一会儿筛子里的炸货就成了小山。

战一杰搬了板凳，坐在了筛子旁边，一边给父亲打着下手，一边左一块右一块地尝。

父亲笑着问他："尝得怎么样？"

战一杰道："越尝越不香了。"

"得不到的永远是最好的，就因为原来你只尝了两三块，那就香；现在你这不叫尝了，大口大口任你吃，那还香个啥劲。"父亲说。

"话是这么讲，可但凡能放开吃，谁还忍得住就只吃那两三块？"

"上次我跟你讲得污染的事，你找陶副市长反映了没有？"父亲又问。

"找了，咱市委的付茂山书记还过问了这事呢。对了，他还让我嘱咐你，水源污染这事可不是个小事，千万不要乱讲。现在信息网络这么发达，一出个什么事，有影没影地就都往网上传。这事万一以讹传讹说成了真的，对市里、镇上，还有我姐夫那儿，都不好。"

"没有根据我当然不会乱说，这个我懂。但是，经过我这一阵子的调查，我们附近的这几个村子癌症的发病率是最高的，大大超出了正常水平。再就是不孕不育的比率也是大大提高，这很不正常啊。"

战一杰听了，心中也是一惊，说道："真有这么严重吗？你这些调查数据都准吗？"

"我这只是走街串户的民间调查，准不准很难说，但大致能说明，这个问题是存在的。"

"这些与地下水的污染有没有必然的联系呢？"

"这个咱也证明不了，需要有关部门的分析与论证，但这个事实存在是谁也否定不了的。"

"过了年，我就把这事向陶玉宛和付茂山正式反映上去，让他们派人来调查，派人来分析论证，那样，就会有个确切的结论。真要是有问题，政府是不会坐视不管的，这毕竟关系到源山几百万人的大事。"

"那你过了年可要抓紧，你单位上的事再重要也不如这事重要。"

说好了这件大事，父亲总算松了一口气。看来这事要没个着落，他连这个年都过不好。

炸完了菜，娘就问战一杰："这次回来还回去吗？单位是不是放假了？"

战一杰道："假是放了，可我不能歇。三十晚上还有个年夜饭赠酒的促销活动，我得回去。"

"你们这是什么单位呀，大年三十也不让回家过年。这资本家就是资本家啊，不管咱工人的死活。"娘确实有点不高兴。

"这跟人家资本家没关系，活动是我组织搞的。"

"你这去了国外，不回家过年也就算了，可现在回来了，还是捞不着回家过年，咱家想过个团圆年怎么就这么难啊。"娘又说。

父亲在一旁说道："去就去吧，都是为了工作，又不是干别的。再说了，人家下面的人都去，你这领导不去，也说不过去。"

战一杰见娘说着说着又要抹眼泪，就说道："估计活动用不了多长时间就能搞完，搞完了我赶回来就行了，耽误不了一块过年。"

娘说："那就算了。天黑路滑的你就别回来了，不安全。"

"三十那天晚上路上肯定连个车都没有，最安全不过，你们只管放心好了。"战一杰说。

父亲说道："那你准备什么时候回去？本来大年三十每家都要上坟，要不你就上完坟再回去，你也该到你爷爷奶奶的坟上去烧点纸了。"

正说着，战一杰的手机响了。

7

战一杰一看,是肖春梅。心想,看来这是肖春梅临走打个电话告别,就连忙接了。

肖春梅急切地说道:"你在哪儿呢?"

"我在老家呢,你还没走啊?"

"我刚准备要走,可大年三十晚上的促销活动出了问题。要不,我就不回上海了。"

"不回家还行?你这都舍家撇业出来一年了,怎么也得回家过个年。活动到底出什么问题了?"

"我们当初定的是只要预订年夜饭的,每桌都赠一箱我们的啤酒,由我们的业务员现场给客人拜年,赠酒。"

因为这个活动战一杰并没有亲自过问,只知道他们要大年夜赠酒。所以就说道:"这不是很好嘛,大年夜由我们的业务员亲自送上我们的礼品和祝福,宣传效果肯定错不了。"

肖春梅道:"问题就出在这赠酒上。因为现场我们赠了酒,客人当然就会喝我们赠的,就不会再消费酒店的酒水了,这样,人家酒店就损失了酒水收入。要搁到平时,酒店也不会计较,但大年夜这天,所有的费用都是要翻好几番的,所以很多酒店就反悔了,不让我们搞活动了。"

"酒店这么做也有情可原,看来还是我们考虑得不周到。"战一杰说。

"主要责任在我,是我的工作太不细致了。"

战一杰安慰道:"都这个时候了,你就别说这话了。你还是走你的吧,我马上赶回去,跟老马和小叶商量个解决的办法。"

"我这一拍屁股走人,不合适吧?我还是不走了。"

"有我在,你还不放心嘛?你把心放进肚子里,走就是了,祝你回家过个好年。"

肖春梅听战一杰说得坚决,也就不再坚持,连声说谢谢,就挂了电话。

战一杰正捉摸着怎么跟父母说这事,父亲说道:"快走吧,还是工作要紧。这坟,还是我自己去上就行了。说到底,还不就是表达那么个心意,你的心意只要到了,就行了。"

娘也说:"说归说,还是正事要紧,你赶紧走吧。"

战一杰满怀愧疚地离开家，路上他先是给马汉臣打了电话，问了问具体情况。马汉臣说，他正在挨个酒店做工作，但难度相当大，有可能是竞品在从中作梗。

战一杰让马汉臣赶回厂里等他，就又拨通了叶子龙的电话。叶子龙说，他已从别的渠道获得了消息，这次活动之所以出现变数，果真是崂山在暗中捣乱。战一杰一听，就让他也赶回厂里，等碰了头再研究对策。

回到厂里，马汉臣和叶子龙早已在会议室里等他。他们二人见战一杰进来，本想先检讨自己考虑不周的过失，却见战一杰一脸胸有成竹的平静，猜想保准是有对策了，就也顾不上检讨了，齐声问道："您有招了？"

战一杰道："这事想解决也不难，只缘身在此山中啊。"

他两个被他说得满头雾水，只是眼巴巴望着他。

战一杰笑道："既然是赠酒，那就等客人走的时候我们再赠，让他们带回家不就行了。"

叶子龙一拍大腿说道："对啊。这样酒店照样卖酒，客人把酒带回家，既能自己喝，还能走亲戚送人，宣传效果不是更好吗？"

马汉臣如释重负地长出一口气，笑道："本来很简单的事儿，让我们越想越复杂了。这下好了，满天云彩都散了。崂山不是想让我们搞不成吗？我们还就非得越搞越好。"

战一杰又问叶子龙："竞品还有什么别的动向没有？"

"听说过了春节就有大活动，而且力度超大，是前所未有的。但具体是什么活动，力度到底大到什么程度，还打听不出来。"叶子龙说。

马汉臣说道："我们的冬令啤酒打了他们个措手不及。据说这事可捅了马蜂窝，直接惊动了几个竞品的大本营和决策层。前几天，崂山和雪花的大区经理都换掉了，下一步说是要专门往这里抽调精兵强将。看来过了年，他们要拉开架式与我们决一死战。"

"那你们是怎么想的？"战一杰问。

马汉臣道："有您在我们谁都不怕。不是要决一死战吗？那就来吧，谁怕谁呀！"

叶子龙攥着拳头说道："让暴风雨来得更猛烈些吧！"

因为及时调整了活动部署，所以年夜饭的赠酒活动不但没有因为竞品的蓄意破坏而流产，反而取得了更大成功。

当穿戴一新的芸川啤酒业务员把赠酒和新年祝福送给吃年夜饭客人的时候，客人们大受感动，对芸川啤酒公司交口称赞。在表示感谢的同时，大家还纷纷表示，一定要多喝啤酒，多宣传他们。

更没想到的是，这个别出心裁的活动还惊动了芸川电视台和源山电视台。他们专门赶来进行现场报道，采访了几桌客人后，还对战一杰进行专访。

这样绝佳的宣传机会，战一杰当然不会错过。他借这个机会，把他们企业一心为了消费者、一切为了消费者的经营理念，作了阐述和说明。接下来，他就给全市人民拜年，祝全市人民合家幸福，万事如意！

就连做采访的美女主持人都对战一杰挑起了大拇指，说道："你这个企业老总真会做广告，你们的产品要是不火，都对不起我们替你们忙这个大年夜。"

战一杰连忙去包了红包，给电视台的人发了，又每人送了两箱啤酒，高兴得几个小美女差点就扑上去亲他。

直到九点钟，各个活动现场的汇报电话才打完，整个活动圆满结束。战一杰一一给每个参加活动的业务员打了电话，一是道辛苦，二是拜年。

打完了这一遍电话，战一杰又打给老胡。老胡说他在公司刚从各个工序转了一圈回来。

战一杰道："我们这边活动非常成功，厂里没什么事吧？"

"这边也一切正常，你放心吧。你现在怎么办，还要赶回家？"

"我这就走，父母还在家眼巴巴盼着呢。你也快回家吧，我在这儿给你们全家拜个早年，祝你们身体健康，合家欢乐！"

"我也给你和你的父母拜个年，祝你们新年快乐。你路上可千万要注意安全。"老胡也笑着说。

战一杰这才开车上了路。大年夜的路上确实没几辆车，远处的鞭炮声时有时无，偶而天上还会绽放出几朵礼花，有大有小，但都十分绚烂，十分美丽！

赶到家的时候快 11 点了，母亲已经睡下了，父亲正在看着春节晚会等他。见他回来，父亲进厨房端了四个菜出来，又开了一瓶白酒。

战一杰把酒倒上，端起酒杯捧到父亲跟前，一脸郑重地说道："爸，我敬您一杯。儿子不孝啊，一走就是六年，现在回来了，也没能常回家看看您二老，还总让你们跟着操心。"

父亲接过酒杯一口干了，说道："你这孝不孝咱先不说，你也 30 的人了，老话说，三十而立。这立是什么意思？那就是成家立业。你这家成不了，媳妇领不回来，你娘都快愁出病来了。"

战一杰也给自己满上一杯，端起来一口干了，说道："这事你们愁什么？今天我就在这里打保票，明年一定把媳妇给领回来。"

娘不知什么时候起来了，听他说得信誓旦旦，就说道："这回可是说真格的，你可不许糊弄我们老两个。"说完，就去给他们煮水饺。

水饺煮好了，外面的鞭炮声越来越稠密了起来。父亲就说："吃吧，吃了这大年夜的饺子就算过年了。"

吃罢了饺子，收拾了碗筷，战一杰就陪父母一块看春晚，一起等待新年钟声的敲响。

随着电视里倒计时的报数声，新年的钟声终于敲响，随即鞭炮声骤起……

父亲也拿了一串鞭炮，和战一杰来到院子里，他用早已准备好的杆子挑起来，让战一杰点上。鞭炮点着了，震耳欲聋！

鞭炮声里，战一杰在心里说道：这个年过得真好！

第十四章　新的开端

1

大年初一，战一杰赶到公司的时候还不到八点，老胡已在大门口等他。

电动伸缩门还没开，门前的地上已摆好了两挂大地红鞭炮。战一杰一下车，老胡就快步走了上来。两人握了手，互相问候了过年好。老胡说："你来点鞭炮吧。"

"还要我点？"战一杰笑道。

"当然要你来点，这个开门红就得你来。"

战一杰点了鞭炮，炸了满地的红色，伸缩门这才打开。战一杰把车开进公司，下了车，等老胡跟了上来，就问："这第一天值班，有什么事吗？"

老胡道："我们先去给值班人员拜年。你在楼下等等，我去办公室提上东西。"说完，老胡一溜小跑上了楼。

不一会儿，老胡就提了两大包东西走了下来。战一杰问："这是什么？"

"一个袋里是桔子和糖，另一个袋里是花生和瓜子。我们去给工人拜年，每个工序都给他们留下点。"

战一杰从他手中接过一包，又问："要不要给红包？"

老胡笑道："那倒不用，心意到了就行了。"

他们一起向厂区走去。战一杰边走边问："需要值班的工序有几个？"

老胡道："并不多。酿造车间的发酵工序，动力车间的制冷工序和污水处理，还有就是保卫科。"

说着他们就来到了发酵工序。值班的工人们见他们来了，连忙站起身来迎接。老胡与他们都很熟，就说道："战总来给大家拜年了。"说着，就从大袋里往外抓糖果。

战一杰笑着说道："过年好，大家辛苦了。"

工人们接过老胡递过来的糖果，笑着说道："领导过年好，谢谢还想着我们。"

转了一圈，最后来到保卫科。其实保卫是办公室下属的一个班组，但大家都叫习惯了原来的称呼，也就都没改口，还叫保卫科。

一进保卫科的屋门，老胡还没开口，却见一个人扑通一声跪了下来，冲着他两人就开始磕头，嘴里说道："战总过年好，胡叔过年好，我给你们拜年了。"这下倒把战一杰和老胡吓了一跳。原来农村老辈上过年的时候是兴拜年磕头的，但也只是在本庄本土或是本家里，在单位上没有这样的。

战一杰连忙弯腰把磕头的人扶了起来，一看面熟，但一时记不起来是谁。老胡在一旁说道："李龙兴你唱戏啊。这大过年的，你又想出什么洋相？"

战一杰这才一下想起是谁，就笑道："燕子李三，你过年好啊。"

李龙兴被战一杰这么一叫，倒有点不好意思起来，挠着头皮说道："胡叔，这有啥出洋相的，你们是我的恩人、贵人。这过年了，我给你们磕一个还不行啊。"

老胡这才对战一杰道："你让我给他安排个岗位，我寻思这小子不是会点三脚猫的功夫吗，就安排到这儿。这段时间表现还真不错，老婆也跟他复了婚，儿子也回来了，总算是有个家了。"

战一杰对李龙兴说道："这很好啊。一定要好好干，干出个样来给他们看看。"

李龙兴打了立正说道："请领导放心，我不会让你们失望的。"

2

按照当地的习俗，大年初二是要走丈母娘家的。

战一杰记得小时候，他和姐姐一芳最盼望的就是这一天。因为这一天走姥娘家，姥爷姥娘准备的饭菜是最好吃的，他们可以放开肚皮吃个够。

现在年龄大了，姥爷姥娘也都过世了，对那些好吃的也不是那么馋了，可那香喷喷的记忆却永远印在了脑海里。战一杰没有丈母娘家可走，但要回家陪陈胜利。他赶回家的时候，陈胜利已经早来了。

菜是现成的，娘和一芳不一会儿就张罗了一大桌。一家人坐下，陈胜利起身去里屋提了一个塑料桶出来，神神秘秘地说道："一杰，你这酿酒专家尝尝这酒咋样？"

战一杰这才明白塑料桶里是白酒，看他故弄玄虚的样子，就笑道："你还能有什么好酒？"

陈胜利不服气地说："是不是好酒，你先尝了再说。"

白酒倒进杯里，战一杰先端起杯闻了闻，窖香浓郁；再浅尝了一小口，醇厚绵甜；细细一品，后味干净，回味悠长，不由脱口说道："好酒，是好酒。"

陈胜利听他赞不绝口，就开心地笑了，炫耀道："怎么样，我不是吹吧？"

战一杰道："酒是好酒，就是度数太高了。这酒肯定在 65 度以上。"

陈胜利一拍大腿说道："行家伸伸手便知有没有，一杰不愧是酿酒专家，这就是 67 度的原酒，是我托人从一家老作坊里买的。"

一芳在一旁骄傲地说道："俺弟那还用你夸？要没两把刷子，咋能这么年轻就干跨国公司的老总？"

父亲听他们说得热火朝天，也端起杯尝了尝，尝完以后不住地点头，说道："是不错，真是不错。"

陈胜利又说道："一杰，既然你是专家，要不咱也开个酿酒作坊吧。现在这种土法酿造的原酒可抢手了，不托关系都买不上。"

战一杰道："这酒好是好，但有一个隐患。你们可能不知道，也有可能大部分人都不知道。"

"什么隐患？"

"一般正规厂家出的酒都要经过严格的出厂检验，所有的理化指标都是合格的。而这些家庭作坊土法酿制的酒口味很好，也保留了原汁原味，但他们什么指标都不检测，很有可能有一些微量物质是超标的。比如说杂醇油、铅一类的，是对人体有害的。"战一杰说道。

陈胜利一听，有些不服气地说："可是，咱也没听说谁家喝原酒喝死人了。"

一芳一听他这话，就生气地推了他一把，说道："你这不是抬杠吗？小杰只说对人体有害，又没说要死人。我看，这酒你们还是别喝了。"说着，她就把塑料桶提到一边。

陈胜利连忙说道："不喝了，不喝了，咱还是喝茅台。"说着又去拿茅台，把酒启开倒上，他们爷三个就开始喝。

正月初二招待女婿，不把女婿灌醉就是娘家人没本事。战一杰记得小时候，一到大年初二的下午，村里的大街上满是东倒西歪的醉鬼，有的腰里还别着酒瓶子，有的都躺到地上了还在吆五喝六地划拳，那可真是一道洋相百出的风景线。

以战一杰的酒量灌陈胜利那是一点问题也没有。父亲喝了一会儿就退出了战场，战一杰就和姐夫划上了拳。陈胜利的划拳水平不低，号称打遍全村无敌手。战一杰虽说与他旗鼓相当，但一杰的酒量大。喝到姐夫迷迷糊糊的时候，他还相当清醒，所以划到最后，陈胜利就净是输的份。

划拳划累了，他们又拉开了呱，边拉边喝。这时候陈胜利的嘴上已没了把门的，什么话都往外倒开了。他们拉了一会陈胜利的房地产项目，又拉了他的化工厂，最后话题就扯到了污水排放上面。

陈胜利说，黄士文他们那些化工厂为啥那么挣钱？还不是挣得排污的钱。有的化工厂光上了污水处理设备，但只是摆设，只是应付检查，平时根本就不用。

战一杰问："那污水往哪里排放？"

陈胜利的眼已经睁不起来了，只是含混地说道："那还不简单。就地挖个深井，排到地底下就是。"

战一杰一惊，忙又追问，陈胜利已开不了口了，不久就鼾声如雷了。

3

正月初三中午刚过，战一杰接到了陆涛的电话。陆涛问他在哪儿，战一杰说在老家。陆涛说："见个面吧，我这里搞到了几个竞品的信息，很重要。"

战一杰一听，神经一下绷紧了，说道："我马上赶回公司，你方便赶过去吗？"

陆涛很干脆地说道："我从高店赶过去，一会儿见。"

战一杰收拾了一下就马上动身。临上车前，他又给陈胜利打了个电话，问他昨天说的污水排放的事到底是怎么回事。

陈胜利听了，说道："什么怎么回事？我昨天说什么了，我一点也不记得了。"

战一杰道："你说污水都不处理，都挖了深井往地下排放。"

"不可能，我怎么会说这话？肯定是你喝迷糊了瞎捉摸。一杰，这话可千万不能乱讲，那可不是个小事。你姐夫可担不起灾祸，你姐更担不起。"陈胜利说完就挂了电话。

战一杰望着"嘟嘟"直响的手机，愣了半天，越捉摸越觉得蹊跷，本想回去再跟父亲说一声这事。可一想，老头子都这么大年纪了，别再给他添心病了，还是等自己把情况搞清了再说吧。

战一杰开上车，一路飞奔回到公司。刚到大门口，正好碰上了陆涛的车也到了，他们就一前一后进了公司大门。

二人来到战一杰的办公室。战一杰把陆涛让到沙发上坐下，连忙给他泡茶。陆涛也没多少客套，从挎包里掏出几份文件放到茶几上，说道："看看吧，雪花和青啤针对源山市场都出手了，来势汹汹啊。"

战一杰把冲好的茶水递给他，没看茶几上的文件，说道："你先说说吧，什么情况？"

陆涛喝了口茶水，说道："青啤集团把华中区的大区经理调到了源山。这家伙外号叫'操刀鬼'，开拓市场很有一套。由他坐阵源山，主抓整个川南地区，更主要的是，据说他带来了一千万的市场费用，六百万用于投放盖奖和渠道促销，四百万用于媒体宣传。这次青啤是志在必得，对于源山及其周边市场不光是收复失地的问题，而是直接手起刀落收入囊中。"

战一杰小口喝着茶水，又问道："雪花呢？"

"雪花也不示弱。据悉他们一个集团副总要来源山，直接坐阵指挥，扬言不惜一切代价一举拿下。"

"燕京呢？"

"燕京的消息还没来到，只要一到，我马上通报给你。"

"这些消息的来源可靠吗？"

"绝对可靠，这一点你尽管放心。"

"那你认为我们应该怎么办呢？"

"具体的应对措施我还没有。当初咱们的冬令啤酒之所以能够一举成功，就在于一个出奇制胜，就在于打了他们一个措手不及。可现在他们是有备而来恐怕我们还得再想别的招。我为什么这么急着见你？就是想让你有准备，早想对策。但有一点可以肯定，硬碰硬的话我们肯定会吃亏。"

战一杰笑道："硬碰硬肯定不行。逢强智取，遇弱活擒，我们只有避其锋芒另图良策。"

"在这样凶险的市场环境下，我在考虑，我们再推我们的'梦泉'品牌会不会贻误战机，或者说还能不能成功？"

"'梦泉'品牌当然要打。要不,这个企业何以安身立命?但光打这一拳肯定是不行的,要打一套组合拳,攻守兼备,收放自如,才能险中求胜。"

"看来你已是腹有良谋了,这下我就能松口气了。好了,我先走了,我们随时电话联系。"

"良谋谈不上,我正在想呢。这么着急走干嘛,晚上我请你,我们好好喝一壶。"

陆涛站起身说道:"不了,我还有事。我女儿病了,天天吃中药,我得回去看看。"

"不要紧吧,说起吃中药,我倒是挺迷信它,觉得比看西医强多了。"战一杰问。

"应该没什么事,小孩子也就是感冒发烧的。好了,你赶紧忙你的吧,我走了。"陆涛说着就背起挎包往外走。

战一杰起身送他,说道:"感谢的话我就不说了,咱可说好了,算我欠你一顿酒。"

4

知己知彼,百战不殆。现在对手的底牌已经摸清了,自己的牌该怎么出呢?战一杰正在冥思苦想的时候接到了肖春梅的电话。肖春梅的声音熟悉而又亲切:"领导老弟,年过的可好啊?"

战一杰被她的称呼逗笑了,说道:"美女老姐,你也过得好啊。"

肖春梅笑道:"你在哪儿呢?"

"我在公司的办公室,你呢?"战一杰说完,手机里却没了声音。他正奇怪呢,却传来了敲门声。他便随口喊了声,"请进。"

门开了,门口赫然站着的竟是肖春梅。

战一杰惊道:"你怎么这么早就回来了?"说着,连忙起身相迎。

肖春梅进了门,把拉杆箱放到一边,笑道:"想你了呗,就回来了。不知道你想没想你这美女老姐呀?"

战一杰知道今天这办公楼上没别人,就笑道:"想,浑身上下都想。"

肖春梅继续调侃道:"浑身上下?那是哪里最想呢?"

这话说得战一杰心里痒丝丝的,却又不敢接招,只好连忙岔开话题说道:"今天才初四,怎么不在家多留几天,好好陪陪老公?"

肖春梅的脸上掠过一丝忧郁，却又马上掩盖了起来，说道："我现在做梦都在卖啤酒，在家实在呆不住了。"

战一杰笑道："看来你也是个劳碌命。正好，我这儿有几份材料，你先拿回去看看，看完了咱再碰头商量。"

肖春梅拿过战一杰递过来的材料，粗略翻看了一下，惊道："你这是从哪儿弄来的？"

"一轮红日的陆涛提供的。"

"这东西可靠吗？"

"可靠。我只是没想到，青啤和雪花会出手这么快，而且这么狠。"

"兵来将挡，水来土掩，没什么了不起的。去年冬天我们的冬令啤酒把他们打疼了，他们肯定要报复，肯定要反扑，这也是预料之中的事。"

"我们的美女老总看来是胸有成竹啊。这次怎么这么有底气呀？"

"你就是我胸中的竹子，你就是我守在丹田的底气。有你在，我没什么好怕的。"肖春梅说着就站起身，一手拿着战一杰给她的材料，一手拖起拉杆箱往外走。

战一杰一边起身送她，一边笑道："这次我们就再给他们唱一出十面埋伏。"

送走了肖春梅，战一杰去了一趟洗手间，回来正好碰见胡小英手里拎着个礼品盒上了楼，就笑道："你也学会给领导送礼了？"

胡小英跟着他一前一后进了办公室，把礼品盒放到桌上，说道："就是来给你送礼的，看看这礼你喜不喜欢？"说着，她打开盒子，拿了两瓶白酒出来。

战一杰不知道她这葫芦里卖得是什么药，就拿起桌上的白酒细看。他这仔细一看，才看清楚这瓶酒与众不同。

这瓶酒包装很简单，瓶型也没什么特别的，不同之处就是酒里面泡着一支小小的丝瓜一样的东西，酒液也有一点微微的泛黄。

战一杰再一看商标，上面写着"苦瓜酒"三个字。他这才明白，里面泡着的是一支苦瓜。

看了酒，他又抬头看胡小英。胡小英正神情专注地望着他，那眼神有喜悦，有兴奋，更有一种得意洋洋在里面。战一杰的脑际突然灵光一闪，脱口说道："苦瓜啤酒！"

5

苦瓜又叫凉瓜。众所周知，它有清热解暑、明目解毒的功效。那么，用苦瓜酿制啤酒，它的作用不言而喻。

"众里寻他千百度，蓦然回首，那人却在灯火阑珊处。"战一杰盯着胡小英说道。

胡小英被他盯得有点不好意思，连忙躲开他那如炬的目光，小声说道："你这是说人呢，还是说苦瓜呢？"

战一杰道："你说呢？"

胡小英嗔怪道："你不说，人家怎么知道？对了，这礼物喜欢吗？"

战一杰学着她的腔调笑道："你是说人还是苦瓜？"

胡小英"扑哧"一下笑了，说道："这苦瓜啤酒你要是认可的话，那我就马上着手研制。"

这时的战一杰已像是打了兴奋剂一样，手舞足蹈地说道："马上研制，事不宜迟。"

"我捉摸还走姜汁暖啤的路子，还是采用后修饰的工艺，应该不会有问题。"胡小英说。

"肯定没问题。你马上联系钟慧，不行就直接联系朱总。他们那里要是有现成的苦瓜汁那是最好，要是没有，让他们赶紧想办法，越快越好。"

"好的，我这就给钟慧打电话。可现在才初四，不知人家上没上班。"

"她肯定没上班。你告诉她，没上班也得上班，苦瓜汁的事一刻也耽误不得。"

胡小英一看战一杰这么急，就直接拨通了钟慧的电话。

钟慧接了电话，小英简单客套了几句，就直接问苦瓜汁的事。

钟慧说道："我们这里没有苦瓜汁，苹果汁、梨汁、菠萝汁、大枣汁都有，就是没有苦瓜汁。"

胡小英扭头对战一杰说："钟慧说他们没有苦瓜汁，怎么办？"

战一杰一听，一把抢过了胡小英的手机，冲着里面说道："钟慧，我是战一杰。"

钟慧一听是战一杰，就笑道："二师兄过年好啊。这过年都跟我们小英在一块过了，手段不错嘛。"

"你别笑话你二师兄了，真要是有手段，至于现在还打光棍？行了，别扯闲篇了，我这里挺急的。你们没有苦瓜汁，但你们肯定能搞到，对吧？"战一杰笑道。

"那当然。只要是水果蔬菜这一类的添加剂，没有我们搞不到的。哎，你们要苦瓜汁干什么？难道又要出苦瓜啤酒？"

"对，就是出苦瓜啤酒。这可是你的头牌姐妹的最新创意，就看你支持不支持了。"

"支持，当然支持。我马上找大师兄，就是变也得让他硬生生变出来，谁让他会72变呢。"

"那要不要我亲自给朱总打个电话？"

"不用。你就说你们什么时候要吧？"

"今天初四，给你们三天的时间，初七要怎么样？"

"真这么急？"

"兵贵神速，就这么急。"

"好，三天就三天。这功劳可得给我们小英记在头上。"

"好，没问题，我给你们小英记头功。"战一杰应道。

钟慧那边突然压低了声音说道："战总，咱说归说，闹归闹，苦瓜汁这事我会尽上最大努力给你搞出来。另外，放下工作咱不说，我可要送你一句话。"

战一杰听她说得严肃，就说道："什么话，你说。"

"花堪折时直须折。"

战一杰听了一愣，继而说道："好，我记下了，谢谢你。"

挂了电话，胡小英见他一脸严肃的样子，就问道："这小丫头跟你说什么了？"

战一杰笑了笑，说："没说什么，她说苦瓜汁初七能到。"

"这么快，她能做得到吗？钟慧又不是老板。"胡小英说。

"他们这些人是很吃透'效率就是生命，时间就是金钱'这句话的，要是跟朱总谈说不定初六就能搞定。"

"那这两天的时间，我就做好一切准备工作，只要苦瓜汁一到就马上试产。"

"好。这回就痛痛快快杀他一个回马枪！"战一杰说道。

6

苦瓜啤酒的产品创意跟肖春梅一讲，她也兴奋不已。同时，表现更多的则是敬佩与崇拜。肖春梅道："这个新品牌我绞尽脑汁想了这么久，想到了梨汁、菠萝、大枣、菊花、牛蒡、金银花等等，不下十几种，但都不满意，总觉得不那么到位，不那么淋漓尽致。你说，我怎么就没想到苦瓜呢？"

战一杰道："我比你想得还多，也没想到这上面，这是胡小英想出来的。"

肖春梅的满脸崇拜一下僵在了那里，继而又释然地说道："年轻就是好啊，这可真是长江后浪推前浪，前浪死在海滩上。不由你不服啊。"

战一杰道："有了这个杀手锏，那就看你们市场销售的了。"

"这个苦瓜啤酒什么时候能出来。"肖春梅问。

战一杰道："初七试产，因为还是采用后修饰的工艺，所以会很快，我估计最晚正月初十就能拿出产品。"

肖春梅道："陆涛提供的竞品情况我都看了，看来形势相当严峻。我觉得，我们还是先下手为强，所以新产品的推出越快越好。"

战一杰想了想，说道："对于新产品的推出和市场布局我已经有一个初步的想法，本想跟陆涛沟通一下再跟你们商量。可现在看来没时间了。你马上给老马和小叶下通知，我们下午开会。"

"老马和小叶都在公司，我正在叫他们研究陆涛那份报告呢，要不现在就把他们喊来？"

"不用，急也不急在这一会儿。我先把我的大体想法与思路跟你通个气儿，再开会就简单多了。"

肖春梅明白战一杰的用意，感激地看了他一眼，柔声说道："你的心还蛮细的，姐心里明白。"

战一杰说道："我想，这次针对来犯之敌的大举进攻我们不能硬碰硬，要采取三个步骤：

第一步，放完年假一上班，我们全力推出原有的青鸟和琴岛两个品牌。把价格放到最低，不怕赔钱，只要比竞品低就行。

这两个低价位的产品不在我们现有的市场投放，而是大力投放到源山周边崂山和雪花最好的市场，而且要做出全力主攻的模样，不计成本，狂轰乱炸。不怕价格低，不怕市场乱，而是越低越好、越乱越好、越烂越好，先把敌人的阵地打乱，让他们后院起火。

第二步呢，我们的苦瓜啤酒生产出来以后大概在正月初十左右，全力投放市场。

这个产品无论是在科技创新上，还是在产品差异化上，都很好地传承和延续了我们两个冬令啤酒的特质，所以很容易被市场认可和接受。我们这个产品就全部复制冬令啤酒的政策，再搞一次预收款活动，把客户和终端的钱收上来，把货铺下去，占住他们的资金，占住他们的仓库，形成一道坚实的市场壁垒，让竞品进不来。即使进来了，也让它无从落脚，无处插手。

第三步，我们苦瓜啤酒的第一轮预收款活动结束以后，应该就在阳历的三月初。估计这个时候竞品也已被我们挫去锋芒，搞得焦头烂额了。我们再全新推出新品'梦泉'啤酒，打出家乡的啤酒最新鲜的口号，做好'新鲜'这篇大文章。在梦泉啤酒的市场定位和产品政策上，我们要精雕细琢，做深、做透，做实、做细，真正做成我们企业的安身之基，立命之本。"

7

下午的销售专题会简单而又振奋人心。

对于来自于竞品的强大压力，马汉臣和叶子龙并没有表现出过多的担忧，因为他们对战一杰的能力已经到了顶礼膜拜的程度。他们坚信：跟着战一杰没有完成不了的任务，没有打不下的市场，也没有战胜不了的敌人！

这次开会战一杰没有过多的发言，他主要让肖春梅讲。当然肖春梅也不是泛泛之辈，有了上午战一杰一番醍醐灌顶的点拨，她已经将这一套攻守兼备的奇谋妙计融汇于胸，再加上她女性特有的缜密细致，从她嘴里讲出来的这一套战略战术，已经相当完善，可以说是丝丝入扣，堪称完美。

马汉臣听了，一时还吃不透，也反应不过来，只是不住地点头，表示坚决执行。叶子龙正在扳指头口中念念有词地数着什么。

肖春梅问："小叶，你在数什么呢?"

叶子龙道："我在数你用了多少条计。有打草惊蛇之计，有围魏救赵之计，有声东击西之计，还有暗渡陈仓之计……"

战一杰笑道："原来你懂这么多计，36计该是背得滚瓜烂熟了。"

叶子龙不好意思地说道："我真是背得滚瓜烂熟，可就是一条也不会用。"

马汉臣在一旁认真地问道："里面有没有美人计？"

叶子龙看他一脸认真的样子，气道："老马你笑话我吧，这卖啤酒哪来的美人计？"

马汉臣看他生气，连忙笑道："我是问你这36计里有没有美人计。"

"36计里当然有美人计，但临时咱还用不上。"叶子龙道。

肖春梅道："行了，别在这里36计还是72计了，打赢了才算好计，你们两个对这套方案还有什么意见和补充没有？"

马汉臣和叶子龙都摇了摇头。肖春梅说道："既然没意见，就按这个方案执行。咱们还是按原来的分工分头行动，老马和小叶各人负责各人的一摊儿，拿出具体方案后，来我这里汇总，汇总完了上报给战总。"

战一杰道："这次又是个急茬儿，时间紧迫啊。今天是初四，初七一上班就得拿出来，辛苦你们三位了。"

战一杰刚回到办公室，肖春梅就跟了过来，问道："晚上饭怎么安排？"

战一杰道："怎么安排？我请你吧。"

话音未落，只听楼梯口传来了老胡的声音："别你请了，还是我请你们俩吧。"

两人回头一看，老胡已笑嘻嘻地走了上来。老胡跟肖春梅握了手，问了声新年好，就说道："我听小英说肖总也回来了，就猜你们晚饭没着落。就到我们家去吃吧，小英她娘都准备好了。"

肖春梅道："那多不好意思，挺麻烦的。"

"这麻烦啥？大过年的，菜都是现成的，你们也尝尝我的手艺。"老胡说。

战一杰道："那好，咱去尝尝。"

他们跟着老胡回到家，小英跟娘正在厨房忙活，听见他们来了连忙出来招呼。肖春梅见了小英娘就拉着手叫了声大姨好，小英娘高兴地应着，把他们让到沙发上坐下，又去泡茶水。

肖春梅是第一次来，坐在那里左右看了看，就忍不住小声问战一杰："老胡干了一辈子公司领导，就住这儿？"

战一杰还没答话，老胡端了瓜子和糖果出来，看出了肖春梅的诧异，就笑道："家里是简陋了点，可这在我们厂里算是好的，大部分人连这个条件还赶不上呢。"

正说着，小英和娘就把菜端了出来，老胡去拿酒，他们就围着茶几坐了下来。酒都倒上，小英给娘也倒了杯水，老胡端起杯说道："过年好，咱一起喝一个。"

大家干了，肖春梅说道："胡主席，说实话，我真是没想到，我们的职工生活条件这么艰苦。"

老胡一边倒酒一边说道："好在现在有盼头了，也有了一个不错的开端。这一切真是来之不易啊，也怪难为你们的。"

小英娘在一旁说："是啊，摊上你们这样的好领导是我们职工的福气啊，就连我们楼上的退休职工也夸你们呢。"

战一杰有点激动，端起杯来郑重其事地说道："面包会有的，一切都会有的，你们放心吧。"

听了他的话，大家也都举起了杯。这时，外面不知是谁点着了一支鞭炮，噼噼啪啪的鞭炮声，就像是鼓掌一般。

8

正月初七一上班，三个车间就开足了马力投入了生产。生产部经理老徐一大早就跑了来，问战一杰，销售部报的计划全是"青鸟"和"琴岛"两个老品牌，不会有错吧。

战一杰道："不会错，你按计划装酒就是。"

老徐见战一杰胸有成竹的样子，又不愿多说，也就不再多问，马上回去安排生产。

老徐刚走，肖春梅的电话就打了进来，问道："我们的这一整套战略布局你没有告诉陆涛吧？"

"还没呢，怎么了？"

"我思前想后，觉得还是先不要告诉他。我觉得这人就是个商人，并不可靠。他既然能把竞品的政策和动向透露给我们，他就能把我们的再透露给他们。"

战一杰道："你考虑得很对，那我们就先不告诉他。你们那边的工作怎么样了？"

肖春梅道："方案基本弄好了，一些细节的地方我再完善完善，下午给你报过去。"

和肖春梅通完话，战一杰就起身往外走，想去胡小英那儿看一看准备得怎么样了。

一开门，迎面正碰上赵志国准备敲他的门，就笑道："赵总回来了。"

赵志国哈哈笑着说："回来了，听说你们都已忙了好几天了，我都掉队了。"说着，两人握着手一块回到屋里。

两人在沙发上坐下，战一杰道："怎么样，年过得可好？家里人都好吧？"

"好，都挺好。怎么？我听说一上班就全力生产老牌子酒，那'青鸟'和'琴岛'两个牌子，你还准备用啊？"赵志国问。

"用，当然还要用，但要当作战术产品来用。"看着赵志国没明白他的意思，就把下一步的战略布局从头至尾给他讲了一遍。

赵志国听得有点惊愕，有点惊心动魄，但更多的则是佩服，打从心底里佩服！

他不得不承认，战一杰确实是一个销售奇才。他原来还不那么服气，总觉得他搞的那两款冬令啤酒也就算是瞎猫碰上死耗子——蒙上了。现在这一整套的战略战术，可不是谁想蒙就能蒙出来的。

听战一杰讲完，赵志国表态道："战总，我这边这一摊的工作你就放心好了，一定不会拖销售的后腿。"

战一杰道："还是那句话，人心齐泰山移。只要我们心往一处想，劲往一处使，没有过不去的火焰山！"

9

初七下午，苦瓜汁如期送到。

钟慧来到胡小英办公室的时候，战一杰正好也在。钟慧一见战一杰，就亲切地叫了声二师兄，说着就要上去拥抱，吓得战一杰连忙躲了，她就和小英抱在了一起。

三人说笑了一阵，战一杰就说道："还蛮准时的，说三天就三天。"

钟慧打了个呵欠说道："你可甭提这三天了，可把我们害苦了，这三天三宿我们基本就没合眼。小英你看，这皱纹这眼袋都出来了，这脸色都快跟这苦瓜一个颜色了。"

小英笑道："你还别说，要是再长上几个青春痘，就真成苦瓜了。"

钟慧上去就挠她，说道："你还笑，还不都是为了你。要是光为二师兄，我可犯不上这么拼命。"

战一杰在一旁说道："说吧，要我们怎么谢你？"

钟慧道："谢倒不用，早说好了，这功记到我们小英头上。说真的，自打接了你们的电话，从采购货源，到萃取实验，再到规模生产，我们是一分一秒都没耽搁。直到今天上午十点才生产出合格产品，朱总马上就安排车让我送了过来。本来他要亲自来的，可上班头一天院里开会，他实在来不了，让我给你们带个好。"

"朱总那里改天我再去登门道谢。钟慧，你今天就别走了，晚上让小英好好请请你。"战一杰笑道。

"我倒是真想留下，可不行啊。这第一天上班事儿可多了，等卸下货，我还得跟车马上回去。关于价格的事，朱总交代了，还按最低的价格，这个你放心好了。"

"你又不是什么领导，还能一晚上的时间也没有？我们战总都说了，你就留一晚上吧。"胡小英拽住她的胳膊。

"怎么还战总战总的，我怎么听着那么刺耳啊。"钟慧说着，又冲战一杰挤挤眼，"二师兄，花还没折啊。"

战一杰咧嘴笑了笑，说道："啊，还没呢。"

胡小英被他们弄得云里雾里一般，就问道："你们打什么哑谜呢？"

"打什么哑谜呀，还不是为了你这傻丫头。"钟慧说着又冲战一杰说道："战总，我们朱总还交代了件事，让我单独跟你谈一下。"

"怎么，还要背着我呀？"小英道。

"那当然，你回避一下吧。"钟慧说。

胡小英瞅了一眼战一杰，战一杰就冲她点了点头，小英这才往外走。钟慧在一旁道："甭在这里眉来眼去的，小英你个死丫头，我说话你就是不听，满眼里就只有你们这个战总了。"

小英出去了，钟慧左右看了看，就从包里掏出一张银行卡，塞到战一杰手里，说道："这卡里有三万块钱，是我们朱总的一点意思，本来春节前要来的，可不是这事就是那事，一来二去就耽误了，你千万别见怪。"

战一杰把钟慧的手推了回去，沉下脸说道："钟慧，你们对我工作的支持我谢谢你们，朱总的心意我也心领了，但这个我不能要。"

钟慧一听，硬把卡塞进了他的口袋。见战一杰还要争，就急红了脸说道："你先别争，先听我把话说完。"

战一杰看她真有点急眼，就住了手听她讲。钟慧说道："我说战总，你是不是在国外呆了这几年呆傻了。我们之间的这种合作，你们企业该省下的也省下了，我们企业该挣的也挣了，你们没吃亏，我们也没赚便宜，都是公事公办。而这个就是我们朱总的一点心意，是为了以后更好地合作。这是规则，也是惯例，这是你该得的，既不是受贿更不是贪污，若是换了别人，也有。

本来这话我不该说，说了你也别生气。本来这钱是应该给人家胡小英的，可小英死活不要，说你最见不得这个。我明白你在我们小英心中的位置，你只要发了话，她是说死也不会要的。但小英家的条件你也清楚，他母亲还有那种病。这钱对你可能无所谓，是九牛一毛，可对她来说那就是救命的钱。

小英对这个企业付出多少，为这个企业作了多大的贡献，你心里最清楚。就拿这个苦瓜啤酒来说罢，我敢断言，你们肯定能火，创造的利润何止千万。可人家小英，又得到了什么呢？"

听完钟慧的话，战一杰没再坚持，把卡接了过来。

10

苦瓜汁一到马上投入实验。战一杰、胡小英，再加上小吴和小杜两个技术员，他们晚饭也没顾上吃，一直忙到快八点才算忙完。

小杜一看表，"妈呀"一声把他们吓了一跳。小吴道："你撞见鬼了？"

"我儿子还一个人在家呢，都这会了还饿着呢。"小杜说。

小英连忙说道："那你快走吧，别饿坏了孩子。本该让战总请请咱们的，今天就算了。"

小杜一边收拾东西一边说："今天不行了，改天吧，反正战总欠我们一顿。"

战一杰笑道："咱一言为定，改天我好好请请你们。"

小杜走了，小吴一看没什么事也走了，屋里就只剩下战一杰和胡小英。小英说道："有两个冬令啤酒的经验，这苦瓜啤酒有把握多了，明天投入生产应该没什么问题。"

"这次多亏了你呀。"战一杰说着就从兜里掏出了那张银行卡，递给胡小英。

小英一愣，问道："你这是干什么？"

"这是钟慧留下的，你就拿着吧。"

"我不要，钟慧曾经要给我，我没要。"

战一杰盯着她问道："你为什么没要？她说这是你该得的。"

胡小英抬起眼光，看着战一杰问："你也认为是我该得的吗？"

"对，我也认为这是你该得的，你就拿着吧。"

"你说的是真的还是假的？"胡小英盯着战一杰又问了一句。

"当然是真的。钟慧说的也有道理，又不是因为有了这个，就让我们公司受了损失。在公司的利益得到全权保障的前提下，这点心意也是可以接受的。"

"既然这样，那你就拿着吧，人家这是给你的。"

"我又不缺钱。人家钟慧说了，这就是给你的，因为你不要，她才给了我，让我转交给你。"

胡小英固执地说道："那我也不要。我家里是缺钱，可我不想让你看扁了我。"

看着小英倔强的模样，战一杰的心头不由一热，一下就把小英拥进了怀中，柔声说道："不会的，我怎么会看扁你呢。"

小英伏在他的肩头喃喃地说道："你不知道，你在人家心中的位置有多么重要。"

战一杰不再作声，就这么静静地抱着她，只觉得一切都像是停滞了一般，心中漾起的全是甜蜜。

突然，小英想起了什么似的，一下离开了他温暖的怀抱，说道："还有一个事我没告诉你，差点忘了。"

"什么事？"

"听钟慧说，许茂到他们那里进货的时候，经常四处打听我们两个的消息，像是没怀什么好意。"

"打听我们两个？那他能打听出什么来？"

"钟慧也没说具体，只是她有个感觉，觉得许茂心怀着鬼胎。我看，这卡还是给钟慧退回去吧，别再给你惹来什么麻烦。"

战一杰来回踱着步想了想，说道："看来这个许茂是有所警觉了。他倒没有什么可怕，就怕他后面站的是赵志国，那可就有点麻烦了。要不这样吧，这卡我们也别退了，我先原封不动交到杨小建那儿，咱们谁也别动，看看事态的发展再说。"

"这样最好。那我查麦芽试剂和那批瓶子的事是不是也应该抓紧了？"小英有点紧张。

战一杰看她一副如临大敌的样子，就笑道："不用。我们先把苦瓜啤酒这正事儿忙完再说，量他一个小泥鳅也掀不起什么大浪。"

胡小英点了点头，银牙一咬说道："谁要动你，我就和他没完。"

战一杰看着这个单纯而又善良的姑娘，为了自己，竟说出这样的话来，一股暖流一下涌满了胸膛。

11

灌装出来的苦瓜啤酒，经过检测指标全部合格。再经过感官品评，泡沫洁白，细腻如乳；气味清新，怡人心脾；口感协调，净利爽口。而且苦瓜特有的苦味，和啤酒花的苦味完美地融合在一起，给人一种尤为清爽的感觉。

不管是生产系统的人员，还是销售系统的人员，尝完了，都不由挑起了大拇指。马汉臣说道："这是我有史以来，喝到的口感最好的啤酒。"

徐国强笑道："老马你真有文化，还有史以来？怎么就出来个有史以来呢？"

马汉臣道："不是有史以来，自打我开始喝啤酒以来，这总行了吧。"

胡玉庆道："老徐你别在这没事儿找事儿，我觉得马部长说的一点没错，这也是我喝过的最好喝的啤酒。"

战一杰见大家兴致高涨，就问道："大家对这个啤酒有没有信心？"

大家齐声说："有。"一帮老同志竟这么兴奋地喜形于色，他们自己都觉得有点不大好意思。

战一杰说道："既然大家这么有信心，那就马上分头行动吧。"

战一杰叫上老胡和老徐去酿造和灌装车间转了一圈。见生产一切正常，就对老徐说道："从现在开始，你就得开足马力生产了，市场起来了，你可别再拖了后腿。"

老徐不无担忧地说道："别的不怕，我就担心这设备，咱都好几年没正儿八经搞大修了，可别到了关键时候，它真给你掉链子。"

老胡说道："那就得随时留意，随时注意，勤保养多检修。这段时间我也靠上，发现问题咱们马上解决，决不能拖销售的后腿。"

战一杰道："那就辛苦你们两位了。"

他们又来到成品仓库，见仓储部的经理曹坤和主管杨震正提着几包啤酒在比划着什么，就走上前去。老曹见他们来了，连忙上来打招呼。

老胡问："老曹，你们在干什么呢？"

老曹道："随着产量的加大，现在成品仓库的库容已跟不上了。杨震提了个建议，把垛再码高两层。这不，我们两个在做实验呢。"

战一杰一看，原来的啤酒垛码了五层高，再加上两层的话，那就是七层，确实是就地解决库容量不足的好办法，就点着头问道："你们实验得咋样，行不行？我看七层是容易塌垛的。"

杨震走上前来，说道："七层确实容易塌垛，但我们在四层高的时候，加上一层垫板，这样就没问题了。"

一旁的老胡和老徐笑道："这确实是个好办法，杨震你小子行啊。"

"那加到八层呢，会不会有问题？"战一杰又问道。

"有了这层垫板，加到八层也不会有问题，但是垛太高了，装卸工的装卸就要多费很多劲，降低了效率不说，还有安全隐患，所以还是七层最合适。"杨震说。

战一杰用赞许的目光看了一眼杨震，对在场的人说道："我们干工作就要这样，要学会动脑子，要学会创新思维。别看只加了这一层小小的垫板，一下就增加了20％的库容量，这可是个不小的创举啊。"

说完，他又对老胡说："胡主席，我提个建议，我们公司是不是设立一个创新奖或者叫革新奖。只要是在生产活动中搞的创新呀，革新改造呀，一律给予奖励。大改的大奖，小改的小奖。作出重大贡献的，就重奖。你看怎么样？"

老胡笑道："这当然好了，现在人家一些正规企业，早已把这个当作是基础制度了。"

老徐接过话去说道："可我们还在这里当新鲜事物呢，我们的管理都落后到什么程度了。"

战一杰道："落后不要紧，知耻而后勇，那才是最重要的。我们从现在开始奋起直追，还不算晚。"

第十五章　明争暗斗

1

苦瓜啤酒的推出取得了巨大成功，第一次预收款就收了四千余万元。不光是源山市场，整个川南市场都被带动了起来。一时间，竟有了"没有苦瓜啤酒不成宴席"的说法。

订单像雪片一样飞来。战一杰刚想松一口气，肖春梅却跑了来，心急火燎地说："马汉臣这家伙撂挑子了。"

战一杰连忙把肖春梅让到沙发上，给她倒了杯水，说："你沉住气，慢慢说。"

肖春梅道："前天早上马汉臣给我打电话，说他血压高，要请几天假。我当时也没在意，就说现在正是紧要当口，你怎么能请假？就没准他的假。可没成想他昨天没来，今天还没来。我打他手机，却关机了。真没想到，关键时候他给了我们一刀。"

"你先别急着下定论。老马是不是真的病了，说实话，这段时间他可是够累的。"

"我从侧面打听了，他没病，是想要挟咱们。"

"要挟什么？是不是承包的事？"

肖春梅端起水喝了一口，说道："初七正式上班，他就找过我，问承包的事有眉目吗？我说得跟你商量。

前几天，见你忙着研制苦瓜啤酒，忙得脚后跟直打后脑勺，我就没跟你汇报这事。看来马汉臣这是没等到回信，有点急眼了。"

战一杰沉吟了一会儿，说道："其实这段时间我一直在考虑销售承包的事，这件事是势在必行。只有真正把销售员的积极性调动起来，让他们先得到实惠，销售和市场才能真正动起来，才能真正拥有不竭的发展动力，从而摆脱现在这种靠政策拉动，靠促销推动的权宜局面。

承包是为了让公司更好更快地发展，是在公司发展的前提下让销售员得到实惠，而不是让某些人富起来，让个别人借此来发大财。"

肖春梅盯着战一杰，没有插言，等着他继续往下说。

"马汉臣要真有这种借此来发财的想法，那是很危险的。在还没搞清楚具体情况之前，咱们来个以静制动。你不要再跟他答话，你就把他手头的工作全接下来，这没问题吧？"

"这没问题，不行就让小叶再搭把手。"

战一杰突然沉下脸，说道："不要让小叶插手，你要有个思想准备，即使销售要搞承包，也是由你来包。"

肖春梅见他一脸严肃，就不无担忧地说道："我一个女人，又不是本地人，能行吗？我怕撑不起来。"

"你只要想撑就能撑起来，不是还有我嘛。"战一杰道。

肖春梅这才舒了一口气，甜甜一笑道："就是，不是还有你吗。你还能丢下你这老姐不管？"

战一杰又道："这段时间你安排市场部，抓紧着手筹划'梦泉'啤酒的上市工作。估计三月初，借着苦瓜啤酒这股龙卷风，我们一鼓作气把梦泉啤酒推出来。

再者，跟'一轮红日'联系一下，对业务员的培训工作也得马上展开，白天没时间就瞅晚上。现在市场越做越大，碰到的问题也会越来越多，业务也会越来越难做，业务员的素质水平要是跟不上就麻烦了。"

"这几个事我回去后马上安排，你放心吧，我不会让你失望的。"

肖春梅走了，战一杰就捉摸，马汉臣这事绝不可能这么简单，肯定还有一些不为人知的隐情在里面。别看战一杰对肖春梅讲得那么轻松，可他心里一点也不轻松。他理了理思绪，把前前后后的事都想了想，就来到了厂办。老胡和王佳萍都在，他就在洗发上坐了下来。

小王连忙去给他泡茶水，老胡就问他有什么事儿。战一杰说没什么事儿，办公室里太闷，想出来透透风。看见小王在支着耳朵听他们谈话，就故意问老胡："中层干部竞岗的事准备得怎么样了？"

老胡被他问得一愣，说道："这一阵生产销售都这么忙，尤其是生产，都让销售逼得提不上裤子了，这个时候搞竞岗合适吗？"

战一杰道："怎么不合适？越是这个时候才越得搞，你去跟赵总商量一下，要抓紧啊。"

2

第二天一早，战一杰没去办公室直接去了工艺楼的生产部办公室。生产部办公室没人，他想老徐保准是靠在了灌装车间，就又去了质量技术部。

来到二楼的质量技术部，迎面正碰上技术员小吴急匆匆往外走。小吴见战一杰来了，连忙驻足跟他打招呼。

战一杰问小吴："你们胡经理呢？"小吴道："胡部长在酿造车间，我正要过去。您就在我们办公室等一会儿，我去喊她回来。"

战一杰进了屋，刚坐了一会儿，胡小英就回来了。胡小英进了屋，一边洗手一边问："是不是有什么急事？"

"没急事，我主要是问问麦芽和瓶子的事。"

"后天麦芽和瓶子就开始进货了，准备工作我都做好了，一个礼拜就能见分晓。"

"这事一定要保密。这段时间有人可能会采取行动。"

胡小英一听，一下紧张了起来，问道："不会对你不利吧。"

一听小英首先想到的不是自己而是他，战一杰心头不由一热，说道："我倒没什么，主要是你，要小心一点。"

正说着，杨小建的电话打了过来。

杨小建道："今天一早，我们办公楼上每个办公室的门缝里，都夹了一封匿名信。"

"什么内容？"

"我说了你可别急。信里说你乱搞男女关系，跟肖春梅睡了又跟胡小英睡，反正写得挺黄，现在办公楼里都炸锅了。"

战一杰脱口骂道："可耻。"他脑子在飞快地转着，这事十有八九是赵志国主使的。昨天他去厂办，故意当着王佳萍的面说了那些话，本来是故意打草惊蛇投石问路的意思，可没成想，这蛇反应这么灵敏，只这一吓就蹿了出来，而且狠狠地咬了他一口。

马汉臣撂挑子是第一步，这是第二步，那么下一步他们会干什么呢？

马汉臣、许茂、王佳萍、赵志国，这个"四人帮"已经慢慢浮出了水面，对他发起了进攻，自己又该如何应战呢？

打蛇打七寸，战一杰最后把这个"七寸"定位在许茂身上。拿定了主意，他对身边的胡小英道："回头立马把麦芽和瓶子的数据拿出来，越快越好。"

3

当老胡把匿名信摆到战一杰案头的时候，战一杰看了看，抬头问老胡："胡主席，你信吗？"

老胡铁青着脸，忿忿地说道："我当然不信，我信不过你，还信不过自己的闺女？"

战一杰道："真是对不起小英了，让她一个姑娘家背这么一个黑锅。"

老胡道："这件事我已报案，关键是要把造谣的人揪出来。公司的大好形势来之不易，我看有人就是要把水搅浑，你可千万要稳住啊。"

两人正说着，肖春梅和胡小英来了。她二人进了屋，在沙发上坐了下来，胡小英对老胡说："爸，你回避一下，我们找战总有话说。"

老胡一看她二人一脸严肃的样子，本想说什么，犹豫了一下，还是没开口，只是叹了一口气就离开了。

战一杰起身接了两杯水，轻轻地分别放到她们二人面前，又偷眼去瞧她们的脸色，却正碰上她两个正盯着他看的目光，心里不由一阵直发毛。

还是肖春梅先开了口，说道："战总，这事怎么办啊？"

战一杰轻声问："什么怎么办？"

"还在这里装糊涂，那信上怎么写的，你不是都看了吗？你把我们两个都那个了，我是过来人了，那个也就那个了，可人家小英还是个黄花大姑娘，你说怎么办？"肖春梅说。

战一杰一听，就有点急，说道："什么这个那个的，你说，我把你们怎么了？"

"怎么不怎么，你心里清楚，怎么还叫我说？"肖春梅又说。

战一杰脸涨得通红，说道："我的亲姐姐，你凭良心说，我到底把你怎么了？"

肖春梅忍住笑，继续板着脸说道："我这里，你当然没怎么样，因为我老了嘛。可人家小英呢，那可一掐就出水，你真没那个？"

243

战一杰转脸又急吼吼地问胡小英："你说，我们那个了吗？"

看到战一杰急赤白脸的样子，她两个再也忍不住，"扑哧"一声笑了出来。胡小英道："你看你急得那个样儿，春梅姐这是逗你呢，跟你闹着玩呢。"

肖春梅也笑道："我说大兄弟，你也有沉不住气的时候啊，还这么不经逗。"

战一杰万也没想到，她们二人对这事是这个态度，本来是想认认真真的说声"对不起"，可现在看来，她们倒是远比自己看得开，就松了一口气说道："这事儿，你们能这么放得下，我真是谢谢你们了。"

肖春梅道："甭说没那个，就是真那个了，我们也是心甘情愿的嘛。"肖春梅是过来人，说这话倒没觉出怎么样来。可小英毕竟还是个姑娘家，所以脸早已羞得绯红，推了肖春梅一把，说道："春梅姐，怎么能这么说呢？"

肖春梅见小英抹不开面儿，就索性把窗户纸捅破，说道："怎么？姐没说到你心里去啊？你个鬼丫头，甭在我面前装了，你心里怎么想的，你当我还不清楚啊。"

他们正说着，杨小建来了。杨小建一看这阵势，不知道到底是什么情况，也不敢开口，只是挨个盯着看。

战一杰道："看什么看？坐下吧。"

杨小建自己去接了杯水，试探地问道："怎么，谈判啊？"

肖春梅笑道："谈什么判啊！你哥都让人从头顶欺负到脚后跟了，你还在这儿装没事人？"

杨小建听她说话的口气，就知道她们这边没什么事了，就笑道："你们两个谁是头顶，谁是脚后跟呀？"

肖春梅道："去你的。赶紧坐下，咱想想对策吧。"

杨小建冲着战一杰说道："你就知足吧，两个大美女都对你这样了，你快想辙吧。你就告诉我是谁干的，看我不把他的头拧下来。"

"谁干的？你没脑子啊，猜还猜不出来呀？"肖春梅说。

"是赵志国？不至于吧，我们又没把他怎么样？他一分钱也没少开。"杨小建道。

战一杰道："这不是多开钱少开钱的事儿，里面肯定有更大的隐情。既然蛇已出洞，我们就张网以待吧。"

4

　　匿名信是王佳萍发的。信发完了，她很害怕，但并不后悔。

　　春节放假回来以后，赵志国一直闷闷不乐。欢娱过后，王佳萍问他怎么了，他却不说，只是很突兀地问了一句，我要是离了婚，你愿意嫁给我吗？

　　王佳萍吓了一跳。可以说，这个问题她连想都没敢想过。自打知道了赵东的精神病，自打跟他闹离婚他要跳楼的那一刻起，王佳萍就对自己说，自己这辈子算是完了。

　　可是为了躺在床上的父亲，为了母亲，她又能怎么样呢？婚又离不了，赵东的病一天比一天厉害，天天疑神疑鬼地盯着她，折磨她。有的时候，他怀疑她在外面干了见不得人的事，就脱了她的裤子检查她。亏得她每次都早有准备，否则，还不知道后果会是什么样。

　　现在唯一支撑她的只有赵志国了。尽管她知道和这个男人之间不可能有结果，尽管他们之间是一种赤裸裸的交易，尽管他在那方面有点变态，可王佳萍觉得，自己已是越来越离不开他了。

　　赵志国真要娶自己吗？他真能娶自己吗？自己能嫁给他吗？王佳萍不知道答案，不愿想，也不敢想。

　　当赵志国把许茂准备好的匿名信交给王佳萍的时候，他又犹豫了，说道："还是算了吧，我再想别的办法，这事儿不能让你掺合进来。"

　　王佳萍一把把信夺了过去，说道："只要是为了你，我什么都愿意干。"

　　王佳萍把信看了一遍，问："这上面写的，是真的吗？我怎么觉得不大可能呢？"

　　"当然是真的。"赵志国道，"你要是不愿发就算了。"

　　"我愿意。"王佳萍把信收好说，"就算不是真的，我也去发。"

　　看着小王一副赴汤蹈火的架式，赵志国打心底里感动，又不由对许茂恨得咬起了牙根儿。本来他不想这么仓促地行动，可许茂实在等不及了。

　　许茂说："如果这次扳不倒战一杰，我的采购部长也就干不成了。那么，不但没了将来，而且过去的也将会一股脑地翻出来，到时候你就看着办吧。"

　　从各个渠道反馈回来的信息来看，战一杰早已在暗中调查采购部、调查许茂了，并且马上就要开始中层干部的竞岗。

　　其实许茂这个采购部长干不干并不是赵志国最关心的。他害怕的是，这一年多来，他通过许茂从供货商那里拿的好处可不是一个小数目。一旦许茂落选，这家伙肯定会恼羞成怒，把他给咬出来。看这小子咬牙切齿的样子，他什么都干得出来。

现在的许茂为了保住这个部长职位，已是有点困兽犹斗了。他明白赵志国怕什么，他也知道怎样才能牵住赵志国的鼻子。他之所以把这些匿名信交给赵志国，让他来发，那就是逼他卷进来。哼，平时吃了那么多好处，到了关键时候就想全身而退，世上哪有那好事儿？

马汉臣的抱病是第一步。本来马汉臣这段时间有点失控，差点就被战一杰策反过去，可架不住许茂苦口婆心地做工作，总算保住了这颗棋子。

整个假期，许茂几乎天天跟马汉臣泡在一块，小酒喝得差不多了，就不厌其烦地给他分析形势。许茂说："只要战一杰干这个总经理，是不会把销售承包给你的，即使要承包，他肯定包给肖春梅，难道人家肖春梅会白让他睡了？"

这话说得马汉臣有点动摇。许茂又说："下一步要进行中层干部竞岗，以你的臭脾气和臭名声肯定会落选，到那时候，就是人家肖春梅不承包，也轮不到你头上了，你仔细想想吧，老兄。"马汉臣终于被他说动了，但只是答应先请几天假试试，而且真跑到医院去住了下来。许茂明白，这家伙是给自己留后路呢。但不管怎么说，第一步算是成功了。

第二步就是发匿名信。现在信发出去了，而且是由王佳萍发的，又一下炸了锅。

5

过了两天，战一杰把钱冬青找了来，问他下面有什么反应。

匿名信的事出了以后，战一杰怕影响到公司正常的运营，就让老钱下去摸摸情况。本来老胡想去的，可这事牵扯到了胡小英，战一杰就没让他去。

钱冬青反馈回来的信息是：公司上下基本没什么大的反应，除了办公楼上几个科室的人员私底下有些议论以外，工人们对这事根本没什么兴趣。再说，生产任务这么紧，谁有那些闲工夫关心这些事。

钱冬青说，现在不同以前了，人们对这些男女之事早就见怪不怪了。他们说现在只要是有本事的人，谁还没个情人？

当然，对匿名信上的内容是有的人信，有的人不信。可即使信的，也只是当作谈资和笑料，并没有认为是件多么严重和恶劣的事。

这件事之所以会这样，钱冬青认为有几个原因：一是因为战一杰本身就是个单身汉，有着充分的自由；二是肖春梅是个外派人员，厂里的人基本都对她不熟悉，她到底怎样，没多少人关心；第三呢，是因为胡小英父女在工人们当中的口碑很好。所以，这件事并没有像赵志国和许茂期许的那样掀起多少风浪，而是虎头蛇尾，悄没声地就没了动静。

这件事稍作平息，战一杰决定，对中层干部的竞岗马上进入实质性的操作，让老胡马上着手在工人当中选举评委。

本来胡玉庆对中层干部竞岗的事还抱着能拖就拖的态度，他是怕这事万一弄不好会影响了公司的大好形势。可现在他也顾不了那么多了，他也想明白了，这事要再这么拖下去，还指不定再生出什么事来，他生怕女儿再卷入一些说不清道不明的是非当中。

选工人代表当评委的通知一发下去，厂里一下就热闹开了，说什么的都有。

有的说人家老外就是讲民主；有的说，什么老外，还不是一帮假洋鬼子，无非是广泛发动群众，让群众斗群众。

听到这些议论，老胡有种如坐针毡的感觉，他为现在这一派大好形势下还有这么多的杂音而感到脸红，而感到羞愧。战一杰看得相当淡然，他说，到哪里都有说怪话的，到哪里都有端起碗来吃肉，放下碗来骂娘的，这很正常。

说归说，这一举措无疑在芸川啤酒厂的发展史上是空前的，也得到了广大员工的普遍认可。

选举工作紧锣密鼓地展开了。战一杰找来胡小英，问麦芽和瓶子的事怎么样了。

胡小英说："麦芽的化验数据出来了，已经能够认定采购部进的化验试剂有问题，用这些做过手脚的试剂来化验麦芽，本来三级的，化验出来的数据却是一级，差别相当大。"

"那就是说，我们给麦芽厂是一级麦芽的钱，买的却都是三级麦芽。"战一杰问。

"是的，这一点能够基本确定。因为真到了生产使用阶段，三级就是三级，它说什么也成不了一级，整个生产过程是谁也做不了手脚的。"

"那生产车间对这事就没有察觉?"

"肯定会有所察觉。既然没有反映,那只能说明一点,他们是一伙的。"

战一杰又问道:"既然原料的质量这么差,那啤酒的质量又是怎么保证的呢?"

胡小英道:"这就需要我们在工艺的制定和调整上作相当大的努力,比正常情况多付出 10 倍甚至 20 倍的努力。"

"真是难为你们了,那瓶子呢?"战一杰又问。

"瓶子方面尽管证据还不是那么确凿,但可以肯定,年前进的那一批货是玻璃厂的一批次品。"

"怎样才能得到确凿的证据呢?"

"除非玻璃厂那边自己承认这事,要不然,我们真拿不出确凿的证据。"

战一杰拧着眉头道:"怎么能让玻璃厂那边主动认账呢?"

6

听了胡小英的汇报,战一杰心里基本算是有了底。胡小英刚走,老胡就领着一个拿着包的年轻人走了进来。

老胡介绍道:"这是我市公安局经侦大队的孙队长。这是我们战总。"

战一杰一听,连忙起身与孙队长握了手,把他们二人让到沙发上坐下,说:"为了匿名信这点事就给你们添麻烦,真是不好意思。"

孙队长给他弄得如坠雾里,转头问老胡:"什么匿名信?"

老胡一听,知道是战一杰误会了,就说道:"噢,这次孙队长来不是因为匿名信的事,匿名信的事不归经侦大队管,我们报给治安大队了,他们还没回信呢。"

战一杰一听,连忙说道:"真是对不起了,你看我这还张冠李戴了。那孙队来,有什么事吗?"

孙队长说道:"我这次来呢,是要了解一下你们采购麦芽的一些情况。前一段时间,江河麦芽厂的老总被刑拘了,当地警方从他家里搜出了近千万的现金。这些钱是他非法所得。因为你们是他们厂的大客户,而且账面往来金额很大,我们受江河警方的委托,主要是想从你们这里了解一些情况,看看能不能找到一些有利于案情的证据,希望你们配合。"

战一杰和老胡听了都大吃一惊。江河麦芽厂隶属农垦集团,是大型国有企业，与芸川啤酒厂已经合作好多年了。当初之所以与他们保持着长期的合作，主要就是看重他这块大国营的牌子。没想到竟会出了这么大的案子。

老胡对麦芽的进货情况并不是很了解，就说道："配合调查当然没问题，但现在正是我们销售生产最忙的时候，又马上要进行中层干部的竞争上岗，所以希望不要牵扯太多的人，以免影响我们公司的正常生产经营。"

孙队长道："那倒不会，我们只是了解一下情况，主要是找和麦芽厂有过接触的人，单独聊一下就行。"

老胡还想说什么，战一杰却抬了抬手，示意他不要再说。战一杰明白老胡的心思，他是出于一种自我保护的本能，打本心里不想让公司的任何人卷到这件事里去。

战一杰十分明白这件事情的严重性，他对老胡说："胡主席，你去忙吧，让我和孙队单独谈谈。"

既然战一杰这么说，老胡只好跟孙队长打了个招呼离开了。这时，孙队长也明白了战一杰的意思，就摆出了洗耳恭听的姿态。

战一杰也没绕弯子，就把许茂和麦芽厂串通偷换化验试剂的事原原本本讲了一遍。孙队长问："这事有证据吗？"

"我们质量技术部有对比的化验数据。"战一杰道。

"这是一条非常重要的线索。偷换化验试剂的事，不可能单单只你们一家，其他供货厂家肯定也有，他们就是这样以次充好从中牟利的。那你们公司这位采购部长，肯定也脱不了干系。"

"那你们准备怎么办？"

孙队长想了想说道："既然有了这条重要线索，我的意思是由我们先和江河警方沟通一下，顺着这条线索摸下去，到另外几家用江河麦芽的用户再摸摸情况。一旦证据确凿，到时再统一收网，来个一网打尽。"

战一杰道："那也好，以免打草惊蛇。"

说到这里，孙队长站起身来，使劲握住战一杰的手说："真是太感谢了，战总为我们提供了这么重要的线索。"

"您太客气了，孙队，这还不都是应该的。"战一杰也使劲握住孙队长的手。

孙队长拿起包转身要走，忽又想起了什么，就又问战一杰："战总，刚才你说的匿名信是怎么一回事，要不要我帮忙？"

战一杰沉吟了一下，说道："不用了，其实匿名信这件事，与你们查的这件案子是紧密相连的，你们只要把案子破了，那件事也就不是事儿了。"

"那好，我们抓紧破案，也算是对战总你工作的支持。"孙队长笑着说完，和战一杰握了握手，告辞走了。

7

十名工人代表很快就选出来了。当老胡把名单摆在战一杰眼前的时候，战一杰仔细看了一遍，然后问老胡："你认为这些人当评委合适吗？"

老胡认真地说道："这些人我都熟悉，我认为他们完全能胜任。"

"你下个通知，全体中层干部加上这十名评委，一小时以后到会议室开会。"

"一小时以后，这么急？"老胡问。

战一杰点了点头。老胡便不再说什么，转身回去下通知。

会议室里的气氛相当严肃。战一杰的讲话简短而掷地有声："这次会议就一个事儿，就是中层干部竞争上岗的事。这件事酝酿好长时间了，现在已经到了一时一刻都不能等的时候了。"

大家听出了战一杰口气里的火药味，也都知道因为匿名信的事，他这肚子里憋着一股邪火，所以大气都不敢出声，只听他讲。

战一杰看见老胡递过来的眼色，也意识到刚才有点失态，就平了平心气继续说道："我在这里宣布几项决定。一是现在所有的中层干部一律就地免职，但在新的部门经理产生之前，必须干好本部门的工作。

二是刚当选的十个评委，将被统一安排一个地方接受培训，直到竞岗开始的这三天，将断绝和外界的一切联系，以保证这次竞岗的公正性。

三是这次中层干部的竞岗没有什么限制，只要是公司的员工都可以报名参加。凡是报名的人员，回去马上准备竞岗报告，三天后上台演讲，同时接受提问进行答辩。没有报名的人员到时也要踊跃提出问题，献计献策。"

战一杰讲完，又问坐在旁边的赵志国还有没有事。赵志国木然地摇了摇头，战一杰宣布散会。

大家都起身往外走，战一杰说道："销售部的马经理请留一下。"

马汉臣本想趁着人多就走了，可听见战一杰直接点了他的名，就只好硬着头皮留了下来。

会议室里只剩下他们两个人，战一杰问："老马，你的病好了？"

"好了。住了几天院，血压降下来就好多了。"

"这次竞岗能参加吗？"

"能是能，但我年纪大了，我觉得还是把机会让给年轻人的好。"

"你的想法是很好，但这样你就不觉得可惜？"战一杰微笑着说。

马汉臣低下头没吱声，心里却是翻江倒海一般。过了好长一段时间他才抬起头来，看着战一杰道："我还有机会吗？"

战一杰不动声色地说道："机会对每个人都是均等的，就看你抓得住抓不住，更要看你想不想抓住。"

马汉臣点了点头说："我想抓住。"

"那你就努力吧。"战一杰说完就起身走了。

战一杰回到办公室，心里悬着的一块石头总算是落了地。销售这一摊儿应该是没什么大问题了，可厂里这一摊儿还真是令他有点不放心。

真没想到，怕什么来什么，怕厂里出事吧，还就真出了事。

8

厂里停汽了。

啤酒厂的蒸汽用量很大。麦汁的煮沸要用汽，瓶装啤酒的巴氏灭菌要用汽，可以说，对啤酒的生产来说，蒸汽跟电是一样重要的。一停汽，整个生产就陷入了瘫痪。

老胡领着十个评委刚要走，一听说停汽了，就让司机王师傅先把人送到旅馆。他嘱咐了嘱咐，说随后就到，就连忙来找战一杰。

赵志国和徐国强已在战一杰的办公室。老徐正在汇报停汽的事，见老胡来了，战一杰就招手让他坐下。

关于用汽的事一直是生产上的一个隐患，这一点，老胡和老徐都非常清楚。前些年的时候，芸川啤酒厂自己有锅炉车间，自己烧汽，自给自足，那是没什么问题。可是头几年芸川市政府下来征询意见，为了环境治理，要统一取消企业的自备锅炉，由发电厂统一供汽，问企业有没有困难。

那时候正是啤酒厂最乱的时候，一年也没多少产量，用汽量很少，用电厂的蒸汽比自己烧锅炉还要划算。那时候谁也不知道这个企业到底还能活多久，所以谁也不愿管闲事儿，稀里糊涂就把蒸汽改了。

改完了才知道，一旦划入市里的供热网络，供不供汽那就由不得你了，只要居民供暖与工业用汽发生冲突，政府保的首先是居民供暖，企业再怎么急也白搭。去年一开春，啤酒厂就被迫停了好几回蒸汽，好在那时候产量不大，没什么影响。可今年不同了，现在客户提货的车都等在仓库门口，这时候停汽那还了得？

老徐把这事的来龙去脉讲清楚了，赵志国说道："这事得直接找芸川市政府，找电厂和供热办都没用。"

"是的，赵总说的没错，找他们两家只会推来推去的耽误工夫。"老胡说。

"好，我现在就去市政府。"战一杰说，"老胡你还是忙你的，把那帮评委安顿好。老徐呢，你回去做好一切应急处理，千万别出什么乱子。"

说着他又把头转向赵志国："赵总，你去安排财务，让他们联系保险公司，让保险公司来做一下评估，到时候可好理赔。"

战一杰这是第一次用这种口气直接安排赵志国工作，赵志国听出来了，老胡也听出来了。赵志国的心里不由"咯噔"一下，心想，战一杰这么有恃无恐，难道是真抓着什么把柄了？脸上却故作镇静地说道："好的，我这就去办。"

离开战一杰的办公室，赵志国的脑子在飞快地旋转着，现在该怎么办呢？当王佳萍偷偷告诉他公安局的人来过了的时候，赵志国就感到事情有点不妙。难道匿名信的事公安局真查出什么眉目来了？

真要是那样，可把王佳萍害了。看着小王一副失魂落魄的样子，赵志国在心里骂了一声"许茂你个狗娘养的"，就连忙安慰小王说："信又不是你写的，没事的。"

小王道："我倒不怕。怕查到了许茂，不就把你也带出来了。"

赵志国强装笑脸地说道："我会有办法的。"说完就让小王回去监视战一杰和老胡的一举一动。

从战一杰的表情和今天的一系列行动来看，他打内心里真是有点害怕了。他深知战一杰的性格和能力，要是没有十足的把握他是不会这样的。

想到这里，他把牙一咬，就拨通了许茂的手机，让他马上过来一趟。许茂立马赶了过来。赵志国让他把门掩好，说道："公安局的人来过了。"

许茂吓了一跳，问："怎么，匿名信的事露馅了？"

"十有八九是这事。听说公安局的人在战一杰的办公室呆了老长时间。"赵志国沉着声说道。

"一个匿名信，能咋样？还能犯多大法？"许茂有点不服气地说。

"就怕这匿名信只是个由头，要是捋着这根线查下去，事情就不那么简单了。你那些账经得住查？现在已经不是你这采购部长保住保不住的事儿了，这是你死我活了。"

"那咋办？"许茂也已经认识到这件事非同小可。

赵志国没有作声，只是盯着许茂。许茂想了想，拳头攥起了又松开，最后把牙一咬说道："要不然——"说着，他做了一个抹脖子的姿势。

赵志国的嘴角动了动，没有点头，也没有摇头。

9

战一杰来到芸川市政府，径直去找陶玉宛。

恰巧陶玉宛正在办公室。看到战一杰来了，她满脸惊异地问："你怎么来了？"

事出紧急，战一杰开门见山，把突然停汽的事讲了。陶玉宛一听也不敢怠慢，摸起电话来就打。战一杰听得出，陶副市长的口气非常强硬，电厂、供热办公室那边都唯唯诺诺，答应马上协调。

不一会儿电话打了回来，说已经给啤酒厂恢复供汽了。陶玉宛用得意的口气，对坐在那里的战一杰说道："这下满意了吧。"

"陶副市长的雷厉风行真是让人佩服，我代表全厂一千五百名员工感谢市长大人了。"战一杰笑着说。

"去你的。说这些，我都替你冒酸水。说真的，小玉的事儿我真该好好谢谢你。"

"怎么谢？"自打从小英和小刑那儿知道陶玉宛已经离婚的消息后，战一杰竟突然觉得他们之间一下拉近了许多，仿佛会有什么事情要发生似的。

"你说怎么谢，我就怎么谢。"陶玉宛一点也没有退缩，盯着战一杰说。

这样一来，战一杰反倒有点手足无措，好在这时他的手机及时响了起来，老徐说蒸汽已经送上了。

战一杰说："你立即安排恢复生产，我马上赶回去。"战一杰说完刚要走，突然又想起了什么，对陶玉宛说道："你还记得我跟你说过的，龙泉镇一带地下水污染的事吗？"

陶玉宛一听这话，不由打了一个激灵，急问："又怎么了，一杰？"

一见陶玉宛对此事如此敏感，战一杰的心里不由还是一阵感动，心道：玉宛还是原来的玉宛，对我的话还是蛮上心的嘛，说道："也没怎么，我就是道听途说到一些说法，我觉得，有必要告诉你一下。"

"什么说法？"陶玉宛的神经依然高度紧张。

"我听说有的化工厂污水根本不作处理，而是直接打井排到了地底下，并且在我们玉泉村一带，得怪病的，不生孩子的，据说比别的地方都多！"

"你这是听谁说的？"

"你甭管听谁说的了，我觉得政府还是查一查管一管的好，有则改之无则加勉嘛。万一真要是出了事儿，谁都担不起。"说完，战一杰就起身告辞了。

战一杰走了，陶玉宛都不知道他是怎么走的，她的脑子乱成了一团麻。上次元旦过后，她按照付茂山的吩咐，秘密从省外找了一家水质检测机构，对龙泉镇的地下水进行了抽样检测。

样品年前就取走了，可结果一直迟迟没有出来。刚过完年的时候她问了一次，那边说，问题不大，要等最后结果。她一听也认为不会出什么大问题，平常事儿一多，就把这事搁下了。今天听战一杰这么一说，真把她吓了一大跳。真要是那几个小化工厂干的，那可真要出大事了。

想到这儿，她连忙找出省外那家检测机构的电话，打了过去。那边接了电话，说最终结果出来了。陶玉宛迫切地问："有问题吗？"

那边问："你那里是什么部门呀？"

陶玉宛一听，觉得口气不对，就说道："我们是一家化工厂。"

"那好吧。你给我个传真号，我把结果给你传真过去，你一看就明白了。"那边说道。

10

检测结果传过来了，陶玉宛最不愿见到，也是最怕见到的事情发生了。

龙泉镇的一小部分地下水确实已被污染，水中的油、苯、酚、氯等污染物都有检出，虽然只是一点超标，不致于形成什么危险，但恶化的趋势日益明显。

拿着这份检测报告，陶玉宛的手在不住地抖。这肯定是那几个天杀的小化工厂往地底下偷排污水造成的恶果，她咬牙切齿地想。

这可怎么办？

她的第一反应就是给付茂山打电话，就把检测报告和战一杰说的地下排污的事一股脑说了。付茂山正随着省里统一组织的参观考察团在南方考察，接了陶玉宛的电话，他也毛了，没想到真会这样，这可是非同小可的事情。

他说："我一时半会也回不去，你沉住气等我电话，我想好了办法打电话给你。"

挂了电话，陶玉宛就瘫在了椅子上。后悔呀，悔不该当初听了付茂山的话，违规审批了那一大堆的小化工。现在可怎么收场？什么仕途拼搏，什么功名利禄，所有的一切都将付之东流。

迷迷糊糊中，她一会儿看见检察院的人来了，手里拿着明晃晃的手铐；一会儿又看见龙泉镇的老百姓来了，手里拿着棍子锄头……

突然，一阵手机铃声把她从迷糊中惊醒，一看是付茂山，连忙接了。

付茂山说："你现在马上把那份水质检测报告给我传真过来，我这儿正好有一位搞水质净化处理的专家，我大体把情况跟他讲了一下，他说有办法。"

陶玉宛一听，真是喜出往外，连忙说："你把传真号给我，我马上给你传真过去。"

付茂山说："这事千万要保密，你用心记一下这个传真号。"

陶玉宛把水质检测报告给付茂山传了过去，就盼星星盼月亮般等回音，没想到付茂山连夜就马不停蹄地赶了回来。

付茂山带回了一个环保设计院的专家，他们回到芸川根本就没回市委，直接秘密地赶到龙泉镇。付茂山给陶玉宛打了电话，让她马上赶过去。

来到龙泉镇，那个专家亲自取了水样，又取了些土壤、植物，说要带回去亲自做检测，好拿出方案。付茂山立马安排人把那个专家送走了，还嘱咐，这事十万火急，越快越好。

送走了专家，付茂山就把他的内弟找来，狠狠骂了一顿，问他们是不是把污水直接打井排到地底下了。那个朱总是死活不承认，指天发誓说不是他干的。

付茂山知道他这个小舅子在当地的分量，也知道他的能量，就发了狠说道："我不管是不是你干的，但这事儿我就交给你了。不管你用什么办法，把这往地下排污的事给杜绝喽，要再出一点问题，甭怪我翻脸不认人。"

朱总一看付茂山真急了，就连忙应着，说："这事你就交给我吧，要再出什么事，你就拿我是问。"

忙完了这一切，付茂山就带着陶玉宛来到下川县的金鸡山宾馆。金鸡山与玉泉山遥然相对，是一个天然的林场，这个季节这儿很少有人来。这儿也是付茂山与陶玉宛幽会的老地方。

进了房间，付茂山和陶玉宛草草洗了澡，二人就开始缠绵。虽说是久别，但是二人的状态都不好，付茂山硬得有些勉强，而陶玉宛则干涩得有些生疼，没几下就泄了，搞得二人都有些沮丧。

陶玉宛擦洗干净，二人穿好衣服。陶玉宛为了不让付茂山觉得尴尬，就问："这次考察效果怎么样?"

付茂山说："效果还可以，南方的几个省份的发展虽说不像前几年那么快了，但是思想和眼光依然是很超前，值得我们借鉴和学习。主要是有个好消息我要告诉你，通过这次考察，我已从省委组织部那儿摸到了实底，我调任源山副市长的事已基本差不多了。"

"真的?"陶玉宛惊喜地张大了嘴巴。

"现在我正在给你运作芸川市长的事。郑厚广活动得很凶，看来我上去以后郑厚广接任书记基本已成定局，但市长的人选却有三四个，你是实力最差的，看来得下点工夫。"付茂山说。

陶玉宛激动地说："那就全靠你了。"

11

环保设计院的行动真快，转过天来就有了回音。

那个专家打电话给付茂山，说拿去的水样、土样、植物萃取样已都出了化验结果，与上次的检测结果差不多，这种小范围的污染完全可以用膜过滤的技术解决。

付茂山一听，长长出了一口气，又问："这种技术的应用效果怎么样?"

"这种技术设备结构很简单，配套装置也很少，操作维护方便，主要是技术含量高。一套设备，把膜分离技术、团粒状活性碳吸咐技术、多种介质过滤技术，还有离子交换技术、化学溶解及沉淀等所有流程都融汇到了一块，是当今国际上最先进的地下水处理技术。"专家说。

付茂山这段时间钻研了一通水质处理，对专家所讲的大部分技术还是有所了解的，从理论上分析，水质处理也不外乎就是这些途径，主要是能把几项技术融合在一个设备流程里，这的确不容易。

专家最后表示，这次从各个采集的样品化验结果上也发现，这次污染只是局部的小范围的污染，设备一用上自是药到病除。但这只是针对城市供水系统的应急处理，最主要的是后面不再出现继续的污染排放，清除污染源才是下一步根治的关键。

付茂山说："当然，这一点我非常清楚。针对这次地下水的污染处理，我们要尽量在保密的前提下操作。一是为了避免引起当地居民的恐慌与误解，二是在价格上我可以给你暗箱操作一下。我马上安排专人与你联系，争取用最短的时间把问题解决掉。"

那边的专家连声称是。

付茂山放下电话，就又拨通了陶玉宛的手机。

付茂山把专家讲的情况大致跟陶玉宛一讲，陶玉宛更是喜不自胜，说："我的老天，这下总算可以放心睡个安稳觉了。"

付茂山说："你先别急着放心，这事得你亲自去办。你马上跟这个专家联系，用最快的时间把设备和施工队秘密调进芸川。记住，要以实验和检测的名义进行施工，夜以继日地把工程做完。另外，这次工程的全部费用，由小朱那帮小子自己掏上。你把握住一个原则，不怕多花钱，只要速战速决和保密。再就是对那几个小化工厂，你给我盯紧盯死喽。"

"好，我马上去办。"陶玉宛道。

"还有就是那个战一杰，他到底掌握多少情况？"付茂山又问。

"他老家是龙泉镇的。实话告诉你吧，我们是大学同学，他就是我的第一个恋人，当年我还到过他家呢。"陶玉宛紧张的心情一下松弛了下来，竟把实话说了。

付茂山恍然大悟地说："难怪，我对这人倒是印象蛮好的，是个人才。他可比陆涛强之百倍呀，你当初怎么就鬼迷心窍选了个绣花枕头呢，真是可惜呀。"

陶玉宛说："你这是幸灾乐祸呀，还是损我呢？我非常了解战一杰的为人。他之所以跟我说这些都是为我好，为了提醒我。再就是他还有个忧国忧民的老父亲，那老爷子在天天盯着这事儿。"

"这事非同小可，半点也不能大意，万一走漏了风声，让郑厚广他们闻了味去，还不给你翻个底朝天。我们还是谨慎为妙。"付茂山说道。

"我找战一杰说一说，让他和他的父亲保住密。不管怎么说，我们终归还有那么一段情分。"

"等等再说吧，实在不行你就出马，大不了用一下美人计。"

"这可是你说的，我真用了你可别吃干醋。"陶玉宛笑着说。

12

对于评委的培训战一杰本想采取军事化管理的教练模式，借机给他们洗洗脑，就像剪枝一样把那些老国营的思想和习气砍了去。可老胡坚决不同意。

老胡认为，这些人可不是那些刚走出校园的年轻人，他们的脑子可不是那么好洗的。甭说 3 天，你就是 30 天，也够呛能给他们扭转过来。这十个人都是各个部门的骨干，对人对事对工作都相当负责任，但也相当执拗，十年二十年养成的思维模式和价值取向，岂是一朝一夕能改变了的。

战一杰本想请陆涛来给他们讲讲课，陆涛也准备了几个课程，那里面借用了很多传销的思维和方法。可听老胡这么一讲，细想想也觉得他的意见有道理，就把培训改成了交流和谈心的模式。

没想到这一改效果却是出奇地好。才开始的时候，工人代表们确实对此次中层竞岗抱有疑虑，有相当一部分人认为是走过场。可经过面对面促膝长谈式的交流，没过半天他们的疑虑就打消了，再到后来积极性就慢慢带动起来了，个个都踊跃发言，光合理化建议，战一杰就记了好几大页纸。直到这个时候，战一杰才明白《咱们工人有力量》这首歌的真正内涵。

厂里那边老胡没白没黑地靠着，生怕在这关键时候再出什么事情。但从各方面了解的情况和反馈回来的信息来看，这份担心倒像是多余的，公司一切都很正常。已经被免职的中层干部也罢，新报名参加竞岗的也罢，都在积极准备，整个公司上下都是一片激昂向上的氛围，这让老胡心里倒多少生出了点骄傲的情绪来。

可没想到，就在第二天的晚上出了事。

晚上七点多的时候，战一杰接到了杨小建的电话。杨小建说："我出事了。"

"出什么事了?"战一杰随口问道。

"我本想开你的车去宾馆找你,可没成想路上出事故了。"

"什么?出事故了,你现在在哪儿?"战一杰急得声音有点发颤。

"没出什么大事,只是把头磕破了,我在医院呢。"杨小建故作轻松地说。

"你在哪个医院?我马上过去。"

"就在芸川医院,在急诊上呢。"

战一杰飞快地跑出宾馆,打上出租就来到芸川医院。来到急诊上一看,杨小建的头已被包成了个大白葫芦,只露着鼻子、眼睛和嘴。战一杰一看,眼圈就有点发红,一时竟说不出话来。

杨小建见他这样,就安慰道:"没事的,只是擦破点皮。在国外的时候这算个啥,这安稳日子过惯了还真不行。"

战一杰不让他再说话,跑着去办住院手续,等手续办完了,杨小建的床位也安顿好了。杨小建叫他坐下,说道:"你知道这事故是怎么出的吗?"

"怎么出的?我路上还捉摸呢,以你的技术怎么会出这事。"

"有一辆车故意撞我。亏得我是老司机,亏得我那车技还算过硬,硬生生让我躲过去了,咱的车撞到了护栏上,你那车头也烂糊了,我的头也差点烂糊了。"

"有车故意撞你?你报案了吗?"

"报了,警察还在现场呢,就是警察打车把我送来的。"

听了杨小建的话,战一杰的心头一惊,在芸川竟有人对杨小建行凶?会是什么人呢?他又问杨小建:"对方是个什么车?"

"是个大货车。我虽然没看清车号,但车的颜色和样式我都看清了,也对警察说了。"

"警察怎么说?"

"他们说一路上都有探头,跑不了他。"

"会是什么人干的呢?"战一杰问杨小建。

杨小建习惯性地想挠头,可一挠就挠到了纱布上,连忙放下手说道:"我也奇怪呢。我在芸川又没啥仇家,不会是巴基斯坦那帮孙子寻仇寻到这儿了吧?"

战一杰被他气乐了，笑道："看来你这脑子是越撞越好使了，想象力是越来越丰富了。"

杨小建也跟着笑了，说道："要不就是冲你去的，因为我开的是你的车。"

13

杨小建被撞的事战一杰没有声张，只是悄悄把老胡找了来，把事情原原本本跟他讲了。

老胡一听就傻了。他一直在厂里工作，不像战一杰和杨小建那样有过出生入死的经历，对这些打打杀杀的事也只有在电视里见过，没想到现在竟活生生地发生在身边了，惊得他是一句话也说不出来。

战一杰非常理解他的反应，就说道："我捉摸来捉摸去，这事情不那么简单，要是真像小建说的是冲着我来的，那无非就是那几个人。"

老胡当然明白他说的这几个人是谁，定了定神道："我觉得他们不至于这样吧，难道还真到了你死我活的地步？"

战一杰郑重地说道："这就越发说明后面隐藏着一个巨大的黑洞，不然，他们不会这么铤而走险的。"

"那需要我做什么呢？"

"你回去不要声张，暗中打听和观察一下这几个人的行踪和反应就行。记住，千万不要惊动他们，我实在不想把你卷进来。"

老胡毕竟干了这么多年领导，也有着相当丰富的工作经验，他一开始听到这事是有点震惊和害怕，但他骨子里的刚强越到这时候，也就越发显露了出来。他说道："没什么卷进来不卷进来的，我这一把年纪了还怕什么？真要他们干的，对待这些害群之马我们绝不能手软。"

评委们的培训结束了，战一杰赶回厂里。一进办公室，老胡就跟了进来。他们在沙发上坐下，老胡说："许茂失踪了。"

"失踪了？什么时候失踪的？"战一杰没想到会这样。

"今天早上他家里的人来厂里找，说他一宿没回去，手机也关机了，来问他是不是出差了。"

"难道真是他干的？潜逃了？"战一杰像是自言自语，又像是问老胡。

"他家里的人已经报案失踪了，看来他家里的人什么也不知道。"

"赵志国呢？"战一杰又问。

260

"他在办公室呢，看不出有什么异常。"

"咱先不管他们了，等公安那边破了案子，一切就会真相大白了。现在竞岗报名的情况如何？"

老胡道："报名十分踊跃，除了许茂和我，原来的中层干部都报了本部门的竞岗，另外还有十几名员工也报了名。"

"你为什么不报？"战一杰看着老胡说。

"我这年纪不适合再干办公室主任了，还是让他们年轻人干吧。"

战一杰点了点头道："那也好，那你就专门干好你的工会主席就行了，你也确实太累了。"

老胡笑道："我可不是怕累才不报的，我是真心想把机会留给年轻人。这个企业是你们的，也是我们的，但终归还是你们这些年轻人的。"

战一杰也笑了，问道："各个部门的报名情况呢？"

"销售部有三个人报名，有马汉臣，还有一个片区主任和一个业务员；市场部有两个，除了叶子龙，还有一个业务员；财务部和质量技术部都只有一个人报，还是晏春和小英；生产部除了老徐，还有下面的两个车间主任报了名；仓储部除了曹坤，还有他下面的一个主管万年青和一个班长王长征。再就是人力资源部，除了老钱，还有两个员工报了名；剩下就是采购部和我们办公室了。"

见老胡停了下来，战一杰就问："这两个部门你们两个原来的领导都没报，怎么办呢？"

"报采购部的有两个人，一个是杨震，相必你也认识他，他本来是评委，可他又报了名，这评委就不能再当了，评委就成了九个。还有一个是质量技术部的小吴。"

战一杰点着头，又问："办公室呢？"

"到现在办公室还没人报名。"老胡有点无可奈何地说。

战一杰一听笑了，说道："看来你想让贤也让不成了。"

第十六章　　春暖花开

1

中层干部的竞争上岗答辩会十分成功，结果与战一杰预料的八九不离十，销售、市场、生产、技术、财务、人力资源，都还是原来的经理，仓储部是万年青，采购部是杨震，办公室因没人报名，还是胡玉庆。

一切都在按战一杰的部署按部就班地进行着。可这时的赵志国，却是惶惶不可终日，成了热锅上的蚂蚁。许茂雇人撞战一杰的事他是知道的，可没成想却阴差阳错撞成了杨小建。关键是现在许茂到底到哪儿去了，他也不知道。

在秀水花苑的爱巢里，他和王佳萍一阵地动山摇的疯狂过后，他抚着王佳萍结实的乳房，悠悠地说道："看来，是该离开了的时候了。"

王佳萍小猫一样趴在他的胸口，说道："你去哪儿，我就跟你去哪儿，哪怕是天涯海角。"

"恐怕是真要到天涯海角了，只要许茂一落到警察手里，那一切就全完了，我们唯一的出路就只有出国。"

"那我就跟你出国，去个没人认识我们的地方，我有的是力气，我能养活你的。"

"我怎么能靠你养活，我带你出去是让你享福的，不是让你跟我去受罪的。"赵志国说着，又一下把小王掀翻骑了上去……

撞杨小建的肇事车辆很快就查到了，肇事人员两天以后也被缉捕归案，他也交代了许茂雇凶杀人的犯罪事实。关键是这个许茂，竟像是人间蒸发了一样渺无踪迹，警方也是束手无策。

经侦大队的孙队长来找战一杰的时候，有点后悔地说道："当时要是当机立断，对那个许茂采取措施，就不会是这样了。"

"可谁想到他会这么歇斯底里呢，对了，江河麦芽厂的案子进展如何？"战一杰问。

孙队长叹了口气说："那家伙还在死扛呢，本来许茂这儿是个很好的突破口，只可惜这根线索又断了。"

"那就慢慢来吧，我就不信这个许茂能飞上天去。"战一杰正说着，孙队长的手机响了，局里让他立即回去。孙队长不敢怠慢，马上就告辞走了。

2

雨水过后，果真下了一场小雨，春天就这样悄无声息地来了。

随着气温的回升，苦瓜啤酒已火爆到令人咋舌的程度。陆涛在电话里讲，老战你这次可把青啤和雪花的两个大区经理坑苦了。陆涛说道："这两个大区经理本来是扛着尚方宝剑来源山的。可没成想，两个人还没出招呢，就被你一剑封喉了。这两个家伙已经屎壳郎搬家——滚蛋了。"

"下一步他们准备怎么办？"战一杰问。

"怎么办？两家总公司都来人了，让我给你传个话，想挖你过去，薪酬的事你尽管开口就是。"

"别开玩笑了，我跟你说正经的。"

"没跟你开玩笑，我就是跟你说正经的。"陆涛正儿八经地说。

"那你也代我回个话，说我谢谢他们了，我是不会走的。"战一杰的语气异常坚定。

"我猜你也是这态度，我早已经给他们打过预防针了，让他们别抱什么幻想。"陆涛说完，想了想又说道："有个事儿我得先跟你老弟打个招呼，下一步我们公司可能也要与这两家进行某些方面的合作。但你放心，我们是兄弟，我绝不会干对不起兄弟的事。"

"这个心，我怎么有点放不下呢？"战一杰笑着说。

陆涛又说道："你这么说也情有可原。老兄不怪你，日久见人心，时间长了你就明白了。我在这里先给你透个信儿，下一步，各个品牌的苦瓜啤酒可能会一哄而上，你千万要有个思想准备，话我只能跟你说到这儿。"

战一杰一听，庆幸自己关键时候激了他一下，没想到歪打正着，激到了点子上。这个信息真是太重要了，就说道："老弟是跟你开玩笑呢，老兄还当真了！你真是跟两家大品牌合作了，我们不正好取长补短嘛。"

说着，两个人就都笑了。战一杰又说道："关于梦泉啤酒全新上市的事，宣传造势这一方面就交给你们公司来办，你看怎么样？"

"没问题。过两天我组织个酒局，把电视台、电台、报社的老总都约来，我们一块聚一聚。只要把他们都灌趴下，这事儿就妥了。"

"那好，我就等你的信儿。"挂了陆涛的电话，他就打电话给肖春梅，让她叫上马汉臣和叶子龙来一趟。不一会儿他们三个就来了，战一杰首先向马汉臣和叶子龙祝贺。叶子龙并不知道其中的曲折，所以没什么反应。可马汉臣却是心中有数，他诚惶诚恐地说："战总，您就不要埋汰我了，我知道错了。"

战一杰看他这样，也就不好再说什么，就把其他公司也要推出苦瓜啤酒的事说了。他们三个听了也是大吃一惊。马汉臣道："我们要不要把苦瓜啤酒这个商标注册下来，那别人不就没法生产了？"

"这苦瓜啤酒是啤酒中的一个种类，又不是一个品牌，怎么注册？"叶子龙道。

马汉臣急道："那就没办法了？就眼睁睁地看着我们的胜利果实被人家窃取了？"

肖春梅道："这样一来，不光苦瓜啤酒满世界都是了，到了冬天，那冬令啤酒也就满了。"

战一杰说道："这就是我们为什么还要推出'梦泉'品牌的原因。吹尽黄沙始见金。'梦泉'才是真正的金子，才是我们真正的底牌。"

马汉臣和叶子龙这才恍然大悟，看战一杰的眼神那可真是要五体投地了。肖春梅对战一杰的运筹帷幄早就有所知晓，所以并没有多么的吃惊，问道："这该是推出'梦泉'的时候了吧？"

"是的。现在已是水到渠成、乘势而上的时候了，也是你们大显身手的时候了。"战一杰欢欣鼓舞地说道。

3

有了冬令啤酒的打底与练兵，有了苦瓜啤酒的铺垫与造势，再加上一轮红日公司的专业炒作，梦泉啤酒的上市取得了空前的巨大成功！

"家乡的啤酒最新鲜"、"梦泉啤酒，遥遥领鲜"的广告语，飞遍了源山市的大街小巷，竟然出现了奔走相告的现象。因为但凡是上一点年纪的源山人，对梦泉啤酒都有着一种特殊的情感。

是怀旧？是眷恋？他们也说不清楚，反正就是说不出的亲切。因为他们当年喝到的第一口啤酒，就是梦泉啤酒。

梦泉啤酒的鼎盛是在上世纪 80 年代，那个时候啤酒还不像现在这么普遍，还算是一种奢侈品。那时的啤酒也远没有现在的质量水平，但真要是能掏出几毛钱在炎热的夏季打几斤啤酒喝，那还是十分让人羡慕的。

战一杰记得小时候家里拉院墙盖房子的时候，中午吃饭，父亲就给他一个大塑料盆，让他去街口的饭店打啤酒。那时候都是散啤酒，装在饭店的一个大铁罐里，战一杰一块钱打了一大盆回来。

帮忙干活的人们都争先恐后拿了水瓢去舀来喝，都说好喝。战一杰也舀了一碗，喝到嘴里热乎乎苦兮兮的，还有一股干草味，说是马尿一点都不为过，让他一口就喷了出来。那是战一杰第一次接触梦泉啤酒。万也没想到，几十年后，竟是自己亲手又做活了这个品牌。

竞争上岗后的第一次中层会上，梦泉啤酒理所当然地成了主要的话题。战一杰明白，梦泉啤酒对芸川啤酒人来说，不只是一个产品一个品牌那么简单，而是一种情结，一种曾经辉煌过的英雄情结。

那个时候要买梦泉啤酒，你不托人就甭想；那个时候啤酒厂大门前，拉啤酒的车天天在排长队；那个时候的啤酒厂职工，奖金月月有，啤酒厂的小伙子大姑娘找对象都是满城里花了眼地挑……

现在梦泉啤酒又回来了，他们觉着他们又站起来了，他们的魂又回来了，他们的好日子也马上又要来了！

开完中层会，两个新上任的部长就拽上老胡来见战一杰。因为赵志国说家里母亲生病请假回北京了，所以他分管的那一摊儿就交给了战一杰。战一杰也知道赵志国这个请假的理由有点牵强甚至是扯谎，但还是关心地安慰了几句，痛痛快快地准了他的假。

杨震和万年青见了战一杰还有点紧张。战一杰就笑着招呼他们在沙发上坐下，一边给他们接水一边拉家常似地问他们家里的情况。二人接过水去，见战一杰一点也没对他们摆架子，也就慢慢放松了下来。

战一杰对一旁的老胡说道："胡主席，两位新人刚刚走上新的工作岗位，难免有生疏和考虑不到的地方，你可要帮他们多操操心啊。"

老胡笑道："这两个年轻人都是后起之秀，都有着丰富的基层工作经验，哪用得着我这老头子帮。我这次本想把这办公室主任的差使也交出去，谁成想竟没人接，也不知道你们都是怎么想的。"

"你是老将出马一个顶俩嘛，厂内这一大摊子还真离不了你。"战一杰认真地说。

"就是。胡主席，您就能者多劳吧，你看战总这么离不开你。"两个年轻人也随声附和道。

"你俩甭在这里给我戴高帽。"老胡说，"小万这边一直轻车熟路地干着，估计不会有什么大问题；主要是杨震这边。许茂这一突然失踪，所有的工作都没法交接，确实很麻烦。"

"不要紧，那就慢慢来吧，边干边学边理顺，若是碰到什么困难，来找我也行，找胡主席也行，我们一起想办法。"战一杰对杨震说。

杨震连忙点头："有您战总这句话，我心里就有底了。您放心，我不会让您失望的，只要跟着您干，就是上刀上下火海，我都是甘心情愿的。"

战一杰听着他这话就觉得有点刺耳，可又不好当面说什么，说道："没什么事你们就回去吧，踏踏实实把工作干好，别辜负了全厂员工对你们的信任。"

他们走后，战一杰喊住了老胡。等把门关上，战一杰就问："这个杨震到底怎么样？别再是第二个许茂啊。"

老胡笑道："不会不会，这小子就是嘴贫点，花花肠子多点，可本质很好，这一点我有数，你尽可放心。"

战一杰这才松了一口气。

4

市场销售一路飘红，生产更是高歌猛进，内部管理也是井井有条，步入了良性循环的轨道。企业效益更不用说，数字大的惊人，对啤酒这种微利型的轻工制造业来，战一杰简直就是创造了一个神话！

冬令啤酒的一炮打响，苦瓜啤酒的梅开二度，再到梦泉啤酒的全新推出，芸川啤酒公司的企业形象已经彻彻底底地改头换面，以黑马的形象一举跃升为快消品行业的龙头企业。在芸川市政府、源山市政府，乃至川南省政府的眼里，也有了他们的一席之地。最主要的是在芸川市委书记付茂山和副市长陶玉宛那里，战一杰也已把铺垫做足，对下一步的工作有了十足的信心。

　　是该打开第二个锦囊的时候了，战一杰心想。第二个锦囊打开，内容也很简单。要战一杰运作，把中方的 40％ 的股份转到外方名下，把芸川啤酒公司从合资企业变为张氏的独资企业，然后方可打开第三个锦囊。

　　这是什么意思？这么做的目的是什么？战一杰在反复思量。

　　中外合资变成外方独资，这对张氏来说当然是利益所在，但以张氏皇皇数百亿的资产何以会把这点微不足道的蝇头小利放在眼中？竟让将要接手父业的洪生如此兴师动众？

　　这种转换对于芸川市政府来说，是喜？是忧？是得？是失？更主要的是，对于芸川啤酒厂的员工来说，是福？是祸？

　　如此的徘徊，如此的纠结，这让战一杰自己都感到诧异。自打跟了洪生这六年多来，已经养成了听命于老板的习惯，对于洪生的命令和指示，不容去问为什么，不容去想为什么，如若不然……

　　战一杰不知道后果会是什么，他也不敢去想。这就是洪生的用人之道，这也是洪生为什么会这么放心地让战一杰揣着这三个锦囊回赴芸川的原因所在。可此时此刻，战一杰理不出一点头绪。想来想去，他就摸起电话来打给肖春梅。肖春梅接了电话，战一杰问："你现在忙吗？"

　　肖春梅笑着说道："有什么事你就说吧，忙不忙都得先听你这老总的。"

　　"那你来我办公室一趟，现在。"

　　肖春梅听出他的口气有点异常，不敢有丝毫的怠慢，立刻跑上楼来。进了办公室就问："怎么了，又出什么事了吗？"

　　战一杰招呼她在沙发上坐下，说道："你说，我们公司要是成为外方的独资企业，会怎么样呢？"

　　肖春梅被他这突兀地一问，问得有点发蒙，眨巴着眼想了想，问："你的意思是说，外方把中方那 40％ 的股份买下来，成为张氏的独资企业？"

　　"是这么个意思。"

　　"有这个必要吗？这是外方老板的意思，还是你自己的意思？"肖春梅盯着战一杰问。

　　"是外方老板的意思。"战一杰不想对肖春梅有所隐瞒。

　　肖春梅认真想了想，说道："我倒觉得这是个好事儿。中外双方之所以闹矛盾，归根结底还是因为资产的事。中方那所谓的股份不现在还在建设银行押着嘛？弄得我们连营业执照都办不了。

现在真要是这么一办，一切就都自然理顺了，公司也就能甩下历史的包袱轻装上阵了。"

看到战一杰还在沉思，肖春梅又道："就是不知这事好不好办？"

"要想办，肯定不会那么容易。有困难我们不怕，办法总比困难多，这一点我倒是不担心。"

"那就得快些办，趁着现在我们企业的形势一片大好，省市县的各级政府对我们也相当重视，这正是个大好时机。"肖春梅拿定了主意似地说道。

有了肖春梅的意见，战一杰心里多少有了点底。但他最想问计的还是胡玉庆。一是因为老胡是公司的工会主席，二是因为老胡为人正直，一心为公，也事事处处为自己着想。所以，不论是于公于私，战一杰觉得老胡的意见还是很重要。

可怎么跟他说呢？战一杰正想着，老胡就来了。老胡告诉他，明天电业局检修线路，厂里要停一天的电，问他有什么安排。战一杰灵机一动说："中层干部们才都重新上岗，要不，借这个时机组织他们出去玩一玩，也好放松放松。"

"是个好主意。真正的啤酒旺季就要来临，也算是做个战前动员吧。正好明天是个好天气，今年春暖，现在正是桃李花开的好时候。"老胡高兴地说。

"那好，你就安排吧，明天我们就真真正正地放松一天。"战一杰说道。

5

第二天一早，刚刚竞争上岗的中层干部加上领导班子的四个人，坐了满满一中巴车，在一片欢声笑语中驶出了芸川市区。

多少年来这是第一次集体出游，大家都很兴奋，满车的笑语欢声。中巴车穿村过店，大约十点钟左右就来到了目的地——桃花峪。

桃花峪是玉泉山和金鸡山两山夹一沟的一条山谷，左右两山的山坡上满是桃树，一到了春天的花开季节，春风吹拂，桃花满天红，烂漫芳菲。桃花峪由此而得名。

大家下了车，老胡宣布，上午的时间大家自由活动，中午 12 点半准时在峪谷尽头的"人面桃花"酒店集合吃饭。

大家进了山谷，顺着崎岖蜿蜒的山间小路往里走。游人可真不少，三五成群，大都是结伴出游的情侣，散落在桃花林中，处处都是笑声。起初大家还在一块，可走出没多远也就各人分了伙。肖春梅跟胡小英、晏春一伙，拉着杨小建给她们照相，又喊战一杰过去。战一杰却一边敷衍地应着，一边在找老胡的身影。

老胡和钱冬青落在后面，战一杰就等了一会儿。等他们赶了上来，战一杰就和他们并肩而行，多多少少聊了几句桃花风景，就切入了主题，说道："问你们个事儿，现在要是把我们企业从合资变为独资，你们怎么看？"

这话把他们两人问得一愣。钱冬青问："是外方要独资？"

"也许吧，应该还只是个想法。"战一杰有点含糊其辞。

"那好啊。这样一来，当初虚假合资给企业留下的阴影和背上的包袱，就能一并甩了。再说，独资比合资在税收、进出口方面还有更多的优惠政策，只要老板愿意，我们何乐而不为呢！"钱冬青说。

"恐怕不是你想的那么简单吧。"老胡眉头紧锁地说道。

"老胡你就是这么前怕狼后怕虎的。现在都改革开放多少年了，只要有利于企业的发展那就是好的。另外，在员工的收入方面，独资企业好像还有特殊的规定，要提高不少呢。"

老胡听他这么说，有点生气地说道："我这是前怕狼后怕虎吗？你不要因为一点蝇头小利就头脑发热。这样做，会不会造成国有资产的流失？会不会使员工的利益受到损害？或者带来一些不良的后果？这些，都值得我们去深入研究和思考，而不是让我们在这里拍脑袋。"

老钱看老胡有点急眼，就缓了缓语气说："我只是觉得这是解决我们企业历史问题的最佳途径。要不，怎么办？还让中方那些股份质押在建设银行，这么拖下去？"

老胡也平下了心气，说道："我也只是把我的感觉说出来，只是觉得此事千万草率不得。"说着，他又转头问战一杰："战总，这是你的想法，还是老板的决定？"

战一杰现在还不想把话挑明，就说道："应该是老板有这么个想法，也还没有最后决定。"

"那我们还有时间多考虑考虑，前前后后都仔细想想。"老胡说。

钱冬青还是坚持自己的意见，也不看老胡，像是自言自语地小声说道："只要老板定了，你考虑有什么用？执行就行了。"老钱的声音虽小，但战一杰和老胡都听得很清楚，可两个人谁也不再言语……

6

沿着山路走向深处，就到了山谷深处的"人面桃花"酒店，啤酒厂的人就说说笑笑鱼贯而入。到了酒店，本来应该由老胡这厂办主任来安排，可他一屁股坐下，黑着脸不再起来。好在杨震好出头，就跑前跑后地去安排，啤酒厂的一车人正好坐了一大桌，不大一会酒菜就端了上来。

倒酒的时候大家都捂着杯，不说喝也不说不喝，都拿眼来看战一杰。战一杰想了想，看老胡的脑子还在纠缠那个问题，就拿手捅了他一下说道："难得今天大家兴致这么好，喝吧，让大家尽尽兴。"

老胡这才回过神来，见大家都在看他，方觉出自己的情绪影响了大家，不好意思地说道："今天大家就放开量，咱来个一醉方休。"

杨小建在一旁说道："老胡你没事吧。今天坐在这人面桃花里，再来上杯梦泉啤酒，都快成神仙了，我看你怎么跟受罪似的。"

老胡跟杨小建平常就没大没小的，听他这么说，就笑道："你成仙就成你的仙吧，管我干什么？别人咋呼喝酒还好说，你瞎咋呼啥？三杯酒就钻桌子底下了。"

杨小建撸着袖子说道："我就是钻桌子底下也得拖上你，今天我就和你胡主席拼一拼。"

啤酒都用粗瓷大碗挨个满上，菜也上来了，全是土生土长的野味，虽然做得不怎么漂亮，可一看就是无污染的绿色食品，在城里根本就吃不到。

战一杰端起酒，一口气干了一碗，并把碗底亮给大家看。大家一看战总这么痛快，再说爬了一上午的山，他们也是真渴了饿了，二话不说，也都端起碗干了。

战一杰又带了两大碗，就让大家随便喝。没想到，中层们开始给他敬酒，给他敬完了又给其他班子成员敬。本来这敬酒战一杰不想喝，可他确实想让老胡多喝点放松放松，也就来者不拒喝开了。

战一杰既然开了头，其他班子成员不想喝都不行了，喝了一会儿杨小建就溜号跑了。老胡本不想喝，可看到大家都真心实意地敬他，确实是盛情难却，只好一碗接一碗地喝起来。

一旁的小英实在看不下去了，就走上来偷偷拽了一下战一杰的衣角，不住地冲他眨眼睛。战一杰当然明白小英的意思，可他却装作不明白的样子，依然老老实实地坐在那里。小英有点生气了，端起碗跟战一杰的碗碰了一下，说道："战总，我再敬你一碗。"

战一杰说："不是敬过了吗？要喝咱俩一起喝。"

"好，那我先干为敬。"小英赌气地一口干了。

战一杰本是开句玩笑，可一看小英真有点急了，就不好再在那里装下去了，连忙干了碗里的酒，对大家说道："我看今天敬酒咱就到这儿吧，我跟胡主席还有点事儿要谈，你们就自己灌自己吧，放开灌。"

战一杰和老胡来到外面，找了一处干净的土坡坐了下来。战一杰掏出烟来，递给老胡一支。老胡接了过去，笑道："怎么，知道发愁了？"

战一杰先给老胡点上。自己点上后深深地吸了一口又长长吐了出来，说道："愁倒谈不上，只是心里七上八下，没大有底。"

老胡没吱声，只是默默地吸着烟。烟快燃到一半的时候，他才开了口："其实这事就像老钱说的，人家老外愿意要，那是个好事儿，可我心底里不知怎么，就是有一种隐隐约约的担心，可到底是担心什么又说不清楚。"

老胡说着，又狠狠地吸一口烟，盯着战一杰说道："一杰，你没有事情瞒着我吧？"

战一杰心头一颤，脸上没露出一丝的异样，笑道："怎么会呢？我瞒谁也不会瞒您哪。"

"那就好。我考虑来考虑去，觉得这股份转换的事能不能征求一下大家的意见，你觉得呢？"老胡试探着问。

战一杰把手中的烟蒂按到了土里，说道："这样好吗？会不会影响安定引起波动呢？"

"我觉得影响安定那倒不致于，但引起一定的波动那实属正常。"老胡也掐灭了烟。

"非要这么做？"战一杰问。

"我觉得非常有必要。"老胡坚持。

"那就让我再考虑考虑，你和老钱先不要声张。"战一杰面无表情地说。

老胡听出了战一杰语气中的情绪，就和颜悦色地说道："一杰，我知道你问我那是因为尊重我。我呢，也算是你的长辈吧，考虑得多了点，但并没有别的意思。既是为了我们的员工着想，也是为了你好，你千万别见怪。"

听老胡这么说，战一杰倒有点不好意思起来，说道："你不用跟我说这个，倒显得多么见外了。我知道你是为了我好，要不然我也不会问你。但不在其位不谋其政，有很多事你是不知道的。"

两人正说着，只见肖春梅和胡小英搂着膀子从屋里走了出来，两人都面色绯红。肖春梅的舌头已经不很利索了，看见他两个就嚷道："你们两个可好，在外面躲清闲，里面可乱套了，你们再不回去，一会儿就把房顶揭了。"

战一杰一看手表，已是下午两点多，就对老胡说："我看今天就到这儿吧，大家也都尽兴了。"吃完了饭，中巴车载上一车的醉鬼驶出了桃花峪。

7

惊蛰到了，一阵春雷响过之后，啤酒的旺季就算是到来了。芸川啤酒公司就像一个做好了充分热身的运动员，随着发令枪一响，便义无反顾地冲进了跑道。

战一杰一大早到生产车间转了一圈，回到办公室把钱冬青叫了来。战一杰问："让你调查的事怎么样了？"从桃花峪回来以后，战一杰就交给钱冬青一个任务，让他有意无意地把要独资的事放出风去，看看大家的反应。钱冬青是支持独资的，便欣然受命而去。

钱冬青本来今天要找战一杰汇报这事，没想到战一杰比他还急。他就笑道："我就说老胡是属司马懿的，什么都好，就是爱多疑。"

一听老钱的口气，战一杰就知道结果了，心里悬着的石头总算是落了地，急急地说道："快说，到底是什么情况？"

"员工大部分对合资和独资没什么概念，认为那根本就不是他们应该考虑的事，怎么办都无所谓，只要让他们有班上，有工资，能吃上饭就行。还有一小部分听说办了独资还能涨工资，那是坚决支持，他们认为谁不支持那就是傻子。"

"就没有反对的？"

"也有几个反对的。有的说这是老外搞的阴谋诡计，可问他到底是什么阴谋什么诡计，他们又说不上来；还有的说这是政府想甩包袱，想把我们一股脑推出去，就什么也不管了；还有——"钱冬青说到这儿，就有点犹豫。

战一杰不等他嚼牙花子，说道："还有什么，快说。"

"还有的说，你们领导班子在搞鬼，想从里面占股份。"

"这话你信吗？"

"我又不是傻子，我会信？"老钱笑道。

情况已经基本明朗，战一杰长长舒了一口气。他对钱冬青说："胡主席那儿，你等会单独跟他汇报一声，把员工们的意见跟他说说，看他怎么说。"

"他能怎么说？这事从法律上讲是董事会说了算。只要董事会有决议，什么这个不同意，那个不同意，那都白搭。"以老钱的一贯作风，他肯定查了相关的法律条文，要不然他不会这么说。

战一杰的心里彻底有了底，等钱冬青走了，他就拨通了林峰的电话。林峰很客气，问他什么事。战一杰也没绕弯，就把企业要把合资变成外方独资的事讲了。

林峰说道："办是肯定能办。但你们企业的情况很特殊，也很复杂，估计难度会很大。"

林峰继续说："其实难与不难就看你怎么办了，这事只要付书记能支持，那就不难。"

"付书记那儿我该怎么说呢？"

"你先把你们公司的情况，包括当初怎么合的资，中外双方又是怎么闹的矛盾，怎么打的官司，再就是现在的发展态势以及今后的发展前景，形成一个详细的材料，由我先报给付书记，让他先了解了解情况再说。"看来，林峰对办这种事相当有经验。

"然后呢？"战一杰问。

"然后你再打一个报告，阐明你们变合资为独资的理由和根据。要着重强调两点：一是这是解决你们公司遗留问题的最好途径。只有这样，你们才能甩掉包袱，轻装上阵，才能一心一意搞好经营；二是只有这样才有利于企业更好更快地发展，快速成长，做大做强，为招商引资做出楷模，为地方经济的发展作出贡献。"

"要不，这个报告你给我们写得了。"战一杰笑道。

"我只是把方向和重点讲给你，具体怎么写，你们还要动动心思。因为这个报告不光是给付书记看的，到时候肯定要召开政府各部门的协调会，可能银行、国资局都得参加。"林峰的口气很是郑重。

"我马上着手准备，材料准备好了，我就去找你。"这时的战一杰心里已经有了底。

第十七章　情感迷局

1

战一杰把材料和报告准备好了以后，直接交给了林峰。林峰仔细看了一遍，说还行，就让他回去等消息。

战一杰一身轻松地刚回到公司，老胡就来了。战一杰看他一脸的阴云，就问道："出什么事了？"

"许茂找到了。"老胡沉重地说。

"找到了？在哪儿呢？"战一杰急问。

老胡一屁股坐到了沙发上，说道："找到的是尸体，在金鸡山水库找到的。"

"许茂死了？是怎么死的？"战一杰设想过许茂失踪的各种结果，可万也没想到是这种结果。

"警方初步确认是自杀，他是自己跳进水库里的。"

"你怎么看？"战一杰问老胡。因为独资的事，战一杰觉得老胡与自己之间已经有了些微妙的变化。他知道自己能感觉得出来，老胡肯定也能感觉得到，所以他说话不像原来那么直白。

"我觉得警方的意见不会错。江河麦芽厂的事，再加上雇凶撞杨小建的事，他可能觉得罪行败露，一时想不开就走了绝路。"老胡说得有点沉痛。

"这是他咎由自取。"战一杰本来还想说他是罪有应得，可看老胡挂了一脸的惋惜，话到嘴边还是咽了回去。

老胡又说道："人死如灯灭，人都没了，就让一切都过去吧。他家里明天发丧，我的意思是以工会的名义给他操办操办，你看行吗？"

"行啊。你是工会主席，就看着办吧，尽量隆重一些，毕竟也是公司的老职工了。"

老胡点了点头，就起身往外走。战一杰又问："赵总回来了没有？"

"没有。"老胡收住脚步，本以为战一杰下面还有话，可等了一会，却见战一杰欲言又止，没再说什么，就只好走了。

老胡刚走，生产部长徐国强气喘吁吁地跑来了，说灌装车间那边出事了，一条克朗斯线上灌酒机的主轴断了，整条线趴窝了。

战一杰一听，头"嗡"地一声就大了，拽着老徐就往灌装车间跑。来到现场，找来维修工一问，他也傻了。这个灌酒机是德国的原装设备，当初为了省钱就没进备件，现在主轴突然一断，自己的维修工根本修不了，只有从德国再购进配件。可这样一来，十天半月就下去了，那也就意味着，这半个月的时间他们只有一半的产量。

现在旺季刚刚到来，所有的市场都处于供不应求的状态，拉啤酒的车天天在仓库外面排长队，甭说耽误半个月，就是耽误一天，市场上就会断货。真要是那样，他们这小半年来的一切努力，就将全部付之东流！

这可怎么办！战一杰急得脑门上的青筋跳起了老高。

这时肖春梅和杨小建也闻讯赶来了，一看这情况，也是束手无策。不一会儿，老胡三步并作两步跑了来。到了现场，二话没说就挽起袖子爬进了灌酒机，嘴里还说道："我就不信这德国鬼子有多么高明。"

过了大半个钟头，老胡一脸油污地从灌酒机里爬了出来，叹了口气，无奈地说道："咱还真摆弄不了这洋玩意，这德国人的技术你不服还真不行。"

战一杰一听这话，苦苦地笑了笑，没有再说什么，扭头就往外走。

突然，肖春梅说："我有办法了。"

这句话在战一杰听来，无异于天籁之声。他猛地转回身来，走上去一把拽住肖春梅的胳膊，问道："什么办法？"

肖春梅说："我记得我原来所在的上海公司，用的是同样型号的灌装设备，好像他们有备用件。我这就联系一下，如果他们真有，我们马上借过来先用上，半月以后德国的备件来了，再还给他们就是了。"

战一杰说："好好好，你马上联系。但愿天不亡我战一杰。"

肖春梅掏出手机打通了电话。那边说他们是有这个备件，也同意借给他们用，但需要总经理亲自去办理一下借用手续。

战一杰一听，就像打了兴奋剂一样立马就来了精神，当即拍板，由他和肖春梅马上乘飞机飞往上海办理借用手续，争取 24 小时内把设备发回来。

当天夜里，战一杰和肖春梅就登上了飞往上海的飞机。

2

战一杰和肖春梅到了上海啤酒公司，受到了热情接待。

上海啤酒公司的老总姓方，有 50 左右的年纪，秃顶，脸色灰暗，像是大病初愈的样子。肖春梅对方总十分尊重，关心地问他的胃病怎么样了？

方总说："年前刚做了胃切除手术，把胃切了 3/4 去，过了春节才出院，算是拣了条命回来。"

"都是前几年为了公司里里外外的应酬，拼死拼活喝酒喝坏了身子。"肖春梅说。

"是啊。刚上任那会子年轻气盛，憋着一股劲要报答老板的知遇之恩，只要是为了公司利益，别说是喝酒，就是豁出命去也愿意干，这不到头来落下了一身病。你们还年轻，可千万别学我呀。"方总的语气显得很悲壮。

战一杰觉得方总这人有些过于悲观，是从一个极端走上了另一个极端。但转念一想，这也情有可原，都是让病害的。

方总领着战一杰和肖春梅先去办了借用设备的手续。等签完了字办完手续，把设备装好车发上了路，战一杰就给老胡打了电话。告诉他十个小时以后货就到厂，让他组织人安装。

老胡接了电话也十分高兴，说设备只要一到，立即安装，不会耽误一分一秒，让战一杰放心就是。又说你们两个很辛苦，尤其是肖总，这次回了老家，就多呆几天吧，难得有这样的机会。

战一杰挂了电话，把老胡的关心对肖春梅讲了。肖春梅这次立了一大功，本来就挺高兴，一听老胡这么说，更是高兴地嘴都合不拢了。对战一杰说道："那我就陪你在大上海四处逛逛，你是第一次来上海吧？"

战一杰说："是啊。但你不用陪我，你难得回一趟家，我自己逛一下就行。"

方总说："等会我给你们安排车，你们出去玩玩，上海有几个地方还是值得一看。"

中午饭方总要去外面的大酒店安排，战一杰死活不让，说："在你们公司食堂吃就行，吃完饭再去厂里转转看看。"

公司食堂的饭菜比较简单，但很有特色，菜做得挺精细。方总不喝酒，就让肖春梅陪战一杰喝。

战一杰说："中午就不喝了，下午还要去厂里转，不好看。"

方总说："不喝就不喝，别学我的老样子。其实在上海不像你们那里，一般没有拼酒的习惯，大部分都是自愿喝，能喝多少是多少。可你说我就是碰巧了，每次应酬总能碰上个能喝的领导，一次拼出了名，后面回回都少不了了，即便领导不喝，他也要强逼着你喝，上海官场上的酒风十分霸道。"

吃罢了饭，他们就去几个车间和厂区参观了一下。这个厂子比芸川的规模要小得多，满眼一派萧条冷落。战一杰就问方总，怎么会这样？

方总明白战一杰的惊讶，说："上海的啤酒市场竞争这几年已近乎白热化了，外国的百威、喜力、麒麟、生力基本把持了高端市场，而中低端的市场是青啤和雪花的天下，像我们这样的十万吨左右的小厂，能活下来就算是不错了。"

"你们芸川的情况怎么样？"方总问。

"芸川地方小，竞争没那么激烈，形势自是比这里好一些。"肖春梅说。

方总说："那就好。前几天老板洪生给我来电话，还提过你们芸川，对你们是大加赞赏。给我的指示是让我挺住，说后面自有大文章可做。"

战一杰就问："这大文章是指什么？"

"不知道，再说我也不想知道了。我身体成了这个样，等到老板作大文章的时候，给我几个养老钱，我就告老还乡了。"方总说。

肖春梅在一旁看方总越说越悲观，又见他脸色腊黄，额头出汗，就说："方总，你就别陪我们了，早些回去休息休息吧，大病初愈太累了可不行。"

方总说："那我就失陪了。这样吧，把我的车和司机留给你们，小肖你替我陪着战总四处转转。"

肖春梅说："你就放心吧。司机不用了，光把车给我就行。"

方总就与他们握了握手，告辞走了。

3

下午，肖春梅开着方总的奔驰车在黄埔江边找了一家五星级酒店，把战一杰送到房间安顿好以后，就说："你先住下，我回家看看，明天一早我来接你。"

战一杰说："你赶紧忙去吧，好不容易回一趟家，老公还不想死了。明天你也不用管我，我自己出去转转就行，小别胜新婚，你得在家犒劳犒劳你老公。"

肖春梅对战一杰的玩笑也不理睬，一边踩着高跟鞋往外走，一边说："明天一早我来犒劳你。"

战一杰看着被她"哐当"一声带过来的门，自言自语道："来到你这家门口脾气就大了，到了这里你再犒劳我，还不让你老公阉了我。"

这几天一直连轴转，还真是有些累了，难得这么清静地休息休息。战一杰洗了个澡躺下后脑袋一沾枕头就睡着了……

战一杰是被一阵敲门声惊醒的。他睁眼一看表，已是第二天的早晨了。他连忙穿好衣服开了门。

站在门口的是精心打扮过的肖春梅，有一种光彩照人的感觉，让战一杰觉得眼前陡然一亮。他笑着说道："女人经过滋润后，就是跟平常不一样啊。"

肖春梅进了屋，在床角上一坐，问战一杰："你今天想到哪儿玩？"

"我不是说不让你来了嘛，你难得有机会在家呆几天，我全世界都跑遍了，还在乎个上海？"战一杰说。

"来到我家门口了，总得让我尽尽地主之宜嘛。这样吧，你听我安排就行了。"肖春梅的口气不容置疑。

战一杰洗漱完毕，他们就一起下楼去吃早餐。吃完饭，肖春梅领着战一杰去了鲁迅故居。肖春梅说："上海的高楼大厦你自是不感兴趣，我挑几个文化景点转转，怎么样？"

战一杰说："一切由你安排。"

进了鲁迅故居，肖春梅就挽起了战一杰的胳膊，宛如一对如胶似漆的情侣。战一杰就说："这可是在你的家门口，你不怕被你的熟人看见了？"

肖春梅说："你还是不是男人，我都不在乎你怕什么？"

战一杰被她一激，一下又想起了自己见过的她那一丝不挂的胴体，就把胸一挺说道："是呀，我怕什么？"

二人有说有笑逛了一个上午。战一杰说："下午去南京路吧。"

"南京路上净是购物的，你要买东西？"

"我想给你买几件衣服和手饰什么的，咱俩装得跟情人似的，我不能没表示。"

肖春梅一听大喜，戳了一下战一杰的脑袋说："还算你有良心。"

从南京路逛到淮海路，战一杰给肖春梅买了三套衣服和一根白金项链，花了九千多块钱。

肖春梅激动得脸色绯红，扳住战一杰的脸亲了好几口，那样子就像年轻了十几岁的小姑娘一般。

4

黄昏的时候，他们去了东方明珠。在东方明珠的顶楼俯瞰整个上海市区，肖春梅就靠在了战一杰的身上，他们一起看着夕阳西下落霞满天，谁都不言语，仿佛是一对初恋的情人，都在静静地品味这份难得的甜蜜时光。

从东方明珠下来，肖春梅就对战一杰说："今天晚上到我家吃饭吧。"

"这合适吗？咱俩这跟情人似的，你老公见了不吃醋？"

"这你不用管，你去不去吧？"

"去就去。我跟你又没什么，也不用怕他。"战一杰咬着牙说。

肖春梅开着车七拐八拐进了一个小区。停好车，肖春梅就领着战一杰上了楼。

肖春梅家在十楼，房间很宽敞，装饰得很豪华。但战一杰一进门就觉得有些冷清，好像这房间好长时间没人住过的样子。再一看卫生也是刚打扫过的，一些旮旯里还残留着厚厚的灰尘。

战一杰换好鞋说："原来你老公不在家呀？"

肖春梅并不回答，只是说："别问那么多了，你坐下休息，我去做几个菜。"

战一杰坐在沙发上看电视，肖春梅就去厨房做菜。看来她早有准备，昨天晚上就顺好了，只一会就端了四个菜出来，又去酒柜里拿了一瓶"白兰帝"出来。

二人围着餐桌坐下来，肖春梅把酒倒上，说："欢迎你来我家做客。"

战一杰就问："怎么，你离婚了？"

肖春梅说："是，早离了，三年前我老公就去了澳大利亚。"

战一杰大吃一惊，轻声问道："为什么离的，是因为你不愿意出去？"

"不是。我们结婚好几年都没要上孩子，他和他家人就都怨我。可我到医院一检查，我一切正常，那不就是他的毛病吗？我就跟他大吵一通。"肖春梅说着，眼里噙满了泪水，一仰脖一大杯酒就下去了大半杯。接着说，"后来，他也到医院做了检查，结果他也没毛病。"说到这儿，肖春梅手中的一大杯酒已经干了。

战一杰真没想到，一向喜笑颜开的肖春梅心里竟埋藏着这么多苦水，看她那满脸泪痕的样子，心里真是说不出的怜爱，就又给她倒上了半杯酒。

肖春梅端起杯跟战一杰碰了一下，自己又喝了一大口说道："这不怪了吗？我们两个都没毛病，怎么就不怀孕呢？最后，在一家国外的医院查出了原因，我们两个这叫一种'抗体不合的免疫性不孕'，也就是我们两个在一起就是生不了孩子。"

"还有这种病？"

"是啊。这就是说，我们两个命中就不应该是两口子。后来他就去了澳洲，再后来我就听说他在那边有了孩子，我马上就跟他办了离婚手续。"肖春梅讲完，泪也流干了，杯中的酒也干了。

过了好大一会儿，战一杰等她平静下来，才满怀歉疚地说道："真对不起。这一天来我还净说些给你伤口洒盐的话。"说着，也端起杯一口干了。

"不怪你，你又不是故意的。"肖春梅凄然地笑道。

5

二人边吃边聊，战一杰想说些宽慰的话，可又不知从何说起，就给她讲了几个笑话。

肖春梅很专注地听，很开心地笑，一会就有了醉态。她一下握住战一杰的手说："一杰，你很讨厌姐姐，是吗？"

"怎么会呢？"战一杰说。

肖春梅说："其实从六年前你挺身而出救了我那一刻起，我就喜欢你。真的，是真心地喜欢你。可你留在了国外，我回了国，就一直把这份感情埋在了心底。

后来因为婚姻上的失败，我已心灰意冷，恨透了你们所有的男人，我发誓今辈子独身。可没想到六年后我们又重逢了。见了面我才知道，我对你怎么也恨不起来。如果说这个世界上还有一个我不恨的男人，那就是你。"

肖春梅的脸上泛起了红晕，完全沉醉在自己营造的幸福之中，继续说道：

"那一天晚上我把你吓着了。你大概从那时起就看不起我，一定以为我是个随随便便的女人。其实，你不知道，我只想报答你，没有别的想法。"

"我明白。"战一杰说。

"我知道我配不上你，我也没有奢望能嫁给你，再说我也不会再考虑婚姻的事了。真的，我只想给你，不是想得到什么。"说着说着，肖春梅就哭了起来。

战一杰确确实实被眼前这个女人的真情打动了，走上去拥住她，为她抹去泪水。

肖春梅伏在他的肩头，说道："一杰，小英是个好姑娘，你就娶了她吧，她是我见到的最好的姑娘。"

战一杰没吱声，只是拥得更紧了。

"我知道你还在想着那个陶玉宛。我是女人，我看得明白，她和你不是一路人，你千万不要因为她而辜负了我们小英。我能感觉到，小英有多么爱你。"肖春梅还要说下去，战一杰用滚烫的嘴唇封住了她的嘴。

他们吻在了一起，忘却了过去，忘却了将来，忘却了时空，忘却了一切……

一切又恢复平静。通身是汗的肖春梅软软地俯在战一杰身上，泪流满面，喃喃地说道："姐姐有这么一次死也知足了。"

战一杰抚着肖春梅光滑的身子，也是一脸的满足。二人就这么浑身赤裸地相拥着进入了梦乡……

6

从上海回来，战一杰就给林峰打电话，问事情进展得怎么样了。

林峰说，材料和报告都交给付书记了，也把情况向他大致作了汇报。但这几天可能中央有个大领导要来，付书记都快忙疯了，只能过了这段时间再说。

林峰在电话里说："办这种事你得有耐心，关键要稳，不能太急，要不然会出大问题的。"

战一杰只好说："不急不急，我只是问问。你什么时候有空，叫上小刑和小英，我们出去踏踏青放松放松。"

"等中央领导走了我也就不怎么忙了，到时候我们再联系。"林峰对出去玩倒是很感兴趣。

战一杰挂了电话，就去了质量技术部。来到胡小英的办公室，门敞着，里面却没人。他知道，现在是投料和装酒最忙的时候，质量技术部人手又少，肯定忙得跟走马灯似的。他就没打胡小英的手机，就在她的座位上坐下来，随手拿起桌上一摞一摞的化验报表看了起来。

看到水质检测报表的时候，引起了战一杰的注意，他便一页一页地仔细看了起来。他正聚精会神看着的时候，身穿工作服的胡小英回来了。见战一杰埋头看得那么认真，就笑道："哟，都当老总了，还这么钻研业务呀。"

战一杰也没抬头，问道："你们化验室谁做水质分析呀？我有个事要问一问。"

"水质项目是小黄做。"小英一边擦手一边说："怎么，有什么问题吗？"说着，就去化验室喊小黄。

小黄大约30出头的年纪，身材苗条，生得很秀气，见了战一杰倒是挺大方，问："战总，有什么指示？"

"什么指示不指示，我想问问我们的水质化验是什么流程？"战一杰笑道。

"水质化验很简单，每月一次水源化验，每周一次水处理前化验，每天一次处理后的酿造用水化验。"小黄说。

"化验的项目有哪些？"

"主要是总硬度，暂时硬度，各种阴阳离子和酸度。"

"水源的化验从哪里取样？"

"得从水源地，就是玉泉山。"

"发现有什么异常吗？"战一杰追问道。

小黄说："去年下半年有好几个月好像阴离子高了很多，但水输送到我们这里，我们再测处理水就不那么高了，没有超出我们的标准范围，所以也没太在意。"

"阴离子高是个什么概念？"战一杰又问。

"我也说不准，有可能是污染，也有可能是土壤结构变化造成的，但最有可能是化工污染引起的。"

战一杰若有所思地想了想，又问："那现在怎么样了？"

"现在又一切正常了，我们也不知道是为什么。"小黄也是一副不知所以然的表情。

"以后你要是一旦发现水源地的水质有什么异常变化，就马上告诉我。"战一杰说完，想了想又说，"抽空我带你去我的老家龙泉一趟，从我家的井里取个样化验一下。"

小黄说："好。战总，您什么时候有空喊我就行。"

小黄走了，胡小英就问："怎么，你怀疑这水源地的水有问题？"

战一杰眉头紧锁，说道："我总觉得这事没那么简单。水质明明已经被污染了，怎么突然就变好了呢？"

小英说道："我们这里对水源地的取样并不是很规范，也不具有普遍的代表性。我觉得，有没有问题还是要以环保局的检测结果为准。"

"这才是我最担心的。环保局的检测点虽然具有相对普遍的代表性，但也并不是全覆盖。而有可能我们的取样点就是他们遗漏的，或是正在他们的盲点上。"战一杰说，"这也是最可怕的。"

"真要是像你说的那样，事情可真就严重了。你得马上跟陶市长汇报一声。"

战一杰若有所思地点了点头。

7

放下水源污染的事，战一杰又对小英说道："抽时间我们出去踏青吧。"

"真的？就我们两个？"小英对战一杰的主动竟有点始料不及。

"你叫上小刑，让她再叫上林峰。"

听了战一杰的话，小英虽说多少有点失望，但心里仍是压抑不住地激动，问："怎么，你有事要找林峰？"

"也算不上有事，就是找他咨询几个问题。"

"那我就先跟小刑定一下，等定好了，我就通知你。"胡小英说着，忽然又想起了另一个同学，就又说道："对了，钟慧还有个消息让我告诉你。"

"什么消息？是不是她们的苦瓜汁卖火了？"战一杰道。

小英吃惊地张大了嘴巴说道："怎么，你都知道了？"

战一杰笑道："下一步各个啤酒品牌都要推出苦瓜啤酒，她们的苦瓜汁还能不火？"

"苦瓜啤酒这样一哄而上，会不会影响我们的市场销量？"胡小英担心地问道。

"暂时不会。反而会推高我们的销量。"战一杰胸有成竹地说。

"那就好。可我们绞尽脑汁创新出来的产品，他们就这么照葫芦画瓢克隆过去，再拿来跟我们抢市场，我们还没法惩治他们，他们也真够不要脸的。"因为苦瓜啤酒是她殚精竭虑创意出来的，就这样被人剽窃了去，小英心头的愤慨可想而知。

"你的创新能被这么多品牌去效仿，去传播，去推广，你应该感到高兴感到骄傲才是。"战一杰笑着说，"这也就要求我们的科技创新要永葆活力，要持续不断，要始终站在行业的潮头，站在最前沿。"胡小英深深地点了点头，说道："我会继续努力的。"

战一杰刚回到办公室就听见有人敲门，进来的竟是赵志国。

才几天不见，赵志国竟瘦了一大圈，原来油亮的额头也显得有点暗淡无光。战一杰把他让到沙发上坐下，问道："老母亲的身体怎么样了？"

"好了，就是老年病，住上几天院调养调养就没事了，你看还让你记挂着。"赵志国说着就转了话题，"许茂的事我都知道了，让我说什么好呢？也怪我平时对他太过纵容了，不然他不会走得那么远。"

"虽说许茂做的是有点过分，但也不至于走上绝路，想来倒也让人有点于心不忍。"战一杰说的倒是真心话。

"他不说是罪有应得吧，也算是咎由自取，没什么好同情的。"战一杰听得出，赵志国这是急于和许茂撇清关系。

果不其然。赵志国又说道："战总，我今天来就是要向你赔个罪。"说着，他站起身来，给战一杰深深地鞠了一个躬。

战一杰见他这样，连忙站起身，说道："你这是干嘛！咱们之间用不着这样。"说着就走上来拉住赵志国的手，又在沙发上坐了下来。

赵志国又说道："过去的事我也就不多说了，咱就把那一页翻过去。从现在开始，我会全心全意支持你战总的工作，你指到哪儿，我就打到哪儿，给你当好助手，当好兵。"

听着赵志国的话，战一杰当真起了一身的鸡皮疙瘩。心想，一个那么高傲与自负的人，今天这是怎么了？这些话要不是自己亲耳听到，真不敢相信是从他的嘴里说出来的。

心里虽然这么想，但战一杰还是使劲握住了赵志国的手，说道："赵总，咱们兄弟之间用不着这样。别的什么也不用说了，今后咱们就精诚合作，为了老板，为了芸川啤酒厂的员工，轰轰烈烈大干一番。"

8

从战一杰的办公室出来，赵志国的脸上露出了一丝不易觉察的微笑。他这次回北京根本就不是什么母亲生病，而是去办理他和王佳萍去加拿大的事。

现在手续已基本跑出了眉目，他所需要的只是等待，等那些所谓的手续一拿到手，他和王佳萍就远走高飞了。什么战一杰呀、许茂呀，什么麦芽厂的查案呀、回扣受贿呀，什么东方凌云呀、小王那神经病老公呀，统统见你们的鬼去吧。

当赵志国把这个消息告诉王佳萍的时候，小王惊呆了。她瞪着一双大眼睛，痴痴地望着眼前这个男人。她不敢相信这是真的。

赵志国看着她傻呵呵的样子，说道："这件事千万不能露出一点马脚。我们现在唯一能做的，就是等，就是忍。战一杰那儿我已经先稳住他了，估计临时他还看不出什么。现在许茂这根线断了，他们一时半会还查不到我这儿。等他真查到这里，我们已经在大洋彼岸了。"

王佳萍还是有点害怕，问道："我们这是出逃吗？会被追捕吗？会牵扯到家人吗？"

"我们又不是什么高官，算什么出逃？只要出去了，我们两个就隐姓埋名过我们的小日子了。一切有我呢，你什么都不用怕。"赵志国安慰道。

"跟着你我什么都不怕，只是可怜我爸——"小王说着，泪水扑簌簌就落了下来。

"现在我们真顾不了那么多了。"赵志国搂住她的肩头轻轻拍着。

对于这件事赵志国可以做到不动声色，可小王却怎么也做不到。对她来说，简直就是一种煎熬，天天度日如年。在办公室里总是丢三落四的，想请假吧，又不敢。一是怕引起怀疑，二是更怕她那神经病老公嗅出味道。

对于王佳萍的反常表现，首先引起了老胡的注意。他问小王是不是病了，不行就回家休息几天。小王连说不用。可她越是这样，却越让老胡心里没了底。

老胡这几天心里也是一直没着没落的，他甚至怀疑自己是不是病了。因为他觉得所有的人都有点反常，都一反常态。

小王整天神神叨叨，就跟掉了魂似的。赵志国就跟换了个人似的，一上班就往车间里跑，而且不再像以前那样高高在上，那么盛气凌人。还有肖春梅，自从她和战一杰从上海回来以后，气质也跟以前不一样了，就像是突然年轻了好几岁，而且看人总是那么怪怪的。

再就是战一杰，这段时间也变得让人难以理解，不再把精力一心一意扑在销售和生产上，而是整天忙着办独资，着了迷一样。

更可怕的是，他竟觉得女儿和老伴也越来越不正常了。小英整天话里话外的全是战一杰，好像离了战一杰她就开不了口似的。而老伴呢，也是天天念叨战一杰，总盼着他成为自己的女婿……

难道自己真有病了？

经过一段时间的梳理，老胡确认自己的意识一点毛病也没有。可他们为什么会突然就这样了呢？真是让人百思不得其解。但他隐隐约约地感觉到，可能有什么事情要发生。可到底会发生什么呢？他实在想不出来，而且越想越乱。

在思想意识上老胡虽然觉得乱成了一团麻，但对自己的身体状况他自己的心里比谁都清楚。

一年多以前，他的肝部就时常隐隐作痛，才开始他也没在意，本想抽空到医院去检查检查，可老伴却一下查出了胃癌，就忙着做手术做化疗，钱是大把大把地花。而厂里的事也是一件接一件地忙，没一件是让人省心的。虽然小英催了他几次，他都推说不疼了，也就没去。有时再疼了，就去药店买点治肝的药和止疼药吃上，咬咬牙就挺过去了。

可这段时间疼痛越来越厉害了，有时实在忍不住了，他就学当年焦裕禄的样子，用根笔把肝部顶在椅子扶手上，时常疼得满头大汗。

现在老伴的病基本好了，他一直悬着的心总算是落回了肚子里。这回不管怎样，是该去查查了。

9

胡小英和小邢把踏青野游的时间定在了星期天。

一大早，战一杰开车接上胡小英，他们出了城区就向金鸡山林场驶去。

大约有一个半小时的车程，就到了林场的大门口。小邢和林峰早已等在那里。下车见了面，战一杰和林峰握了握手，小英和小邢早已拥抱到了一块。

林场看门的工作人员早有准备，走上来问是不是芸川市政府来的人。小邢说是。那人连忙招手让里面开了门，两辆车就顺着盘山路进了林场深处。

下了车背上包，他们就开始爬山。山路两边的野草早已返青，山花也都开了，在一片嫩绿的映衬下，显得更加俏丽与烂漫。春风虽大了一点，但吹起了阵阵松涛，让人更有一种回归自然、心旷神怡的感觉。

这四个人平时都忙成了陀螺，难得有一天这么放松，所以都兴奋得有点发疯，一路上大呼小叫，热闹得不行。在林峰的带领下，他们转了几处景点，看了波涛起伏的石海，又看了人造的长城遗址，用相机照了几张照片。等游人渐渐多起来的时候，他们就找了一处林深叶密的幽静所在准备野炊了。

小邢和小英从各自的背包里倒出了一大堆食品和易拉罐啤酒，他们就一起铺排着忙活。战一杰笑道："你们两个女士背了这么多东西，怎么也不说一声？让我们可真是不好意思了。"

小刑对小英说："有你们家老战这句话，我们这辛苦也没白费。可你看我们林大秘，连句话都没有。"

林峰就笑道："我刚想说来的，却被老战抢了先。你别说我了，你看人家小英，从来就没对老战有一句抱怨。我怎么就没早认识人家小英呢？"

"这也不晚。"小刑说着就要上去揪林峰的耳朵，吓得林峰连忙往战一杰身后躲。

几个人说说笑笑闹了一会儿，酒菜已摆好。林峰说："这个地方是林区重地，不让生火。要是能生火，烧几道山里的野物那才够味。"

"青山翠林，闲云野风，还有美女相伴，你们两个就知足吧。"小刑说。

说话间已经启开了啤酒。四个人各自手把一罐，开怀畅饮起来。小邢最感兴趣的是战一杰的经历，知道他游历了世界各地，就一个劲地询问一些国外的情况。

小英就笑道："你对国外这么感兴趣，想去外国怎么的？"

"现在但凡有点路子的不都跑到国外去了？等你嫁给了老战，就到国外去定居，千万别回来了。"小刑说。

战一杰却道："你是不知道漂泊在外的感受。青萍无根，随波逐流，那滋味可不好受呀。"

小英见小刑口无遮拦的话语，战一杰并没什么反应，心里一阵甜滋滋的，就频频举起啤酒和林峰表示。林峰也是难得这么放松，就一罐接一罐地放开喝了起来。

酒喝到了一定程度，战一杰就问起独资的事。林峰说："材料和报告付书记都看了，没说行也没说不行，要我抽空再找有关部门了解了解情况。"

"那到底是行还是不行呀？"小英问。

这话问得有点突兀，好在都彼此了解，林峰倒也没见怪。战一杰又问："依你的经验看，这事有眉目吗？"

见林峰一副不长不短的样子，小刑急了，说道："你倒是说呀，他两个又不是外人。"

林峰这才说道："我已经找相关部门了解过了，从政策上讲没什么大问题。据我估计，应该能行。"

小刑怕战一杰和小英听不明白，就说道："我们家林峰已经干出职业病来了。你们要听他这么说，那这事就是有把握了。"

战一杰听了，就去看林峰。林峰笑了笑，就举起了手中的啤酒。战一杰连忙把手中的啤酒也举起来，两人一碰，就一饮而尽。

10

过了中午，四个人都已醉眼朦胧。

趁战一杰和林峰拉呱的工夫，小刑就把胡小英拉到了一旁，轻声问道："那事儿你们办了吗？"

小英被问得丈二和尚摸不着头脑，问道："什么事儿啊？"

"还什么事儿，就那事儿。"小刑说着，就指了指她的下身。

小英眨巴着眼捉摸了好大一会儿，才恍然大悟，一下就羞得满面通红，低下了头，又摇了摇头。

小刑一看就明白是怎么回事了，就在她的耳边小声说道："你傻不傻呀？这么一个钻石王老五，你还不马上拿下？我可提醒你，过了这个村就没这个店了。你要再这么扭扭捏捏的，早晚有你后悔的。"

小英小声辩解道："我试过了，不行。"

小刑道："我就不信不行。我这同性的瞅着你都动心，甭说他一个大老爷们儿了。要不，今天你就再试试。"

小英咬着嘴唇想了想，把牙一咬，就冲小刑点了点头。

她们两个拉着手走回来，又玩笑了一会儿，小邢就拉起林峰，躲到隐密的地方去了。

　　林峰和小刑一走，小英就醉了似地不再顾忌，一仰身倒在厚厚的草地上，把一抹白白的肚皮和小巧精致的肚脐露了出来，直刺战一杰的双眼。

　　这时的战一杰酒意颇浓，看着眼前的景象，眼中的一簇火就"突突"地跳了起来。看到战一杰眼中的火苗，小英就一骨碌爬起来，拉起战一杰的手，也向密林深处走去。

　　来到一处隐密的所在，胡小英转过身来，紧紧地抱住了战一杰，两眼微闭呼吸急促地期待着战一杰。

　　战一杰情不自禁地搂住了她的腰身，低下头深深地吻上了她那火热的双唇。胡小英已经软软地伏在了战一杰身上，像风一样轻，像水一样柔，令战一杰如梦似幻，飘飘欲仙。

　　胡小英的呼吸越来越急促，两人的身体揉在一起倒在了青青的草地上。胡小英明显感觉到了战一杰下身挺立的硬度，就让他坐起身，伸手一颗一颗解开了上身的衣扣。

　　战一杰坐在那里静静地看着胡小英脱去上衣，又看她脱去粉红的乳罩，一对羊脂白玉般的双乳小兔子一样蹦了出来。

　　暖风轻拂，树叶"哗哗"作响，偶尔传来几声宛转的鸟鸣。胡小英两颊绯红，抓起战一杰的手，一下按在了自己高耸的充满青春弹性的乳房上。战一杰的手在这对双峰上游移，不一会两个嫩红的小乳头就突兀挺立了起来。

　　胡小英俯下身去，伸手去解战一杰的衣服。战一杰按住了她的手，轻声说："不要，我要对你负责任。"

　　胡小英急促地说："我要，我现在就要，我是心甘情愿的。"

　　战一杰说："还是等我们……"

　　还没等战一杰说完，胡小英就捂住了他的嘴，说："我就是要把我的第一次献给我最爱的人，即使你不娶我，我都无怨无悔。"说着三下五除二就把自己的衣服剥了个精光，一个美仑美奂的少女的胴体就一览无余地展现在了战一杰面前……

　　当二人重新穿好衣服，胡小英这才发现自己下身疼得火烧火燎，有些行动不便。战一杰歉疚地说："是不是我刚才太粗鲁了？"

　　胡小英红着脸说："没有，你太棒了。"沉吟了一会，胡小英又犹犹豫豫地问："在你经历的女人中，我算是怎么样的？"

战一杰没想到她问得这么直接，一时间竟不知怎么回答。二人说话间就回到了野炊的地方。小邢和林峰早已等在了那里。他们一看这二人的表情，就大概明白了个八九不离十。小邢笑着问小英："感觉怎么样？"

胡小英红着脸不吱声。林峰和小邢四人眼光一对，会心地放声大笑起来……

11

几天过后，林峰又给战一杰打了个电话，说付书记已经在报告上签署了意见，让政府各部门全力配合办好此事。这事已交由陶副市长全权负责，协调办理。

战一杰觉得一切都在朝着有利于自己的方向发展。他刚要给陶玉宛打电话，没想到陶玉宛的电话先打了进来。这么多年过去了，难道他们还是这么心有灵犀？

陶玉宛倒没有多少客套，就说抽空请他吃个饭。战一杰笑道："我是求之不得呀，正好我也有事要找你。"

"你的事我都知道，咱见面再谈吧。下午六点我在高店的'上岛咖啡'等你。"

下午，战一杰早早就赶到了高店。他先去商场逛了一圈，本想给陶玉宛买个包，可等选好了要付钱的时候，一掉摸不行。作为政府领导，真要挎上这么个名牌包，说不定会惹上麻烦，只好作罢。

可买点什么好呢？想来想去，这世上没有女人不喜欢钻石珠宝的，他就去了珠宝店。在珠宝店，他精心挑选了一款相当上档次的钻石项链，觉得陶玉宛一定会喜欢，就刷卡买了下来。

他办完这些事就来到"上岛咖啡"等着，不一会陶玉宛就来了。陶玉宛今天的打扮很休闲，头发也是随意地披散着，显得清纯而又妩媚。不认识她的人，根本无法将眼前这个人与政府领导搭上边。

坐在"上岛咖啡"优雅的临窗软座上，听着一段舒缓的钢琴曲，战一杰想起了自己当年与陶玉宛的初恋。每个人的初恋都是刻骨铭心的，战一杰现在才深深领会了这句话的含意。

很显然，陶玉宛也深有同感。过了好大一会，她举起手中的葡萄酒说：

"小玉的事当真要谢谢你。"

战一杰这才从茫然若失中回过神来，也举起手中的酒杯说道："对我再说谢就有点见外了。只要是你的事，我都是心甘情愿的。"

陶玉宛抿了一口酒笑道："时间是最好的老师，你终于学会怎么说话了。你想想，七八年以前你会说这话吗？就是你心里这么想，你会这么说吗？"

战一杰想了想，也笑道："还真是。这七八年的时间，毕竟我们都经历了很多。"

顿了一顿，战一杰幽幽地问道："玉宛，你幸福吗？"

陶玉宛并没有马上作答，而是慢慢地呷了一口葡萄酒，说道："对幸福每个人都有不同的理解。有的人表面上看着挺幸福，他的痛苦却在心里；而有的人却在痛苦中找到了幸福。你说怪不怪？"

战一杰见陶玉宛始终不愿说出她不幸的婚姻，转念一想，自己又何必在她本来流血的伤口上再撒上一把盐呢，自己不是太残忍了吗？再想想，当初他与陶玉宛分手也是性格所致，命运使然。天意如此，又何必如此在意呢。

想到这儿，战一杰就不再在感情的漩涡里打转，一本正经地说道："我们公司合资转独资的事由你主抓。怎么样？好办吗？"

"付书记对这事已经拍了板，应该不会有什么问题，只是会费些周折。"陶玉宛说道。

"还很麻烦吗？"

"别的都好办，主要是牵扯到了银行，要在建行那里先把你们的资产抵押解套才行。事情过去这么多年了，光利息与滞纳金就是一个天文数字。"

看到战一杰一副十分担心的表情，陶玉宛又说道："不过你也不必过分担心。这一点我已与建行的领导沟通过，他们的态度也很积极，他们也急于解开这个死结。不然，这笔烂账每年都挂在他们账上，让他们十分难堪。"

"那有什么具体办法没有？"

"已经有了一个初步的意见。由芸川经委出面，把这笔账当作死账接过来，把资产转到经委名下。只要到了经委这里，一切由政府出面协调，那就好办了。"

12

听陶玉宛讲还要费这么多周折，战一杰就举起杯说："没想到这事还这么麻烦。我代表投资方，代表我们老板谢谢你。"

看着战一杰举起的酒杯，陶玉宛却一动也没动，盯着战一杰道："一杰，你真以为我不怕麻烦、不遗余力地办这事是为了政府的招商引资，是为了你们企业，为了你们老板吗？"

"我不是这个意思。"战一杰颇为尴尬地说道，杯子就在那里举着，喝也不是放也不是。

陶玉宛也不想让他太过难堪，就端起杯跟他碰了一下，喃喃说道："还不全是为了你。"

两人干了杯中的葡萄酒，战一杰的心里说不出是个啥滋味，就问道："需要我们做什么呢？"

"你们要准备董事会的决议，还要准备追加投资的证明，还要办理外经委呀、工商呀、税务呀，一大堆手续呢。到时候，我会安排人帮助你去办的，我不还挂包着你们企业嘛。"一谈到这些，陶玉宛一下又恢复了政府领导的口气。

"别的都好办，可追加投资这事好像得从长计议。"战一杰担心地说道。

"也就是走那么个手续，反正你们老板也没从这里拿走过一分钱。再说自打你来了以后，又是冬令啤酒，又是苦瓜啤酒，还有这个梦泉啤酒，简直红透了天，银子肯定没少赚吧？难道这些就不能算作是投资？"

陶玉宛说得相当淡然，但战一杰听起来却有一种茅塞顿开的感觉，心里便不再有什么顾虑，高高兴兴地端起杯来说道："玉宛，我谢谢你。"

"你想怎么谢我？"陶玉宛紧跟着问道。

"怎么谢都行，你让我献身也行。"战一杰笑着说。

"真要让你献身的时候我会让你献的。"陶玉宛也笑道。接着又叹了一口气道，"一杰，说真的，我真后悔当初没有献身给你。"

听陶玉宛说得这么哀哀怨怨，战一杰就从兜里掏出那款钻石项链，打开盒子推到了陶玉宛面前。陶玉宛一看，疑惑地看着战一杰说道："你这是什么意思？"

"喜欢吗？"战一杰柔声问。

"这是迟来的爱吗？"

"是致我们终将逝去的青春。"战一杰说得很是肃穆。

"那你就给我戴上吧。"泪水已在陶玉宛的眼里打转。

战一杰站起身，走过去，慢慢地给陶玉宛戴上了项链。陶玉宛从包里掏出补妆镜看了看，说道："真漂亮。"

二人默默地举起酒杯，碰在了一起，然后就一饮而尽。放下杯子，陶玉宛脸上是出奇地平静，说道："对了，一杰，还有个事我一直要问你。"

"什么事？"

"就是玉泉山水源污染的事，你到底都掌握了些什么情况？"

"就是我跟你说的那些情况，都是从我爸和我姐夫那儿听说的。你去查了没有？"

"就这些？没有别的了？"

陶玉宛问到这儿，战一杰一下想起了他们化验室水质化验的事，就说："倒是还有一个新情况。我们啤酒厂每个月都对水源地的水质进行抽样检测，发现在去年下半年有好几个月水质的阴离子高出了很多，应该是被化工污染了。但现在又一切正常了，你说怪不怪？"

听了战一杰的话，陶玉宛惊出了一身冷汗，朦朦胧胧地酒意一下子就全没了。她握住战一杰的手急问道："这事你对别人讲了吗？"

"没有。我本想抽机会问问你这是怎么回事？你不是搞环保出身的吗，你应该最懂了。"

"那是一点意外。但现在一切都已经过去了，不会再发生此类情况了。"陶玉宛肯定地说。说完又使劲握住战一杰的手说："一杰，这事可能牵扯到了我。为了我，你能保证不声张吗？"

"能，为了你。"战一杰说。

"那你回家跟伯父说一声，不要再纠缠这事了，那只是一次意外。我保证以后不会再发生了。"

看着陶玉宛迫切的眼神，战一杰郑重地点了点头。

第十八章　进入旺季

1

三月份芸川啤酒公司完成销售量一万八千吨，利润达到了一千万元。战一杰大吃一惊。开班子会的时候，战一杰提出发奖金。杨小建说，要发就多发点，这个月员工们都拼了命了。老胡也说："是啊。旺季才开了头，硬仗还在后面呢，是该鼓鼓劲了。一鼓作气把今年拼下来，咱芸川啤酒公司也算是彻底翻身了。"

战一杰道："那就按平均每人两千吧。具体分配方案由赵总和胡主席制定，定好了直接发就行。"大家是想多发点，可没想到战一杰会发这么多。既然战一杰已经决定了，没人再说什么，就皆大欢喜散了会。

现在一切都进入了高速运转，战一杰反倒一下清闲了下来。他一直想带着胡小英回趟家，可总是抽不出空来。现在总算是可以抽开身了，他就给胡小英打电话。胡小英一听，更是忙不迭地答应。两人把手头的事安排好了，就开上车回了家。

奔驰车快进龙泉镇的时候，胡小英问："这次我是什么身份？"

"你想是什么身份呀？"战一杰逗她。

小英听他这么说，心里就明白了，只是抿着嘴笑，却不再言语。

这回到了家，不用明说，父母也就明白了。娘高兴得有些手足无措，乐颠颠地去准备饭菜，胡小英也就名正言顺地去帮着忙活。

父亲也是喜上眉梢，吃晚饭的时候，同儿子战一杰喝了不少酒，还接连不断地让着小英吃菜。看得出，他算是了却了一块心病，是从心底里高兴。

晚上睡觉的时候，娘把战一杰叫到了一旁，问："你和小英是住一个屋还是分开？"

战一杰说："让她跟你一块睡北屋吧，省得她不好意思。"

娘一听这话，就明白这生米已经煮成熟饭了，说道："小杰呀，人家小英这姑娘可不孬，娘是一千个一万个满意。既然已经这样了，咱千万不能辜负了人家。"

战一杰明白娘的意思，也懂母亲的一片良苦用心，就笑道："娘，你就放心吧！你自己的儿子还不放心吗？"

晚上战一杰跟父亲睡在东屋。父亲又提起水源污染的事。战一杰就说："家里这段时间怎么样了？"

"你说怪不怪？这段时间我们井里的水又不苦了。"父亲一副百思不得其解的样子。

"只要好了就行了。这事你可别再管了，也别再四处打听四处问了。"战一杰正儿八经地说。

"为什么？"

"你就别管为什么了，反正这事牵扯到了方方面面，只要以后好了就行了。"

"你能保证以后就好了？"父亲依然固执。

"我是不能保证，但陶玉宛能保证，这行了吧！"

父亲一直对陶玉宛很是看重，知道她既是市里的领导，又是抓环保的行家，听战一杰这么说，他也就不说什么了。想了想又说道："陈胜利的化工厂不干了，你知道吗？"

"干得好好的，怎么突然就不干了？"战一杰还真不知道这事。

"说是改行做房地产了，嫌做化工利润太低。"父亲看来对这事是一万个不理解。

"那我抽空找他谈谈，劝劝他。"战一杰说。

"劝也没用。你姐也支持他，这次是铁了心了。"父亲的语气很是无奈。

战一杰想了想，说道："那就由他去吧，说不定他的选择是对的。"

"但愿吧。"父亲打了个呵欠说。

2

这段时间肖春梅天天泡在市场上。战一杰明白，她是在故意躲着自己。

自从上海之行他们有过那次激情碰撞以后，战一杰确确实实从心底里爱怜和疼爱这位命苦的姐姐，况且那激情四射的融合是那么的美妙，那么的让

295

人回味无穷。有几次他们碰了面，战一杰不用看就能感觉到肖春梅眼中的欲望，作为一个到了如狼似虎之年的单身女性来说，有这种要求是很正常的；同样，战一杰一想起她那丰满润泽的胴体，心头也是湿漉漉的……

正在胡思乱想间，肖春梅的电话竟打了进来。战一杰接了电话，开口问道："你这段时间还好吗？"战一杰竟有点口吃，他知道肖春梅现在正坐阵高店，亲自抓大酒店的直销工作，平常也就住在高店。

肖春梅并没回答他，说道："现在高店的啤酒市场出现了一个新的动向，就是很多大酒店里，都雨后春笋般冒出了不少的小型啤酒自酿设备，啤酒现做现卖，透明化生产，而且都是不经过滤的原浆啤酒，火得很。"

"这在国外很常见，不过他们生产能力和酿造水平都十分有限，不会对我们造成多大的影响。"战一杰有些不以为然。

"这一点我也清楚，多少年前在上海就有了。可关键是，我听说他们用的酵母菌种都是从我们厂里弄出去的，也不知这事是真是假。"

"什么？"这下战一杰可沉不住气了。战一杰是做啤酒的出身，他当然知道酵母菌种对啤酒厂来说意味着什么。

酵母是啤酒的灵魂，啤酒整个的发酵过程其实就是一个酵母呼吸代谢的过程。一个啤酒的特点、特色和风味，关键就在酵母上，所有的技术机密也都在这上面。一般啤酒厂用过的酵母有两种处理方式，有的厂家是烘干成干酵母作饲料卖，有的厂家就直接排放掉。但千万不敢直接外卖或让别的啤酒厂家得了去，否则，自己的啤酒就再也没有什么机密可言了。

这件事非同小可。战一杰马上问："这几家酒店你熟吗？"

"我们正跟他们谈形象店和专营的事，熟得很。"

"好，我马上赶过去。"战一杰放下电话就立即动了身。

等战一杰赶到高店已是下午四点多。肖春梅领着他，挨个到有小型自酿设备的酒店转了一圈。战一杰仔细尝了他们的啤酒，又观看了他们的制作过程，同他们的经理谈了谈，最后他基本确定，就是自己厂里的酵母泄露出去的。这个结果令战一杰火冒三丈。看着他气得直发抖，肖春梅就连忙握住了他的手，轻轻地拍着。

等他们回到肖春梅常住的酒店天已经黑透了。肖春梅忙着去餐厅点菜，战一杰就拨通了徐国强的电话。老徐接了电话，战一杰把酵母泄露的事情跟他一讲，他也是大吃一惊。继而又说道："我猜这事是这个曹永平干的。"

"有什么根据吗？"战一杰问。

"这事别人想办也办不了，只有他。"老徐干了多年的生产，对生产系统所有的人和事他都了如指掌。

"那好，就一查到底，查清了真要是他干的，坚决开除。"

"我马上查，一有结果我马上向你汇报。"

跟老徐通完话，菜也上来了，肖春梅已在对面坐下。战一杰就问："不喝点酒吗？"

"不喝了吧，你也饿了，我们就吃饭吧。"肖春梅笑着说。

"那就吃饭。你别说，还真是饿得不行了。"

吃完饭，肖春梅说："到我的房间去坐坐吧。"

"好吧。"战一杰本想拒绝，可话到嘴边还是改了口。

两人上了楼，一进房间，肖春梅一转身，一下就扑到了战一杰的怀里。战一杰刚要说什么，嘴却已被一双火热的唇堵住了。肖春梅忘情地吻着，吸吮着，两个人的舌尖绞在了一起，人也绞在了一起。

衣服一件一件地褪去，一切都已无法控制，也根本控制不住，两个滚烫的胴体又融合在了一起，比上一次更缠绵、更激情、更猛烈，也更死去活来……一阵狂风暴雨过后，肖春梅望着沉沉睡去的战一杰，喃喃地说道："一杰，我只想要个孩子。"

3

酵母外泄的事很快就查清楚了，果真是酿造车间的主任曹永平干的。令人没想到的是，这一查，不光查出了这事，还牵扯出了好几件事。

这个曹永平是从车间的操作工一步一步干起来的，虽然没什么文化，可很有头脑，很会管人，把整个酿造车间治理得井井有条。

可领导当久了，他也就慢慢开始膨胀了，在车间说一不二，没一个人敢违拗，俨然成了一个土皇帝。才开始是与原来的采购部长许茂勾结，隐瞒了麦芽以次充好的事实，从中牟取了不少好处；后来，又对承包酒糟的客户进行威逼利诱，每车酒糟提人家一百元钱。

这些事车间的工人们是敢怒不敢言，这就更令他有恃无恐地变本加厉起来，最后竟胆大妄为地倒卖开了酵母。这次东窗事发，酿造车间的工人们简直是人心大快、欢声雷动，一股脑把他那些老账都翻了出来。

对于曹永平的事，徐国强拉了老胡来一块汇报。他汇报完了，就开始检讨自己，是自己失职，是自己疏于管束才令他越陷越深，请求处分。

听完了汇报，战一杰的意见相当明确。老徐管束不严，事后再说。对曹永平这种害群之马，坚决不能姑息，因已涉嫌触犯法律，要移送司法机关处理。老徐听了战一杰的意见，不敢再说话，拿眼直瞅老胡。老胡最早是酿造车间的书记，曹永平就是他一手提拔起来的，他对这事也相当痛心，觉得自己也难辞其咎。但听了战一杰的意见，他还是忍不住开了口："战总，曹永平这事是不小，他犯的错也确实不可饶恕。可千不念万不念，他总是我们的员工，你看这事能不能不交给司法机关，我们内部处理？"

"内部处理，怎么处理？"战一杰的脸依旧阴沉着。

"让他退赔一切损失，免除职务，要不就直接开除。反正怎么处理都行，只要不把他送进监狱就行。"老胡说这话虽然很是为难，但他还是说了。

"这不是包庇犯罪吗？"战一杰望着老胡。

"也是这么多年的感情了，就算看在我们老哥俩的面子上，就网开一面吧。"老胡的口气已近哀求。

"是啊战总，您就高抬贵手放他一条生路吧。"老徐也在一旁哀求。

话已说到了这份上，战一杰就说道："那好吧，这事就交给你们处理吧。千万别引起民愤，别让工人们挑理就行了。"

"不会的，不会。工人们虽然恨他，但真要是把他送进监狱，那还都是于心不忍的。"

老徐走了以后，老胡留下来对战一杰说道："晚上去家里吃顿饭吧。"

战一杰吃惊地抬起头看着老胡，仿佛听错了一般。对于他和胡小英的交往，老胡始终是不置可否，也看不出他的态度，所以只要是一牵扯到他和小英的事，他总是小心翼翼地和老胡保持着距离，保持着这一层薄薄的窗户纸不被捅破。

老胡看他吃惊的样子，笑着说道："小英她妈邀请你的。怎么，没空？"

"有空有空，我早该去看看大姨了。"战一杰忙不迭地说。

"晚上我们就在家等你了。"老胡说完就走了。

老胡一走，战一杰就给小英打电话。小英说："我妈都催了我爸多少次，他始终不松口。难道这次想通了？"

"想通什么了？"战一杰故意问道。

"你说想通什么了？"小英嗔怪道，继而又郑重其事地说道："关键是你想通了没有，拿定了主意没有？"

"我？我拿定了。"战一杰说。

"不想陶玉宛了？不想肖春梅了？"小英追问。

怎么回答呢？这个胡小英别看平时表面上傻乎乎的，其实她心里什么都明白。战一杰觉得他背上的冷汗，已经把衣衫湿透了。过了好一会儿，战一杰又说道："我拿定了。"

电话那边竟传来了抽泣声。

4

这几天老胡的脸色越来越难看，战一杰就问小英是怎么回事。小英说，应该是肝的问题，几次催他去医院，可他总是拖，还是你劝劝他吧。战一杰就正经八百地同老胡谈了一次。没想到老胡这次还真听话，说马上就去。

战一杰给老胡打电话，老胡没接，过了一会儿就打了回来，问他是不是有事。战一杰就说，事倒是没有，就是想问你去医院了吗。老胡道："这不正在医院做检查吗，没事的，你放心好了，一做完我马上就回去了。"

"怎么没让小英陪你一起去，要不，我现在赶过去吧。"战一杰道。

"不用不用，我又不是不能动了，还用你们陪？你千万别来，轮到我了，我挂了。"说着，老胡就挂了电话。

听老胡说得这么轻描淡写，战一杰暗忖，是不是自己过于小题大做了，应该不会有事的。快到中午的时候，老胡回来了。战一杰一见面就问："查得怎么样？"

"我就说没事吗，就是转氨酶有点高，大夫开了点药，吃吃就没事了。"老胡说得很轻松。

"那就好，那以后酒就得少喝了，要不干脆就别喝了。"

"那怎么行？这办公室主任可怎么干？"

"你先别管那些了，身体才是革命的本钱，你们那代人不总爱这么说嘛。"战一杰说，"真要是有那些推不开的应酬，我直接出面就行。"

两人正说着，杨小建来了。他进门一看老胡也在，就笑道："怎么，老丈人相女婿相到办公室里来了。"

老胡没搭理他就走了。本来老胡和杨小建平常没大没小的，总爱开个玩笑，没想到今天会这样，倒弄得杨小建有点下不来台，冲着他的背影伸了一下舌头，问战一杰："这老头怎么了，我没得罪他吧？"

"刚从医院做了检查回来，可能是心情不太好吧。"

"你老丈人病了？我看他这一阵子的脸色是有点不大正常。"

"他说只是转氨酶有点高，可不知怎的，我这心里总是七上八下的不踏实。"

"关心则乱，这个道理你还不明白吗？要不是他成了你的老泰山，你想想，会这样吗？你就放开心吧，谁还会把自己的身体当儿戏？"

听杨小建这么说，战一杰细一捉摸，也是，看来是自己过于神经质了。于是就把这事放到了一边，问杨小建："怎么，有事啊？"

杨小建说："事还真不少，早想找你汇报，可你这整天神龙见首不见尾的，真还不好逮你。"

"有事快说，我这儿还一大堆事呢。"

"好，好，别人的事都是大事，就我的事是小事。"杨小建虽这么说，但还是郑重其事地坐下来，说道，"第一个事，我跟小张定好了，国庆节结婚。第二个事，我在芸川买房子了。"

战一杰一听，果真是大事，就不大好意思地笑道："你这整天没什么正事，没想到今天全是正事。仔细说说，看看需要我做什么。"

杨小建道："结婚的事两家都同意了，到时候领个证，办个酒席就行了。"

"你可考虑好了，这就要扎根芸川了。再说，你和那个小张，是不是急了点？"

"还急？再等孩子就生出来了。"

"那我就不好说什么了，房子呢，在哪儿买的？"战一杰问。

"是陆涛帮忙买的，是他们策划的客户，价格上照顾了不少。现在主体都已经起来了，房子还行。"杨小建说。

"那好，抽空我去帮你看看。钱呢，钱凑手吗？"

"首付我已经交上了，其余都是办的贷款，临时倒是没什么问题。"

"用钱的时候你说话，多了没有，三十万二十万的还行，既然是我把你弄到芸川，我不会撒手不管的。"战一杰说得相当郑重。

5

战一杰本想抽出空来给陈胜利打个电话，没想到却接到了姐姐一芳的电话。一芳在电话里问："小杰，听娘说，你把媳妇领回家了？"

战一杰笑道："是啊，我们本想去你们家，可你们又不在家。"

"我们搬到芸川城里了，抽空领着媳妇过来玩吧。"

"什么？你们搬到城里了，买房子了？"

"没有。先住着别人的房子，等你姐夫他们开发的那个项目建好了，我们就搬那里面去。"

"怎么，化工厂你们真不干了？"

"不干了。哎呀，一句两句也说不清楚，这样吧，中午我们一块吃个饭吧，我也见见兄弟媳妇。"

"好吧。中午就去梦泉大酒店，等会儿我定个房间，你和姐夫直接赶过去就行了。"

挂了一芳的电话，战一杰就给胡小英打电话，把中午吃饭的事说了。小英听了倒有些紧张，说："我要不要回家换身衣服。"

战一杰笑道："那倒不用，见婆婆你都没紧张，见个大姑姐，你紧张个什么劲儿。"胡小英那边笑了笑，没再吭声就挂了电话。

中午的时候，战一杰一看，小英还真是换了衣服，而且还精心打扮过了。一上车战一杰就笑道："看来我的话，你已经开始当作耳旁风了。"

"去你的吧。万一你姐再挑毛病怎么办？"

战一杰一想也是。姐姐一芳这人确实是爱找人毛病，万一她们两个见了面再不接眼，难受的还不是自己？看来还是女人的心比较细一些。他和小英到了酒店，等了好大一会，陈胜利和一芳才来。进了门，一芳一看胡小英，脸上立刻就乐开了花，说道："我就想，以我兄弟的人才和能力，什么样的姑娘才能配得上他呀。今天一见可就放心喽，我兄弟的眼光还真不错。"

陈胜利也在一旁笑道："你们家的筐里还有烂杏？"

大家笑着落了坐。一芳拉住小英的手就不愿松开了，左一句右一句地问个不停。小英笑着一一作答，两人一下就成了姐妹一般。

菜上来了，战一杰要了一瓶五粮液，把酒倒上，他们就边喝边聊起来。

战一杰问陈胜利："你那化工厂真不做了？"

"不做了。不是有那么句话吗，只要做了房地产，那就什么也不愿做了。我们又买了几块地，以后就做房地产了。"

"那化工厂呢，卖了？"

"卖了，卖给黄士文了，要不哪来的钱搞房地产。"

"你那个好伙计的化工厂呢，也卖给黄士文了？"陈胜利当然明白，战一杰指的是付茂山的那个小舅子老朱，说道："也卖给他了，就数他出的价最高，当然就卖给他了。"

"那排污的事你们不管了？"

"排污有啥事啊？你别听风就是雨的，一点事都没有。现在国家抓环保抓得这么紧，谁敢顶风而上呀。"

他们正说着，一芳发话了，说："你们别光顾着拉你们那些屁事了，还是说说终身大事吧。小杰呀，这个兄弟媳妇我是一百个满意，你们准备什么时候办喜事呀？咱爹咱娘可急着抱孙子呢。"

陈胜利的话还没说完，又小声说："厂子都卖了，我们就不管啥排污不排污了。再说，想管也管不着了。"

一芳听陈胜利还在那里唠叨，就骂道："陈胜利你耳朵里塞驴毛了，听见我说什么没有？"

当着未来兄弟媳妇的面，陈胜利的脸上有点挂不住了，脸色一变就要发作。战一杰一看，连忙说道："这事得问人家小英。"

一芳也不理陈胜利在那里变颜变色，扭头问小英："妹子，你说。"

小英脸一红说道："要不，姐，你就看着定吧，我没意见。"

"好！"一芳一拍大腿说，"'五一'有点太紧，那咱就国庆节吧。到时候你姐夫那儿楼也盖起来了，你们也买上一套，到时候再把咱父母也接来，省得整天在老家担心这污染那污染的。"

小英笑了笑没吱声。一芳就道："这事就这么定了，快吃，吃完了我陪你去逛商场。"

战一杰笑道："你们逛商场，我们两个大老爷们儿就不用去了吧？"

"想得美。你们得跟着掏腰包，提东西。"一芳说。

"那可要了命了，你还不如杀了我呢。"陈胜利道。

"杀了你？哪有那么便宜的事。真要是杀驴，也得等卸了磨才杀呀。"

听了这话，一家人都忍不住笑出了声。

第十九章　福兮祸兮

1

星期一，厂办接到了市政府办公室的电话通知，上午九点到市政府会议室，参加事关芸川啤酒公司的协调会议。

老胡并不知道是什么事，来跟战一杰一讲，战一杰知道肯定是股份的事，就对老胡说："你准备准备，我们两个去。"

老胡稍作犹豫，问："是股份转换的事吗？"

"应该是吧。"战一杰故意轻描淡写地说。

"好，好吧。"看得出，老胡对此事并不十分情愿。

战一杰开车出了厂门，坐在副驾驶上的老胡还是忍不住问道："你确定要办这事了？"

战一杰点了点头没说话，老胡长长地叹了一口气，再也没有开口。

来到市政府的会议室，到会的人已来了不少，有几个与老胡也认识，就相互打着招呼。战一杰看着桌上摆的牌子，有经委、外经委、国资局、建设银行、国税局、地税局、工商局，再看最前面还有三四个席位是空着的，那肯定是市里领导的席位。心想，不知道付茂山会不会出面。

正捉摸着，领导就到了。付茂山在前面，后面是市长郑厚广和副市长陶玉宛。一般这种规格的政府协调会议，市长能亲自参加已属少见，但今天市委书记和市长同时参加，这令在场各个部门的领导都十分吃惊，一下都正襟危坐起来。付茂山跟郑厚广低头说了几句，就宣布开会。他先把战一杰向大家作了介绍，就让战一杰先把芸川啤酒公司前前后后的事讲一讲。

战一杰心领神会，清了清嗓子，就把芸川啤酒公司从合资到纠纷，再到现在的情况，言简意赅地作了汇报，重点陈述了当初的假合资如何留下了后遗症，如何成为沉重的包袱而阻碍了企业的发展。芸川啤酒公司的事，在座的人多多少少都知道一些，今天听战一杰把来龙去脉这么一讲，才真正明白了是怎么一回事。

战一杰汇报完了，付茂山说道："今天我和郑市长还有一个重要的会议要参加，对于芸川啤酒公司的事，我就提一个要求，一切都要以维护企业的健康发展为出发点，着眼长远，打破常规，为他们护好航服好务。"

说完他又看郑厚广。郑市长把话接过来说道："茂山书记已经提出了要求，政府各部门务必各负其责，严细落实。事情牵扯到了哪个部门，哪个部门必须全力配合，我要求一把手亲自来抓。市里由陶副市长做总协调，下面的具体事项，由陶副市长统一安排。"

郑厚广说完就与付茂山一起离开了，会议由陶玉宛主持。陶玉宛准备得相当充分，对具体事宜都作了布署，包括建设银行如何解套原来的抵押，经委如何接手中方40％的股份，国资局如何审核等等，都作了详尽的安排。

各个部门的领导也都记得很认真，并都指定了专门的联系人。最后陶玉宛强调，会后政府会出一个会议纪要，会把各项事宜的进度时间表也列上，各部门要根据纪要安排的时间表认真落实，哪个部门耽误了就由哪个部门负责。

会议开得相当顺利，相当成功。会议散了，战一杰本想等人少了以后，再跟陶玉宛说句话。可陶玉宛自打开完会，就在一刻不停地接电话。一旁的小刑就给战一杰使了个眼色，战一杰和老胡就跟着小刑来到了外面。

小刑和老胡也很熟，叫了声胡叔后，就对战一杰说："你们还有什么重要的事吗？"

"事倒是没有了，我就是还有几句话想跟陶副市长说一声。"战一杰说。

"感谢之类的话就不用说了，咱是知己的关系。我要提醒你们几句，别以为今天这会开得很顺利，这事就妥了。事情可没那么简单。甭看这些部门领导在这里是点头哈腰的，可出了这门就不是他们了。你们千万要有个思想准备。"

老胡笑道："这事我明白，我们会想办法的。"

小刑又嘱咐道："这事你们盯紧了经委的那个晏主任就行，他是关键。"

战一杰谢了小刑，就和老胡一块下楼。老胡边走边说道："经委那个晏主任是我们财务部晏经理的叔伯哥哥。"

2

战一杰记得赵志国说过，晏春是他亲自招进来的，所以一直对她留着个心眼，始终不敢放手去用。现在办股份转换的事，绝大部分工作都在财务上，有符合规定的，也有不符合规定的。杨小建是个半路出家的，根本就指望不上，这几天正为这事发愁呢。现在老胡突然冒出了这么一句，就连忙道："这个晏春不是走赵志国的关系进来的吗？"

老胡笑道："明着是那么回事。晏春是注册会计师，是赵志国从人才交流中心招聘来的。"

"那实际呢？"

"实际上是因为晏春离了婚，不想在高店原来的单位干了，想回老家芸川。可一时又找不着合适的单位，他堂兄就找了我。我实在推不过，就帮了帮忙。"

"那赵志国知道其中的原委吗？"

"他倒是不知道。当时晏主任把一切都安排好了，本想是走走过场，要是赵志国相不中再另说。没成想，赵志国一眼就相中了，就名正言顺地招进来了。"

"晏春也确实有这个能力。"战一杰实事求是地说。

"那也只是一个方面。"老胡却是说半句又咽回去了半句。

"还有什么原因？"战一杰刚开口问，自己却又忽然明白了，就说道，"这个赵志国真是够可以的。"

老胡说："晏春来公司以后，为人处事都很好，业务能力也强，一直对赵志国是敬而远之，赵志国也没啥办法。"

"经委晏主任那儿，我们最好约他吃顿饭。是你出面呢，还是我找找晏春？"战一杰征求老胡的意见。

老胡就笑道："我发现现在你是越来越客气了，你可千万别这样。在公司咱还是上下级的关系，工作你是该怎么安排还怎么安排。"

战一杰也笑着说道："我是怕你一出面，到时候酒席上又得让你喝酒。"

"就是我不出面约他，到时候吃饭我也得去。很多手续都在办公室这边，喝不喝酒，那倒是次要的。"

"那就还是你出面约他吧，到时候把晏春也叫上。我看了，主要的工作也就在你们这两个部门。"

老胡应声走了，战一杰也算长出了一口气。从这次市政府协调会的力度和效果来看，独资这事应该是十拿九稳了。下一步公司的发展就会步入快车道，就不会再有什么后顾之忧，不会再有所牵绊，就应该真像报告里写的那样，甩开包袱，阔步向前了。

从眼下的发展势头来看，今年生产15万吨啤酒应该没什么问题，明年就要再上一个大台阶，向25万吨冲击。那样，就能独霸源山，亮剑川南，挤身中型啤酒企业的行列。真到了那个时候，就可以放开手脚大干一番，和青啤、雪花这些大鳄放手一搏，一较高下了！

想到这里，战一杰浑身上下不由热血沸腾起来，心底里有一种跃跃欲试的渴望与激情，就像火苗一样直往外蹿。他三步并作两步来到赵志国的办公室，一把推开了门，把正在里面发呆的赵志国吓了一大跳。

他两个人一照面，都同时吃了一惊。战一杰的激情四射斗志昂扬是一反常态；而赵志国萎靡不振心事重重的样子，也是平时很少见的。

赵志国稍微打了一个愣怔，连忙站起身跟战一杰打招呼。见到赵志国的样子，战一杰倒是心生不忍起来。心想，知错能改善莫大焉，对于赵志国还是应以团结为主，毕竟他对企业管理还是很有一套的。

把茶水端到战一杰面前，赵志国笑道："和胡小英的事定了？什么时候喝你们的喜酒啊？"

"那倒还没商量呢，等过了这个旺季再说吧，现在这么忙。"战一杰道。

"工作忙归工作忙，但该办的事还得办嘛。你说我们忙工作忙来忙去为的什么？还不是为了更好的生活嘛。"

"也倒是这么回事，还是赵总看得透彻呀。"

"什么透彻不透彻，我也就是那么一说。怎么有事啊？"赵志国笑着问道。

3

战一杰喝了一口茶水说道："这一阵肖总在外面跑市场，我也一直在跑独资的事，班子会开得也不那么正常了，我们之间的沟通也少了。我来呢，主要是想跟你商量商量下一步的工作。"

"你说到独资的事了，有句话我一直想问你，这事是老板交给你办的，

306

还是你自己想办的？"

战一杰没明白赵志国的意思，说道："当然是老板安排的。怎么，有什么不对吗？"

"老板这么安排的意图是什么，你考虑过没有？"

"那能有什么意图？资产的问题一直纠缠不清，建行的抵押解不了套，营业执照、组织机构代码都无法年审，这样一次性解决不好吗？"战一杰盯着赵志国问道。

赵志国躲开战一杰咄咄逼人的眼神说道："好，好，我就是问问。怎么，有眉目吗？"

"政府已经专门召开了协调会议，应该不会有什么问题吧。这事一旦办成了，那可真就是轻装上阵了，我们就可以甩开膀子大干一番了。"

看着战一杰踌躇满志的样子，赵志国就表决心似的说道："下一步该怎么干，需要我干什么，你就安排吧，我没二话。"

战一杰见赵志国的态度很是真诚，就没再客气，说道："市场和销售还是工作的重心，我会和肖总专门靠上。内部管理这一块，那就得拜托你了。"

赵志国起身去拿了纸和笔，说道："你说吧，我记一记。"

战一杰就继续说道："一方面是定岗定编定薪酬。现在公司已步入快速发展的轨道，必须打破原来的那一套岗位和薪酬制度，彻底砸烂大锅饭，推行绩效工资制度，让员工们分享到企业发展的红利，让员工切实得到实惠。另一方面对生产车间要实行任务承包和指标奖罚。保质保量完成生产任务的拿基础工资，超额完成的就要奖励。小超小奖，大超大奖。反之呢，就实行处罚。对于节能降耗方面要实行目标责任管理。把各项指标分解细化到工序、到班组、到个人，谁节约了、谁降低消耗了，就奖励谁，最大限度地调动他们的积极性。"

战一杰说得滔滔不绝，赵志国在飞快地记着。突然战一杰不讲了，赵志国就停住了手中的笔，抬起头来看他。战一杰喝了一口水，说道："当然，赵总你是企业管理方面的行家，我说这些，你不会笑我班门弄斧吧？"

"怎么会呢？"赵志国平静地说，"不瞒你说，原来的时候这些我都考虑过，只是企业一直在生死线上挣扎，根本就推行不了。现在应该是时候了。"

"是啊，现在全厂上下是众志成城，正是我们乘势而上的大好时机，我们就放手搏一把吧。"战一杰期待地望着赵志国。

"既然战总不计前嫌，还这么信任我，我当然是义不容辞。这几天我到各个部门和车间转一转，了解了解具体情况，把各项指标和数据摸摸底，争取尽快拿出一个具体方案，到时候拿到班子会上讨论。通过了，我们就付诸实施。"

"那可就辛苦你了。"战一杰一拍大腿说道。

"辛苦什么，这本来就是我分内的事嘛。"

战一杰端起茶几上的茶杯，高兴地说道："那咱就以茶代酒干一个，祝我们的企业早日腾飞！"

"好，干一个。"赵志国也端起了茶杯。

两个茶杯碰在了一起，两人相视一笑，就都仰头把茶水干了。

战一杰起身告辞。望着战一杰兴奋不已的背影，赵志国的脸上露出了意味深长的笑容。

4

老胡约晏主任的事很快有了着落，饭局定在了梦泉大酒店。战一杰问老胡："这个晏主任酒风怎样？"

老胡道："晏主任酒风很正，酒量也大。"

"能有多大？"战一杰对这次宴请相当重视，是志在必得。

老胡觉得战一杰有些孩子气，许是成了自己的准女婿，因为关系与地位的变化，对他的看法就受了影响。老胡自己一时也搞不清，就笑道："我又没见他喝醉过，哪知他的酒量有多大？但据说，他是芸川政府系统一面不倒的旗帜。"

"那酒量肯定小不了。"战一杰说，"另外几个人呢？还有没有这种旗帜？"

"旗帜只有一面就够了，多了那还叫旗帜？"老胡笑道，"还有国资局的李局长，是个女的，估计不会有什么问题。再就是建行的夏行长，已经五十多岁了，战斗力也强不到哪里去。"

"噢！"战一杰点着头，又问："你觉得要不要请陶副市长出出面？"

老胡想了想，说道："我觉得不用。我约晏主任的时候，没说有市政府的领导参加。一是怕他没个准备再挑了理，二是这种场合就是喝酒谈感情，不能牵扯到具体的事。只要酒喝好了，感情有了，什么事都好办。"

"好。那晚上就你、我和晏春，我们三个去。你千万记住，酒你不能喝，一切有我。"战一杰命令似地说。

临走以前，战一杰又把晏春叫了来，大体把这次的事给她讲了讲。晏春说："领导怎么安排我就怎么干，战总你放心就好了。在我最困难的时候这个企业收留了我，我心里有数。"

晏春向来办事沉稳周到，杨小建不止一次地在战一杰面前夸她。现在她这么一说，战一杰也就放心了，又说道："等会到了酒桌上，你就挨着国资局的那个李局长，尽量拉好关系。"

"这没问题，我们本来就挺熟的。"晏春说。

战一杰一听，心道，这个啤酒厂确实是个藏龙卧虎之地，看来自己不了解的事还多着呢，以后还是得深入下去才行。

晚上来到早已定好的包间，战一杰要过菜单亲自看了一下，又加了一个每人一份的佛跳墙，他们就坐在那里等。等了有大半个钟头，客人就来了。

晏主任是个精干的中年人，在政府协调会的时候跟战一杰见过面，所以见了面都十分客气。握了手以后，就分宾主落座。

国资局的李局长是个风姿绰约的少妇。建行的夏行长一头花白的头发，像个大学教授。协调会的时候他们两个都没有参加，所以战一杰并不认识，晏主任就一一给他们相互作了介绍。

寒暄已毕，战一杰就冲老胡点点头，老胡就安排上菜。战一杰又问晏主任："我们是喝浓香还是酱香？"

晏主任看了一下夏行长说："老夏爱喝酱香的，那就酱香的吧。"

老胡会意，就点了茅台。一会菜已上来，酒也满上。战一杰端起杯道："欢迎各位领导百忙之中的光临，我们真是感到万分荣幸。来，我先敬大家一杯。"战一杰说完，一仰头就将二两半的一杯酒全干了。

晏主任一看，说道："好，一看战总就是个痛快人。今天我们官话套话都不要讲，什么百忙之中，什么万分荣幸，这类话就不要再说了，就是喝酒。"说完，一仰头也将杯中酒全干了。

他两个是干了，下面的人可傻了眼。战一杰见老胡在皱眉头，就说道："我们胡主席的肝有点不好，要不胡主席你就换啤酒吧。"

老胡连忙说不用，端起杯就要喝。这时晏主任开口了，说道："老胡呀，你又不是外人，不能喝也不要硬喝，你就换啤酒吧。"说着，他又对晏春说，

"晏春呀，你的任务就是陪好你李姐，不用跟着我们硬喝。"

一旁的老夏不干了，说："我呢，我这都满头白发了，还不照顾照顾？"

晏主任道："你那点量，啥时候喝倒下啥时候算完。"

5

晏主任这么一安排，大家心里各自都有了底，就不再有什么顾虑，都放开喝了起来。

晏主任是个十分豪爽的人，酒量也确实大，他跟战一杰每人喝了快一斤了，依然是面不改色，谈笑风生。这下，战一杰的心里还真有点打鼓，心道，看来这芸川的一面旗帜是名不虚传。

边喝酒边说着话，战一杰就有意无意把啤酒厂的事提了提。晏主任当然明白战一杰的意思，就说道："就冲兄弟你的实在劲儿，我这儿没问题，你放心就是了。今天你把老夏给灌趴下，这事就成了。"

也不知这话老夏听没听见，他依然神态自若地坐在那里，也不吱声。老夏喝的酒只是他们的一半，战一杰和晏主任喝一杯，他就喝半杯，不多喝也不少喝，看来是做好了持久战的准备。

战一杰看出来了，晏主任这边没什么问题，而那个国资局的李局长与晏的关系不浅，唯他的马首是瞻。那就只剩那个老夏了，只有把他拿下才行。

又喝了一会儿，战一杰就端起杯单独跟老夏表示。老夏也不推辞，还是你喝一杯，我喝半杯，不急不躁。战一杰毕竟年轻，二话没说就与老夏碰杯，一口就又干了一杯。

老夏见战一杰始终毕恭毕敬，多喝了那么多酒，脸上却带不出丝毫的抱怨，就边喝边与他拉开了家常。

又是半杯酒下肚，老夏的话明显地多了起来。一会儿说喜欢他们的梦泉啤酒，一会儿说喜欢他们的鲜啤酒，说着说着就说到了晏主任和李局长头上，非让他两个喝个交杯酒不可。

晏主任一听，脸就阴了下来，端起酒杯说："要我们两个喝可以，咱两个先喝了再说。我也不欺负你，我喝一个，你喝半个。"说完，晏主任就一仰脖干了。

老夏本不想喝，旁边的李局长却端起杯，直接给他灌了进去。这下老夏确实不行了，又挺了一会儿，就一下趴在了桌子上。

晏主任笑道："老夏这家伙，人是好人，就是酒风不正，每次喝到这样，他就老实了。以后你不论有啥事找他，他可痛快了。"

晏主任喝了这一杯，已明显管事了，战一杰悬着的心也就放回了肚里，就又端起杯跟李局长表示。李局长很客气，说："你们公司的事，政府的会议纪要和相关材料我都看了，没有什么大问题，一些具体事项我会交代给晏春的。"

战一杰连忙说"谢谢"，一口又干了一杯。

看到战一杰如此豪爽，晏主任拍着他的肩膀说："兄弟，我和你倒有一种相见恨晚的感觉啊，还能喝不？"

战一杰拿过酒瓶，把他们两个的杯子满上，说道："酒逢知己千杯少。来，我敬大哥一杯，兄弟先干为敬。"

战一杰喝了，晏主任也端起杯一口干了，说道："我在政府部门干了20年了，你是我碰到的最能喝的，老兄服了。"晏主任说话已经有些不利索了。

战一杰连忙说道："我早就不行了，一直硬撑着。要不，咱们今天就到这儿吧。"

晏主任还没答话，一低头就趴在了桌上，再也叫不醒了。战一杰连忙去看李局长。李局长道："今天真是喝大了，我还是第一次见他这样。"说着，她又冲战一杰挑起了大拇指，说道，"战总真是个人才啊，日后肯定前途无量。"

战一杰连忙笑道："李局您太抬举我了，日后还得靠您多多关照啊。"

说着话晏主任和夏行长的司机就来了，一人搀一个把人扶走了，李局长也起身告辞。

把人都送走了，又让司机把晏春送走，战一杰一转身去了卫生间。一进卫生间的门，战一杰再也忍不住了，嘴一张就吐了出来。

翻江倒海般吐了好大一会儿，战一杰才缓过劲来，只觉得五脏六腑都火烧火燎地疼。这时，一只手在他背上轻轻拍了起来。他回头一看，是老胡。

老胡看着他，心疼地说道："你这是何苦呢？"

战一杰一听，顿觉一股暖流从心头升起，眼睛不禁潮湿了。只听老胡叹了口气，说道："谁又知道会是个什么结果呢？"

6

按照晏主任和李局长的安排，老胡和晏春已经分头把该准备的材料都准备好了。战一杰看了一遍，就给晏主任打了个电话。

晏主任说："你让老胡把材料送过来吧，我安排专人给你们跑。"

战一杰连声说"谢谢"。晏主任又说道："等这个事办完了，咱两个再喝一顿，再来个一醉方休。"

战一杰说："好，那咱就一言为定。"

放下电话，战一杰又问老胡："这一阵赵总在忙什么呢？"

老胡说："赵总这一阵公司来的很少，来了就闷到办公室里，谁都不见。"

战一杰听了觉得奇怪，本来说好的他把内部管理这一块摸底拿方案，怎么又成这样了？也不知他这葫芦里卖得是什么药。

略一思索，战一杰决定还是先不管他，先把自己手头这些大事理顺了再说。他刚安排老胡拿着材料去了经委，电话就响了，是陆涛。

陆涛问："在办公室吗？"

"在呢。"战一杰话音未落，陆涛竟赫然站在了门前。

战一杰起身把陆涛迎了进来，一边冲茶水一边问："你这大忙人怎么突然来我这儿了，不是忙着搞房地产挣大钱了吗？"

陆涛笑道："怎么，不欢迎啊。那好，我这就拍屁股走人。"说着就做势起身要走的样子。

"得了吧。你是夜猫子进宅无事不来。到底什么事，说吧。"

陆涛一屁股坐到了沙发上，笑道："什么事也瞒不了你老弟。是这样，过几天全省的几个大房地产企业要在我们源山搞一个大型的房展，看看你们能不能也参与进来，赞助点啤酒，搞个饮酒大赛什么的，烘托一下气氛。"

"是全省范围内的房展？"战一杰眼睛闪着光问。

"当然是全省了。再过几天，我的公司就要搬到省城去呢。"陆涛喝着茶水不无得意地说。

"搞房展跟啤酒掺合到一块，合适吗？"

"卖房子挣钱是挣钱，可招呼不了多少人，就算是借借你们的人气。"

战一杰想了想，说道："全省范围内的会展我倒是挺感兴趣的，可要我们去给你们当陪衬，拉人气，我们不干。"

"那你想怎样？还想你们唱主角，我们给你当配角？"

陆涛说着，脑子也在飞速地转着。突然，他惊喜地说道："要不，你们也搞个啤酒节吧。"

此言一出，倒正好说到了战一杰的心坎里。在国外，尤其是德国、法国、比利时这些欧洲国家，啤酒节是比较普遍的，大大小小的城市都有。但在国内，除了青岛和大连的啤酒节，还没听说哪个城市搞得比较像样。他们要真在源山搞一个大型的啤酒节，那影响可就不一般了，正是布局川南迈向全国的一个大好契机。

"办个啤酒节恐怕不是那么简单的。"战一杰心里虽是一拍即合，表面上却不露声色。

"那有何难！"陆涛对自己的突发奇想兴奋不已，"办会展我有经验。再说，现在谭副省长和还有市里的杨副市长对我的工作是相当支持，他们的本意是想搞一个展会造造声势，把我们源山的城市知名度往上拔一拔。而我呢，现在正在做着房地产，也就顺手弄这个房展来应付公事，可自己心里是一点底也没有。这下好了，有了咱这个啤酒节，其他什么都不用搞了。"

"那咱就定下来？"战一杰说。

陆涛一拍大腿说："定下来。这样吧，你先领着我到你们各个车间、工序转一转，让我熟悉一下你们的生产和工艺流程，我也好有个感官认识。回去我就马上着手准备，争取'五一'前后咱就搞起来。"

7

举办啤酒节的事说起来容易，运作起来却相当麻烦。

好在陆涛手眼通天，没几天就把省、市两级政府的批文拿了下来。

杨副市长对此事果然非常重视，专门安排市经委的人帮着去跑场地，协调各个部门。陆涛更是全力以赴，还专门跑去青岛取了趟经，回来的时候，他乐得嘴都合不拢了。

战一杰这边既要不耽误正常的销售和生产，又要筹备啤酒节的各项事宜，正忙得不可开交，见陆涛一脸的乐不可支，就没好气地揶揄道："去了趟青岛，又泡上妞了？"

陆涛倒不在意，说道："你猜，我们这次办啤酒节能收入多少钱？"

"还能有收入？不赔钱我就谢天谢地了。"战一杰把嘴一撇说道。

陆涛说："不看不知道，一看吓一跳。你以为人家青岛年年办啤酒节年年赔钱啊！可不是那么回事。啤酒卖得贼贵不说，光各项小吃和烧烤的加盟费就是不小的一笔收入。再加上娱乐嘉年华的门票，那更是了不得。"

"那投入呢？人力、物力、运输咱先不说，光啤酒大棚和桌椅那就是一大笔投入。"

"这你就不用担心了，这次去青岛我把这些东西都租来了。"

"真的？这玩意还能租啊？"

"现在各个地方要筹办啤酒节的多了去了，只是我们下手比较早。所以这事宜早不宜迟，我们得快马加鞭，抢个头彩。"

"真要是这些硬件有了着落，那就轻松多了。这样吧，咱还是先小人后君子，你马上起草个合作协议，由我们两家单位合作承办这个啤酒节。啤酒和资金投入由我们公司负责，具体的协调和运作，包括文艺演出呀、请个明星呀什么的，由你们公司负责。最后若有赢利呢，我们两家按比例分成；若是赔了钱呢，就由我们承担。"战一杰正儿八经地说道。

陆涛说道："不用。战总，你的好意我心领了，咱是兄弟，我也不能让你为难。这样，不管赢利还是亏损，咱都三七分成，你七我三，怎么样？"

"那也好。利益均沾，风险共担，有利于我们下一步更好地合作。"

两人"哈哈"一笑，这事就算定了。陆涛握手告辞，临出门陆涛又问："技术部的胡经理是你媳妇？"

战一杰一笑，说道："还不是媳妇，是对象。你怎么认识的？"

"上次我在技术部我们聊了好长一段时间，老弟真是艳福不浅呐。"陆涛一边往楼下走一边说。

送走了陆涛，战一杰就来到厂办。一看只有老胡坐在那儿，肚子上顶着一根笔，面色有些苍白，就问："怎么了？肝不舒服？"

老胡一看是战一杰，连忙把顶在肚子上的笔拿开，说道："可能是中午吃得有点多，胃有点不舒服。不要紧的，过一会下下食就好了。"

战一杰在沙发上坐了下来，问道："上次'一轮红日'的陆总要去各个工序转转，你都陪着转了哪儿？"

"各个工序都转了，最后他还在小英那儿呆了好半天呢，我因为有事就早走了。怎么，有什么问题吗？"

"但愿没什么问题。"战一杰说道。见老胡一脸的不解，就又说道："这个陆涛，现在也在跟我们几家竞争对手搞着合作，让他知道多了不好，我当时忽略了这个问题，忘了嘱咐你一句。"

老胡听他这么说，倒是松了一口气，说道："我领他只是走马观花转了一圈，不会涉及到什么机密的，你放心好了。"

"这个人是个十足的商人，又聪明至极，但愿是我多虑了。"战一杰嘴上虽这么说，但心里还是有一点隐隐的担心。

看到老胡有些自责的样子，战一杰连忙岔开了话题，问道："小王呢，怎么这段时间不大见她的面？"

老胡道："小王可能是家里有事，这几天一直迷迷糊糊的，三天两头的请假。我捉摸，她那个神经兮兮的老公指不定又在家闹什么幺蛾子呢。"

8

啤酒节的日期定在了 4 月 27 日至 5 月 3 日，共 7 天的时间，而且把"五一"小长假涵盖在了里面。这是市政府批准的日期，地点定在了高店区的中心广场。

战一杰和陆涛对这个时段和这个地点比较满意，就与政府签订了协议。此次啤酒节由源山市政府主办，芸川啤酒公司和一轮红日策划公司承办。

日期一旦确定下来，宣传造势就得马上展开。因为此事已列为市里的重点活动，所有媒体都开了绿灯，把最好的时段和版面都留了出来，而且把价格的折扣打到了最低。战一杰和陆涛匡算了一下，光广告费就省出了一大笔钱。二人不由相视一笑。看来，这步棋又走对了。过了几天，陆涛打来电话说："为啤酒节的事，杨副市长要亲自召开一个碰头会，点名让你也参加。你马上赶过来吧。"

战一杰说声好，放下电话就动身，赶到源山市政府的小会议室。会议早已开始了，杨副市长正在讲话。陆涛看见了战一杰，就招手让他过去，趴在他的耳边小声说："开幕式的时候谭副省长要来。这不，市里又提高规格了。"

"这是好事嘛，看来我们想不火都不行了。"战一杰也小声说。

杨副市长讲完话，就让在场的各个部门挨个发言。公安、消防、安监、质监、城管、工商、经委等等相关部门，都一一发言，表示一定会拿出具体的保障措施和应急预案上报市政府，全力为啤酒节的成功举办保驾护航。

散了会，杨副市长又把陆涛和战一杰喊到了自己的办公室，问还有什么需要政府扶持和帮助的。

战一杰本想说些感谢的话，可没等他开口，陆涛说道："杨市长，有一个事还得向您请示一下。"看来陆涛与杨副市长的关系很不一般，说起话来随便得很。

杨副市长笑道："你小子就是事儿多。说吧，什么事？"

陆涛说："就是关于啤酒节门票的事。从我们企业本身的利益考虑，是应该要门票的，要不然，我们的亏损会很大。但这样一来，人气和声势上就会受很大的影响，有可能达不到您高端、大气、上档次的要求。"

"有话你就直说，不用跟我在这弯弯绕。"杨副市长说。

"我们的意见呢，因为这啤酒节是第一次搞，门票就免了，先把人气轰起来再说。可为了使我们企业尽量地减少损失，请政府把各项收费都给免了，毕竟主办单位还是我们市政府嘛。"

杨副市长略一沉吟，说道："好吧，能免的就全给你们免了。但在啤酒品质和宣传造势上，你们要再多下点功夫，保证我们的啤酒节一炮走红。"

9

4月27日下午4点，第一届源山啤酒节开幕了。

高店区的中心广场上，彩旗飞舞，锣鼓喧天，成了一个欢乐的海洋。大舞台搭建在广场的正中央，在一段劲爆的热舞过后，出席开幕式的各届领导陆续走上了舞台，台下响起雷鸣般的掌声。开幕式由杨副市长主持，先由源山市市长高明前致欢迎辞。高市长的欢迎辞简洁明了，热情洋溢，把这次啤酒节的意义和影响作了阐述，对社会各界的到来表示热烈欢迎。

接下来由谭副省长讲话。谭副省长就这次啤酒节的举办，对源山市政府给予了高度评价，希望源山市政府以此为契机，大力发展会展经济和夜市经济，进一步丰富人民群众的物质文化生活，并希望把这次啤酒节当作源山的城市名片来做，要越办越大，越办越好，年年办下去！

最后，由高明前市长宣布，第一届源山啤酒节开幕。登时，礼炮齐鸣，成千上万只五彩气球升上了天空，台上台下一片欢声雷动，啤酒节正式拉开了帷幕。领导们走下了舞台，前呼后拥的由陆涛领着，到各个大棚和展区进行了视察与观看。战一杰见陆涛对这一切都应付得如鱼得水，就跟杨副市长打了个招呼，连忙跑去了啤酒供应站。

这儿已忙得不可开交，马汉臣正在比比划划安排着往各个大棚供酒。见战一杰来了，马汉臣擦了一把额头的汗水，说道："今天这天是出奇的热，这人比我们预计的可要多出了好几成。我们就不应该听陆涛的，要是收门票就好了，有收入不说，也不致于忙成这样。"

"货源有问题吗？"战一杰问。

"暂时还能应付，肖总已赶回厂里去了，有情况随时联系。"

"工作千万要做细，出不得半点疏漏。"战一杰又嘱咐道。

"你就放心吧，大智慧的事我老马干不了，可干这些具体工作还不成问题。"

从供应站出来，外面已经人山人海了。战一杰刚想给陆涛打电话，却见陆涛迎面跑了来。战一杰就问："领导们都走了？"

"走了。谭副省长来了，市里会专门接待，就不用我们操心了。怎么样，货源没有问题吧？"陆涛喘着粗气问。

"货源倒是没问题，这人可比我们预想的要多得多。"

"这不正是我们要的效果吗？"陆涛兴奋地说。正在这时，战一杰听见有人喊他，扭头一看，却是林峰和小刑两口子，就笑道："你们这二位大忙人怎么也来凑热闹？"

林峰走了上来，同战一杰握了手，连忙又去跟陆涛握手。战一杰道："你们认识啊。"

林峰笑道："陆主任是我们的老领导啊。"

陆涛笑道："什么领导不领导，林主任现在是我们的领导。你们聊吧，演出快开始了，我去看看。"陆涛说完就急匆匆地走了。

小刑看着陆涛离去的背影，不屑地"喊"了声。战一杰笑着问："怎么，他当时对你们不好啊？"

小刑把嘴一撇道："我是替陶副市长不值，找了这么个男人。"

哦！原来陆涛就是陶玉宛的丈夫！战一杰心里一颤，这才恍然大悟。

看着战一杰一副魂不守舍的样子，林峰凑过来说道："告诉你个好消息，你们独资的事批下来了。"

第二十章　何去何从

1

为期七天的啤酒节取得了巨大成功，独资的手续也办完了。战一杰的心情明快而又恬然，有那么一点儿志得意满、功成名就的飘飘然了。晚上在小英家吃罢了晚饭，又去厂里转了一圈，看到各个车间一切运转正常，他溜溜达达回了自己的宿舍，泡上一杯绿茶，就拿出第三个锦囊打开了。

锦囊打开，他仔细看了一遍，却有点不大相信自己的眼睛。揉揉眼睛又仔细看了一遍，这才确信自己没有看错。锦囊只有寥寥数语，让他办成独资企业以后把企业提前解散，把五百亩工业用地转成商业用地，开发房地产！

石破天惊！

别看这寥寥数语，却似一个炸雷在战一杰的心头炸响！他半天没有回过神来。这就是洪生的锦囊妙计，而且是个连环计！说实话，战一杰曾经对第三个锦囊作过种种猜测，但唯独这一步他连想都没想过。老板就是老板，资本家就是资本家，他们贪婪的本性永远也不会变。战一杰不得不感叹。

一夜未眠的战一杰一早就来到了办公室。他刚坐下，老胡就兴冲冲地跑了来，一看战一杰脸色腊黄腊黄的，就问道："这是怎么了，病了？"

战一杰有气无力地摆摆手说："没事，可能是夜里没睡好。怎么，有事啊？"

"独资企业的营业执照办好了，你看看。"老胡说着，就把营业执照摆在了桌上。

战一杰看了一眼，又抬起头看着老胡，神色诡异地问道："这次怎么这么快？"

"听说芸川和源山两级政府的领导都过问了此事，能不快吗？"老胡见战一杰此刻不光没有一丝一毫的兴奋，竟是如此表情，就又问道："一杰，你没事吧，是不是出什么事了？"

"会出什么事？"战一杰像是自言自语，"还能出什么事？"

正说着，有人敲门，战一杰也不吱声，老胡就去开了门。

进来的是老徐。老徐进门一看，也觉出了气氛有点不大对头，还当是老胡和战一杰这对翁婿之间闹了什么矛盾，就没话找话地指着桌上的营业执照说："哟，这就成了正儿八经的独资企业了？"

"可不嘛，我们的命运这就彻底掌握到人家的手里了。"老胡在一旁感叹道。

听了老胡的话，战一杰猛一激灵，狐疑地盯着老胡问："那又会如何呢？"

老胡被他问得一头露水，见战一杰如此反常，却一时也不知怎么回答他。战一杰也意识到了自己的失态，连忙收拾一下自己的情绪，问老徐："老徐有什么事吗？"

老徐就把一张维修计划表递给他说："有几样设备备件需要采购，还有就是原料仓库的大换气扇坏了，得马上换，你得批一下。"

战一杰一听心里就有气，心道，这些鸡毛蒜皮的事也来找我，我这忙来忙去又是何苦，就说道："你先放这儿吧，回头我看看再说。"

老徐还想再说什么，可看战一杰一脸的阴沉，就转身走了。老胡一看，也扭身往外走，边走边说："那个大换气扇可耽误不得。"

人都走了，战一杰静静地坐在那里，痴痴地望着窗外的蓝天，望着蓝天上飘飞的朵朵白云。他这才发现，自己原来是那么的愚蠢，那么的渺小，那么的不堪一击，更是那么的悲哀与可怜！

此时此刻漫上心头的，是从未有过的惶惑与无助。

2

一连几天战一杰都是在浑浑噩噩中度过的，打不起一点精神。小英看出了端倪，问他到底怎么了，他只是摇头，什么也不说。小英干着急，却也没啥办法，一赌气就起身要走。还没等她出门，老胡却火上房似的闯了进来。

老胡进了门，冲着呆坐在那里的战一杰说道："赵志国出事了。"

"出事了，出什么事了？"战一杰一听老胡的口气，知道事儿肯定小不了，也顾不上在那里自怨自艾，"腾"地一下站了起来。

"他被王佳萍的丈夫砍了一刀，伤得挺严重的。"老胡说。

"王佳萍的丈夫？他为什么要砍赵志国？"战一杰话一出口，随即明白了怎么回事，就又问道："砍哪儿了，送医院了没有？"

老胡刚要张口，见女儿站在一旁，就扭头对她说道："小英，这儿没你的事了，你该忙什么就忙什么去吧。"

小英本想让父亲亲自问问战一杰，他到底碰上什么事了。可一听现在出了人命关天的大事，也就不好再开这个口。她在心里纳着闷，为什么王佳萍的丈夫要砍赵志国？难道王佳萍与赵总之间还真有什么事儿不成？

听到父亲撵自己走，可她实在想知道为什么，就装作没听见的样子，没挪窝。老胡见她这样，把脸一沉说道："我让你走，你没听见吗？"

小英见父亲的脸黑成了锅底一般，战一杰更是一脸严肃，就不敢再作声，转身走了。小英一走，老胡这才说道："听说小王的丈夫赵东把赵志国的那个玩意切下来了。"说着，他指了指胯下。

"真的？"战一杰尽管有思想准备，可还是吓了一跳，"你这个消息确实吗？"

"确实，是王佳萍给我打的电话。"

"那他们现在在哪儿？"

"在芸川医院。"

"走，我们马上赶过去。"

战一杰和老胡急步下了楼，开上车一阵风似的赶到了芸川医院。

来到四楼的外科病房，战一杰去护士站打听赵志国在哪个病房。小护士抬起头，狐疑地打量一下他们二人，腔调怪怪地说："你们是他什么人啊？"

战一杰道："我们是他的同事。"

"同事？"小护士一脸的不屑，把嘴一撇说道，"还在重症监护室呢，不能探视。"

见医院的护士竟是如此态度，战一杰真是气不打一处来，憋了好久的邪火一下就爆发了出来，冲着她吼道："你这是什么态度？找你们的领导来。"

"找我们领导干什么？不能探视就是不能探视，找谁也白搭。"护士并不示弱，好像说完这些还不解气，又小声说道，"你们这种人还想要什么态度？"

"我们是哪种人？你说清楚。"战一杰连肺都快气炸了。

老胡一看，连忙把战一杰拉到了一边，解劝道："一个孩子，你跟她置什么气？我们还是自己去找找吧。"

正说着，见王佳萍从一间病房里走了出来。他们连忙迎了上去。

小王头发散乱，面色苍白，憔悴得已不成样子。见了战一杰和老胡，竟

"哇"的一声哭了出来。老胡连忙扶住她，找了一处偏僻的坐椅坐了下来。等小王哭了一阵，才开口问道："病人怎么样了？"

"命是保住了，可……"小王毕竟是个女的，下面的话还是说不出口。

老胡和战一杰都明白，看来赵志国残废了。但战一杰还是说道："那东西一般是能接活的，没试一试？"

小王抹着眼泪道："六小时以内还行，过了六小时就没什么希望了，等警察找着赵东的时候，已经过了十几个小时了。"

"那现在该怎么办？通知赵志国的家人没有？"老胡问。

小王道："还没通知他的家人，还是等他清醒过来再说吧。"

3

事情发展到这一步，是赵志国万万没想到的。

自从稳住了战一杰以后，他就一天一个电话催问加拿大手续的事。说是弄什么改革方案，弄你个大头鬼去吧！只要手续和机票一到手，我们就彻底拜拜了！这边善后的事赵志国已经都处理好了，已了无牵挂。上次回家，他就跟东方凌云把离婚的手续办了。看来东方凌云也早就盼着这一天，所以二话没说就在离婚协议上签了字。赵志国坚持要女儿，东方也没跟他争，只是说了句"我会按时把抚养费打给你的"，连头都没回就走了。

父母那边呢，赵志国只说自己的工作调到加拿大去了，自己先过去，稳定下来以后就把女儿也办过去，父母只要想过去，那就也一块过去。父母当然不想去什么加拿大，可对他去却是十分支持，让他放心去闯，这段时间他们会把孩子照看好。

王佳萍这边他已给她的父母暗中存上了一笔钱，又把他秀水花苑那套房子也过户到了她父母名下。小王虽然还有些割舍不下，可事到如今也没了别的选择，就也偷偷做好了远走高飞的准备。

就在前一天，手续和机票都已寄到了，赵志国和王佳萍捧在手里看了又看，既兴奋又悲怆，既有鸟出樊笼的喜悦，又有背井离乡的惆怅，反正心里说不出是个啥滋味。吃罢了晚饭，等天一黑透，赵志国就来到了秀水花苑的房子里。他又检查了一遍行装，就去浴室洗了个澡，等着王佳萍的到来。

这时的王佳萍却被缠在了家里，越急越是脱不了身。这几天，小王发现赵东是出奇的好，在家里做饭洗衣服什么都干，而且对她也彬彬有礼，不似平常稍有不顺心就摔盆子砸碗的。难道他觉察出了什么？可又一想不会，大概是自己太紧张的缘故。吃罢了晚饭，一般情况下赵东早早就睡下了，可今天他却出奇的精神，一直在津津有味地看电视。想着明天就要远走他乡，想着就要永远地脱离这个神经病的纠缠，小王激动得手心直冒汗。可脸上却装作什么事都没有的样子，安安静静坐在那里陪着赵东看电视。

终于赵东打开了哈欠，说去睡了，说完进了卧室倒头就睡。小王又等了一会儿，听见鼾声越来越响，这才蹑手蹑脚去阳台上，取出自己早已准备好的小包，悄无声息地出了家门。王佳萍来到秀水花苑，一进门却见赵志国早已脱得一丝不挂的在床上等她，就看了一下表说："还来得及吗？"

已急不可奈的赵志国道："来得及，来得及，快来吧。"

此时的王佳萍也已欲火焚身，三下两下脱光了衣服，两个人就缠在了一起。此时此刻两人都有一种沦落天涯的慨然与悲壮，做起来就更加的死去活来，更加的歇斯底里……

就在他们共赴巅峰的那一刻，突然，王佳萍好像听到了门响。等她睁眼一看，赫然有一个人影闯了进来。还没等她喊出声，那人已来到了床前，一把把正在她身上耕耘的赵志国掀翻开来，只见寒光一闪，接着就传来了赵志国的一声惨叫……

4

案子很快就破了，案犯赵东对他的犯罪行为全都供认不讳。据他交代，其实对王佳萍和赵志国的奸情他早就知道，早就知道他们在秀水花苑有房子，早就知道他们隔三岔五在那里苟且，而且他也早已偷配了那里的钥匙，他就是要抽个机会把赵志国给阉了！

警方找到赵志国了解案情的时候，躺在病床上的赵志国只是闭着眼睛，一言不发，一任警察怎么问，他就是不开口。最后警察告诉他，鉴于赵东患有严重的精神分裂症，有可能免于追究刑事责任。赵志国这才睁开眼睛，笑了笑，又点了点头。

这段时间战一杰一有空就往医院里跑，公司的事情全不似以前那么事无巨细每必躬亲了。好在现在公司的一切正像当初他所希望的那样，有没有领导，都一样按部就班地运转，所以倒也一切正常。

按照赵志国的意见，并没有通知他的家里，除了王佳萍天天靠在那里，战一杰又给他请了一个护工，好歹和小王倒一下班，好让她有个歇空儿，不然过不了几天，她也会垮掉的。

赵志国跟谁也不讲话。才开始的时候，他一看见王佳萍，就神情暴躁地撵她走，可小王说什么也不走。后来，赵志国就索性不闹了，可从不拿正眼看小王一眼，把她当成了空气一般。可小王并不在意，依然天天来陪护。

战一杰明白赵志国的心情，所以来了也不多说话，只是静静地坐在那里陪他一会。这段时间肖春梅、杨小建，还有晏春和胡小英这些人都想来医院探望，可都让战一杰挡下了，常来医院的只有他和老胡。

这一天战一杰来的时候，赵志国开口了。他说："小的时候，有个僧人传授给我一段心经：揭谛，揭谛，波罗揭谛，波罗僧揭谛，菩提萨摩诃。"

战一杰听赵志国念完，竟有一种空灵幻化的感觉，心底一片澄明。他惊奇地问："这是什么意思？"

赵志国喃喃地说道："去吧，去吧，到彼岸去吧，走过所有的路到彼岸去，彼岸是光明的世界。"

战一杰静静地听着，说："真好。"

这一刻，战一杰与赵志国是心脉相通的。赵志国告诉战一杰，他已做好了皈依佛门的准备，一出院就要到五台山去。战一杰点了点头，使劲握了握他的手，表示自己支持与理解。

赵志国身体恢复得很快，但只有战一杰来的时候他才开口，与其他的人他是一句话也不说。王佳萍急得没法，就只好找战一杰，问他自己该怎么办。看着消瘦憔悴的王佳萍，战一杰心中也说不出是个什么滋味，就把赵志国要去五台山出家的打算告诉了她。王佳萍听了，使劲咬着嘴唇，一字一句地说道："他出家，我也出家。他到哪里，我就跟到哪里。"

战一杰道："你可要考虑清楚，其实这并不是赵总想看到的。"

"我已经考虑清楚了，他不想看到有什么用，那是我自己的事。"王佳萍的态度毅然决然。

当战一杰把小王的态度告诉赵志国的时候，他竟是一脸的泰然，淡淡地说道："随她吧。"看着战一杰欲言又止的样子，就又问道："一杰，你有事啊？"

战一杰道："是有个天大的事。"

赵志国道："最大的事，也即是最小的事；最难的事，其实也没那么难。

说出来听听。"

战一杰就把三个锦囊的事一五一十讲了。讲完了以后，就定定地看着赵志国。赵志国听了，依然是一脸的淡然，说道："其实，办法就在你的心里。"看到战一杰在专心致致地听，就继续说道："要是听老板的，以你现在的能力，再加上与政府的关系，把这五百亩地开发了，不会有什么问题，而且会给张氏立下汗马功劳。正值洪生接班的最佳时机，那你的前途将不可限量。可是，那就苦了这一千五百名员工，最好也就是能多争取点安置费。"

"若是不听老板的呢？"战一杰问。

赵志国像是早料到他有此一问，不紧不慢地说道："不听老板的，无非像当年一样，再把老外赶出去。以你现在在员工中的威信和号召力，相信你能做到。但这样一来你会很难，估计洪生也不会放过你，你懂的。"

"可这样做，不是又要违法了吗？"

"本来在一个公司最鼎盛的时候，强行关张就存在他的不合理性，再说你身后不是还有一千五百名员工嘛，你怕什么？"

这显然并不是战一杰想要的答案，就盯着赵志国道："难道就没有更好的解决办法了吗？"

"会有的。还是那句话，办法就在你的心里。"

5

赵志国能下床了，王佳萍马上就去办了出院手续。战一杰和老胡力劝他们再住几天，赵志国却摆摆手说："你们就不用再操心了，赶紧忙你们的去吧，我们会照顾好自己的。"

他们把赵志国和小王送出了住院部大楼，小王已叫好了出租。临上车的时候，赵志国握住战一杰的手说："佛说，'一念愚即般若绝，一念智即般若生'。我把这句话送给你。"

说罢他又与老胡握了握手，说道："老胡啊，千万要注意自己的身体，不要总想着别人。"

老胡也使劲握了握赵志国的手，说："你也千万要保重啊。"

送走了赵志国和王佳萍，老胡叹了一口气，说道："真是一段孽缘啊。"

战一杰把奔驰车开了过来，老胡上了车，两人的心情都很沉重。老胡说道："有事你就说出来，别闷在自己心里。"

战一杰摇了摇头，没吱声，老胡便没再问。

到了公司，见陆涛正站在办公楼前面，战一杰就走上前去与他握了握手，问道："你怎么来了？也不早打个招呼。"

陆涛笑道："我去一个房地产公司办事，走到你这儿了，顺便过来看看你。"

自从得知陆涛就是陶玉宛的丈夫以后，也不知是出于什么心理，战一杰竟一刻也不想再见到他。同他握完了手，战一杰就站在那儿，并没有让他上楼的意思。

老胡并不知就里，说道："别在这儿站着了，我们到办公室去坐吧。"

战一杰不好再说什么，就一块上了楼。

进了办公室，陆涛一屁股坐到沙发上，大大咧咧地说道："你们厂这地段可真好，要是我是你们老板，就在这里开发房地产了，还做什么啤酒。"

听他这么一说，战一杰的眼里掠过一道寒光，那冰冷的眼神，把陆涛瞅得打了个激灵。他连忙自我解嘲地说道："算我什么也没说，再说你们老板那么大，肯定是大智慧大手笔，怎么会办这种事？"

这时，战一杰的手机响了。战一杰一看是家里的号码，连忙接了。电话是父亲打来的，他说，家中井里的水又不行了，又苦又涩不说，还有一股子怪味，直接没法喝了。他让战一杰赶紧回家看看，若真要是有污染泄漏什么的，整个龙泉镇的人都喝这水，说不定真就出了人命。

战一杰一听，连忙说道："好吧，我马上带个化验员回去，取个水样化验一下。你先什么也别说，也别乱动，等我回去了再说。"

战一杰起身一边往外走，一边给胡小英打电话，问她化验水质的小黄在不在班上。

胡小英说："在呢，怎么了？"

"你让她拿上取水样的器皿，马上到办公楼前面，跟我去取个水样。"

陆涛也跟着他下了楼，见他挂了电话，忙问："出什么事了，这么急？"

"家里的水出了点问题，我得回家看看。"战一杰说。

"你家是不是在龙泉？"陆涛问道。

战一杰没搭话，也不理他。陆涛又说："巧了，我也正准备去那儿呢，别人托我调查一个超标排污的事。"

战一杰听了心中一愣，忙问道："是化工厂的排污吗？"

"是的，我已经查了有一段时间了。"陆涛说。

说着话，小黄已从工艺楼上跑了下来。战一杰一边开车门一边想，陆涛既然这么说，其中必有蹊跷。难道会与陶玉宛有关？想到这儿就说道："那咱就一块去吧，上我的车。"

6

奔驰车向城外疾驰而去。小黄问道："战总，咱这是去哪儿取样？"

"去我老家龙泉，我们家井里吃的水变味了。"战一杰说。

"都恢复半年没事了，怎么又变了呢？"

"谁说不是呢，我也正纳闷呢。"

陆涛在一旁道："你们也知道半年前那里的水源出现过恶化的情况？"

小黄说："当然知道，我们每月都到水源地去取样。"

"这就对上号了。我这段时间正在暗中查这件事，半年前龙泉莫名其妙地上了一套净化水的处理设备，神不知鬼不觉的，原来是为了这！"陆涛说道。

"你查这事干什么？"战一杰装作有意无意地问。

陆涛从鼻子眼里"哼"了一声，面露狰狞地说笑道："干什么？我要这对狗男女的好看。"

战一杰见陆涛这么一副咬牙切齿的样子，暗忖道：难道这里面真有着什么惊天的内幕？可陆涛查这个又为了什么呢？难道是冲着陶玉宛和付茂山去的？难道这付茂山和陶玉宛之间，还真有什么不可告人的关系不成？

前思后想，战一杰一时也理不出个头绪，但还是为陶玉宛生出了不少的担心，暗暗为她捏了一把汗。战一杰不得不承认，自己对陶玉宛的感情还是割舍不下。

一路上陆涛的眉头拧得紧紧的，脸上的表情也风云变幻。战一杰知道，这小子可能在酝酿一件大事。可到底是什么事呢？那份狐疑与担心，愈来愈强烈地占据了他的心头。

急匆匆到了家，父亲不在，只有娘在家。战一杰就问："我爸呢？"

娘说："你爸去挨家挨户下通知去了，让大家先别喝这水，生怕有人粗心大意再喝了，万一中了毒，可就麻烦了。"

等小黄取上水样，战一杰和陆涛就趴上看。看是看不出什么异样来，可凑上去一闻，确实有一股刺鼻的气味。陆涛问："是什么时候发现水质变成这样的？"

娘说："今天才发现。因为一杰他爸天天留意着，所以一有怪味就发觉了，马上就给一杰打了电话。"

战一杰说："走吧，我们马上赶回去，化验一下就明白了。"

"你爸让我问你，要不要给环保局打电话？"娘又问。

"先不要打。什么时候打，我会告诉我爸的。"战一杰说完就急步往外走。

陆涛本想刨根问底再细问些情况，见战一杰和小黄走了，也就不好再逗留，只好随着跟出来。战一杰发动了车，像忘了什么似的，说："我去给我娘留下几个钱，这一急差点忘了。"说着又返身进了家门。

这下陆涛不好再跟回去了。一进门战一杰就掏出手机给陶玉宛打电话。陶玉宛接了电话，柔声说道："一杰，有事吗？"

战一杰急道："龙泉这儿的地下水源可能污染了，你知道吗？"

陶玉宛顿了顿说："什么污染不污染的，那怎么可能呢？"

"你先别说不可能，你马上查一查，可能我爸是第一个发现的，现在还没出事，可真要是有人喝了，保不准就出大事了。"

陶玉宛这下才紧张了起来，说："好，我马上赶过去，你在哪儿？"

"我从我家井里取了水样，要回厂化验一下，正从龙泉赶回芸川呢。"

"你化验不要紧，结果一定要保密。这事非同小可，千万不可声张。"陶玉宛叮嘱道。

"好，我这儿说话不方便，你马上来处理吧。"挂了电话，战一杰又跑回天井对娘说，"娘，等我爸回来你告诉他，这事千万不要声张，陶玉宛会马上赶过来处理。"

娘似懂非懂地点着头，说："光咱不声张也不管用，这一片水都成这样了，大家伙都看得明明白白，咱能管住人家的嘴？"

战一杰说："别人从头到尾都没注意这事，就我爸一个人明白。反正你就跟我爸说，不管是谁问起这件事，就让他推说不知道。"战一杰说完，就慌忙跑出来上了车。

7

奔驰车风驰电掣般赶回芸川啤酒厂。一下车，战一杰就对小黄说："小黄，你去做水样吧。化验结果多长时间能出来？"

"还要做微生物培养，最快也得明天。"小黄说。

"你抓紧去做吧。记住，越快越好。"战一杰说完，又对陆涛说："说说吧，你是怎么盯上这事的？"

陆涛说道："也是有人托我查的，现在还不能讲。"

"有这么神秘吗？对我也保密？"战一杰笑道。

"事关重大，以后你会明白的。"陆涛说着就要走。

"不再上去坐一会了？这是要去哪儿啊，这么急？"战一杰说。

"我得马上去趟市政府，咱兄弟两个以后再聊。"说着，陆涛就去开自己的车。

看着陆涛的车出了公司大门，战一杰三步并作两步上了工艺楼，来到质量技术部。一看胡小英不在办公室，他就直接去了化验室。

化验室里小黄正准备化验水样，战一杰就沉声嘱咐道："只要化验结果一出来，你马上打电话通知我。记住，这个水样的化验结果千万不能再让别人知道，懂吗？"

小黄说："好的，我记住了，您就放心吧。"

把这一切安排妥当，战一杰刚回到办公室，父亲的电话就打了过来。父亲问："一杰，你娘也跟我讲不明白，到底是怎么回事？这十万火急的事，为什么不马上向环保局报告？"

"具体情况我现在也说不大清楚，反正水源地污染这事可能另有隐情。您还记得半年前你说水质污染了，后来竟然又好了吗？可能是有人暗中采取了措施。"战一杰说。

"你说的这事这段时间我也查明白了，半年前龙泉是神不知鬼不觉上了一套水质净化处理设备，现在可能是这套设备坏了，所以水质又不行了。要命的是，现在更严重了。"

"据你了解，严重到什么程度了？"战一杰又问。

"这是严重的化工污染，我们家附近最厉害，我估计就是黄士文那几个化工厂干的。当初陈胜利他们千不该万不该把化工厂卖给他呀！"父亲顿了顿又接着说:"一杰,水源地污染可是非同小可,再不立马采取措施,整个源山就完了。"

"真有那么严重?"战一杰问。

"千真万确。这段时间我从网上搜了不少水源地污染的资料,湖南、黑龙江、江西都发生过类似事件,危害都相当严重。"父亲的语气相当沉重。

"咱龙泉没发现中毒现象吧?"

"临时还没有,可水是大部分人都喝了,以后有没有后遗症就很难说了。对了,一杰,你说陶副市长马上就赶过来,怎么还没过来?你再打电话催一催她,这事可是一刻都耽误不得。"

战一杰说:"好的,我马上联系她。她到了可能第一个要去找你,这里面的事可能牵扯到了她。"

父亲一听,叹了口气说:"好吧。"说完就挂了电话。

8

战一杰手机还没放下,陶玉宛的电话就打了进来。

陶玉宛嘶哑着声音说:"一杰,你跟谁通话呢?十几分钟了,电话都打不进去。"

战一杰道:"跟我爸通话呢,你到了没有?我正准备给你打电话呢。"

陶玉宛说:"我已经到了,这边的情况也基本摸清了,是化工城那边有四个化工厂向地下恶意偷排污水,致使大量含有污染物的废水渗入地下,造成了今天的污染。"

"那么危害大不大?"

"到目前为止还没有形成什么直接危害,主要是发现的早,这主要是你和你爸的功劳。"

"功劳不功劳那倒说不上,千万别出什么事就行。"战一杰道。

"这件事已引起了市委、市政府的高度重视,及时向龙泉镇及玉泉山附近的乡镇发布了公告,通知暂不要饮用井水和自来水,并安排了十台消防车紧急调水向群众提供。同时对这四家化工厂急令关停,彻底切断污染源,再新上一套净化处理水设备,对地下水进行净化处理,力求在最短的时间内达到饮用标准。"

战一杰静静地听着陶玉宛讲。他听得出,陶玉宛说的只是这次事件的处理和补救，而不是追根溯源。等她讲完了，战一杰问道："那四个化工厂是不是一个老板？是不是叫黄士文？"

"是叫黄士文，你怎么知道得这么清楚？"陶玉宛问道。

战一杰没有马上回答，压着嗓子说道："玉宛，这件事真的牵扯到了你，对吗？"

陶玉宛没有吭声。战一杰继续说："我听说龙泉镇曾神不知鬼不觉地上过一套水处理设备，是你安排的，对吗？"

陶玉宛那边声音很轻地说道："不知道。"

"半年前龙泉镇也曾出现过类似今天的情况，只不过没有这么严重，被人轻易地遮盖过去了。若真是那样的话，这件事就不单单是突发事件那么简单了。追根溯源起来，可能有更深的内幕。"战一杰步步紧逼地说道。

果然，陶玉宛那边方寸大乱，颤着声问："一杰，你这是听谁说的？"

战一杰又问："也牵扯到了付茂山，对吗？"

"原来你都知道了。"陶玉宛连说话的力气都没有了。

"不光我知道，陆涛也知道了。"战一杰又说道。

"陆涛？"陶玉宛疑惑地问，"他怎么会知道，你又怎么与他搅到一块去了？"

"我和他的事一句两句也说不清楚，但你们这件事的来龙去脉他大概已摸得差不多了，下一步他可能要采取什么行动了。"

"他能采取什么行动？"陶玉宛既是问战一杰，又是问自己。

"他说是有人托他查的，你们是不是得罪什么人了？"战一杰也在设身处地地替她想。

忽然，陶玉宛恍然大悟道："肯定是郑厚广。他们两个关系一直不错，那他们一定是冲着付茂山去的。"

"郑厚广是冲着付茂山去的，那倒无可厚非，也是可以理解的。可陆涛是为了什么呢？他为什么要这么做呢？"战一杰另有所指地问道。

陶玉宛当然听出了战一杰的潜台词，叹了口气说道："一杰，你不就是想问我与付茂山的关系吗？"

"是的。"战一杰答道。

突然，陶玉宛在电话里歇斯底里地吼道："你问得着吗？你是我什么人？我就是跟他有那种关系，怎么了？因为他能给我我想要的。而这些，你当年给不了我，现在和将来也给不了我，我最恨的就是你！"

电话挂断了，战一杰一任里面的"嘟嘟"声响了好久。

9

芸川啤酒公司已经完完全全进入旺季，每天的产销量达到了一千吨，可这时的战一杰依然在徘徊当中。

经过这段时间，他已从起初的躁动与不安中沉静了下来，有好几次他想给洪生打个电话，可犹豫再三，拿到手中的电话还是放下了。

正在他伏案冥思之际传来了敲门声，进来的是钱冬青。战一杰把他让到沙发上坐下，问道："有事啊？老钱。"

钱冬青坐在那里犹豫了一下，才开口说道："战总，主要是这么个事，现在我们独资的事也都办妥了，员工的工资是不是也该涨一涨了？"

"对于这一点，有明文规定吗？"战一杰问。

"这个倒是没有，但按照时下通行的惯例来看，外资企业的薪酬一般要比中资企业高30％左右。"钱冬青说完又补充道，"在1995年的时候，劳动部曾有文件，明确规定中外合资企业的员工工资要比国有企业的员工工资提高30％至50％，可当时我们并没有执行。"

战一杰听了并没有答话，闭上眼睛在那里沉思。这倒令钱冬青颇感意外。战一杰一向是倡导和支持提高员工工资的，当初是因为赵志国的缘故受到了阻碍。可现在障碍没有了，又是旺季来临提振员工士气的大好时机，他在想什么呢？

过了好大一会儿，战一杰睁开了眼睛，问道："这是你的意见，还是大家伙的意见？"

钱冬青一时搞不明白他这么问是什么意思，刚要开口再问，忽然听见楼下面传来了一声尖厉的喊叫："粮食仓库着火了，快去救火呀——"

他们两个一听，同时起身冲到了窗户前面。只见包装车间的后面浓烟滚滚，冲天而起！

老钱惊道："那里就是粮食仓库。"说完，扭身就往外跑去。战一杰也紧跟着跑了出来。

战一杰下了楼，钱冬青的身影早已消失在包装车间的拐弯处，却见肖春梅正在楼下站着，就问："到底怎么回事？"

"我也不知道，刚才我正在保健站打吊瓶，听到有人喊仓库着火了，这

331

才跑了出来。"肖春梅的一只手还在摁着针眼。

战一杰也顾不上问她身体怎么样了，说："走，去仓库看看。"说完就拔腿往出事地点跑去。

来到粮食仓库前面，这儿已聚集了二三百号工人，差不多在班上的全都聚拢来了。战一杰看见老胡正在安排人们分头行动，就跑上去问："到底怎么回事？"

老胡说："估计是麦芽的烘干温度不够，水分过高，回潮的时候又没有及时通风，导致热量散不出来而产生的自燃。"

麦芽在回潮的时候会产生热量容易引发自燃，这是个技术常识，但凡干啤酒厂的人都知道，所以麦芽仓库的通风设施都很好。这一点战一杰当然是知道的，就问："怎么会没有及时通风呢？"

一旁的采购部长杨震说："前一段时间仓库的两个大换气扇都坏了，本想等生产上大修时一块换新的，可生产部的大修计划您没批，也就没换。"

战一杰急得一拍大腿道："这个老徐，他也没说换气扇这么重要呀。早知道会这样，我早批了。"

对于换气扇这事老胡还曾经单独提醒过战一杰，可现在他不想在众人面前戳穿他。只听老胡高声说道："现在什么也别说了，当前最主要的是看看怎么救火。"

"报 119 了吗？"战一杰问道。

"报是报了，可真要是 119 来了，水枪一上，这满满一仓库的一千五百多吨粮食可就全完了。"老胡说道。

"那怎么办，还有别的办法吗？"

"这种自燃的火势不会很大，而且都是在麻袋的表皮燃烧。唯一的办法，就是进去人往外抢粮食。"老胡沉声说道。

"不行！那样太危险了。"战一杰立即否定了老胡的想法。

"不行也得试试。"老胡不由分说，一把把战一杰拉到了一边。

10

在老胡的安排下，几个工人拿来了绳子，在门把手上拴好后，喊着"一二三"，大家一齐用力，呼啦一下就把仓库门拉开了。门里面全是浓烟，什么也看不清。

老胡找了一个高一点的水泥墩子站了上去，嘶哑了声音喊："同志们，仓库里还有一千五百多吨麦芽，那都是我们的血汗呐，现在只有从大火嘴里抢出来了。"说完，老胡跳下水泥墩子，一个健步冲进了仓库。

在场的人在老胡的带动下，也都毫不犹豫地一头扎进了浓烟里。老的，少的，男的，女的，面对火海没一个退缩的！

战一杰傻傻地站在那里，被眼前这一幕深深地震撼了。这就是老板即将关张的工厂！这就是那些即将成为下岗工人的兄弟姐妹！

他们有义务舍命去保护这些麦芽吗？他们有必要去为了外方老板的财产去舍生忘死吗？可这个时候冲进去的人，可能没有一个人去考虑这个问题！

在这个关键时候，也不容战一杰多想了，他也飞快地加入到了抢救麦芽的人流之中……

人心齐泰山移，这话一点也不假。当战一杰看着已在仓库外面高高堆起的麦芽垛时，心里说不出是一种什么滋味。是惊喜？是庆幸？是感动？是困惑？他自己真的说不清楚。这时他看见老胡与杨小建架着一包麦芽艰难地走出来。老胡脸色煞白，脚下踉跄了起来。战一杰连忙跑上去，可还没等他跑到跟前，老胡已一头栽倒在了地上！

大家围了上来，七嘴八舌喊着老胡。战一杰蹲下身去，把老胡扶起来，让他的身子斜靠在自己的怀里，伸手去掐他的人中。

战一杰一连掐了四五下，老胡才慢慢地睁开眼。嘴唇动了动，刚想说什么，嘴一张，一口鲜血喷了出来。战一杰大叫："快叫救护车！"

战一杰话音还没落，却听见不远处有人喊："不好了，火烧到冷冻机房去了！"

这一声喊，老胡猛地睁开了眼睛，颤声对抱着他的战一杰说："快，快救机房。"

冷冻机房是啤酒厂的防火重地，里面存着几十吨制冷用的液氨制冷剂。液氨制冷剂遇见明火就会产生爆炸，爆炸的威力不次于十几吨的 TNT 炸药。若是啤酒厂的机房发生了爆炸，把半个芸川城毁于一旦不在话下！

战一杰的头"轰"地一声就先炸了，扔下老胡就往机房跑。

隔着大老远就看见，原来他们抢出来的麦芽有一些散包的麦粒撒落在了地上，被风这么一吹，有的就又着起火来。风大了一点，有些着火的麦粒就被刮到了从机房出来的一条排水沟里。这条排水沟有一米多宽，也不知污水上漂得是一层油还是酒精，一下就被点着了，火已沿着水沟向机房内部快速蔓延而去！

这时候，战一杰他们想过去已经来不及了。

正在这万分危急的时刻，突然看见一位女同志正提着一个水桶从机房里出来。她冒着水沟里急速驰来的火蛇，把水桶一扔，奋然躺倒在了水沟里。只见她迎着火苗翻滚而下，用自己的身体碾灭了正在燃烧的火焰。

战一杰看清了，那位女同志正是肖春梅！

11

冷冻机房保住了，一千五百吨的麦芽保住了一千三百多吨，这在全国同行业类似事故当中都是一个奇迹！

可工会主席胡玉庆正躺在医院里，仍处在深度昏迷当中。到了医院才知道，原来老胡上次检查的时候，就已检查出了是肝癌晚期，可他向所有人隐瞒了病情！再经过这次变故，已是无力回天！

销售副总肖春梅全身也有多处烧伤，虽然都不很严重，属轻度烧伤，可对一个女同志来说，所要面对的痛苦是可想而知的。

创造这个奇迹付出的代价也是惨重的。

这几天战一杰一直守在医院里，奔波于胡玉庆和肖春梅之间。老胡有小英陪在那儿，他大部分时间是在陪着情绪极度低落的肖春梅。几天下来，战一杰一下就像老了十几岁的样子。

林峰和小刑来医院看望老胡的时候看见了战一杰，见他没几天时间竟苍老憔悴成了如此模样，两个都吓了一跳。林峰握着他的手说道："一杰，你也真是太不容易了。"

这一句话差点让战一杰落下泪来。是呀，自己真是太不容易了，可这一切又怪得了谁呢？战一杰凄然地摇了摇头，没有说话。

林峰拉着他的手，来到楼梯口一处偏僻的角落里，压低了声音说："市里出大事了。"

战一杰并没有多少的惊异。几天来他的神经已经麻木了，只是平静地问："什么大事？"

"上次水源地污染的那件事并不只是一次化工泄漏那么简单，里面隐藏着很多的事情，一直牵扯到了当初化工城立项时一些化工厂的违规建厂问题，省里已派调查组进驻了芸川。"

"牵扯到了付书记，是吗？"战一杰问道。

"你怎么知道？"林峰非常惊讶。

"不光牵扯到付书记，还牵扯到了陶副市长，对吧？"

这下林峰更惊愕了。可这次他却不再问为什么，继续说道："这次是郑厚广下的黑手。据说他给省调查组提供了可靠的证据和资料，这事要是真的话，付书记真就有点玄了。"

"出来混迟早是要还的。"战一杰像是说别人，又像是在说自己。

"其实官场上的事很难说。付书记船大水深，而且没有一项证据是直接指向他的，以他的资历和手段，估计不会怎么样，可陶副市长就难说了。"

"证据？都是些什么证据？"

"具体我也不是很清楚，好像是一些水质的化验数据，还有一些偷偷上设备的材料。"

"水质的化验数据？"战一杰心头一颤，暗忖：难道是我们厂的化验数据？可他转念一想，怎么会呢？这些东西无论如何也不会到了郑厚广的手里。可他想到这儿，脑子里突然闪过了一个人，脱口说道："难道是他！"

林峰被他吓了一跳，问道："谁？"

战一杰说："陆涛！你说那些证据会不会是陆涛提供给郑厚广的？"

林峰想了想，说道："你这一说，还真是那么回事。这段时间，有人看见陆涛总往郑厚广那里跑。看来，那一定是他了。"

二人正说着，小英和小刑走了过来。林峰又安慰了小英几句，他们两口子就告辞走了。这时的胡小英也是憔悴不堪，面色惨白，眼窝深陷，一副摇摇欲坠的样子。

战一杰怜爱地抚住小英的肩，让她靠在自己的怀里，想安慰她几句，却又不知说什么才好。

小英静静地靠着，幽幽地说道："春梅姐怀孕了。"

12

小英的声音很轻，在战一杰听来，却似炸雷一般。他一下扳过小英的肩膀，急道："你说什么？"

这下把小英弄疼了。她挣扎了一下，战一杰这才意识到自己的失态，连忙把手松开。小英并不知道肖春梅的家庭状况，所以倒是并没多心，只道是战一杰担心肖春梅的身体，就说道："你放心吧，这次受伤对胎儿并没有什么影响。"

小英不知道其中的缘由，可战一杰心中却跟明镜一样，这个孩子是自己的！这一刻，战一杰心乱如麻，尽量抑制住疯狂的心跳，深深吸了一口气，说道："我去看看她。"

来到肖春梅的病房，只见肖春梅斜靠在那儿，虽然身上缠着几处绷带，脸上却尽是泰然与安详。见战一杰来了，肖春梅嫣然一笑，轻声说道："小英都告诉你了？"

战一杰点了点头。肖春梅指了指旁边的凳子，让他在床前坐下，说道："你高兴吗？"战一杰六神无主地坐在了凳子上，一时却不知怎么回答。

这时，胡小英走了进来，肖春梅招招手，示意让小英上前来。

小英走过来，肖春梅抓住她的一只手，放在自己的手里，接着又抓过战一杰的一只手，放在了小英的手上。然后，将他们二人的手紧紧地合在了一起，动情地说道："我真心地祝福你们两个。"

小英一脸的惊讶，继而又是一脸的惊喜。而战一杰却是一阵茫然，只是愣愣地看着肖春梅。肖春梅当然明白战一杰的心思，松开了握着他们的手。对小英说道："我有我的孩子了，我会一心一意地抚养他，不会去打扰你们的，你们就尽管把心放进肚子里，安心过你们的日子好了。"

说实话，在胡小英的心底一直对肖春梅怀着敌意，不知道她与战一杰之间到底是真是假，生怕她把战一杰抢了去。现在人家有了自己的孩子，肯定会安心过自己的日子，她一直悬着的心，这才真正放进肚子里。她用手抚着肖春梅的肚子，天真地问："孩子他爸爸知道了吗？"

肖春梅微笑着说道："知道了。"肖春梅说着，偷偷瞟了一眼一旁的战一杰。

"那他该高兴坏了吧？"小英还在问。

"是啊！这是上天赐给我们的最好的礼物，他不高兴才怪呢。"

正说着，战一杰的电话响了，是陶玉宛。他连忙来到外面接起了电话，急急地问道："玉宛，是你吗？你现在怎么样了？"

"能怎么样？马上就要隔离审查了。"电话里陶玉宛的声音充满了彷徨与无奈。

战一杰说道："都怪我，怪我没防着点陆涛，让他钻了空子，是我害了你。"

"别那么说，一杰。就是没有你们厂那些化验数据，他们一样能找到别的证据。"

"那你现在怎么办？"

"付茂山正在从省里疏通关系呢。他要是真尽心呢，办好了我就弄个平级调动，找个闲职挂起来算了；他要是把我当替罪羊一脚踢开呢，不是免职就是双开。听天由命吧。"

陶玉宛说完，顿了顿，突然又柔声说道："一杰，你是我这辈子唯一深爱过的男人。"说完，电话就挂了。

战一杰举着手机傻在那儿足足有一分钟，直到胡小英喊他，他才回过神来。只听小英说："一杰，我爸醒了，要见你。"

战一杰跟着小英三步并作两步跑到老胡的病床前，只见躺在那里的老胡面色红润，两眼雪亮。战一杰心里"咯噔"一声暗叫不好，连忙上去攥住了他的手。

老胡看着战一杰，使劲攒了攒气力说道："一杰，小英她们娘俩我可就交给你了。"

战一杰使劲点着头，说道："爸，您就放心吧。"

此时，一旁的小英已泣不成声。只听老胡又喘着粗气说道："一杰，一定……一定不要辜负了这一千五百名员工啊。"

战一杰郑重地点了点头，泪如雨下地说道："我记住了。"

"那，那我就放心了——"老胡说完，就闭上了眼睛！

尾 声

三天以后，战一杰亲自主持了工会主席胡玉庆的追悼会。

又过了两天，战一杰乘飞机来到了雅加达，他要和老板洪生谈一谈……